Schaduw en licht

boekerij.nl

Anne Stern

Schaduw en licht

Berlijn 1922: een jonge verloskundige ontdekt de schaduwzijde van haar geliefde stad

Deel 1 van de *Vrouwen van Berlijn*-serie

Vertaald uit het Duits door Sander Hoving

Boekerij

ISBN 978-90-225-9984-6
ISBN 978-94-023-2145-6 (e-book)
ISBN 978-90-528-6597-3 (audio)
NUR 302

Oorspronkelijke titel: *Fräulein Gold – Schatten und Licht*
Vertaling: Sander Hoving
Omslagontwerp: Bürosüd, München
Omslagbeeld: © brandstaetter images/Austrian Ar/Süddeutsche Zeitung Photo (02127173) Getty Images / lcodacci (1272635465)
Zetwerk: CeevanWee, Amsterdam

'Merkwaardig,' zei Wolfgang. 'Buiten is het doodstil, de maan schijnt, en hierbinnen spelen ze een schijnbestaan. En wij komen erbij, weten niets van het eerste bedrijf af en blijven ernstig.'

Kurt Tucholsky, *Rheinsberg*, 1912

Proloog

Woensdag, 24 mei 1922

De beer liep rechtop, hij leek te dansen. Het hert ernaast liet zijn imposante gewei op de grond zakken, het leek een gebaar van overgave. Rita ging met haar vingers over het koele koper van de grimmige leeuwenkoppen, die ook in het ijzeren hekwerk van de brug waren verwerkt en oplichtten in het gele schijnsel van de lantaarn. Ze keek omhoog en zag hoe de trein op het viaduct als de staart van een komeet langs de hemel van Berlijn trok en in de schemering in de richting van de Potsdamer Platz verdween. Het licht werd weerspiegeld door het zwarte water onder haar.

Het was een warme dag geweest, die de belofte van de zomer in zich had gedragen, zo nu en dan waren er een paar buien gevallen. Aprilweer in mei. Nu stak er een zacht windje op dat met de kleine bladeren van de beuken en lindebomen speelde, verleidelijk de zilvergrijze stammen streelde die vaag in het schemerdonker te zien waren, en opeens moest Rita huiveren. Ze klemde zich vast aan de reling en keek naar beneden, naar het stromende water van het Landwehrkanal. De diepte trok aan haar. In de eerste jaren van hun huwelijk hadden Konrad en zij vaak uitstapjes ondernomen om te gaan zwemmen, het liefst in de Wannsee, waar het zandstrand geleidelijk in de kleine golven overging en het water rond haar voeten spoelde, terwijl Konrads hoofd op het meer als een boei op en neer danste. Zelf kon ze niet zwemmen, ze had daar maar wat gestaan en de groene oever bekeken, de spelende kinderen. Ze glimlachte bij de herinnering. Wat er destijds voor badmode werd gedragen, vooral door de vrouwen! Lange pofbroeken, eroverheen een badjurk en zelfs een hoed. Dat was voor de oorlog geweest.

Met een zucht keek Rita omlaag. Ze droeg een flinterdunne jurk, bijna doorzichtig van het vele wassen, die haar armen en haar gerimpelde decolleté vrijliet, en hoge hakken. Ze had een wollen sjaal om haar magere schouders geslagen, omdat in mei de avonden nog koel waren. Op haar gezicht voelde ze de make-up, die was opgedroogd en in haar rimpels vastzat. Van het meisje van toen was niets meer over. Zelfs haar lichaam behoorde haar niet meer toe, ze verkocht het voor een paar mark, elke nacht opnieuw.

De andere vrouwen hadden haar vandaag een briefje overhandigd dat een vrijer voor haar had achtergelaten. Vrijer. Zo noemde Rita in gedachten de mannen met wie ze voor geld sliep, hoewel het een hopeloos ouderwets woord was. En een leugen ook nog. Maar het hielp haar om de ellende een beetje beter te verdragen.

'De geheimzinnige onbekende wil alleen Rappe Rita,' had Marie met haar zwaar aangezette lippen gesist, en allemaal hadden ze schamper gelachen. Maar ze had er zich niets van aangetrokken, hoewel ze de bijnaam verafschuwde, en het briefje gelezen. Iemand vroeg haar die avond bij de Köthener Brücke op hem te wachten. Schouderophalend had ze het briefje in haar decolleté geschoven en was toen op zoek gegaan naar een of andere voorbijganger voor tussendoor, die zich niet stoorde aan haar dunne haar en de rimpels, zolang de dienstverlening maar in orde was.

Opnieuw ratelde de U-Bahn hoog boven haar hoofd langs en Rita werd bevangen door een eigenaardige nervositeit. Waar bleef die vrijer nou? Ze verspilde haar tijd hier, liet de anderen profiteren van de klanten bij de Bülowbogen, terwijl zij tevergeefs wachtte.

De sterren schitterden zwakjes aan de hemel, de bladeren van de bomen fluisterden een vertrouwd lied. Wat een mooi plekje, dacht ze, ondanks alles.

Opeens werd ze van achteren beetgepakt. Een ijzeren greep. Ze had geen kans om te gillen, omdat er een hand op haar mond lag. Maar inwendig schreeuwde ze, vocht tegen de doodsangst die over haar kwam toen ze de zwarte glinstering onder zich zag. Ze hoorde niets, alleen de gejaagde ademhaling, een zachte vormeloze schaduw op de reling. Toen werd haar uitgemergelde lichaam opgetild, over de ijzeren reling geschoven, en terwijl ze viel werd alles in haar koud en leeg. Rita dacht dat zwemmen misschien zoiets was als vliegen of omgekeerd en dat ze voortaan een vogel zou zijn, een vis of iets anders, maar niet meer Rappe Rita.

Dat was het laatste wat ze dacht voordat het zwarte water van het kanaal zich boven haar hoofd sloot en ze haar mond wijd opende om de dood te verwelkomen.

1

Zaterdag, 27 mei 1922

Hulda Gold was niet zoals de andere meisjes, dacht Bert, en hij keek naar haar vanuit zijn kiosk, een klein paviljoen. Hoe ze over de Winterfeldtplatz aan kwam lopen, niet slenterend, maar zwíerig, dat maakte indruk op iedereen die haar zag. Een lange, ranke verschijning, bijna te lang, waardoor ze haar schouders waarschijnlijk ook wat introk, met een knielange rok, een grijze blouse en een rode vilten muts op haar bobkapsel. Zo baande ze zich een weg langs de kraampjes en stalletjes, ontweek kordaat een bloempot voor de marktkraam van Erika Grünmeier en koerste recht op zijn raam af.

Bert fatsoeneerde zijn zijden strik en glimlachte meewarig om zichzelf. Maakte een jong ding als Hulda echt zo veel indruk op hem? Hij kon haar vader zijn, haar grootvader bijna. Maar was niet iedereen op het plein een beetje verliefd op haar?

'Goedemorgen, juffrouw Hulda,' groette hij haar met een zweem van eerbied in zijn stem. Hij maakte een lichte buiging. Ze zag er vermoeid uit, vond hij, ze had kringen onder haar lichte, grijsblauwe ogen. En zoals altijd keek haar linkeroog vlak langs hem heen, alsof Hulda niet kon beslissen wat ze werkelijk wilde zien.

'Goedemorgen, meneer Bert,' zei ze enigszins buiten adem. 'Hoe staat het ermee?'

'Ik mag niet mopperen.' Hij wees naar de etalage, waar stapels kranten en tijdschriften lagen, naar de standaards waar ze met knijpers aan waren opgehangen en waar de letters en koppen met elkaar wedijverden om als eerste te worden gelezen. 'De mensen willen elke dag het laatste nieuws over de scheiding van Greta Schröder lezen, over de broodprijzen en wanneer de aardbeien dit jaar rijp zijn, en graag nog voor alle anderen. Alsof kranten zuur worden, zoals melk, als je ze laat liggen. Al vanaf zes uur vanochtend loopt heel Schöneberg de kiosk plat.'

Hij keek om zich heen. 'Maar momenteel lijkt iedereen te zijn voorzien. Er hoeven geen hongerige monden meer met de drukinkt van de letters te worden gevoed.'

Hulda knikte en glimlachte vluchtig. Ze maakte een afwezige indruk, vond Bert, en hij voelde iets van onwil bij haar. Haar lichte, loensende ogen keken onderzoekend naar het plein, gleden langs de meidoorn met de kleine, lichte bloesem, waarna Hulda verstrooid de krant pakte en vluchtig naar de koppen keek. Al weken werden de kranten gedomineerd door het Duits-Russische verdrag, dat de rijksminister van Buitenlandse Zaken Rathenau en de Russische volkscommissaris Tsjitsjerin in het Italiaanse Rapallo hadden opgesteld. De linkse partijen hadden het toegejuicht, de rechtse waren er furieus tegen tekeergegaan. Dat was in april gebeurd, inmiddels had de lente intocht gehouden in Berlijn, had de seringen laten bloeien en liep alweer op zijn eind. De zomer stond voor de deur.

1922 was een relatief rustig jaar geweest, dacht Bert, en hij sloot zijn ogen even, omdat er een verdwaalde zonnestraal onder de luifel van de kiosk doorkwam. Maar hij had in zijn lange leven genoeg meegemaakt om te merken dat het gistte onder de oppervlakte van de jonge republiek. Al die doden in de Grote Oorlog, dacht hij en hij ging met zijn hand over zijn fraaie snor. Het jaren durende leed. De politieke moorden die sinds het einde van de oorlog in Duitsland aan de orde van de dag leken te zijn. Toen een paar maanden bedrieglijke rust en daarna, als het noodzakelijke antwoord op een niet-gestelde vraag, de staatsgreep van de militairen twee jaar geleden, toen de Brigade-Ehrhardt de wijk met de regeringsgebouwen had bezet.

Bert keek naar Hulda, met haar gefronste wenkbrauwen onder haar muts, haar licht geopende mond, zag hoe ze de krantenkoppen verslond. Of ze zich de staatsgreep nog herinnerde? De democratie was nog maar een jaar oud geweest, een onschuldig kind nog, dat alweer werd belaagd. Opnieuw waren er doden geweest en veel gewonden, de putschisten hadden een bloedbad aangericht. Maar de Berlijners sloegen van zich af, hadden ook hier in Schöneberg gestaakt en het verkeer op de Hauptstrasse tot stilstand gebracht, tot de nationalisten als ratten het stadhuis van Schöneberg uit waren gerend. Voorlopig heerste er een wankele vrede. Maar onder de oppervlakte stak de woede op van de bevolking over het wurgcontract, waarin werd gesteld dat Duitsland als enige verliezer van de oorlog een kapitaal aan herstelbetalingen moest opbrengen. Velen noemden het Verdrag van Versailles een schandalige vrede. Al enige tijd verzamelden zich opnieuw onzichtbare krachten, om vandaag of morgen tegen de verloren eer en zelfs tegen de democratie te hoop te lopen. Wat konden ze daarna verwachten?

Hulda keek op. 'Geen rampzalig nieuws,' constateerde ze, alsof ze gedachten kon lezen.

'Alles rustig,' bromde Bert. Waarom kwelde hij zichzelf eigenlijk met angsten en hersenspinsels, als de zon over de daken van Schöneberg scheen en de pioenrozen verderop bij de Grünmeiers zo mooi naast de violieren stonden te stralen? Achter de kleurenpracht rees de hoge toren van de Matthiaskerk majesteitelijk boven het plein op, een onvermoeibare wachter.

'Hebt u vrij op deze prachtige dag?'

'Ja, vandaag geen visites. En tot nog toe is ook niemand aan komen rennen om me naar een vrouw met weeën te brengen. Wat een geluk. De nacht was veel te kort.' Hulda gaapte en vergat haar hand voor haar mond te doen. 'Het vruchtwater van een vrouw in de Kurfürstenstrasse brak gistermiddag, en ik was pas vroeg in de ochtend weer thuis.'

'Alles goed gegaan, hoop ik?'

'Ja, een gezonde jongen. Haar vierde overigens, ze krijgt nauwelijks een adempauze. Haar man werkt in de ploegendienst als draaier en moet nu zes monden voeden.'

Bert knikte. Hier op de markt heerste altijd een vrolijke drukte, maar het dagelijks leven van de gewone mensen in de huurkazernes van Schöneberg was hard en triest. Hij kreeg een akelig gevoel als hij eraan dacht dat ook hij ooit aan die armoede was ontsnapt, aan die stank van vochtige was en buitentoiletten, van ongewassen lichamen en de angst voor de volgende onbetaalbare gasrekening. Snel streek hij over zijn geborduurde vest, pakte de gouden horlogeketting die uit zijn borstzak hing vast alsof het een talisman was, en haalde diep adem. Hij keek onderzoekend naar Hulda. Had ze misschien iets gemerkt? Hij dacht niet graag aan dat verre verleden en had het er nooit over.

Hij hoefde zich geen zorgen te maken. Hulda's ogen dwaalden weer van hem naar het plein, vermoedelijk langs het riante kaasassortiment van boer Peters, dat je tot in de kiosk kon ruiken, en de orgeldraaier heen. De weemoedige melodie van het bekende en naar Berts smaak al te vaak gespeelde lied vervulde de lucht. *Das war in Schöneberg, im Monat Mai...* Maar Hulda leek niet te luisteren. Ze keek met samengeknepen ogen naar Café Winter, waar de zoon van de eigenaar juist de stoelen op het trottoir rechtzette. De geur van bonenkoffie waaide naar hen over. Bert glimlachte begrijpend, toen hij haar blik zag. Dus dat was de reden voor juffrouw Hulda's afwezigheid.

'En, hoe gaat het met onze Felix?'

Hulda kromp nauwelijks merkbaar ineen. Ze keek hem aan en lachte onzeker. 'Hoe moet ik dat weten?'

'Juffrouw Hulda,' zei Bert op vermanende, maar vriendelijke toon. 'Hoelang kennen wij elkaar nu al? En ben ik een goede vriend of niet? Voor mij hoeft u geen komedie te spelen. U zou toch al een slechte actrice zijn, uw ogen verraden u voortdurend.'

Hulda's wangen kleurden roze. Ze schraapte met de punt van haar laars over de stenen. 'Hoe zou het met hem moeten gaan? Prima, denk ik. De zaak loopt goed, de klanten staan in de rij, de kassa rinkelt.'

'Ik bedoel, hoe gaat het met zijn hart?'

'Dat kan ik niet beoordelen, meneer Bert. Daar heb ik allang niets meer mee te maken.'

Bert gniffelde. 'Daar is zijn hart het vast niet mee eens. Maar wees niet bezorgd, ik zal u niet langer lastigvallen. Ik heb het al begrepen en ik zal, als iemand het me mocht vragen, officieel de volgende versie verspreiden: juffrouw Hulda, de vliegende vroedvrouw van de

Winterfeldtplatz, heeft niets met het hart van meneer Winter junior te maken.'

'Dank u, dat is heel vriendelijk,' antwoordde Hulda met een scherpe ondertoon.

Bert vervolgde zacht: 'Maar, als ik me deze laatste vraag toch nog mag permitteren, hoe staat het ervoor met het hart van de juffrouw?'

'Het doet wat het moet doen.' Hulda hield een opgerolde editie van het *Berliner Tageblatt* voor zijn borst, als een wapen. 'Wat krijgt u van mij?'

Met een zucht pakte Bert de rinkelende munten aan en keek Hulda hoofdschuddend na, toen ze met opgeheven hoofd zijn krantenkiosk verliet en naar bakkerij Wiese aan de overkant liep, waar ze waarschijnlijk, zoals zo vaak, een kadetje en een roggebroodje kocht. Het tikken van haar hakken op het plaveisel klonk verwijtend en hij vroeg zich af of hij met zijn plagerijen te ver was gegaan. Maar de jonge vrouw stelde hem al jaren voor een raadsel. Hij kende Hulda sinds ze hier als meisje met afzakkende kousen over het plein was gelopen, met een mengeling van trots en kwetsbaarheid in haar gezicht, die hij er nu nog steeds in zag. Hij had de kleine af en toe een paar zuurtjes of dropjes toegestopt, hoewel hij in haar gezicht een honger had gezien die zich niet met zoetigheid liet stillen. Later had hij gezien hoe de zoon van de Winters op Hulda verliefd werd, en een paar jaar was iedereen op het plein ervan uitgegaan dat de zachtaardige jongen met de bruine ogen met de kwikzilverachtige Hulda zou trouwen en een gezin met haar zou stichten. Maar toen was de oorlog door hun leven geraasd en was het allemaal anders gelopen.

Er kwam een klant bij de kiosk staan, een man in zandkleurig kostuum met een platte strohoed op het hoofd. Bert kende hem niet en stoorde zich aan de rookslierten die hij tussen zijn lippen en de cigarillo uitblies, zodat ze als geesten onder de luifel bleven hangen. Er viel wat as op een krant, en het siste luid. De vreemde lachte verontschuldigend en wierp de cigarillo weg.

'Excuus. Nu zal ik hem wel moeten kopen.'

Bert sprak hem niet tegen, maakte een lichte buiging en hield zijn hand op om de munten in ontvangst te nemen.

De man klopte de as van het papier en rolde de krant onder zijn arm op. Toen liet hij zijn ogen zoekend over de koppen glijden. *B.Z.*, *Vossische*, *Mottenpost*. Hij leek teleurgesteld.

'Niets over de dode vrouw in het kanaal?'

'Pardon?'

'Verderop in het Landwehrkanal. Hebt u daar niets over gehoord? Er is een vrouw uit het water gehaald, dood als een pier. Lag er al een tijdje in. Geen fraai gezicht, lijkt me.'

Bert schudde zijn hoofd. 'Nee, daar wist ik niets van. Is ze verdronken?'

'Blijkbaar was het zelfmoord,' antwoordde de vreemde schouderophalend.

'Arme vrouw.'

Het leek de man weinig te kunnen schelen. Er speelde een sensatiebelust glimlachje rond zijn mondhoeken. 'Wie weet, misschien is er weer een vrouwenmoordenaar op pad in Berlijn. Het zou niet de eerste keer zijn. En criminelen hebben we hier genoeg. Bloed, geld, wraak, dat soort dingen, daarvoor zijn er al heel wat het hoekje omgegaan. Vooral in dat milieu, u weet wel.'

'Wat bedoelt u?'

'Het was een tippelaarster,' zei de man luchtig, hij tikte tegen zijn hoed en vertrok.

Bert was geschrokken. Maar de harde woorden van de vreemde vervlogen in de blauwe lentehemel. Ingespannen keek hij naar het marktplein, nam alles wat hij zag bewust in zich op alsof hij zichzelf ervan wilde verzekeren dat dit hier zijn werkelijkheid was. De kleurige, overdadige bloemstukken, hortensia's, anjers. De spelende kinderen, die joelend hun ijzeren hoepels met stokken over de stenen joegen. Roomkaas in een houten kuip. Bedelende, haveloze snotneuzen, die van kraam naar kraam trokken en hun smerige handjes uitstaken. En te midden van dat alles de rode hoed van Hulda, die haar praatje met de bakkersvrouw had beëindigd en nu met een zak broodjes over het plein beende, zodat er een paar duiven slingerend opvlogen.

Bij het café aan de overkant stopte ze. Bert keek hoe ze op een van de stoelen ging zitten en haar gezicht naar de zon draaide. Zag hoe Felix, met een leren sportpet op zijn hoofd, naar buiten kwam, even verbaasd was, toen zijn rug rechtte en bij haar tafel kwam staan. Bert kon geen woord verstaan, zag alleen Hulda's glimlach, waarin iets verontschuldigends lag, en de geforceerde grijns van Felix. De jongeman knikte kort en draaide zich toen op zijn hakken om, verdween in het café om het gewenste te halen. Even later zette hij een kop koffie neer voor Hulda. Ze pakte zijn arm en Bert zag hoe Felix kort verstarde, even aarzelde, waarna hij haar hand afschudde en Hulda aan het tafeltje achterliet. Het leek wel of hij vluchtte, vond Bert. Toen rukte hij zich los, klemde zijn bril op zijn neus en verdiepte zich in het verhaal van Tucholsky, dat hij las als er geen klanten voor de kiosk stonden te dringen. Het ging over een kortstondige affaire van twee geliefden in Rheinsberg. Het was een amusante tekst, schijnbaar uit de losse pols geschreven en goed leesbaar, maar achter de onbeduidende malligheid van Wölfchen en diens beminde was af en toe pijn voelbaar. Bert zuchtte alweer en verbaasde zich over zichzelf. Waarom was hij vandaag, met dit prachtige weer, zo melancholiek?

2

Zondag, 28 mei 1922

Hulda vloekte. Haar fiets had een lekke band, en ze was toch al te laat. Wat ergerlijk, dacht ze. Ze zou te voet naar de aanstaande moeder in de Bülowbogen moeten gaan. Het was maar tien minuten lopen, maar omdat ze zich weer eens had verslapen, zou Lilo Schmidt, een jonge vrouw die opzag tegen de bevalling, nerveus worden omdat haar vroedvrouw niet op het afgesproken tijdstip verscheen. Hulda had er een hekel aan om mensen die haar vertrouwden teleur te stellen. Ze zag Lilo's zachte gezicht al voor zich, de bruine poppenogen met de stille smeekbede aan Hulda om haar te helpen, en haar gewetenswroeging voelde als kiespijn. Maar eigenlijk zou ze helemaal geen slecht geweten moeten hebben, dacht Hulda, want ze werd er niet eens voor betaald om vrouwen preventieve zorg te verlenen. De ziekenfondsen vergoedden geen rekeningen voor de omstreden preventieve zorg voor de moeder, alleen voor de kraamzorg zelf, als de vrouw beviel. En trouwens ook voor de zuigelingenzorg, wat de vroedvrouw in staat stelde de jonge moeder de eerste dagen na de geboorte bij te staan. Want de staat leek zich zorgen te maken over de hoge kindersterfte, omdat elk dode kind de bevolking onnodig verzwakte. Om de onhoudbare situatie vooral in de steden te verbeteren, waren overal adviesbureaus voor moeders opgericht, die informatie gaven over hygiëne en voeding. Maar voor de geboorte werden de zwangere vrouwen in de steek gelaten met hun vragen en problemen.

Hulda wist uit ervaring dat een geboorte gemakkelijker verliep als de betrokkenen elkaar kenden, en daarom zag ze soms geheel van haar honorarium af en bezocht de gezinnen op eigen houtje. Ze voelde dat haar rol als vroedvrouw belangrijk was, dat ze echt een verschil kon maken en dat gaf haar het gevoel dat het zin had wat ze deed.

Maar de alledaagse tegenslag stond haar maar al te vaak in de weg, zoals nu de platte band.

Geërgerd pakte Hulda de leren koffer met haar instrumenten en smeet de fiets in een hoek. Hij viel tegen de afvalcontainer, en het oorverdovende kabaal schalde over de stille binnenplaats. Hulda beet op haar lip en keek omhoog langs de gevel, terwijl ze de fiets snel weer optilde.

In het open raam van de eerste verdieping dat op de goed onderhouden binnenplaats van de Winterfeldtstrasse 34 uitkeek, dook al snel het hoofd van haar hospita op, die haar prachtige witte haar rond talloze krulspelden had gewikkeld.

'Juffrouw Hulda? Wat heeft die herrie in hemelsnaam te betekenen?'

Haar wangen bloosden als winterappels, haar verontwaardiging hing aan haar puntige neus als een vlag. Margret Wunderlich was geen vrouw die lawaai voor acht uur 's ochtends in haar geliefde huis tolereerde.

Heimelijk sloeg Hulda haar ogen ten hemel en riep toen naar boven: 'Duizendmaal excuus, mevrouw Wunderlich. Mijn fiets heeft een lekke band.'

'Dat is nog lang geen reden om hier zo'n kabaal te schoppen. En dan nog wel op zondag,' zei de hospita en ze trok haar ochtendjas zo goed en zo kwaad als het ging over haar weelderige boezem. Ze had haar wenkbrauwen vermanend opgetrokken. Maar toen plooiden haar lippen zich tot een milde glimlach.

'Dit keer zal ik u nog vergeven, juffrouw Hulda, ook al hebt u mijn Mohrchen laten schrikken.' Ze wees naar een dikke zwarte kater, die onaangedaan naast haar op de vensterbank zat.

Hulda was niet in het minst begaan met het beest, dat voortdurend dode ratten het huis in sleepte.

Mevrouw Wunderlich vervolgde: 'Overigens volg ik uw rijwielacrobatiek toch al met enige zorg, beste juffrouw Hulda. In mijn tijd was het ondenkbaar dat wij vrouwen op een dergelijk toestel zouden springen. Medisch gezien is het bijzonder ongezond voor een jonge vrouw zoals u, wijdbeens op dat harde zadel... Denk toch eens aan later, als u... Goed, u weet wel.'

Hulda voelde ergernis opkomen. Alsof haar hospita, die haar leven lang niets anders had gedaan dan spiegeleieren bakken en bedden opmaken, enig begrip van geneeskunde had! Zijzelf kon zich met recht en reden vakvrouw op het gebied van vrouwengezondheid noemen, maar in mevrouw Wunderlichs ogen zou ze altijd de alleenstaande vrouw met het twijfelachtige beroep blijven. En nog kinderloos ook. Ze slikte een venijnige opmerking in en haalde het kettingslot weer door het frame van de fiets, daarna door een ijzeren ring aan de huismuur en trok de sleutel eruit.

Ze woonde al bijna vier jaar in de zolderkamer en kende haar hospita goed genoeg om te weten dat een repliek haar tong alleen maar losser zou maken. En ze had geen tijd voor verdere discussie, Lilo verwachtte haar.

'Dan zult u blij zijn om te horen dat ik vandaag ga lopen,' zei ze. Ze glimlachte ontwapenend naar het verbluft gezicht van mevrouw Wunderlich, wuifde, en liep snel over de oprit van de binnenplaats de straat op, waar de stem van de hospita haar niet meer kon bereiken.

Nu moest Hulda zichzelf toch bekennen dat ze, ondanks haar ergernis over haar hospita's bemoeizucht, wist te waarderen dat die zich zorgen over haar maakte. Wat dat betreft was ze namelijk de enige mens ter wereld, misschien met uitzondering van Bert de krantenverkoper, die haar welzijn werkelijk ter harte ging. De herinnering aan de warme avonden bij de potkachel in Margret Wunderlichs keuken, met in haar hand een hete grog en het geklets van de hospita in haar oren, toverde een kleine glimlach op Hulda's lippen.

Maar dat duurde niet lang, want haar slechte humeur bleef. De fiets, die ze met veel geluk tweedehands had gekocht, was voor haar het summum van vrijheid. Hij droeg haar snel als de wind door de straten, liet haar zelfs automobielen inhalen als die op de Potsdamer Strasse weer eens in een claxonconcert vastzaten, en hief de wetten van tijd en ruimte voor korte tijd op. En ook die van het geslacht, want er waren inderdaad maar weinig jonge vrouwen die van een fiets gebruikmaakten, in tegenstelling tot werkende mannen. Hij had Hulda een paar maandsalarissen gekost, maar het was elke mark waard geweest. Nu zou ze de band weer moeten plakken, een taak die ze verfoeide, al had ze het zichzelf heel aardig bijgebracht. Nee, eigenlijk was het Felix geweest die haar had laten zien hoe je een band moest repareren, en de gedachte aan hem verbeterde haar humeur niet in het minst.

Ze versnelde haar pas en stak de Potsdamer Strasse met de cafés en winkels over. Kappers, distilleerderijen, damesconfectie. Handig week ze uit voor de auto's, paard-en-wagens en gele dubbeldekkers en beende verder door de Alvenslebenstrasse, die naar de Dennewitzplatz voerde. Daar rezen de hoge gevels van de huurkazernes op en verstikten het licht van de lentezon. Links van Hulda ratelde het U-Bahn-treinstel van lijn A over het ijzeren, rood-grijs gelakte viaduct, de *Hochbahn*, en verdween in het huis van Bülowstrasse 70. Ze hadden, om het treinverkeer in een rechte lijn naar de stad te kunnen aanleggen, een gat in de gevel geslagen. Het spoorwegmonster boorde zich als een metalen slang door het huis, in al zijn weerzinwekkendheid bijna weer elegant. Zoiets kon alleen in Berlijn, dacht Hulda grijnzend, dat een huis werd opengebroken omdat het de vooruitgang in de weg stond.

Voor het café Akademische Bierhallen op de begane grond tilden mannen vaten bier van een kar, die door de Victoriabrouwerij in Kreuzberg werden geleverd, zodat het geliefde etablissement de dorstige Berlijners later hun biertje na werktijd kon serveren. Bij de arbeiders hadden zich een paar kinderen gevoegd, die naast hun gebedel een centje extra wilden verdienen. Een lange, kinderlijk ogende blonde jongen wankelde onder de last van een vat, maar slaagde er toch in om het naar de ingang te sjouwen. Zwetend veegde hij een paar haarlokken uit zijn gezicht. Hij was verbazend sterk voor zijn leeftijd, vond Hulda. Een klein meisje met warrig haar en kleren die stijf stonden van het vuil wachtte het juiste moment af om een achtergelaten pakket boterhammen van de wagen te grissen, rende met een triomfantelijke kreet weg en stopte al rennend de buit in haar mond, terwijl de arbeiders halfslachtig met hun vuisten naar haar zwaaiden.

Hulda was blij voor de kleine, hoewel haar keel dichtsnoerde bij de aanblik van de hongerige gezichtjes van de kinderen, die haar aan de aapjes in de Berlijnse dierentuin deden denken. Ze draaide zich om en liep het huis ernaast binnen, een benauwd wooncomplex met drie liftschachten op een rij, waar het vuilnis zich opstapelde en ratten door het afval schoten. Op een brandmuur had iemand met witte verf onhandig een paar woorden gekalkt. DOOD AAN JUDA! stond er. En ernaast: POLAKKEN DUITSLAND UIT! Het stonk er naar houtskool en de toiletten die in de donkere trappenhuizen waren geïnstalleerd en die door meerdere huurders werden gedeeld. Hulda wist dat ziektes door dat soort huisvesting werden aangetrokken en de bewoners belaagden die in de tochtige, vochtige woningen dicht op elkaar leefden. Vaak lieten die mensen vreemde slaapgasten tegen een kleine vergoeding in hun woonkeuken slapen, om huur uit te sparen, terwijl er toch al te weinig licht en lucht voor iedereen was. Want de woningnood was in Berlijn sinds de oorlog steeds verder gegroeid en Schöneberg was letterlijk tot de nok gevuld.

Hulda liep de smalle treden in de zijvleugel op en moest over een snurkende arbeider heen stappen, die op een matras midden in het trappenhuis sliep. Van boven hoorde ze voetstappen naderen, toen werkte een mager meisje met een smal gezicht en aan elkaar plakkende rossige vlechten zich langs haar heen. Ze was misschien vijftien. Haar sjofele kleren en het kleine bundeltje dat ze tegen zich aangedrukt hield, verrieden Hulda dat ze hier niet in huis woonde, maar waarschijnlijk voor de koude winternacht haar toevlucht op de overloop had gezocht. Even keek ze het meisje in haar ogen, en Hulda las daarin de angst en de woede van een in het nauw gedreven schepsel.

Kordaat pakte Hulda haar bij haar arm en voelde de dunne botten, het gevolg van jarenlange ondervoeding.

'Rustig maar, meisje,' zei ze. 'Heb je honger?'

Wantrouwig keek de roodharige haar aan en knikte toen voorzichtig. Hulda greep in haar jaszak, waarin ze voor haar haastige vertrek een appel had gestopt, haalde hem tevoorschijn en stak hem uit naar het meisje. Dat keek er begerig naar en liet hem in haar smoezelige schort verdwijnen, waarna ze zwijgend langs Hulda heen schoof en haastig naar beneden liep.

Hulda schudde haar hoofd. De armenzorg in de overvolle stad

faalde over de hele linie. Daar kon ze zo boos over worden! Het land likte nog steeds zijn oorlogswonden en de staatskas had grote moeite om de herstelbetalingen op te brengen. Daar kwam de inflatie nog bij, waardoor het geld razendsnel minder waard werd. Hulda zag met de dag meer dakloze kinderen op straat rondhangen, en ze moest zich inhouden om hen niet allemaal te hulp te schieten. Haar taak was het zich om de ongeboren kinderen te bekommeren, die het flakkerende licht van deze onzekere wereld wilden aanschouwen.

Snel haastte ze zich naar boven en klopte aan de huisdeur van de Schmidts. Uit haar ooghoeken zag ze dat de deur ertegenover met een band verzegeld was. Het leek erop dat de politie de woning had afgesloten. Schouderophalend wachtte ze erop dat Lilo's zachte kindergezicht in de deur van de Schmidts zou verschijnen. Maar in plaats daarvan deed haar man Wolfgang open. De huid van de jonge fabrieksarbeider was vaalbleek, op zijn wangen en kin was een baardschaduw te zien.

'Juffrouw Hulda,' zei hij, en in zijn vermoeide ogen stond opluchting te lezen. 'Kom binnen. Lilo is doodnerveus, ze was bang dat u niet zou komen.'

'Natuurlijk, neem me alstublieft niet kwalijk. Vanochtend was mijn fiets stuk, en ik ben komen lopen.'

'De band?'

Hulda haalde haar schouders op. 'In elk geval is hij plat.'

'Als u hem later hiernaartoe duwt, kijk ik er wel naar. Ik kom net van de ploegendienst en wilde in de keuken even gaan pitten. Maar 's middags, voordat ik vanavond weer weg moet, kan ik hem snel even repareren.'

Hulda wuifde zijn woorden weg. 'Dat is echt heel vriendelijk. Maar dat lukt me zelf ook wel, u hebt uw slaap nodig, en u moet uw vrouw helpen en niet de fiets van de vroedvrouw repareren als u tijd overhebt.'

'Nee, dat doe ik met alle plezier,' zei Wolfgang en hij krabde zich verlegen op zijn hoofd. 'We kunnen u immers niet eens fatsoenlijk betalen.'

Hulda hief haar hand op ten teken dat hij niet verder hoefde te praten. Al had Wolfgang er waarschijnlijk niets op tegen om een keer de benauwde woning te ontvluchten, in plaats van bij de lage gootsteen de was te doen en Lilo's angstige geklets te verdragen. Maar daar moest hij nu eenmaal doorheen, net als alle aanstaande vaders, dacht ze terwijl ze een grijns onderdrukte. Een kind krijgen, dat ging iedereen in het gezin aan, niet alleen de moeder, en ze had er een gewoonte van gemaakt om de mannen een beetje op te voeden en erop voor te bereiden dat het leven na de komst van een nieuwe wereldburger voorlopig niet meer zou zijn wat het was geweest.

'Wat is er eigenlijk met de woning hiertegenover aan de hand?' vroeg Hulda, om van onderwerp te veranderen.

Wolfgang legde met een bezorgd gezicht een vinger op zijn lippen en schudde zijn hoofd. 'Ik heb geen idee. Maar zeg er alstublieft niets over tegen Lilo. Ze is toch al op van de zenuwen. Omdat ze het huis niet meer uitgaat, heeft ze nog niet gehoord wat er met Rita Schönbrunn is gebeurd.' Hij ging met zijn hand door zijn haar. 'Een alleenstaande vrouw. Een hoer, denk ik. Excuseer, juffrouw. Niet echt het gezelschap dat ik voor mijn zwangere vrouw wens, ik had haar de omgang allang moeten verbieden. Maar Lilo heeft Rita in haar hart gesloten. Ik hoop dat alles in orde is. In elk geval is Lilo de laatste die daar in haar toestand over zou moeten piekeren.'

Hulda moest hem gelijk geven, al stuitte het haar tegen de borst hoe Wolfgang zijn vrouw betuttelde. Eens temeer vond ze haar eigen onafhankelijkheid een zegen. Maar hij had gelijk, opwinding was funest voor de jonge vrouw.

'Van mij hoort ze geen woord,' fluisterde ze en Wolfgang knikte dankbaar.

Vanuit de smalle gang ging hij haar voor naar de keuken, waar de slaapkamer achter lag. Meer kamers had de woning van de Schmidts niet. Het rook er naar kool en muffe bedden, maar op de keukentafel stond een beker met een paar veldbloemen en de ketel op het fornuis was glimmend gepoetst. Dwars door de ruimte hing een waslijn met vaalwitte hemden en lange onderbroeken, die in de bedompte lucht waarschijnlijk maar langzaam droogden.

'Mag ik u koffie aanbieden?' vroeg Wolfgang beleefd en hij baande zich met gebogen hoofd een weg naar het fornuis.

Maar Hulda weigerde. 'Ik ga aan de slag. U gaat nu slapen,' beval ze.

Opnieuw knikte hij dankbaar. Hij ging op de smalle bank onder het keukenraam liggen, sloeg een wollen deken om zich heen en viel zo te horen meteen in slaap.

Hulda zette de ketel op, pakte haar vroedvrouwentas en liep naar de kamer ernaast, waar Lilo nog in bed lag. De jonge vrouw zag er in de laatste dagen van haar zwangerschap uit als een hulpeloos dier dat zich in haar hol had teruggetrokken, vond Hulda, maar ze zei er niets over, glimlachte alleen bemoedigend en groette Lilo.

'Goedemorgen, Lieselotte. Je ziet er beeldschoon uit.' Leugentjes om bestwil hoorden bij haar beroep.

Lilo's grote, kastanjebruine ogen waren vochtig, alsof ze had gehuild, en haar sliertige haar was ongewassen. Maar met haar ronde gezicht met de witte, zachte huid en het roze nachthemd zag ze er jong en op een of andere manier vertederend uit. Verlegen frunnikte ze aan het kanten boordje dat het hemd onder haar hals sierde.

'Wolf maakt zich vrolijk over mij omdat ik zo veel aandacht besteed aan mijn kleren. Maar weet je, als we al in dit hok moeten wonen,' ze wees moedeloos naar de kleine ruimte, die bijna geheel door het echtelijke bed en hun aftandse commode met beschadigde hoeken in beslag werd genomen, 'dan zouden we op zijn minst moeten proberen er een beetje ordentelijk uit te zien.'

Ze liet haar stem dalen alsof wat ze nu zou prijsgeven, geheim was. 'Vroeger, als jong ding, wilde ik beslist kleermaakster worden. Natuurlijk konden mijn ouders het zich niet veroorloven om me zo lang naar school te laten gaan. En daarna nog ergens in de leer gaan, nee! Toen ben ik dan ook getrouwd, en nu is de wurm op komst. Maar in mijn dromen naai ik baljurken en deftige japonnen voor de filmsterren. Net als in de bioscoop. Ben je wel eens in de bioscoop geweest?'

Hulda knikte. Ze ging vaak naar de film, zo ontvluchtte ze de wereld. Maar ze wilde niet opschepperig doen. 'Ik kan me je heel goed achter een naaimachine voorstellen, Lieselotte. Je hebt talent, dat zie ik aan je nachthemd en aan dat mooie mutsje daar.'

'Noem me alsjeblieft Lilo, dat doen ze allemaal,' zei de jonge vrouw met een pruilmondje. Ze keek naar de witte gehaakte muts, die op een stoel lag, en haar bijna nog kinderlijke gezicht klaarde op. 'Die is niet van mij, het is een cadeau van mijn buurvrouw. Voor de baby, weet je. Is hij niet schattig?'

Hulda knikte. 'De kleine zal de muts buiten dringend nodig hebben, het is nog steeds behoorlijk fris. Baby's kunnen hun lichaamswarmte nog niet zo goed op peil houden als oudere kinderen of volwassenen, daarom moeten ze steeds iets op hun hoofd hebben.' Als het even kon wilde ze een gesprek over de buurvrouw vermijden. 'Nu we het er toch over hebben, lukt het een beetje met de inrichting?'

Lilo's gezicht betrok. Ze haalde haar schouders op. 'De fabriek heeft weer gekort op het loon. We hebben geen geld voor stoffen of wol. We kunnen niet eens een tweedehands kinderwagen kopen. Mijn arme kleintje zal meteen merken wat het betekent om in de ellendige Bülowknick ter wereld te komen.'

Hulda had met de jonge vrouw te doen. Ze wist dat het Lilo's liefste wens was haar kind iets te kunnen bieden. Voorzichtig zei ze: 'Ik kan je met de kinderwagen helpen. Ik ken een gezin dat de wagen van hun jongste wil weggeven. Over een paar dagen zet ik hem beneden op de binnenplaats, akkoord?'

In Lilo streden gekwetste trots en blijdschap om voorrang, dat was haar duidelijk aan te zien. Toen won de laatste. 'Bedankt, Hulda, dat is aardig van je.' Ze knikte nadrukkelijk. 'Ik wil mijn schatje toch aan iedereen laten zien en ermee op straat rondrijden. Altijd maar binnen zitten, dan kwijn je weg. Maar met die grote buik,' ze wees ernaar, 'durf ik niet meer naar beneden.'

'Licht en lucht zijn voor moeder en kind het beste,' beaamde Hulda. 'En wat de kleertjes betreft,' vervolgde ze, 'hebben de kleintjes in het begin niet veel nodig. Een paar hemdjes, twee paar wollen broekjes, dat is al genoeg. Misschien zijn er hier in huis gezinnen met oudere kinderen, die hun babykleren aan je kunnen lenen?'

Lilo knikte. 'Ja, twee buurvrouwen hebben me dat al aangeboden. Maar ik wilde zo graag iets nieuws voor mijn baby. U hebt wel gelijk, ik mag niet zo kieskeurig zijn. Dat zegt Wolf ook altijd tegen me.'

Uit de keuken klonk het gesnurk van de echtgenoot, en Hulda dacht dat Lilo er goed aan zou doen om haar armoedige situatie gauw te accepteren. Zo snel zou ze niet uit dit achterhuis vertrekken, met een ongeschoolde fabrieksarbeider als man en binnenkort een kind, waar er beslist nog meer op zouden volgen. In deze kamer zouden de Schmidts algauw met hun drieën slapen, over een paar jaar met zijn vieren of vijven, dat had Hulda al bij veel andere gezinnen gezien die ze bezocht. Er zou geen tijd meer zijn om zich het hoofd te breken over ontbrekende kanten boordjes of gebruikte kinderkleding. Lilo en Wolfgang zouden tegen ziektes moeten vechten, tegen luizen, honger, stapels wasgoed en deprimerende armoede. Ze zouden moeten schrapen en sparen om hun kinderen tenminste een paar jaar naar school te laten gaan, en vermoedelijk hun doel uiteindelijk niet bereiken. Dat was het leven dat voor hen lag, onontkoombaar en genadeloos. De Schmidts waren in de Bülowstrasse geboren en zouden daar sterven. Met veel geluk pas als ze ouder waren, maar waarschijnlijk al op middelbare leeftijd. Aan een ziekte of in het kraambed.

Hulda schrok van haar sombere gedachten. Soms vroeg ze zich af hoe ze ondanks haar machteloosheid elke keer opnieuw de kracht kon opbrengen om de gezinnen van het armste deel van de stad bij te staan, hoewel het bijna nooit goed afliep. Het antwoord was natuurlijk: omdat ze hen moest helpen! Omdat dit het enige leven was dat deze mensen bezaten en omdat ze er recht op hadden om het zo menswaardig mogelijk te leiden.

Ze haalde diep adem. In de keuken floot de waterketel en ze rende erheen om te voorkomen dat Lilo's man meteen weer wakker zou worden. In het keukenkastje boven het fornuis vond ze bestek en een blikje met thee naast een ander blik met cichorei. Ze deed een lepel theebladeren in een kopje met een afgebroken oor en goot er heet water op. Toen bracht ze de drank Lilo's kamer in en zette hem op de commode om af te koelen.

Hulda tilde haar vroedvrouwentas op het voeteneind van het bed en wreef zich in haar handen om ze warm te maken. 'Goed, dan gaan we maar eens kijken wat de kleine rakker allemaal uitspookt,' zei ze overdreven opgewekt en ze zag de blijdschap in Lilo's ogen. Het was verbazend dat de geboorte van een kind, ongeacht hoe beroerd het met de mensen ging, voor de meesten ondanks alles maar één ding betekende: geluk.

'Wist ik maar wat het wordt,' zei Lilo zacht.

Hulda lachte en pakte een paar instrumenten uit de leren tas. 'Dat kan ik met mijn hoorbuis helaas niet vaststellen, dat moet je even afwachten.' Ze schoof Lilo's nachthemd omhoog en betastte de bolle buik van de zwangere.

Met angstige blik volgde Lilo elke beweging, tot Hulda het onderzoek beëindigde en haar over haar arm streelde.

'Het ziet er allemaal fantastisch uit. Het kind heeft zich sinds mijn laatste bezoek niet nog een keer gedraaid, het ligt heel braaf met het hoofdje naar beneden. Op het laatste rechte stuk voor de finish.' Ze legde Lilo's hand op de bewuste plek van haar buik en leidde die over de welvingen. 'Je baby heeft zich goed ontwikkeld, hij is groot en sterk, en ik denk bijna klaar voor de geboorte.'

Opnieuw hield ze de houten buis tegen de buik en luisterde met gesloten ogen. Daar was het, naast het zachte, rustige geruis van de moederlijke hartslag galoppeerde de snelle pols van de baby, regelmatig en krachtig.

'Is alles echt in orde?' vroeg Lilo.

'Alles is prima,' zei Hulda en ze legde de hoorbuis aan de kant. 'Het hartje werkt voorbeeldig. Je hebt een braaf kindje in je buik, dat precies weet wat het moet doen.'

'Ik wou dat ik dat ook wist,' zei Lilo huilerig. 'Ik heb toch geen flauw idee! En ik ben vreselijk bang voor de geboorte. Ik doe 's nachts geen oog dicht omdat ik me steeds weer voorstel hoeveel pijn het doet.'

Hulda kende de angsten van moeders voor de eerste bevalling. 'Dat doen ze allemaal,' zei ze en ze veegde een haarlok uit Lilo's bezorgde gezicht. 'Maar als het begint, weet je precies hoe het gaat. Je lichaam zal je de weg wijzen en je hoeft het alleen maar te volgen. En natuurlijk ben ik er ook nog.'

'Kom je meteen, als ik je laat halen?' vroeg Lilo.

Hulda knikte. 'Natuurlijk. Stuur alleen op tijd een van de kinderen uit de buurt naar mij toe in de Winterfeldtstrasse, dan spring ik op de fiets en ben ik er voordat je pap kunt zeggen.'

De lekke band schoot haar weer te binnen, daar zou ze zich snel mee moeten bezighouden. Met een zucht dekte ze Lilo weer toe en ging staan. Ze moest haast maken, op haar lijst stonden vandaag nog twee vrouwen, wier zwangerschap niet zo ver gevorderd was als die van Lilo. Maar zonder fiets zou vandaag alles langer duren.

'Ach, moet je er alweer vandoor?' vroeg Lilo, en Hulda hoorde de teleurstelling in de stem van de jonge vrouw. 'Weet je,' voegde Lilo eraan toe, 'het is zo vreselijk saai hier. Wolf is er nooit en als hij er wel is, slaapt hij. Dat begrijp ik ook wel, alleen... ik verlang naar gezelschap. Altijd zo in mijn eentje, dat is niets voor mij.'

'Is er misschien een buurvrouw met wie je goed kunt opschieten?' vroeg Hulda en op hetzelfde moment beet ze op haar tong. Ze moest Lilo niet op het idee brengen om de gang in te lopen. Laat staan haar iets over de verzegelde deur vertellen!

Lilo's gezicht klaarde op. 'Mevrouw Schönbrunn van tegenover is vriendelijk. We maken af en toe een praatje buiten, of in haar keuken. Maar ik heb haar al lang niet meer gezien.'

'Je moet uitrusten,' zei Hulda, hoewel ze zwangere vrouwen anders eigenlijk rustige wandelingen of een lichte vorm van afleiding adviseerde. Maar ze voelde dat er een ongezonde belangstelling voor de woning aan de overkant bij Lilo opkwam. 'Drink een kopje thee, lees wat.' Ze knikte naar de commode, waar twee oude, beduimelde exemplaren van een modetijdschrift naast het kopje lagen. 'Het duurt niet lang meer voor je dag en nacht gezelschap hebt.'

Ze dacht bij zichzelf dat een jonge vrouw zich met haar nieuwgeborene vaak net zo eenzaam voelde als Lilo nu al was, en misschien nog wel eenzamer. De nieuwbakken vaders hielden het ruimtegebrek en het nachtelijke gekrijs vaak niet uit en namen al snel de benen, brachten het beetje vrije tijd dat ze hadden liever door in het café dan met een schreeuwend, nat bundeltje door de benauwde kamer te ijsberen. Dus bleven de moeders alleen achter en bestierden het zware huishouden met een klein kind zonder enige hulp. Maar nu was het zaak om de baby ongedeerd uit de angstige moeder te krijgen. Lang zou het niet meer duren, dat hadden haar ervaren ogen gezien en haar handen gevoeld.

'Had je al afscheiding?' vroeg Hulda, terwijl ze haar tas sloot.

Toen de jonge vrouw haar niet-begrijpend aankeek, vervolgde ze: 'Heb je slijm of misschien zelfs bloed in je ondergoed gezien?'

Lilo bloosde en knikte met neergeslagen ogen.

Innerlijk slaakte Hulda een zucht. De jarenlange preutsheid van het wilhelminische tijdperk belette vrouwen tot op heden, na het einde van het keizerrijk, nog steeds om hun lichamelijke functies als iets natuurlijks te zien. Zo kwam het ook tot die angsten. Als een vrouw zich er niet van bewust mocht zijn wat er met haar lichaam gebeurde, hoe zou ze dan enig gevoel voor zoiets overweldigends als een geboorte kunnen hebben? Soms had Hulda de vrouwen die ze begeleidde het liefst door elkaar geschud en gezegd dat ze hun ogen moesten opendoen en zichzelf moesten leren kennen, en hun lichaam niet als vijand zien maar als bondgenoot. Maar ze wist dat velen niet zouden weten waar ze het over had.

Geduldig legde ze uit: 'Dat betekent dat het geboortekanaal niet meer dicht zit. Dan duurt het beslist niet lang meer. Je man moet ervoor zorgen dat er genoeg schone handdoeken klaarliggen.'

Lilo knikte en hief ten afscheid haar hand op. Hulda zag de trouwring, die in het zachte vlees van haar vingers sneed. De vrouw was nog geen twintig, dacht ze, en had al een gezin gesticht. En zelf was ze niet meer de jongste, al zesentwintig en... Nee, dacht ze, en ze duwde de gedachte weg, zoals altijd als die opkwam. Het was zinloos om over haar eigen kinderloosheid na te denken. Hulda weigerde altijd ook maar een spoor van verdriet tot zich toe te laten. Maar misschien, op een dag... dacht ze nog, toen liep ze kordaat naar de deur.

'Lilo?' Ze draaide zich nog een keer om. 'Waarschuw me als je iets nodig hebt.'

Ze wuifde naar de zwangere vrouw en sloop door de keuken naar de donkere gang.

In het trappenhuis viel haar blik op de verzegelde voordeur. *Ik heb haar al lang niet meer gezien.* Wat zou er gebeurd zijn?

Schouderophalend rende Hulda de krakende treden af en liep snel langs een paar blèrende kleuters, die tussen de vuilnisbakken en een paar loslopende kippen op de binnenplaats zaten. Er waren nu nog meer wolken aan de hemel te zien. De volgende vrouw die ze moest opzoeken, woonde in Friedenau, en ze moest een tram pakken om daar nog enigszins op tijd te verschijnen.

3

Maandag, 29 mei 1922

Karl ging elke keer bijna van zijn stokje vanwege de stank in de lijkenhal. Hoewel hij vond dat hij eigenlijk wel tegen een stootje kon, want hij had doden in elk stadium van ontbinding gezien en had genoeg routine om een lijk te kunnen lezen als een boek. Maar die weerzinwekkende zoetige stank, die aan de tegels bleef hangen en hem keer op keer als een onverwachte tik op zijn neus trof, was gewoon te veel van het goede.

En die ochtend was het bijzonder moeilijk.

Het liefst had hij, dacht Karl somber, niets te maken gehad met het sterfgeval dat hij moest onderzoeken. Het joeg hem angst aan. Maar juist daarom mocht hij niets laten merken. En dus kwam hij bijzonder kordaat naast de patholoog bij de sectietafel staan. Fritz beet onaangedaan in een appel, terwijl hij nadenkend naar het vrouwelijke lijk keek. Het elektrische licht van de plafondlampen weerspiegelde in zijn kale schedel. Er liep een beetje sap uit zijn mondhoek, en even wendde Karl zijn ogen af.

'Zo, inspecteur North? Voelt u zich niet zo lekker?'

Karl probeerde onverschillig te klinken. 'Verre van dat. Dus, wat hebben we hier?'

Met zijn vrije hand gaf Haber het lijk een zetje. Het was bijna alsof hij een oude bekende in de zij porde.

'Een al wat ouder meisje. En dat ze minstens drie dagen in het water heeft gelegen, heeft haar er niet frisser op gemaakt.'

Karl bekeek het gezicht en het lichaam van de dode met een mengeling van weerzin en nieuwsgierigheid. Haar ogen waren gesloten. Het dunne blonde haar met de zilveren lokken stond warrig van haar hoofd af. Er was geen uitwendig letsel te zien, hooguit heel oppervlakkige schaafwondjes op haar buik en haar dijen. Op haar handen en voeten had de vrouw de typische wassen huid van een waterlijk, grijsblauw en opgezwollen.

Haber pakte de vingernagel van de rechterwijsvinger en nu zag ook Karl dat die al los was gaan zitten. Hij werd onpasselijk. Haastig trok hij een pakje Juno's uit de zak onder de doktersjas, haalde er een sigaret uit en stak hem op. Hij inhaleerde diep. Na een paar trekjes kon hij weer helderder zien.

'Zoals ik al zei, heeft ze een paar dagen in het kanaal gelegen. Ze is gevonden door drie bengels, die daar bij de oever speelden. Het lachen zal ze wel een tijdje zijn vergaan.' De patholoog wees naar het gezicht van het lijk. 'Hier, moet u zien.'

Met tegenzin boog Karl zich over de dode heen. Rond neus en mond plakten bleke vlokken, als gedroogd schuim. Hij betrapte zichzelf erop dat hij haar gezicht langer dan nodig bestudeerde.

Haber volgde zijn blik en knikte, alsof Karl iets had gezegd. 'Inderdaad. Extern pulmonaal schuim.'

Karl richtte zich op en deed een stap achteruit. De patholoog moest niet merken hoe nerveus hij was. 'Dus ze leefde nog toen ze in het water viel?'

Haber gooide het klokhuis van zijn appel in een metalen kuip. 'Overduidelijk dood door verdrinking. Waarschijnlijk kon ze niet zwemmen. Dan rest nog de vraag waarom ze in godsnaam het water in ging. In de lente. In het Landwehrkanal. Het water is twaalf graden.'

'Zelfmoord?'

'Daar ziet het wel naar uit. Zal wel een snol geweest zijn, die kon haar lol wel op.'

'Een prostituee? Hoe weet u dat?'

Haber wees naar een tafel achter hem, waar de kleren van de dode op lagen. 'Ze droeg dat typische glitterspul en kousenbanden van goedkope kant. Bovendien had ze vaginale en anale verwondingen, voor een deel heel recent.'

Karl huiverde. Waar die vrouwen zich niet allemaal voor leenden, daar kon hij met zijn verstand niet bij. Maar hij was lang genoeg bij de politie geweest om te weten dat er voor veel mensen geen andere mogelijkheid was om te overleven. Bij deze vrouw stond het hem bijzonder tegen om te weten wat ze voor haar dood had meegemaakt.

'Geboortes?' Hij drukte zijn peuk uit in de metalen bak.

'Ja. Waarschijnlijk meer dan één.'

'Dus er zijn ergens familieleden.'

Haber knikte opnieuw. 'Dat is uw taak, North,' zei hij. 'Ik zou eens in de buurt ten zuiden van de Köthener Brücke informeren, waarschijnlijk komt ze uit de wijk rond de Kurfürstenstrasse of uit de Bülowbogen. Daar bent u toch bekend, nietwaar?'

Geschrokken keek Karl de man in zijn gezicht. Wat suggereerde hij? Die buurt in Schöneberg stond bekend om de etablissementen waar de prostitutie en de handel in alcohol en drugs welig tierden. Sinds Groot-Berlijn was gevormd, ontwikkelde zich daar langzaam maar zeker nog een ander centrum van vermaak, dat de Alexanderplatz en Kreuzberg concurrentie dreigde aan te doen. Wat wist de patholoog?

Toen begreep hij het pas en lachte opgelucht, een tikje te hard. 'Nu dacht ik waarachtig even dat u me iets in de schoenen wilde schuiven.'

Haber grijnsde ondoorgrondelijk. 'Nee, natuurlijk niet, u bent zo onschuldig als een lammetje. Maar u komt uit de buurt, nietwaar?'

'Ik ben vlakbij opgegroeid, maar niet in de wijk zelf,' antwoordde Karl vaag en hij dacht vluchtig aan de donkere muren van het weeshuis, de behandeling door de protestantse zusters en de cellen diep in de kelder. Maar hij verjoeg de beelden snel, hij had zijn hele volwassen leven geoefend om ze te verdringen zodra ze opdoken.

Hij keek hij Haber strak aan.

'Overigens kennen we de naam van de dode al. Er kwam een aangifte van vermissing binnen vanuit het milieu. Een zekere Rita Schönbrunn. Die was al dagen niet op haar werk verschenen. We zijn al in haar woning geweest.'

'O ja?' vroeg Haber, die niet eens probeerde om zijn desinteresse te verbergen. Het was de patholoog er eigenlijk alleen om te doen de informatie te ontdekken die de doden in hun huid en botten verborgen. De rest deed er voor hem niet toe.

Bijna teleurgesteld voegde Haber eraan toe: 'Dan komt haar foto dus niet in de galerij.'

Karl schudde van nee. Hij wist dat zijn collega de lange reeks gruwelijke foto's van niet-geïdentificeerde slachtoffers bedoelde die in het hoofdkantoor op de Alexanderplatz hingen. Dagelijks liepen bezoekers en politiemensen langs afgerukte ledematen en hoofden, verbrandingen en schotwonden zo groot als een vuist, een eindeloze reeks gewelddaden.

Zo terloops mogelijk vroeg Karl: 'Weet u het zeker van die zelfmoord?'

'Zeker is alleen de dood,' antwoordde Haber. 'Met al dat gespuis dat daar in de buurt rondhangt, moet u in elk geval ook aan moord denken. Een ontevreden klant, een concurrente... Hoewel die arme vrouw er zo verloederd uitziet dat ze waarschijnlijk nauwelijks een bedreiging vormde voor haar collega's.' Hij klopte de dode meewarig op haar been en trok toen een doek over haar heen.

'Tijd voor een bakkie,' zei hij.

Karl knikte afwezig en keek Haber na, toen die de lijkenhal uit liep. Nog één keer gleed zijn blik over het doek waaronder de dode lag. Hij kon zich er niet van losrukken en wenste toch dat hij ver weg was. Hij wilde niets liever dan dit sterfgeval aan een andere overwerkte collega van moordzaken doorgeven. Maar nu was hij de pineut, en hij kon geen goede reden verzinnen waarmee hij van het onderzoek af zou kunnen komen.

Ze konden echt niet klagen over gebrek aan werk. Sinds Karl bij het hoofdbureau van politie was begonnen, ging er geen dag voorbij of hij en zijn collega's renden als opgejaagde speurhonden door de stad, aangespoord door hun baas, Ronde Ernst, zoals de corpulente Ernst Gennat half spottend, half liefdevol werd genoemd. De hoofdcommissaris had zich ten doel gesteld orde op zaken te stellen bij de Berlijnse recherche, en stond bekend om zijn scherpe verstand en een pijnlijke nauwgezetheid, die hij ook van zijn ondergeschikten eiste.

'Jullie denken misschien dat je Fouché bent,' placht hij langs zijn voortdurend brandende sigaar heen te brommen, die Karls collega's geamuseerd het eeuwige licht noemden. 'Maar Fouché komt niet van foefelen, onthoud dat!'

Karl hield zich niet in het minst voor Napoleons hoofdcommissaris Joseph Fouché. Hij was toevallig in het beroep van rechercheur verzeild geraakt, zonder dat hij het echt had geambieerd. Het was een mogelijkheid die veel slimme jongemannen benutten, die geen geld hadden voor een promotie en een academische carrière. Meestal waren het officierszoons met oudere broers, aan wier opleiding het spaargeld grotendeels op was gegaan. Zo iemand was Karl niet, maar dankzij een weldoener, die een schenking aan het weeshuis had gedaan, werd hem na zijn schooltijd, waarin hij van zijn goede verstand blijk had gegeven, een studiebeurs verleend. Na het gymnasium was hij eerst bij de Pruisische politie in dienst gegaan, toen geslaagd voor het examen voor de functie van assistent-rechercheur en uiteindelijk tot inspecteur benoemd. Hij wist dat hij dankbaar moest zijn dat hij het zo ver had geschopt. Hij, een buitenechtelijk weeskind en dus uitschot, leidde tegenwoordig een burgerlijk leven en oefende een eerbaar beroep uit, waarvoor hem zelfs een zeker talent werd toegedicht. Zelfs Gennat bromde soms waarderend als Karl en zijn collega's weer eens een lastige zaak hadden opgelost.

Maar er waren momenten dat zijn beroep hem tegenstond. Dan wenste hij dat hij boekhouder was geworden, bankbediende of beroepsmilitair. In het laatste geval had hij moeten hopen dat de afgelopen oorlog voorlopig de laatste was geweest. Destijds had hij geluk gehad, was pas in de laatste weken van de Grote Oorlog opgeroepen en had geen noemenswaardige ervaring aan het front opgedaan, anders dan het grootste deel van de mannelijke bevolking. Drie jaar na de oorlog lagen de lazaretten van de stad nog steeds vol met invaliden met uiteengereten lichamen en onherkenbare gezichten, die er door het kanonvuur letterlijk afgescheurd waren. Dat soort uiterlijke littekens had Karl tenminste niet opgelopen. Díé niet, dacht hij bitter, en hij verjoeg opnieuw de schaduwen van de kerker uit zijn gedachten, waar de zusters hem als kind hadden opgesloten, hem urenlang op zijn knieën hadden achtergelaten, tot hij berouw had getoond. Wat het ook mocht zijn waarover hij berouw had moeten hebben, het was hem nooit helemaal duidelijk geworden waarvoor hij voortdurend zo hard was gestraft.

Kordaat trok hij zijn geleende doktersjas uit en hing hem op weg naar buiten nonchalant aan een haak naast de deur. Het voormalige Koninklijke Mortuarium bevond zich in de Hannoversche Strasse in de wijk Mitte. Hij zou weer naar het hoofdbureau op de Alexanderplatz rijden om de bewijzen te bestuderen. Alles moest langs officiële weg verlopen, hij mocht geen fout maken. Pas als het werk was gedaan, zou hij een plekje zoeken om zijn middagpauze door te brengen.

Op kantoor trof hij Paul Fabricius aan, zijn assistent. De mollige jongeman met het kale voorhoofd, die vanwege zijn corpulente verschijning en zijn ongeduld door iedereen altijd de bolbliksem werd genoemd, zat op het bureau en flirtte met een stenotypiste, die toen Karl binnenkwam giechelend haar ordner tegen haar borst drukte en langs hem heen glipte. Fabricius gleed snel van het bureau en keek Karl half schuldbewust, half triomfantelijk aan. Maar Karl maakte een afwerend gebaar. Dat soort kleinigheden interesseerde hem niet. Alleen, hoe zijn assistent het altijd weer klaarspeelde om ondanks zijn onopvallende uiterlijk elke vrouw en menig man om zijn vinger te winden zonder daar enige moeite voor te doen, vroeg hij zich wel af. Dat was al zo geweest sinds Fabricius van de politieschool was gekomen en onder hem was geplaatst. Hij was vrolijk, bijdehand en werkte graag, dat wel. Maar er was iets aan hem wat Karl het gevoel gaf dat hij hem niet blind moest vertrouwen. Hij was overdreven ijverig, en zijn fonkelende ogen leek niets te ontgaan.

Toch had Karl Fabricius in alle geheimen van het opsporingswerk ingewijd. Maar zelf had hij het geheim van Fabricius' onweerstaanbaarheid niet kunnen doorgronden. Misschien was het gewoon een aangeboren zelfvertrouwen dat hij uitstraalde, dacht Karl nijdig. Dat van een jongen, die beschermd en bevoorrecht in een welgesteld gezin was opgegroeid, wiens leven niet uit een aaneenschakeling van pech en aalmoezen had bestaan, maar die veilig was geweest, omdat hij steeds een keus had gehad. Fabricius had niet op de genade van een vreemde mecenas hoeven wachten om carrière te maken, hij had alles voor het grijpen. Ook bij de vrouwen.

'Nog nieuws?' vroeg Karl.

Fabricius schudde bedroefd zijn hoofd en beet in een enorme sandwich met kaas. Zijn voorhoofd was precies in drie rimpels geplooid. 'Niemand lijkt iets te hebben gezien of gehoord.'

Dat was goed, dacht Karl bij zichzelf, dat was heel goed. Deze zaak zou snel in het archief belanden.

Hij herinnerde zich dat ze eergisteren de woning van de dode hadden geïnspecteerd en daar niets bijzonders hadden ontdekt. Behalve dat ene natuurlijk, waarvan niemand afwist behalve hij. Maar het zou allemaal gauw verzanden. De zaak zou worden gesloten. Maar Karl wist niet of hij dat wel wilde, of hij zijn ogen moest sluiten voor de verdenking die hem zo hardnekkig in zijn kuiten beet als een straathond. Of dat hij naar de waarheid moest spitten, tot zijn vingers bloedden. Want wat was erger, dacht hij terwijl hij op zijn duimnagel kauwde, blind blijven of de lelijke tronie van het kwaad in de ogen kijken?

Toen ze twee dagen eerder met de auto in de Bülowbogen waren gearriveerd en uitstapten, had Karl een huivering niet kunnen onderdrukken. De hemel was bedekt, boven de grijze daken trokken wolkenflarden voorbij. Het huis zag er weinig uitnodigend uit, er zat roet op de gevel en nog voor de inrit naar de eerste binnenplaats stapelde het afval zich op. Overal lagen gebroken flessen. Ertussenin zaten kleine kinderen, alsof de vuilnishoop een fantastische speelplaats was. Met grote stappen liepen Karl en zijn assistenten door de achterste ingang.

De stank die hem in het beklemmende trappenhuis tegemoet sloeg, kende Karl maar al te goed van de talloze huiszoekingen in de armste wijken van Berlijn: ontlasting en een mengeling van etenslucht en bederf. Te veel mensen op een te klein oppervlakte, met nauwelijks gelegenheid om zich te wassen of het wasgoed te drogen te hangen.

Het zou, dacht hij, bijna zijn eigen leven zijn geweest, als hij uiteindelijk geen geluk had gehad. Hij zag de weerzin van Fabricius. Die had dat soort ellende beslist niet aan den lijve ondervonden.

De vrouwelijke conciërge op de begane grond overhandigde hun grommend de reservesleutel en zei met een grafstem, alsof ze het altijd al had geweten: 'Met Rita moest het wel fout lopen. En dat terwijl ze eigenlijk uit een goed huis kwam. Maar toen ging het bergaf, en dat kon niet goed gaan. Zoals die heeft gezopen, goeie god.'

Karl nam zich voor later nog eens een rustig gesprek te voeren met de vrouw. Maar eerst wilde hij de woning van de dode bekijken.

Snel liepen de rechercheurs naar boven en klopten aan. Toen niemand reageerde, draaiden ze de deur van het slot en gingen naar binnen. De woning bestond slechts uit één enkele ruimte, die als keuken, woon- en slaapkamer tegelijk diende. Daarachter bevond zich nog een bergruimte, met daarin een armzalige voorraad levensmiddelen en kleding. Aan de muren hing geen enkele foto. Blijkbaar was de bewoonster er ondanks haar beperkte middelen nog in geslaagd om het huis enigszins schoon te houden.

'Eigenaardig, nietwaar?' vroeg Fabricius en hij wees naar de kale muren, het lege aanrecht en de zorgvuldig gedrapeerde wollen deken op de keukenbank. 'Geen spoor van menselijk leven.' Hij wiste het zweet van zijn kale voorhoofd.

Karl knikte en liep langzaam door de ruimte. Wat telde was de eerste indruk, dat wist hij uit ervaring. Hij probeerde steeds het karakter van een mens af te lezen uit de sfeer die in de woonruimte hing. Maar hier was niets, alleen stilte. Het leek of er in de woning een geest had gewoond, die zonder een spoor achter te laten over de weinige meubels was gegleden. Op de kleine keukentafel stond een mand met verstelgoed en breinaalden. In een trommel op het fornuis lag een beschimmeld stuk brood.

'Chef?' riep zijn assistent, die de bergruimte in was gelopen en daar in de kleren had gewoeld. Hij stak zijn hoofd door de lage deur en gaf Karl een schoolschrift aan. Het was beduimeld, de hoeken van het papier gekreukt. 'Het ziet eruit als een dagboek.' Fabricius ging de bergruimte weer in en inspecteerde de potten en flessen die in een laag stellingkastje stonden.

Karl woog het schrift in zijn hand en bladerde erin. In haar kinderlijke handschrift had de vrouw haar korte verslagen opgeschreven, die teruggingen tot de oorlogsjaren. Snel sloeg hij de bladzijden om tot aan het einde. Het laatste bericht stamde van maart 1921, ruim een jaar oud. De laatste zinnen luidden: *Nu is ook dat voorbij. Zo hoef ik geen aandeel meer in het leed te hebben.*

Hij wilde het schrift net opbergen, toen het uit zijn handen gleed en op de grond belandde. Er dwarrelde een opgevouwen document uit de eerste paar bladzijden, dat hij bij het doorbladeren niet had gezien. Hij pakte het op en vouwde het open. Het papier was dun en broos van ouderdom. Het was een kwitantie.

Karls ogen vlogen over de regels, opeens knipperde hij onrustig met zijn ogen. Naast het bedrag en een onleesbare handtekening stond een datum die hij maar al te goed kende. De kwitantie was uitgeschreven door het Huis der Barmhartigheid. Dat was onmogelijk. Er klopte iets niet met Karls hart, het sloeg over, dacht hij. Het bloed schoot naar zijn hoofd en ruiste oorverdovend door zijn slapen. Snel, voordat zijn assistent het kon zien, duwde hij het papier weer tussen de bladzijden en verstopte het schrift onder zijn jas.

Toen kwam Fabricius naar hem toe, met in zijn hand een kistje met een paar persoonlijke bezittingen van de vrouw: zeep, een buikband, een vulpenhouder.

'We gaan ervandoor,' zei Karl kortaf.

'Moeten we de buren niet vragen of ze iets hebben gehoord?' vroeg Fabricius met een lichte frons.

Karl wuifde zijn woorden weg. 'Daar is later wel tijd voor. Laten we eerst de spullen naar het hoofdbureau brengen. En dan wil ik eerst een bord erwtensoep. Ik trakteer. We gaan lunchen.'

Het gezicht van de assistent klaarde op. 'In Aschinger?' vroeg hij en hij liep enthousiast voor hem uit.

Karl knikte afwezig. In het restaurant op de Alexanderplatz kreeg je 's middags voor weinig geld een goede warme maaltijd. De bolbliksem verslond daar doorgaans twee porties.

Karl trok de deur dicht, draaide hem op slot en dacht dat hij zelfs nog op Mars zou lunchen, als hij deze woning maar zo snel mogelijk kon verlaten en tijd zou hebben om na te denken.

4
Notitieboekje

Krankzinnigengesticht van de stad Berlijn in Dalldorf
27 oktober 1912

Iedereen slaapt al, ik ben de enige die nog wakker is. De blauwe duisternis is zwart geworden, alleen het zwakke gele schijnsel van een lamp valt op het papier. Ik heb het gevoel of ik slaap, of ik droom.

Overdag loop ik door de eindeloze kliniek als een slaapwandelaar. En dit is de plek waar ik werk? Hoewel ik hier al twee maanden elke dag heb gewerkt, kan ik dat moeilijk geloven. Ik hoor nog steeds de stem van de hoofdzuster, die me ter zijde neemt en zegt: 'Rita, in Dalldorf zoeken ze een verpleegster. Ik heb jou aanbevolen.' Nooit zou ik hebben gedacht dat ze voor mij in zou staan, ze was uitermate streng, zelfs ijzig tegen me, alsof ze van mijn verleden wist. Alsof ze vermoedde dat ik onwaardig was. Maar misschien had mijn plichtsgevoel haar uiteindelijk overtuigd, mijn ijzeren wil om het nog beter te doen dan de andere zusters in opleiding, die allemaal veel jonger waren dan ik. De meesten zijn ongetrouwde meisjes, die aan het begin van hun leven staan. En misschien is dat ook de reden waarom ik uiteindelijk die baan heb gekregen. 'In Dalldorf moet je flink aanpakken, niet bang zijn voor lastige patiënten en smerig werk. Dat is niets voor dat jonge spul,' had de hoofdzuster gezegd, en toen begreep ik voor het eerst dat ze mij als haar gelijke had beschouwd en niet als een kind zoals de anderen.

Ik ging direct akkoord.

Aanvankelijk was Konrad bezorgd, vanwege het geweld dat naar men zegt in de inrichting voorkomt, vanwege de ex-gedetineerden die uit de gevangenis of het tuchthuis komen en niet allemaal in het Stenen Huis achter tralies zitten, maar zich vrij door de tuinen en de werkplaatsen mogen bewegen. Paviljoen vijf is met zijn getraliede ramen en de muur zelfs bestemd voor patiënten die vanwege ernstige zwakzinnigheid een gevaar vormen voor zichzelf en anderen. Daar hoef ik niet naar binnen, verzekerde ik Konrad keer op keer, tot hij kalmeerde. Daar werken alleen mannelijke verplegers, bijgestaan door beveiligingspersoneel.

Het geld, daar waren wij het over eens, hebben we hard nodig. Vanwege het meisje. Hilde moet later naar school. Ze is pas vier, maar ze groeit als kool, haar kousen zijn altijd te kort en ze heeft een gigantische eetlust, als een jongen. We kunnen niet alleen van Konrads schoenreparaties leven, al hoort hij dat niet graag. Ik ben onder mijn stand getrouwd, zeggen de mensen, maar in mijn situatie was ook dat nog een geluk. Konrad was de hoofdprijs in de tombola van het leven, dat mij tot dan toe niet gunstig gezind was geweest. Hij is een goede man, een trotse man. Maar van zijn trots kunnen wij geen brood kopen. En het zijn moeilijke tijden.

Het is een moderne inrichting, behalve de tien paviljoens zijn er een keuken, een administratiegebouw, een machinegebouw, een wasserij en de grote werkplaatsen en groenvoorzieningen waar de gedetineerden werken. Daar komen nog de akkers bij die in het noorden aan het terrein grenzen, met de boerderij en de kunstmatig bevloeide weilanden. We hebben hier ook een opvoedingsgesticht, het stedelijke gekkenhuis, waar nog een meisjesinrichting bij hoort.

Directeur Sander heeft besloten dat het de patiënten die in staat zijn om te werken goed zal doen om zich overdag aan een taak te wijden. Daarom is het hier bijna zoals in een werkplaats of in een fabriek met een tuinderij, en alleen het merkwaardige geschreeuw en de ongewone geluiden, het gegrom en gehuil uit de afzonderlijke paviljoens verraden dat het een gesticht is. Soms klinkt het als een dierentuin.

En toch ben ik nog nooit zo gelukkig geweest.

Mannen en vrouwen zijn strikt gescheiden in afzonderlijke gebouwen ondergebracht. Bovendien wonen de gekken apart van de chronisch zieken, die aan idiotie en epilepsie lijden. Het heeft allemaal zin, er heerst een rustige orde, die mijn hoofd goeddoet. Het werk is zwaar, maar bevredigend, en ik geef zonder valse bescheidenheid toe dat ik het aankan. De patiënten zijn net dieren, waarvan je het karakter snel begrijpt en waarbij de verpleging voorspelbaar verloopt. Slechts zelden komt het bij een enkeling tot een geweldsuitbarsting, dan moet je de beveiliging roepen en ze iets kalmerends toedienen, desnoods de dwangbuis gebruiken, al ziet de directeur dat niet graag. 'Dwang is verwaarlozing,' is zijn credo, hij wil graag dat de verplegers de patiënt met toewijding verzorgen. Maar natuurlijk is dat niet altijd mogelijk als de patiënt aan ernstige zwakzinnigheid lijdt en hij een gevaar vormt voor zichzelf en zijn omgeving.

'Ben je niet bang voor die gekken?' vroeg Hildchen gisteren, en ik glimlachte en schudde mijn hoofd. Dalldorf is een wereldje op zichzelf, waar ik graag kom. Als de trein stopt bij het station en ik in mijn oude rok uitstap, door de poort loop, het bedrijfsgebouw van baksteen binnenga en het verpleegstersuniform en de kap uit de kast haal, onderga ik een heel bijzondere transformatie. Ik trek andere kleren aan en maak plaats voor een ander. Dan ben ik niet langer Margaritha Schönbrunn, het gevallen meisje, over wie zich weliswaar uiteindelijk een man heeft ontfermd, maar dat steeds met een brok in haar keel aan vroeger terugdenkt. Ik word zuster Rita, de kordate verpleegster met de eeuwige glimlach, en als zij de slaapzaal binnenkomt vertrekt zelfs Egon, de hopeloze idioot, zijn kwijlende, stuiptrekkende gezicht in een verheugde grijns. Ik hoor bij Dalldorf, alsof ik altijd voor het werk hier bestemd ben geweest. In de inrichting, die te midden van bloeiende velden ligt en voor mij het thuis is, waar ik mijn leven lang naar heb verlangd.

Ik bewaar het dagboek in mijn kast en neem het niet mee naar huis, naar Hildchen en Konrad. Het is deel van mijn leven hier. Een deel van mijn zelf.

5

Woensdag, 31 mei 1922

Hulda kreunde en trok de deken, die loodzwaar leek, tot haar kin. Voor het raam van haar zolderkamer was het zwart, misschien viel er al een klein streepje licht op de muren van de ruimte. Ze kneep haar ogen dicht en zakte nog een keer weg in haar droom.

Lichten, draaiende lichten en rode zijde. Een hoog plafond, met een fonkelende kristallen bol die lichtpunten sproeit, die dansen en elkaar achternazitten. Pulserende jazz, de smeltende stem van een zwarte zangeres, wild gestamp en wervelende dansers om haar heen. Na elke draai glijden ze langs handen, armen en heupen van vreemde mensen, en Hulda zelf, die anders graag afstand houdt, geniet van het gevoel deel uit te maken van de kolkende massa. Verrukkelijke champagne vloeit over haar lippen, een onbekende drukt er een kus op en is meteen weer in het gewoel verdwenen, voor ze zijn gezicht kan zien. Een vrouw in een korte zilveren jurk gebaart naar haar en trekt haar naar een donkere hoek waarop twee witte strepen liggen, als dunne spinnenpootjes. Ze weet dat Hulda goed betaalt. Hulda buigt zich over de tafel, ze lacht, in haar hoofd exploderen de sterren en de maan, alles om haar heen lijkt zo ongelooflijk helder en prachtig te zijn. Dan worden haar lippen gevoelloos, ook haar handen, maar ze weet dat dat voorbijgaat, en daarna is alles alleen nog licht en zonder pijn, en dat is waar ze zo naar verlangt. Iemand trekt haar weer het gewoel in, waar het ritme heerst en samenvalt met haar hartslag. Ze danst steeds verder, voelt zich of ze zelf de sprankelende champagne wordt die over alles wordt uitgegoten. Ze vloeit weg en voelt geen vermoeidheid meer...

Er werd aangeklopt, haar droom vervloog. Met tegenzin opende Hulda haar kleverige wimpers. Haar blik zwierf naar de klok op de commode. Nog geen vijf uur 's ochtends. Ze had amper twee uur geslapen.

Opnieuw werd er geklopt, dit keer nadrukkelijker. Hulda ging rechtop zitten in haar bed en riep: 'Ik kom zo.' Ze zwaaide haar benen over de rand van het bed en greep naar haar voorhoofd. Ze verging van de hoofdpijn, maar toch stond ze op en haalde haar ochtendjas van de haak. Terwijl ze die om zich heen gooide, opende ze de deur op een kier. In de donkere gang staarde een kindergezicht haar met twee enorme ogen aan.

'Wat wil je?' vroeg Hulda aan het meisje.

'Schmidt uit de Bülowstrasse krijgt haar kind,' fluisterde ze. 'Ik moest u halen, zeiden ze.'

De kleine keek nieuwsgierig langs Hulda heen de kamer in. Waarschijnlijk kwam het eenvoudige maar brandschone huis haar, vergeleken met de smerige huurkazernes in de Bülowwijk, voor als een paleis.

'Nou zeg!' Hulda wreef in haar ogen. 'Nu al? Ik had gedacht dat het nog een paar dagen zou duren.'

Ze overlegde even met zichzelf, probeerde helder te denken. 'Ik kom zo snel ik kan.' Gelukkig had ze gisteren haar band nog geplakt, ze zou over een paar minuten al bij Lilo zijn. 'Zeg mevrouw Schmidt dat ze zich geen zorgen hoeft te maken,' riep ze het meisje achterna, dat de trap al af denderde. En maak in godsnaam niet zo veel herrie, dacht ze. Een ruzie in alle vroegte met mevrouw Wunderlich was wel het laatste waar Hulda behoefte aan had.

Ze luisterde, maar alles bleef stil. Toen gooide Hulda bij de wastafel snel een paar handen vol water in haar gezicht en borstelde haar weerbarstige haar. Toen ze haar neus in de handdoek snoot, brandde die als vuur, en ze vervloekte zichzelf. Had ze de vorige keer niet gezworen om met haar tengels van dat helse witte spul af te blijven?

Met een zucht schoot Hulda haar rok en blouse aan, die nog van gisteren over een stoel hingen, en zette het kapje op, dat ze weliswaar hinderlijk vond maar dat haar patiënten het gevoel gaf in goede handen te zijn. Hulda wist dat dat idee bij de bevalling bergen verzette. Ze zette het kapje met twee haarspelden vast. Inmiddels kookte het water voor de koffie al op het kleine gasstel. Ze zou minstens twee kopjes drinken voordat ze vertrok, dacht ze, en ze maakte koffie toebroek klaar door het hete water domweg op een lepel gemalen koffie direct in het kopje te gieten. Toen zocht ze in de broodtrommel naar een simpel ontbijt.

Even later sloop Hulda met de vroedvrouwentas onder haar arm de trap af en sprong op haar fiets. Om deze tijd was de lucht koel en streek langs haar benen als een kat op zoek naar voer. Ze duwde stevig op de pedalen en de wind zorgde voor een welkome afkoeling van haar hoofd. Ze voelde dat de koffie langzaam begon te werken en haar levensgeesten wekte. Dat was de laatste keer geweest dat ze de Weisse Maus in Friedrichstadt had bezocht, nam ze zich voor. Hoe was ze eigenlijk zo laat nog thuisgekomen? Zelfs dat herinnerde ze zich niet meer. Slingerend voelde ze onder het fietsen met een hand in de zak van haar rok en merkte dat er geen geld meer in zat. Ze vloekte. Blijkbaar had ze haar laatste vijf mark aan een taxi uitgegeven.

De Potsdamer Strasse lag er verlaten bij, de avondklok was nog van kracht. Zelfs de vrouwen, die zichzelf doorgaans aan de voorbijstrompelende mannen aanboden, waren er niet. Het kwam Hulda voor alsof dit uur van de ochtendschemering het enige moment van de dag was dat Berlijn werkelijk even sliep.

In een obscure kroeg in een souterrain veegde een oude vrouw met vermoeide halen de vloer, de barkrukken stonden ondersteboven op de toog. Een jankende hond verdween om een straathoek. Hulda reed verder en knipperde met haar ogen om de nevelslierten die nog steeds in haar hoofd hingen te verdrijven. Ze mocht dat vervloekte poeder echt niet meer aanraken! Maar het zorgde er zo prachtig voor dat je alles vergat wat je deprimeerde. Zelfs de schaduwen die je helemaal niet zag, werden erdoor verdreven, wat je een paar uur een heerlijk licht gevoel gaf. Maar nu zat ze met de gebakken peren! Lilo's kind had dit piepkleine, vredige hiaat in de tijd vlak voor de ochtendschemering uitgezocht om ter wereld te komen, en zij, Hulda, zou alles moeten geven om ervoor te zorgen dat moeder en kind er genadig afkwamen, ongeacht hoe moe en suf ze zich voelde.

Hopelijk ging het allemaal goed, dacht Hulda, toen ze haar fiets op de binnenplaats van de Bülowstrasse tegen de muur zette. Want bij de minste of geringste complicatie was ze verplicht om een arts te roepen, die de geboorte dan overnam. En vandaag was het woensdag, herinnerde ze zich terwijl ze inwendig kreunde. Dr. Schneider, die een praktijk had voor vrouwengeneeskunde in de Landshuter Strasse, had doktersdienst, en hij was een van die godheden in het wit, die meende dat een vroedvrouw niet meer was dan een kruidenheks, van wie de praktijken een gevaar voor de barende vrouwen vormden. Als vroedvrouw begreep ze de arts wel, anders dan hij had zij geen opleiding genoten en mocht geen instrumenten zoals de tang hanteren. Dat was uitsluitend de geleerde heren doctoren voorbehouden. Maar Hulda neigde ertoe op eigen houtje te handelen en er niet zo snel een arts bij te halen. Dr. Schneider en zij hadden het al vaker met elkaar aan de stok gekregen, omdat hij haar verweet dat ze zichzelf overschatte en medische fouten beging. En als ze niet oppaste, dacht Hulda tandenknarsend, zou dat conflict haar nog haar vergunning in de wijk Schöneberg kosten. Want vandaag, moest ze toegeven, terwijl ze de kreten van pijn volgde die uit de woning van de Schmidts door het donkere trappenhuis klonken, had hij bij wijze van uitzondering gelijk: ze was echt niet in topvorm. Maar Lilo rekende op haar en Hulda zou haar niet in de steek laten. Als een onbekende vroedvrouw of meteen al de strenge arts bij haar zou opduiken, zou dat de jonge vrouw in een rampzalige emotionele chaos storten.

De deur stond op een kier, ze werd verwacht.

'Lilo?' riep Hulda, terwijl ze snel de kleine woning binnenliep.

'Hulda...' klonk het zwakjes uit de slaapkamer. Daar zat Lilo rechtop in haar bed, ze zag er beklagenswaardig en behuild uit. Op de rand van het bed zat een vermoeide Wolfgang, die hulpeloos haar hand vasthield. Toen hij Hulda zag keek hij haar opgelucht aan.

'Godzijdank, u bent er, juffrouw Hulda,' zei hij en hij stond op. 'Ik ben een uur geleden van mijn werk gekomen en trof mijn Lilo zo aan. Ik heb snel de dochter van de bovenburen wakker gemaakt en naar u toe gestuurd.' Hij nam haar op. 'U ziet er eigenlijk ook niet al te fris uit, als ik het zeggen mag.'

Maar Hulda wuifde zijn woorden weg. 'Alleen een beetje moe, dat komt wel goed.' Ze ging naast Lilo op de omgewoelde lakens zitten. 'Zo, wat mankeert eraan?'

Lilo jankte even en jammerde: 'Het begint alweer.'

Hulda wist dat de volgende wee kwam en hield Lilo aan haar schouders vast. 'Ademhalen, meisje, diep ademhalen en je niet verzetten.'

Lilo proestte dapper en beet op haar lip, tot de wee door haar lichaam was getrokken. Toen slaakte ze een opgeluchte zucht en liet zich in het kussen achteroverzakken.

'Ik denk niet dat ik dit kan,' fluisterde ze.

Hulda glimlachte. 'Ja hoor, dat kun je wel. En weet je waarom? Omdat het moet. En omdat je al heel gauw je kleine schatje in je armen kunt houden, dat beloof ik je.' Hulda keek rond in de troosteloze ruimte. Haar blik viel op een hoopje sneeuwwitte wol. Het mutsje! Ze pakte het en legde het in Lilo's handen.

'Bij de volgende wee moet je eraan denken dat dit je kind dichterbij brengt. Dat je het gauw deze prachtige muts op kunt zetten.'

Lilo knikte en glimlachte vaag. Haar zachte, kinderlijke vingers streelden teder de lichte wol, keer op keer, alsof ze het kinderhoofdje er al onder voelde.

Tevreden kwam Hulda overeind en richtte zich tot Wolfgang. 'We hebben schone handdoeken en veel warm water nodig. Kunt u in de keuken de ketel op het vuur zetten? En breng uw vrouw alstublieft een klein ontbijt, misschien brood met boter? En een sterke kop thee met veel suiker.'

'Suiker?' vroeg de man en hij keek haar aan alsof ze hem had gevraagd stofgoud in de thee te doen. Inwendig slaakte Hulda een zucht. Ze opende haar grote leren tas en haalde er een paar suikerzakjes uit, die ze in Café Winter af en toe voor dit soort gelegenheden achteroverdrukte.

'Hier.' Ze stak hem de zakjes toe. 'Doe het nou maar. En als we alles hebben wat nodig is, kunt u zich terugtrekken. Maar niet te ver weg, zodat ik u elk moment kan roepen.' Gelukkig, dacht ze, waren de bierhallen om deze tijd nog niet open en had Wolfgang voorlopig geen kans om een café in te vluchten.

'Eén ding nog,' zei Hulda en ze zag bezorgd dat Lilo haar gezicht alweer vertrok omdat de volgende wee eraan kwam. 'Waar is de dichtstbijzijnde telefoon?'

'De conciërge beneden heeft een toestel. Mevrouw Koslovski,' antwoordde Wolfgang. 'Moet ik iemand bellen?'

'Nee, alleen voor het geval dat,' zei Hulda en ze stuurde hem de kamer uit, alsof ze een vlieg verjoeg. Toen draaide ze zich weer om naar de jonge vrouw, die zich krampachtig aan het mutsje vastklampte, alsof het een reddingsboei was die haar voor de ondergang behoedde.

'Rustig ademhalen, heel langzaam,' zei Hulda en ze hield Lilo vast, tot ook deze wee voorbij zou zijn. Er zouden nog vele volgen, en ze zouden pijnlijker en overweldigender worden, dat wist Hulda, maar tegen Lilo zei ze alleen: 'Je doet het fantastisch.'

Toen ze de jonge vrouw in de volgende pijnloze pauze onderzocht, constateerde ze verrast dat de geboorte al ver was gevorderd. Hoe kwetsbaar en angstig Lilo er ook uitzag, haar lichaam leek zich nergens iets van aan te trekken en stuwde het kind onverstoorbaar het geboortekanaal door. Het ging Hulda bijna iets te snel, want als een moeder het tempo dat haar lichaam haar oplegde niet kon bijbenen, kon het tot letsel komen. Dus zei ze haar rustig te blijven, liet Lilo tijdens de weeën steeds weer hijgen en puffen en verbood haar te persen.

Eindelijk kwam Wolfgang binnen met het verlangde ontbijt en nadat Hulda de jonge vrouw de zoete thee te drinken had gegeven en haar had overgehaald om een paar hapjes te eten, leek Lilo heel wat rustiger. Ze ging zelfs zover dat ze opstond en langzaam door het kamertje begon te lopen, een paar stappen in de ene en weer in de andere richting. Tijdens de weeën leunde ze op de spijlen van het bed.

Aan het geweeklaag te horen, dat steeds dieper uit Lilo's borst leek te komen, merkte Hulda dat de laatste fase van de geboorte was aangebroken.

'Lilo, je doet het alsof je nooit anders hebt gedaan,' zei ze en ze meende het ook nog. Het was altijd verbazend om te zien dat vrouwen tijdens de geboorte heel anders reageerden dan verwacht. Dit breekbare meisje, dat wekenlang panisch van angst was geweest, gaf nu het erop aankwam blijk van leeuwinnenmoed. Ze zette zich schrap tegen de weeën die nu vlak na elkaar door haar magere lichaam golfden en draaide terwijl ze stond intuïtief met haar heupen om het kind verder naar beneden te helpen.

Opgeschrikt door het wilde geschreeuw van zijn vrouw stak Wolfgang twee keer zijn lijkbleke gezicht door de deur, maar elke keer stuurde Hulda hem weg. Voor een buitenstaander moest de martelgang van de bevallende vrouw klinken alsof ze in doodsstrijd verkeerde, maar Hulda wist dat alles ging zoals het hoorde. Keer op keer tastte ze voorzichtig naar het kind en beluisterde de hartslag met haar hoorbuis. En ze was elke keer blij om het regelmatige, kloppende geluid te horen.

Toen ze uiteindelijk het hoofdje van het kind voelde, zei ze: 'Zo, meisje, nu heb je nog wat moed nodig. Verzamel je laatste krachten en werk goed mee. Je mag het kind nu naar buiten werken, maar altijd alleen persen als ik het zeg, akkoord?'

Lilo knikte met glazige ogen en koortsige wangen. Ze stond nog steeds gebukt bij het frame van het bed en leek zich in een soort trance te bevinden. Ook dat was typisch voor de laatste minuten van een geboorte, wist Hulda: de vrouwen voelden dat ze zich volledig aan de pijn moesten overgeven. Zelfs als daar doodsverachting voor nodig was. En daarom was Hulda niet verbaasd toen bij de volgende wee het hoofdje van het kind verscheen en het kleine lichaam bij de tweede wee, samen met een golf vruchtwater, naar buiten gleed.

Hulda had de vloer al met krantenpapier en handdoeken bedekt. Ze ving het water en de baby op en wikkelde het warme lijfje meteen in een schone doek. Het kind krijste en Hulda lachte tevreden. Nog steeds waren moeder en kind door de navelstreng met elkaar verbonden. Zacht duwde Hulda de hijgende Lilo op bed en legde het warme bundeltje in haar armen. En toen kwam het moment waar Hulda zich altijd het meest op verheugde en dat ze tegelijk het meest vreesde: Lilo's uitgeputte gezicht begon te stralen, haar ogen en handen tastten het kind af, haar blik zoog zich aan het piepkleine rode gezichtje vast alsof ze altijd moest blijven kijken. En zij, Hulda, was vergeten. Ze was nog maar een figurant in het blijspel dat leven heet. Op dat moment begon een nieuwe tijdrekening in het bestaan van moeder en kind. Vanaf dat moment was hun band zo onverbrekelijk dat er niets meer tussen hen kon komen. En Hulda voelde elke keer een steek, een combinatie van jaloezie en verdriet, die bij die gedachte door haar hart ging.

Zoals altijd onderdrukte ze ook nu haar gevoelens met bedrijvigheid. Ze bond de navelstreng af en knipte hem door. Ze nam de protesterende moeder haar baby een laatste keer af en onderzocht hem zorgvuldig, controleerde ademhaling, doorbloeding, spierspanning. Telde alle vingers en tenen en maakte het kind met een vochtige lap schoon. Pas toen legde ze het weer terug in Lilo's armen.

Nu was het tijd voor de verzorging van de moeder. De nageboorte kondigde zich al aan, Hulda zag het aan Lilo's verraste gezicht, dat zich nog eens pijnlijk vertrok, en toen was het voor elkaar. Hulda onderzocht het grote orgaan, dat niet meer nodig was, en zag tot haar opluchting dat het compleet was. Er zouden geen moeilijkheden meer komen, het was een geboorte volgens het boekje.

Pas nu feliciteerde ze Lilo met haar kind, zoals het hoorde. De placenta maakte deel uit van de zwangerschap, pas als die eruit was gekomen was het voorbij.

Hulda stilde Lilo's bloeding, trok haar kleren recht en dekte haar goed toe. 'Wat dacht je ervan als het kind nu zijn vader zou leren kennen?'

Lilo straalde en knikte. In haar ogen stond een oeroude trots te lezen, de trots van vrouwen die iets buitengewoons hadden gepresteerd.

Hulda riep: 'Wolfgang?'

Hij stond al achter de deur en kwam ademloos naar binnen. Als in trance liep hij om het bed en ging zo voorzichtig op de rand zitten dat het leek of hij bang was een geest te verjagen. Zijn grote hand ging onbeholpen door het haar van zijn vrouw, met een vinger streelde hij aarzelend de minuscule zachte wang van zijn kindje.

'Wat is het geworden?' vroeg hij.

Lilo keek hem verbaasd aan en begon te lachen. 'Dat weet ik helemaal niet,' zei ze en ze keek Hulda nieuwsgierig aan. 'Dat ben ik in de opwinding vergeten te vragen.'

Hulda glimlachte. 'Een jongen,' zei ze. 'Een kerngezonde zoon.'

Toen liep ze naar de keuken om het jonge gezin de kans te geven

even alleen te zijn. Ze spoelde de bloedige lappen en handdoeken uit en zette weerzinwekkende surrogaatkoffie voor zichzelf met het poeder uit het blik boven de gootsteen. Ze dronk er langzaam van en merkte dat het hete brouwsel van cichorei de melancholie verdreef die even over haar was gekomen. Dat verweet ze zichzelf. Het was dom om altijd weer verdrietig te zijn over iets waarvan ze niet eens wist of ze het wilde. Wat moest ze met een kind? Ze zou haar werk moeten opgeven, zich opsluiten zoals al die vrouwen die ze hielp met bevallen en van wie het leven vanaf dat moment volgens een ijzeren schema verliep, een eeuwigdurende kringloop van schoonmaken, koken, schelden en huilen. Alles zou dan worden bepaald door de verzorging van het kind, door de angst het weer te verliezen: aan honger, een kinderziekte, een ongeluk. De vuile was stapelde zich op, zo hoog dat je hem zonder wringer nauwelijks kon wegwerken. Er was nog minder te eten, en ook ontbrak het aan slaap. Maar ondanks alle ellende werd er ook gelachen, er was vreugde over de kleine en diens vorderingen, er waren kussen en liefkozingen.

Maar Hulda dacht niet dat die gevoelens tegen het verlies van haar vrijheid zouden opwegen. Afgezien daarvan had ze geen idee wie de vader van het kind zou moeten zijn. Felix? Nou, dat had ze eens en voor altijd verhinderd.

Ze snoof en ging met de rug van haar hand over haar ogen. Toen wrong ze vastbesloten de natte lappen uit boven de gootsteen en hing ze aan de lijn die dwars door de keuken was gespannen.

Hulda ging bij het raam staan. Buiten was het al licht, de zon vormde vlekken op de muur ertegenover, waar hier en daar het pleisterwerk was losgekomen. Het raam stond op een kier en het langgerekte koeren van een duif drong door tot de keuken, die op dat moment bijna gezellig was.

Toen Hulda even later zachtjes de slaapkamer binnenkwam, hadden Lilo en Wolfgang zich nog steeds niet bewogen, en ze staarden nog steeds met een gelukzalige glimlach naar hun kind.

Hulda kwam dichterbij. 'De baby moet nu aan de borst worden gelegd,' zei ze vriendelijk maar beslist. 'En wel zo.' Ze liet het Lilo zien en zag opgelucht dat de kleine jongen meteen begreep hoe de borstvoeding functioneerde, en vol overgave begon te zuigen.

Wolfgang leek de aanblik van zijn ontblote vrouw pijnlijk te vinden en ging de kamer uit, terwijl hij een verontschuldiging mompelde.

'Heb je eigenlijk al een naam?' vroeg Hulda, terwijl ze de kamer een beetje opruimde en voortdurend controleerde of de kleine goed dronk.

'Ik dacht aan Konrad,' zei Lilo. 'Eigenlijk zouden we hem naar Wolfgangs vader vernoemen, dat is gebruikelijk bij hen. Maar die heet Ernst. En dat is zo'n koude naam, vind ik, zo streng. Hij was ook streng, ik was altijd bang voor hem.' Peinzend streelde ze de vingertjes van haar zoon. 'Weet je, de man van mijn overbuurvrouw heette Konrad. Dat moet een aardige vent geweest zijn, grappig en vrolijk. Die naam bevalt mij. En Wolfgang is het met me eens.'

'Dus Konrad. Dat is een goede keus,' zei Hulda, die dat altijd zei, of ze dat nou dacht of niet. Maar in dit geval beviel de naam haar werkelijk.

Toen zag ze dat er een traan over Lilo's wang biggelde. 'Wat heb je?' vroeg ze. Een geboorte was een grote inspanning, en veel vrouwen reageerden er onvoorspelbaar op. Maar bij Lilo zag het er niet uit alsof het tranen van opluchting waren.

'Rita is dood,' mompelde Lilo en ze snoof. Haar vingers liefkoosden de witte donshaartjes op het hoofdje van haar drinkende zoon. Toen pakte ze het witte mutsje, dat op de matras lag. 'De politie was hier. Mevrouw Koslovski heeft het aan Wolf verteld, en ik moest het uit hem trekken. Hij wilde het niet zeggen, zodat ik me niet op zou winden.'

'Dood?'

'Verdronken. In het kanaal, bij de Köthener Brücke verderop. Het is vreselijk.' Nu snikte Lilo onbedaarlijk.

'Dat is heel verdrietig,' zei Hulda en ze dacht bij zichzelf dat het waarachtig niet de eerste wanhopige vrouw was die haar ellendige leven met een sprong in het kanaal was ontvlucht. Sinds de oorlog hadden veel van die arme stakkers geen perspectief meer. 'Het spijt me heel erg voor je.'

'Iedereen zegt dat Rita er een eind aan heeft gemaakt. Maar zo was ze niet,' zei Lilo en ze snoot in de deken. 'Die was taai! Ze had alles verloren, haar gezin, haar werk, maar ze liet zich niet kisten. En net op dit moment, nu de baby er is...' Opnieuw snikte Lilo. 'Daar had ze zich zo op verheugd. Een kind is een wonder, zei ze.'

Hulda luisterde oplettend en dacht dat niemand kon weten wat er in een mens omging. Zelfs als het leek alsof iemand sterk was, kon die persoon toch diep in zijn binnenste wanhopig zijn.

Opeens had ze het vertrokken gezicht van haar eigen moeder weer voor ogen, hoe ze huilde en schreeuwde, met een van de kleine bruine ampullen in haar hand, die haar leven beheersten. Hulda hoorde hoe het nachtelijke gejammer door de lege kamers van het huis weerklonk. Het verdriet vrat je op als een onzichtbare ziekte. Hulda's handen waren koud.

'Lilo,' zei ze en ze wist niet wie ze moed insprak, de jonge moeder of zichzelf. 'Je moet nu sterk zijn, omwille van je zoon. Hij heeft een vrolijke, ontspannen moeder nodig. Wat er met je buurvrouw is gebeurd, is vreselijk, maar je mag je er niet te veel van aantrekken, beloof je dat?'

Lilo knikte met tegenzin. Ze bekeek het kind, dat op haar borst in slaap was gevallen, met halfopen mond. 'Hij is zo lief,' zei ze zacht en ze kuste het voorhoofdje.

'Het is een heel mooi kind, de kleine Konrad,' beaamde Hulda.

Lilo keek haar met gezwollen ogen aan. 'Zou je een keer willen vragen wat er met Rita is gebeurd?' smeekte ze. 'Ik mag hier voorlopig niet uit. En Wolf kan niet zo goed met mensen praten, weet je. Hij laat zich zo snel afschepen. Maar ik moet weten wat er is gebeurd, ik moet het gewoon! Anders word ik gek van het gepieker. Alsjeblieft!'

Hulda haalde diep adem. 'Goed dan,' zei ze. 'Ik zal het eens aan mevrouw Koslovski vragen, misschien kom ik iets te weten. Maar jij rust uit en denkt aan iets moois, afgesproken?'

Lilo knikte gehoorzaam en veegde de laatste tranen van haar gezicht. 'Afgesproken. Bedankt, Hulda.'

Om haar op andere gedachten te brengen, legde Hulda haar nog uit hoe ze het verband moest vernieuwen, zodat de bloedingen gauw zouden ophouden. En dat ze de kleine, zodra hij wakker werd, iets warms moest aantrekken en hem dan weer de borst moest geven.

Toen nam ze afscheid van Lilo, die inmiddels een afwezige indruk maakte. Ze had alleen nog oog voor Konrad.

In de keuken gaf Hulda de nieuwbakken vader instructie om fatsoenlijke maaltijden klaar te maken voor de pas bevallen vrouw en haar de eerste nacht niet alleen te laten.

‘Maar ik moet naar mijn werk,’ zei hij niet-begrijpend.

Hulda legde haar hand op zijn arm. ‘Ik weet het. Maar dan moet u een buurvrouw vragen, zodat iemand kan kijken of alles goed is met Lilo. Het liefst een oudere vrouw met ervaring, niet die kleine snotneus die mij vanochtend is komen halen. Begrijpt u dat?’

Wolfgang knikte en Hulda beloofde de volgende dag terug te komen.

Toen ze de woning uit kwam en de gang in liep, hoorde ze de klok van de nabijgelegen Lutherkerk twaalf uur slaan. De tonen klonken helder, bijna als muziek. De geboorte had maar een paar uur geduurd. Een nieuw leven begon, stil en onopgemerkt in deze huurkazerne, die als een honingraat in het gewemel van de bijenkorf hing, die Berlijn heette.

Voordat ze de trappen afliep, viel Hulda’s blik op de verzegeling van de deur aan de andere kant. Wat lagen leven en dood soms toch dicht bij elkaar, dacht ze, en ze hield haar vroedvrouwentas nog iets steviger vast.

6

Woensdag, 31 mei 1922

Felix ging met zijn hand door zijn stugge bruine haar en gaapte. Gisteravond was het laat geworden in Café Winter. Vlak voor sluitingstijd was er een horde dorstige Russen binnengevallen, die eerder op een of andere vergadering over Trotski of Lenin of wie dan ook hadden gediscussieerd, wat dat betrof verloor Felix soms het overzicht. Naar hun rode koppen en de luide gesprekken te oordelen had al tijdens hun bijeenkomst het nodige geestrijke vocht gevloeid, en nu bestelden ze hier in het café bij de mopperende Frieda het ene rondje cognac na het andere. Felix had de serveerster wat extra munten in de zak van haar schort gestopt en haar met opgeheven wijsvinger gedreigd dat ze vriendelijk tegen de late gasten moest zijn. De kassa had gerinkeld.

Maar vanochtend was Felix wat later uit bed gekropen dan anders, en de vermoeidheid hing nog steeds aan zijn nek als een slingeraapje dat zich niet liet afschudden. Gelukkig had hij er gisteren, nadat de kas was opgemaakt, met weer een geldstuk voor gezorgd dat Frieda de zaak vroeg zou opendoen en op haar post zou blijven tot hij zou komen opdagen.

'Tjonge,' groette zijn moeder hem hoofdschuddend, die al op de stoep voor het café zat te wachten. 'Wie het eerst komt... Hoor jij nou ook al bij de langslapers?'

'Goedemorgen, moeder. Mag ik er even langs? Ik moet aan de slag,' antwoordde Felix en hij schoof haar zacht opzij.

'Precies,' zei zijn moeder stekelig.

Binnen goot Felix eerst maar eens een heleboel heet water in het filter, want zonder koffie zou hij zijn moeder vandaag niet kunnen verdragen. Met kleine slokjes en gesloten ogen genoot hij van de zwarte drank, terwijl Wilhelmine Winter zich aan haar vaste tafel, helemaal vooraan bij het raam, door een ook al humeurige en vermoeide Frieda liet bedienen.

Felix begon buiten de donkere Thonet-stoelen neer te zetten, knipperde tegen het zonlicht en vulde de zoutpotjes op de marmeren tafels. Ondertussen bekeek hij heimelijk de garderobe van zijn moeder. Wilhelmine Winter had zichzelf weer eens overtroffen: behalve haar witte wollen pakje droeg ze ragfijne kousen en de nertsstola die haar man haar voor haar zestigste verjaardag cadeau had gedaan. De dure, handgemaakte leren tas had ze demonstratief op tafel gezet, zodat iedereen kon zien dat de uitbatersfamilie Winter het voor elkaar had.

Nou, dacht Felix, ze konden het zich permitteren. In feite liep Café Winter al jaren als een trein en was het niet meer weg te denken van het levendigste, uitbundigste plein van Schöneberg. Sinds Schöneberg zelfs officieel bij Berlijn hoorde en de markt door de vele handelaren uit de stad was gegroeid, was de Winterfeldtplatz nog drukker geworden. Sinds twee jaar leidde hij, de zoon, nu de zaak, zodat zijn ouders het rustiger aan konden doen. Hoewel zijn vader met volle teugen van zijn gezapige leventje genoot en maar een enkele keer een pijpje in het café kwam roken om heimelijk een oogje in het zeil te houden, liet zijn moeder hem geen rust. Elke dag zat ze hem op zijn nek. Ze controleerde de kassa, alsof hij een schooljongen was die niet met een telraam kon omgaan, zette stoelen recht, bekritiseerde met een zuinig mondje elk vlekje op Frieda's schort en dat van de andere meisjes en hing de halve dag in het café rond.

Nu gebaarde ze weer naar hem, met die mengeling van zorgzaamheid en verwijt in haar gezicht die hem tot razernij dreef.

'Ja, moeder?' vroeg hij overdreven vriendelijk.

'Je moet je serveersters vragen om wat meer te glimlachen,' fluisterde ze zo luid dat Frieda, die het tafeltje ernaast afruimde, het gegarandeerd kon horen.

'Zoals de waard is...'

'Wat bedoel je, jongen?'

'Dat het misschien helpt als je niet zo kritisch en onuitstaanbaar bent, moeder.'

Wilhelmine glimlachte zuur. 'Ik vergeef je die kleine brutaliteit, omdat ik zie dat je moe bent, Felix. Maar denk er wel aan dat ik het alleen maar goed met je voorheb. Andere gasten, die ontevreden het café uitgaan, zeggen misschien niet zo onverbloemd hun mening als ik. Maar die komen dan ook niet meer terug.' Ze rechtte haar rug. 'En zeg nu alsjeblieft tegen de keuken dat ik mijn eieren precies zesenhalve minuut gekookt wil hebben. Zodat het eiwit gestold en het eigeel zacht is, begrepen?'

Felix beet op zijn tong om een scherpe repliek te onderdrukken en knikte.

'Ach, Felix?' Zijn moeder hield zijn mouw vast.

Hij keek omlaag naar haar hand en werd wrevelig bij het zien van haar donkerrood gelakte vingernagels.

'Ja?'

'Ik heb nog iets voor je.' Wilhelmine woelde demonstratief in haar dure tas en haalde er een foto uit.

Felix kreunde inwendig. Hij wist wat er nu kwam. 'Dat is echt niet nodig, moeder,' zei hij afwerend.

Maar verzet was nutteloos.

'Blijkbaar is het juist hard nodig, mijn zoon. Of is er nieuws waar ik niets van weet? Maar dan hopelijk nieuws over een persoon van niveau! Als je ooit met een dienstmeisje of een serveerster aan komt zetten, brengt dat me in het graf, dat besef je hopelijk wel?'

'Maak je geen zorgen, er is niemand.'

Zijn moeder snoof. 'En of dat een reden tot zorg is. Wil je alleen blijven tot je oud en grijs bent? Het wordt tijd om een gezin te stichten. Het café moet ook na jou nog in de hand van de Winters blijven. Dus kijk eens hier!'

Ze hield de foto onder zijn neus. Daarop zag Felix een jonge vrouw met lang blond haar, een wipneus en een, zoals hij met tegenzin moest toegeven, onweerstaanbare glimlach.

'Wie is dat?'

Wilhelmine zag heel goed dat zijn interesse gewekt was en glimlachte triomfantelijk.

'Dat is Helene, de dochter van meneer Stolz, een zakenman uit Charlottenburg. Ze is twintig, ongebonden en heeft een vlekkeloze reputatie. Haar ouders zijn er zeer in geïnteresseerd dat Helene een fatsoenlijke en vlijtige jongeman leert kennen. Zo iemand als jij.'

'Ik zou echt willen dat je een beetje meer vertrouwen in mij had. Geef me nog wat tijd, dan vind ik de ware wel.'

Wilhelmine lachte schamper en liet de foto van de jonge vrouw weer in haar tas glijden.

'Je treurt nog steeds om die onmogelijke Hulda. Een droevig figuur, allang een oude vrijster. En ze heeft ook niet van je gehouden. Hoe had ze dat ook gekund? Met zo'n familie moest ze niet helemaal goed snik zijn: een vader die zijn verantwoordelijkheid ontloopt zoals alle Semieten en een waanzinnige moeder. Nee, dat zouden geen goede genen voor de familie zijn geweest. Wij Duitsers moeten erop toezien dat we onze natie behouden en die niet met vreemd bloed verwateren.'

'Houd je mond alsjeblieft,' siste Felix en hij draaide zich om. Hij had genoeg gehoord. Hij had zijn buik vol van de scherpe tong en de grote mond van zijn moeder! En hij haatte het als ze zijn geheime gedachten uitsprak, want had hij zelf ook niet steeds woedend aan Hulda gedacht, en het stuklopen van hun relatie aan haar besluiteloosheid en haar ziekelijke angst voor nabijheid geweten?

'Morgen om één uur,' riep zijn moeder hem achterna.

'Pardon?'

'Dan neem je Helene mee uit lunchen. Ze verwacht je in Kranzler aan de Kurfürstendamm,' zei ze en ze goot met haar pink omhoog melk uit het porseleinen kannetje in het kopje. 'Ik let zolang wel voor jou op het personeel hier in het café.'

Het gesprek was beëindigd, zij had het laatste woord gehad.

Felix perste zijn lippen op elkaar en liep naar de keuken, om de wensen van zijn moeder aan de kok door te geven en zelf een stuk taart te snaaien. Hij was gek op zoetigheid. Maar de laatste tijd was die neiging uit de hand gelopen, dacht hij schuldbewust en hij streek over het buikje dat boven zijn broekriem bolde. De afgelopen winter was lang en grijs geweest, en pralines, zoete roomhoorntjes en marsepein waren Felix' enige troost geweest. Onwillekeurig moest hij denken aan het knappe gezicht van Helene Stolz. Doorgaans saboteerde hij de koppelingspogingen van zijn moeder zo snel mogelijk, maar dit keer beviel hem wat hij had gezien.

Toen het middaguur naderde, zat Felix in de achterkamer te tobben over de rekeningen. Uit de keuken kwam de verleidelijke geur van panharing.

'Meneer Winter! Bezoek!' riep Frieda uit het café.

Felix liep meteen de zaal in. Grijnzend wees de serveerster naar de rode vilten muts, die buiten voor de deur van het café was opgedoken. Felix kreunde. Ook dat nog!

Maar het deurbelletje rinkelde al, en Hulda kwam binnen.

Uit zijn ooghoeken zag Felix dat zijn moeder hem een boze blik toewierp, maar hij negeerde haar, ging achter de bar staan en deed of hij druk bezig was.

'Hallo, Felix.'

Haar stem was donker en warm. Er was geen geluid ter wereld dat hij liever hoorde. En geen geluid dat zo'n pijnlijke klap in zijn maag kon veroorzaken.

'Hallo,' mompelde hij en hij keek vluchtig op. Hulda's knappe gezicht zag er moe uit, en haar linkeroog leek nog verder opzij te kijken dan anders. Waarschijnlijk had ze een zware nacht achter de rug.

Vroeger had Felix in het huis van zijn ouders, waar hij ook nu nog de bovenste verdieping bewoonde, op haar gewacht, zelfs als ze pas in de ochtendschemering van een geboorte was teruggekomen. Destijds was ze nog vroedvrouw in opleiding geweest bij de vrouwenkliniek in Neukölln. Voor zijn raam, dat op de tuin uitkeek, stond een spar met brede afhangende takken, die je uitnodigden om erin te klimmen, want zijn ouders zagen Hulda niet graag komen, en daarom verkoos ze die route naar zijn kamer. Hij had daar steeds koffie voor haar gezet, haar voeten gestreeld en haar urenlang gekust. Als haar adem in de vroege uren uiteindelijk langzaam en licht over het kussen was gestreken, had hij haar toegedekt, de kamer vanbuiten afgesloten zodat zijn ouders er niet binnen zouden vallen, en was naar zijn werk gegaan. Wanneer Hulda wakker werd, was ze op dezelfde manier gegaan als ze gekomen was.

In die tijd had Felix geen snoepgoed nodig gehad om de dag door te komen.

'Een sterke mokka alsjeblieft,' zei Hulda. 'En een paar pralines, als je die hebt.'

Blijkbaar had ook Hulda vandaag koffie en suiker nodig, dacht Felix en hij knikte de serveerster toe, ten teken dat ze de geheime doos met botertruffels voor noodgevallen uit de keuken moest halen. Hijzelf ging met de messing Vienna-koffiemachine in de weer.

'Erg spraakzaam ben je niet vandaag,' zei Hulda en ze schoof een van de hoge krukken naar de bar. Met een snelle zwaai van haar heupen zat ze erop. Dat kordate van haar had hij altijd gemogen. Opnieuw kwam er woede in hem op en prompt morste hij met de gemalen koffie.

'Wat wil je dan horen?'

'Je weet wel, gewoon een babbeltje van vrienden onder elkaar.'

'Zijn wij dat? Vrienden?'

'Doe niet zo, Felix! Natuurlijk zijn we dat. In elk geval dacht ik dat tot nog toe, maar de laatste tijd ben je zo koud als een vis.'

'Dat moet jij zeggen.' Snel draaide hij zich om, zelf verbaasd over zijn felheid. Hulda zocht hem al jaren op in het café en dronk haar mokka aan de bar, dat klopte, ook nadat ze uit elkaar waren gegaan. Altijd waren zijn gevoelens dubbel geweest, maar waar kwam die tomeloze woede jegens haar vandaan, die hij al een paar weken had? Het was alsof hij zich nu pas realiseerde dat dit geen voorbijgaande fase was en dat hij niet meer van Hulda zou krijgen dan een paar vriendelijke woorden aan de bar, terwijl hij haar koffie bijschonk. Zijn leven lang.

Hulda pakte zijn hand. Felix wist wat zijn moeder daarvan zou denken, maar hij verroerde zich niet. Ze keken elkaar in de ogen, en in het glanzende grijsblauw van haar iris zag hij de genegenheid waarnaar hij verlangde en die hij vervloekte. De storm in zijn binnenste ging liggen.

'Neem me niet kwalijk. Ik heb slecht geslapen. Dus een mokka?' Hij zette het kopje voor haar neer.

'Bedankt. Hoe is het ermee?' Ze deed een greep in de doos met truffels, die Frieda op de bar had gezet, en stak een van de donkerbruine delicatessen in haar mond.

Na een korte aarzeling deed Felix hetzelfde. Zoet smolt de boterachtige vulling op zijn tong.

'Geheel naar wens, ik mag niet klagen,' antwoordde hij. 'Natuurlijk is Café Winter niet het Adlon, maar toch komen er steeds meer klanten.'

Hij gebaarde om zich heen, naar de tafeltjes die inmiddels allemaal bezet waren. Ook buiten op het terras was een meute neergestreken. Men las de krant en dronk koffie, de eerste cognacjes werden gebracht en Frieda en de andere meisjes moesten flink aanpoten om iedereen te bedienen. Het was al bijna lunchtijd.

'De mensen willen gewoon hun holen uit kruipen na de lange winter,' zei Hulda en ze nipte aan haar koffie. Snel scheurde ze een suikerzakje open, strooide de inhoud in het kopje en roerde. Toen liet ze als vanzelfsprekend nog twee zakjes in de zak van haar rok glijden, zoals ze hier altijd deed. Ze likte langs haar lippen en Felix kon niet anders dan ademloos naar haar woorden luisteren. 'In elk geval de mensen die het zich kunnen veroorloven. De anderen verzuren in hun keukens en smerige kamers. Vannacht heb ik een vrouw in de Bülowbogen verlost, je kunt je niet voorstellen in wat voor armoede die mensen moeten leven. En overal die wanhoop en het geweld.' Ze boog zich naar hem toe. 'Ze hebben een buurvrouw van die vrouw uit het Landwehrkanal gevist. Dood.'

'Ach, het lijk in het kanaal, daar heb ik van gehoord. Weet jij wat er precies is gebeurd?'

'Geen idee.' Hulda zweeg nadenkend en dronk haar koffie op. Toen zei ze zacht: 'Het is vreemd aan wat voor zijden draadje zo'n leven hangt. De kinderen die ik ter wereld breng zijn allemaal een onbeschreven blad. Ze worstelen zich naar het licht, klampen zich met hun piepkleine, sterke vingertjes vast aan het leven. En dan volgt er een glijbaan, zonder dat je weet waar die heengaat. Eén misstap, één kleine hobbel en je wordt eruit geslingerd. De rit is voorbij voor je er erg in hebt.'

Felix schrok van de uitdrukking in haar ogen.

'Die vrouw... die was net zo oud als jouw moeder nu zou zijn geweest,' zei hij aarzelend. 'Ik heb haar leeftijd uit de krant.'

Hulda staarde hem aan en Felix merkte dat hij de vinger op de zere plek had gelegd. Ze knikte met een ondoorgrondelijk gezicht. Het zag er opeens naakt en kinderlijk uit, zonder die gemaakte strengheid. Hij had meteen spijt van zijn woorden, maar ze hingen in de lucht en hij kon ze niet meer terugnemen.

Hulda zei zacht: 'Op de kop af vier jaar geleden is ze gestorven.'

Felix schrok. Hij had de datum niet genoteerd. Maar hij wist dat de meeste zelfmoorden in de lente plaatsvonden, als de sombere gedachten onmogelijk vielen te rijmen met het stralende weer en de opgetogen stemming. En dan Hulda's asgrauwe gezicht, haar stille wanhoop. Het merkwaardig verwrongen lichaam op het tapijt in de oude woning van de familie, een injectiespuit in de slappe hand. Daarnaast de kleine glazen ampul, waaruit ze met de naald de medicinale heroïne had getrokken. De scherven overal. Het raam had opengestaan, dat wist hij nog, de lichtgrijze, dunne gordijnen hadden in de zachte wind gegolfd als de rook die uit de schoorstenen van de stad opsteeg. Ze hadden het lijk opgehaald, en Hulda was verstomd.

Ook voor hen was dat het begin van het einde geweest.

'Ik wilde dat ik haar kon helpen.'

'Wie?' vroeg Felix onzeker, omdat hij niet goed naar Hulda had geluisterd.

'Ik wilde dat ik de vrouw die in de Bülowbogen is bevallen kon helpen. Lilo piekert te veel over haar overleden buurvrouw, en eigenlijk zou ze moeten uitrusten. De jonge moeders krijgen in de weken na de bevalling veel te vaak een ontsteking in een borst, omdat ze zich te veel zorgen maken.'

Felix schudde de herinnering aan vroeger met een bezwaard gemoed af en had alleen nog oog voor het bovenste knoopje van Hulda's blouse, dat eraf was gevallen, zodat de kraag een beetje openstond en het uitzicht op haar gebruinde hals vrijgaf. Hij kon zelfs haar hart zien kloppen bij haar keel. Hij slikte. Had ze zojuist 'borst' gezegd?

'Kan ik nog iets voor je doen?'

'Heb je een sigaret?'

Met tegenzin greep Felix het pakje dat in een la van de bar lag en presenteerde er haar een. Hij stak een lucifer aan en gaf haar vuur. Hij zag hoe ze bijna gretig aan de sigaret trok. Vroeger, dacht hij, had ze niet gerookt. Wat deed ze tegenwoordig allemaal nog meer voor dingen waar hij geen flauw idee van had?

Hulda schoof van de kruk af, gehuld in een vage blauwe wolk. 'Die neem ik mee.' Ze wikkelde een paar pralines in een servet en tilde haar hand op. 'Ik betaal later! Het beste, Felix. Bedankt voor het luisteren.'

Later? dacht hij. Met sint-juttemis zeker. Maar hij zei niets. Zwijgend zwaaide hij terug en zag hoe ze met veerkrachtige stappen naar de deur liep. Toen ze langs de tafel van zijn moeder liep, groette ze vriendelijk en oogstte een vernietigende blik. Bij de deur draaide Hulda zich om en knipoogde nog eens naar hem, zoals in de goeie ouwe tijd, toen ze allebei verstoppertje hadden gespeeld voor zijn moeder en in de schaduw bij de hoek van het huis hadden gekust tot ze niet meer konden. Felix sloot kort zijn ogen. De belletjes van de deur klingelden vals, alsof ze hem uitlachten.

De geur van de sigaret hing nog in zijn neus, toen hij zijn ogen weer opende. Opnieuw dwaalde zijn hand naar de doos met pralines, maar die was leeg.

Felix haalde diep adem en begon een eindeloze reeks glazen te poetsen, terwijl het geroezemoes en het gekletter van het bestek steeds meer aanzwollen. Hij had nog veel te doen. Als Hulda's ogen maar uit zijn hoofd verdwenen, de ogen die hij steeds weer probeerde te lezen!

Opeens wist hij dat hij donderdag Helene Stolz zou ontmoeten. Zo kon het niet verdergaan. Hij was Hulda kwijt, al maakte ze misschien af en toe een praatje met haar oude vriend Felix. Voor hem was dat niet meer genoeg, mocht het niet meer genoeg zijn als hij verder wilde leven. En dus sloot Felix zijn ogen en riep het beeld op van de jonge vrouw op de foto van zijn moeder, schoof het beeld voor Hulda's gezicht alsof het geluk bracht, terwijl de doek mechanisch over het glas wreef, tot alles blonk en glom.

7

Donderdag, 1 juni 1922

Het duister van de kamer omgaf Karl als een tunnel, waarvan de muren dichterbij leken te komen. Hij greep naar de kraag van zijn hemd en trok die open, ademde krampachtig in en had het gevoel dat er niet genoeg lucht in zijn longen kwam. Hij raakte in paniek, zoals altijd als het zover was. Hij stond op, legde zijn hoofd in zijn nek, om voor de lucht de weg naar zijn binnenste vrij te maken. Met twee stappen was hij bij het raam en gooide de luiken open, zoog de nachtwind in. Eindelijk werd het beter. Zijn hart bonkte onvermoeibaar, alsof het hem wilde helpen te overleven. Het klopte in zijn borst. Het klopte in zijn hoofd.

Vloekend keerde hij terug naar de wankelende tafel die in zijn pensionkamer stond. Hij fungeerde als eettafel en als lessenaar. Er lagen stapels boeken op, dikke pakken papier, dicht beschreven in het onleesbare handschrift waarvoor zijn leraar hem steeds had berispt en meer dan eens had geslagen – tot de man eindelijk had ingezien dat Karl weliswaar slordig, maar intelligent was. Tussen leeggegeten borden lagen pillendozen op tafel en twee lege wijnflessen, waarop zich stof had verzameld. Op de vloer lag een half geopende kaart van de stad, waarop Karl met inkt de locaties van lijken uit een vroegere zaak had gemarkeerd en die hij allang in het hoofdbureau in een ordner had moeten opbergen. Maar wat orde en netheid betrof was hij een hopeloos geval. Hoe wilder de gedachten door zijn schedel schoten, des te meer verzonken de dingen in de buitenwereld in een ondoordringbare chaos. Daarom had hij het als politieman zwaar te verduren gehad. Wat de Pruisische deugden betrof faalde hij over de hele linie. Niet zelden hadden zijn meerderen hem vanwege zijn slordige kleding gekapitteld en hem met waarschuwingen opgezadeld omdat er op zijn uniformjasje knopen ontbraken en zijn hemd slonzig openstond. Hoeveel paraplu's en hoeden hij in zijn leven was kwijtgeraakt omdat hij ze in de U-Bahn of een café had laten liggen, wist hij allang niet meer.

Kreunend liet Karl zich weer in de stoel vallen en begroef zijn handen in zijn blonde lokken. Zijn hart was inmiddels gekalmeerd, maar de spanning in zijn ledematen bleef. Tussen de papieren lag het notitieboekje uit de woning in de Bülowstrasse. Het zag er onopvallend uit, maar maakte hem toch bang. Hij had het nooit mogen meenemen, dat was onvergeeflijk.

Hoewel hij wist dat hij het niet zou moeten doen, greep Karl naar de fles gin die naast hem op de grond stond en schonk zichzelf in een niet al te schoon waterglas een royaal glas van de sterkedrank in. Toen zette hij het aan zijn lippen en dronk, vertrok zijn gezicht en slikte nog een keer.

Hij schonk meteen opnieuw in.

Langzaam, heel langzaam, bespeurde hij de belofte dat de rust zo zou terugkeren in zijn botten. De angst om te stikken ebde weg na het tweede volle glas en in zijn borst verspreidde zich een weldadige warmte.

Maar de beelden bleven. De harde gezichten van de zusters, wier namen hij allang was vergeten, maar wier knellende vingers hij nog steeds op zijn arm voelde. De kou in de wasruimte, toen hij bibberend en naakt met de andere jongens voor het bekken had gestaan en zich met het ijskoude water moest wassen, deed hem tegenwoordig nog steeds rillen. In plaats van zichzelf grondig te wassen gooiden ze alleen angstvallig een paar druppels op hun handen en gezicht en als ze daarbij werden betrapt, haalden ze zich de woede van de inspectie op de hals. Dan klemde een zuster het ongehoorzame kind tussen haar knieën, terwijl een tweede het met de keiharde washand mishandelde tot de huid, in het bijzonder die tussen de benen, rood en geschaafd was.

'Varkens zijn jullie, geen jongens!' scholden de zusters. Vaak sloegen ze ook met hun handen of met de stok waar ze maar konden. De pijn was erg, maar erger nog was de vernedering. Want te weten dat je niets waard was, dat er niemand op de wereld van je hield en je beschermde, daaraan ging Karl bijna kapot. Soms stelde hij zich voor hoe het zou zijn om inderdaad te sterven, om van deze koude, grijze wereld over te gaan naar een andere. Een van de oudere jongens, Ludwig heette hij, deed iets waarover Karl vaak gefantaseerd had: op een witte dag in januari sprong hij uit het torenvenster van het weeshuis. Zijn gekromde lichaam lag op de besneeuwde binnenplaats als een dood vogeltje.

De nonnen waren door het dolle heen, en voor het eerst zwegen ze. Er werd snel een dokter bij gehaald, die de dood constateerde en aan wie werd verteld dat het een ongeluk was geweest. De domme jongen was het raam ingeklommen en uitgegleden. Maar alle kinderen wisten dat het niet waar was. Ludwig had het er al dagen over gehad dat hij niet meer wilde leven. Drie weken eerder was hij bij het stelen van brood in de keuken betrapt. Ze hadden altijd honger, allemaal, want er was niet genoeg. Ludwig was door de zusters in de kerker opgesloten, een hok als een grafkelder onder de planken van de gang, waarin geen licht doordrong. Je kon er niet staan, alleen hurken, moest je behoefte in een hoek doen en was helemaal alleen met de demonen die daar beneden op de loer lagen. Karl had het maar één keer hoeven doormaken. Op zijn zesde had hij een dag en een nacht in de kerker doorgebracht omdat hij zijn bed voor de zoveelste keer niet netjes had opgemaakt. Daarna sprak hij dagenlang geen woord meer.

Ludwig was twee volle weken in de kerker geweest. Toen hij er eindelijk uit werd gehaald, trilde hij als een rietje en kon niet meer lopen, alleen nog kruipen. Hij stotterde en lalde als een dronkenman. Sindsdien had hij over de dood gesproken als over een vriend die hem kwam halen. En daarom wisten alle jongens in het huis dat Ludwig, zodra hij weer controle over zijn benen had, in de toren was geklommen en met uitgespreide armen naar de binnenplaats was gevlogen. Weg van deze plek, die een hel voor hen allen was.

Karl was bang voor de pijn van het neerstorten en durfde Ludwigs voorbeeld niet te volgen. Hij wachtte, zonder te weten waarop. Hij zat in de wachtkamer van een station waar geen treinen reden.

Hij bezat nog een foto uit die tijd. Er was een fotograaf naar het instituut gekomen, om te registreren hoe goed en vol van genade het werk was dat daar voor de arme zieltjes werd verricht. Een van de zusters had Karls haar met water gekamd en hem in een stijf kostuum gehesen. Een zacht en symmetrisch gezicht blikte hem van de opname aan. De grote ogen, op de foto grijs, maar in werkelijkheid groen, keken schrander en ernstig, omgeven door lange wimpers, naar de beschouwer. Zijn lichte haar viel zacht golvend rond zijn hoge voorhoofd. Hij zag eruit als een engel.

Maar de zusters leken door zijn knappe uiterlijk nog extra te worden aangespoord, alsof schoonheid een gevaarlijke kiem van het kwaad was. Hij was slonzig, zwijgzaam en korzelig, dat zei zuster Mechthild tenminste regelmatig, met die teleurgestelde blik die hij zo vreesde. Hoe verbetener hij probeerde bij haar in de smaak te vallen, des te minder slaagde hij erin. Door kastijding en liefdevolle strengheid, zei ze, moest hij op het rechte pad worden gebracht. 'God is genadig,' mompelde ze steeds, wanneer ze na de stokslagen over Karls gouden haar streek.

Karl was daar nog niet zo zeker van.

Het glas was leeg. Karl ging peinzend met zijn vinger langs de rand, die licht zoemde. Toen viel zijn blik weer op het notitieboekje, dat schijnbaar onschuldig tussen de bergen papier en boeken lag. Dat was de reden dat Karl vandaag erger door zijn jeugdherinneringen werd bezocht dan anders. Dat het duister dichterbij kwam en dreigde hem te omsingelen en te verpletteren. Het was hetzelfde gevoel als destijds in de kerker.

Karl sloeg met zijn vuist op tafel en veegde zodoende het glas op de grond, dat met een doffe klap op de houten vloer belandde en wegrolde. Het hielp: de muren bleven staan en zijn adem kwam en ging, kwam en ging...

Impulsief greep Karl het boekje en sloeg het open. In zijn innerlijk kwam een onaangenaam gevoel naar boven, het besef dat hij een fout maakte. Het was niet acceptabel dat een rechercheur bewijsmateriaal verduisterde, dit schrift zou in het hoofdbureau moeten liggen, zodat zijn assistent het kon lezen en interpreteren. Maar die was het bestaan van dit boekje waarschijnlijk allang vergeten.

En dus, besloot Karl, zou het bij hem blijven. Hij wist niet of het aanwijzingen voor de dood van de vroegere eigenares bevatte, en hij had zijn angst om zich er werkelijk in te verdiepen tot nog toe niet kunnen overwinnen. Maar nu was het sowieso te laat om de aantekeningen van de dode het dossier in te smokkelen, zelfs als hij het zou willen. Eerst moest hij zien te ontdekken wat hij zo wanhopig zocht, en tegelijk het liefst zou verdringen.

Karl was zelf verbaasd over de woede die hij elke keer voelde als hij aan het uitgemergelde gezicht van het lijk in de sectiehal dacht, aan het dunne haar waar de hoofdhuid doorheen had geschemerd.

Hij bladerde lusteloos door de pagina's zonder dat de woorden tot hem doordrongen, en dacht erover na of hij het schrift niet gewoon moest verbranden. Maar iets weerhield hem daarvan: het briefje dat tussen de bladzijden zat en dat hij nu weer tevoorschijn haalde.

Het Huis der Barmhartigheid noemde het instituut zichzelf, waarvan Karl de kwitantie zijn handen hield. Wat een aanfluiting!

Trillend legde hij het vergeelde stuk papier weer tussen de bladzijden en schoof het dagboek ver van zich af, alsof hij zijn handen vuil zou maken aan het handschrift. Hij kneep zijn ogen stijf dicht, maar hij zag het beeld van de dode des te duidelijker voor zich, net als dat van het zwarte water, dat traag onder een brug door stroomde en tegen de stenen beschoeiing van het kanaal klotste.

Bij de woede in zijn ingewanden voegde zich het verdriet, zwaar als een steen.

8

Donderdag, 1 juni 1922

'Juffrouw?' vroeg de mollige vrouw in de versleten ochtendjas en ze stak haar hoofd om de deur van de woning in het souterrain toen Hulda aanklopte. Haar grijze, vochtige haar was strak om de krulspelden gewikkeld, ertussen kwam vale huid tevoorschijn. 'U bent toch de vroedvrouw van de kleine Schmidt, hè?'

Hulda knikte. Ze was weer bij Lilo geweest, had de jonge moeder laten zien hoe je de kleine Konrad een luier aandeed en ervoor gezorgd dat ze een uurtje sliep, terwijl zijzelf met de baby in de keuken had gezeten. Tot nog toe was Konrad het zonnetje in huis, hij huilde nauwelijks en was tevreden als hij op een arm werd gewiegd. Dan viel hij meteen in slaap. Toch had Lilo eruitgezien alsof ze weken geen oog dicht had gedaan.

Ook Hulda had een slechte nacht achter de rug. Toen ze alleen in haar stille zolderkamer in het donker had gestaard, waren de herinneringen aan haar moeder haar onafgebroken door het hoofd gegaan. Niet alleen het einde van Elise Gold was verschrikkelijk geweest. Ook het leven met haar moeder in de jaren daarvoor had Hulda getekend.

Bij Felix in het café had ze zich vermand, had zichzelf niet willen toegeven hoezeer de sterfdag van haar moeder haar aangreep. En dat terwijl hij als geen ander wist hoe onoverkomelijk haar verdriet was. Hij kende haar beter dan wie ook, had haar destijds in zijn armen gehouden toen ze haar moeder met de ziekenwagen wegbrachten. Zonder sirene. Maar Hulda mocht de hechte band met hem niet meer tot zich toelaten, mocht niet steeds naar die behaaglijke wereld terugkeren die hun jarenlange vriendschap beloofde.

Het werk leidde haar af, daar kon ze op rekenen. Nu had Hulda eigenlijk middagpauze. 's Middags zou ze dan naar de eerste les van een meerdaagse bijscholingscursus van de vrouwenkliniek in Neukölln fietsen, waar ze als jonge vrouw al haar vroedvrouwenopleiding had gedaan. Maar Lilo had haar weer zo smekend aangekeken en Hulda had besloten dat ze haar een praatje met de conciërge schuldig was.

'Mevrouw Koslovski, klopt dat?' Ze stelde zich aan de vrouw voor. 'Mijn naam is Hulda Gold. Mag ik even binnenkomen?'

'Maar natuurlijk, juffrouw. Wees welkom!'

Mevrouw Koslovski leek in haar nopjes met het onverwachte bezoek. Ze trok Hulda aan haar arm de gang in en duwde de deur in het slot, schoof er zelfs een grendel voor alsof ze haar de vluchtweg naar buiten wilde versperren. Toen schommelde ze voor haar uit naar de huiskamer, waar volstrekte chaos heerste. Een onopgemaakt bed, vochtige handdoeken en talloze breinaalden en restjes wol, die op de lage tafel uitgespreid lagen, waren het eerste wat Hulda zag. Tussen dat alles stond een tiental flessen, waarvan de inhoud allang verdwenen was. Hulda had wel gemerkt dat mevrouw Koslovski een behoorlijke kegel had en dat onder haar waterige ogen de gesprongen rode adertjes door de huid heen schemerden, wat haar verslaving verried. Hulda had meer dan genoeg ervaring met drinkende vrouwen.

'Mag ik u een slokje aanbieden?' Zonder een antwoord af te wachten goot mevrouw Koslovski port in twee niet geheel smetteloze glazen met een dikke steel en reikte Hulda er een aan.

'Ach, waarom niet? Dank u wel!' Hulda nipte aan de zoetzure vloeistof en voelde de weldadig warmte in haar keel. Toch mocht ze het niet overdrijven, zei ze tegen zichzelf, want het was al een tijdje geleden dat ze had ontbeten en meer dan een roggebroodje met honing, dat ze op de fiets naar binnen had gewerkt, was het niet geweest. Zoals zo vaak was ze vanochtend nogal laat vertrokken. Als ze nu meer dan één glas dronk, zou ze straks behoorlijk aangeschoten zijn.

'Wilt u iets bepaalds van mij?' vroeg de conciërge, die meteen het tweede glas inschonk.

Hulda bekeek de ingelijste foto's aan de muur van de huiskamer. Mensen in donkere kleren, de mannen meestal in uniform, ingespannen kijkend, waaraan te zien was dat ze hun pose lang hadden moeten volhouden tot de fotograaf het plaatje had kunnen schieten.

Quasinonchalant zei ze: 'Er wordt gezegd dat u hier in huis degene bent die de mensen vertrouwen. De hoedster van alle geheimen, zogezegd.'

'Dat kun je wel zeggen,' giechelde ze. 'Ik heb een geheugen als een olifant. Af en toe weet ik het niet precies meer, ik vergeet ook wel eens wat. Het weer, weet u, dat slaat me altijd op de harses en dan heb ik blubber in de bovenkamer.'

Hulda knikte en onderdrukte een grijns.

'Ik wilde vragen of u ook met Rita Schönbrunn te maken hebt gehad? Misschien zelfs haar vertrouwelinge was?'

Er verscheen een verdrietige uitdrukking op mevrouw Koslovski's gezicht. 'Verschrikkelijk, nietwaar? Maar gaat u alstublieft zitten, hier.' Met een energiek gebaar gooide ze een paar vuile kleren van een versleten chaise longue, die zijn beste dagen lang achter zich had gelaten. De ijzeren veren staken uit de zitting.

Voorzichtig ging Hulda aan de andere kant zitten en glimlachte bemoedigend naar haar gastvrouw.

'Waar was ik? O ja, mevrouw Schönbrunn van de derde. Akelige geschiedenis, heel naar! Rita en ik, we hebben vroeger samen graag een glaasje gedronken. Een onschuldige traktatie voor twee oudere dames, weet u? De port die u nu drinkt, die beviel haar ook! Maar toen, sinds die kwestie met haar man en Hilde, haar dochter...' Mevrouw Koslovski wreef in haar ogen en snoof. 'Daarna was Rita zichzelf niet meer.'

Ze keek Hulda dramatisch aan en wachtte blijkbaar tot haar gesprekspartner de retorische pauze zou opmerken en navraag zou doen. Hulda deed haar het genoegen.

'Wat was er dan met haar gezin?'

De conciërge ging met een veelzeggend gebaar dwars over haar keel.

'Dood als een pier, man en kind, allebei,' zei ze met sombere stem. Haar wangen trilden net zo opgewonden als de slappe huid onder haar kin. '1918 was dat, vlak na het einde van de oorlog. De Spaanse griep, u weet wel. Alleen al hier in huis zijn er meer dan twintig mensen aan gecrepeerd. Maar de meesten waren bejaarden of kleine kinderen. Niet zo'n stevige vent als Rita's Konrad. Eerst had hij alleen hoofdpijn, toen gloeide zijn kop als vuur en kotste hij zijn hart uit zijn lijf, letterlijk. En toen, maar een week later, ook de dochter nog! Dat verdraagt geen mens. Toen zijn bij Rita de stoppen doorgeslagen.'

Hulda wist zeker dat mevrouw Koslovski ondanks haar meevoelende woorden van haar verslag genoot. Snel sloeg ze de rest van haar glas achterover. Toen herinnerde ze zich wat Bert ooit over de epidemie had gezegd, die als een uitslaande brand door de stad was getrokken. Namelijk, dat een communistische filosoof genaamd Friedrich Engels al na de laatste oorlog in 1871 had voorspeld dat Duitsland zich in een volgende, allesvernietigende oorlog zou storten, waarna alleen nog epidemieën en honger zouden overblijven. Hulda had daar nog vaak aan moeten denken. De profetie van die Engels was namelijk nog verder gegaan. Volgens Bert had hij gezegd dat Duitsland uiteindelijk naar het bankroet en de ondergang zou worden geleid. Maar Hulda wist niet wat ze daarvan moest denken. Ging het juist niet een beetje beter met het land?

Peinzend nam ze mevrouw Koslovski op, wier krulspelden in haar sliertige haar op en neer wipten, terwijl ze een derde glas inschonk. Ze reikte Hulda de fles aan.

'U ook nog?'

Wat zou het, dacht Hulda, en ze reikte de conciërge het lege glas aan. Ze kreeg het boordevol terug en moest er voorzichtig aan nippen voordat ze het naast de roestige naaimachine op tafel kon zetten. Toen keek ze mevrouw Koslovski opnieuw bemoedigend aan. Nu ze eenmaal hier was, kon ze net zo goed proberen erachter te komen wat Rita Schönbrunns probleem precies was geweest.

'U zei dat Rita na het verlies van haar gezin niet meer dezelfde was? Wat heeft ze dan gedaan?'

'Gezopen heeft ze, als een ketter,' antwoordde mevrouw Koslovski, terwijl ze de port van haar dunne lippen likte. 'Ze kon niet meer rechtuit lopen, zal ik u vertellen! Nou ja, in de kliniek hebben ze dat niet lang getolereerd. Eén of twee jaar later hebben ze Rita ontslagen.'

'Mevrouw Schönbrunn heeft in een kliniek gewerkt?'

'Ja, in Dalldorf. Bij de gekken. Tijd om te werken had ze genoeg. De kleine Hilde kwam pas jaren na de bruiloft, en het bleef ook bij die ene dochter. Ze heeft me wel eens laten weten dat ze graag meer kinderen had gehad, maar er was weinig aan te doen. Bij sommigen loopt het niet zoals ze willen, hè, juffrouw?'

Hulda verslikte zich in haar port en hoestte. Meteen kwam mevrouw Koslovski naast haar staan en klopte zorgzaam op haar rug. Toen wees ze weemoedig naar de foto naast de bank. Daarop waren vier kinderen te zien, die van groot naar klein gerangschikt rond een houten hobbelpaard stonden en ernstig in de camera blikten.

'En als je er een paar hebt en ze ook nog allemaal gezond door de oorlog sleept... Uiteindelijk sta je er toch alleen voor. Er komt nauwelijks eentje langs om een keer te kijken hoe het met hun oude mama Koslovski gaat.' Opnieuw pinkte ze een traan weg, die uit haar roodomrande ogen rolde.

Hulda merkte dat haar blik al wazig werd. Snel vroeg ze: 'Rita was dus verpleegster?'

'Precies! Tot voor kort.' De conciërge vermande zich. 'Ze heeft de opleiding gedaan zodat ze het inkomen van haar man kon aanvullen. Hij moest natuurlijk toestemming geven, dat waren heel andere tijden dan tegenwoordig, waar jongejuffrouwen zoals u kunnen doen en laten wat ze willen.'

Hulda dacht dat misschien wel de zeden, maar niet de wetten waren veranderd. Als zij zou trouwen, zou ze nog steeds van de schriftelijke toestemming van haar echtgenoot afhankelijk zijn als ze een beroep wilde uitoefenen. Vrouwen hadden tegenwoordig dan wel stemrecht, maar politiek interesseerde Hulda niet zo. Ze probeerde zich te concentreren. Wat had de conciërge daarnet gezegd?

'Hoe zat het met Rita?'

'Ik zei dat Rita behoorlijk pienter was. Die heeft haar opleiding met vlag en wimpel afgemaakt en meteen een baan gekregen. Het is echt niet de droom van iedereen om bij de gekken te werken, maar Rita zei altijd dat ze ervan genoot om nodig te zijn. Ze vertelde enthousiast hoe modern die methodes daar waren en wat niet al. Eén keer was ik bij haar boven, had ze zo'n schrift, schreef alles op, zo zorgvuldig was ze! De behandelingsmethodes, wat de dokters hadden gezegd, wie de patiënten waren... Nou ja, weet ik veel, ik heb niet zo veel verstand van dat doktersgedoe.'

Dat geloofde Hulda graag. 'En toen?'

'Nou, toen moest ze haar spullen pakken. Ze kon geen injecties meer geven met haar trilhanden. Tranen met tuiten heeft ze gehuild. Toen was ze allang naar de kleine woning aan de achterste trap verhuisd en had ze haar oude in het voorste huis aan een groot gezin overgedaan, dat ging ook niet anders met die woningnood van tegenwoordig. En dat was ook een geluk, hoe had ze de huur anders kunnen betalen, zonder inkomen?'

'Maar waarvan leefde ze dan?'

Mevrouw Koslovski keek haar met die combinatie van triomfantelijke sensatiebelustheid en schaamte aan, die Hulda intussen wel van haar kende.

'Daar kan ik alleen maar naar raden, juffrouw. Hier wordt wel meer verteld. Dus... ze zal wel zijn gaan tippelen.' Ze haalde haar schouders op. 'Ik moet er niet aan denken, op haar leeftijd! Hoe diep kun je zinken, en toch had ze een hart van goud. Ze had het niet verdiend. Hoewel het wel kortzichtig van haar was om niets opzij te leggen, ik heb de erfenis van mijn Wilhelm keurig opzijgelegd.'

Hulda stond op. Ze had geen zin meer om de stekelige opmerkingen van de conciërge over de overleden buurvrouw aan te horen, die ze in breed uitgemeten medelijden verpakte. Haar knieën voelden opvallend slap, alsof ze op watten liep. Met die port moest je oppassen.

'Lieve help,' lachte mevrouw Koslovski opeens schel. 'Juffertje, u bent ineens heel pips om de neus! U kunt beter weer gaan zitten. Misschien wilt u een opkikkertje voor onderweg?'

Ze maakte aanstalten om een fles met doorzichtige inhoud te ontkurken. DANZIGER GOLDWASSER stond er op het etiket. Vol ontzetting weigerde Hulda.

'Hartelijk dank, mevrouw Koslovski. Het was echt heel gezellig bij u, maar ik moet vandaag nog werken.'

Voorzichtig liep ze naar de deur en zocht onopvallend houvast bij de muur. Ze nam beleefd afscheid en bedankte haar voor de gastvrijheid.

Maar pas toen ze weer in het trappenhuis stond en de conciërge de deur van binnenuit had afgesloten, haalde Hulda diep adem. De geur van alcohol en het ongewassen lichaam van de oude vrouw was dermate penetrant geweest dat de lucht van kool hier buiten bijna weldadig aandeed.

Ze had dringend behoefte aan een hapje eten en een kop sterke koffie, dacht Hulda, en ze reed haar fiets van de binnenplaats. Voor de zekerheid duwde ze hem eerst over de Bülowstrasse en inhaleerde de lucht van de vroege zomer met volle teugen.

De hemel was bedekt, maar het zou waarschijnlijk niet gaan regenen. De beste mokka kreeg ze eigenlijk in Café Winter, maar vandaag zag ze ervan af en ging liever in een van de koffiehuisjes op de Potsdamer Platz zitten, op ongeveer twintig minuten loopafstand. Ze wilde Felix' dag niet met haar aanwezigheid bederven. Bovendien had ze genoeg van zijn zelfmedelijden. Bij de gedachte aan hem raakte ze wat uit haar humeur.

Onderweg werd ze ingehaald door een paar gele autobussen en veel auto's, die over de brede Potsdamer Strasse naar het noorden reden. Ook boodschappenjongens op fietsen schoten bellend langs haar heen. Een paar floten op twee vingers naar haar, en Hulda grijnsde en dacht dat ze misschien toch niet zo'n heel oude vrijster was.

Op de brug vlak voor de Potsdamer Platz verdrongen zich talrijke mensen vanwege de op straat verleende voedselhulp van het Leger des Heils, waarvan de soldaten soep in de blikken kommen van de hongerigen schepten. De aanblik van de uitgemergelde kindergezichtjes, de tandeloze glimlach van de ouderen en de beschaamde gezichten van de moeders die hun gezin niet genoeg te eten konden geven, deed Hulda pijn. Ze baande zich een weg door de menigte en moest meerdere mensen van zich af duwen die haar vanwege haar kapje waarschijnlijk ook voor een medewerker hielden.

Op een groot geschilderd affiche stonden de woorden: GOD ZAL HET U LONEN ALS U WAT GEEFT VOOR DE VELDKEUKEN.

Veldkeuken. Wat een woord, dacht Hulda, en ze schudde haar hoofd. Waarom had alles in dit land, zelfs het eten, een militaire bijklank? Toen vroeg ze zich af of ook Rita Schönbrunn hier had gestaan om een warme maaltijd te krijgen, of dat haar trots haar parten had gespeeld. Was de vrouw daarom de dood tegemoet gesprongen, omdat ze het verlies van haar gezin en haar geliefde werk niet langer kon verdragen? Dat leek de conciërge tenminste te denken. Maar Lilo had die mogelijkheid nadrukkelijk uitgesloten. Hoe was Rita dan omgekomen? Misschien was ze dronken in het water gevallen? Of had haar verdrinking in het kanaal met haar werk als prostituee te maken? Had iemand uit het milieu haar op zijn geweten? Was er iemand met wie ze een rekening te vereffenen had? In die kringen ging men beslist niet zachtzinnig te werk.

In elk geval was haar lot een verhaal, vond Hulda, terwijl ze een zitplaats in het café op de hoek zocht. Ze gebaarde naar een kelner, bestelde iets te eten en beantwoordde verstrooid zijn glimlach. Want al die tijd spookte er een spoor van een herinnering door haar hoofd dat niet wilde wijken, haar keer op keer prikte en probeerde haar aandacht te trekken. Wat moest dat? Iets wat mevrouw Koslovski had gezegd... Precies, nu schoot het Hulda weer te binnen: Rita Schönbrunn had een soort dagboek bijgehouden, had de conciërge dat niet verteld? Daarin had ze de gebeurtenissen in de kliniek opgetekend. Hulda vroeg zich af of ze daar ook haar persoonlijke belevenissen in had opgeschreven, en ze nipte dankbaar aan de hete zwarte vloeistof in het elegante kopje dat de kelner voor haar had neergezet. Er glipte een zonnestraal door de wolken en die danste over haar blote armen. De wereld zag er weer wat helderder uit.

Of Lilo iets van die notities afwist? Misschien bevond zich daarin een aanwijzing waarom Rita was gestorven. De naam van iemand met wie ze ruzie had gehad, wie ze geld schuldig was, wat dan ook.

Ze zou Lilo er bij haar volgende bezoek naar vragen, nam Hulda zich voor, maar alleen als ze emotioneel stabiel was.

Iets aan het levensverhaal van Rita Schönbrunn en haar onverwachte einde had Hulda gegrepen en liet haar niet meer los, net als de straathond, die juist over de kruising in de richting van het station liep en een dode rat in zijn bek hield.

9
Notitieboekje

Krankzinnigengesticht van de stad Berlijn in Dalldorf
13 december 1914

Ik ben al ruim twee jaar in Dalldorf. Zojuist heb ik mijn laatste aantekeningen gelezen, waarin ik iets persoonlijks heb genoteerd, ertussenin staan alleen notities over behandelingen en medicatie. Hoe enthousiast klinken mijn woorden uit die tijd! En ook nu, ondanks het moeilijke werk, ondanks de toenemende belasting door de aanhoudende stroom nieuwe patiënten uit het hele rijk, ben ik er nog steeds van overtuigd dat mijn werk hier prachtig en zinvol is. Hoe erg mijn enkels 's avonds ook pijn doen, hoe vaak ik ook blauwe plekken op mijn armen heb omdat een patiënt me onverwacht heeft vastgepakt: er gaat niets boven het gevoel dat ik mijn eigen geld verdien voor mijn gezin, en de zekerheid dat ik als verpleegster in het gesticht op de juiste plaats ben beland.

We hebben een nieuwe directeur, dr. Kortum, die de oude Sander heeft afgelost. Hij heeft de directie van de inrichting op een ondankbaar moment overgenomen, lijkt me. Het is oorlog, en de bevoorrading lijdt er al merkbaar onder. De rantsoenen voor de gekken en de chronische patiënten zijn duidelijk kleiner dan die voor de gezonde mensen aan het thuisfront, iets wat snel een groot probleem zal worden. Want hoe moet je die arme mensen uitleggen dat er minder te eten is en dat ze hongerig naar bed moeten? Ze begrijpen meestal niet zoveel, kunnen zich ook niet voorstellen wat het betekent dat we in oorlog zijn.

Godzijdank is Konrad te oud voor de heldendood, hij hoeft niet te vechten en kan bij mij en Hildchen blijven. Hij zorgt voor me, vraagt keer op keer of ik overdag honger heb, maar ik stel hem gerust, want op de rantsoenen voor de verplegers is niet gekort. Soms geef ik de patiënten een stuk brood of een appel. Vooral het huilen in de kinderhuizen is moeilijk te verdragen, omdat de kleintjes daar jammerend om eten bedelen. We kunnen alleen maar hopen dat de oorlog binnenkort wordt gewonnen, zoals de legerleiding heeft beloofd. Want anders zal er weer een hongersnood uitbreken, die niet te verenigen valt met onze moraal als zorgverlener.

We hebben een nieuwe kleine afdeling opgezet voor oorlogsslachtoffers die niet lichamelijk invalide zijn, maar aan een merkwaardige neurose lijden. De artsen berichten over trillen, krampachtige huilbuien, braken en onstuitbare lachstuipen. Een paar van die mannen waren maar een paar dagen, sommige wekenlang aan het front en keerden met onverklaarbare symptomen terug. Velen van hen hebben in de loopgraven gevochten, waren bedolven geweest en vertoonden niet veel later dit gedrag, verloren hun stem zonder lichamelijk letsel, leden aan tremor en tics in het gezicht, heftige spasmen, die ook na terugkeer aanhielden. De militaire ziekenhuizen, waar de patiënten eerst waren behandeld, waren aan het eind van hun Latijn en begonnen de deerniswekkende mannen steeds vaker naar een psychiatrische inrichting over te plaatsen. Het is een nieuwe geestesziekte, blijkbaar een echte epidemie, maar ik heb een andere verpleger schamper horen zeggen dat die mannen allemaal simulanten waren, die door de bezorgde brieven van hun vrouwelijke familieleden besmet waren met een angst die een man onwaardig was.

Ik werk in een ander paviljoen en heb nog geen dienst bij de trillende mannen moeten doen. Maar toen ik twee avonden eerder op weg naar de keuken langs het gebouw kwam waarin ze zijn ondergebracht, ontdekte ik een patiënt die daar naar de avondhemel staarde. Hij zag me en zakte ineens in elkaar, sidderde, kromde zich en bracht steeds maar één woord uit. 'Schoenen, schoenen,' stamelde hij en hij gebaarde me tussen zijn stuiptrekkingen dat ik zijn laarzen moest uittrekken. Toen kwamen de mannelijke verplegers al en voerden de ongelukkige af. Maar zijn gezicht krijg ik niet meer uit mijn hoofd, de doodsangst in zijn ogen, de noodzaak om zich van zijn schoenen te ontdoen. Wat kan hij daar aan het front hebben meegemaakt dat zijn geest zo geschokt is? Hoe kan hij worden geholpen?

Aan de andere kant: als het zo doorgaat met de ondermaatse voedselleveranties aan Dalldorf, wordt die vraag vanzelf overbodig.

10

Vrijdag, 2 juni 1922

'Zie je wel, Lilo, het gaat toch fantastisch!'

Lilo keek trots naar Hulda, met wie ze haar eerste wandeling met Konrad ondernam. Ze voelde zich nog wat wankel op de benen, alsof ze van rubber waren, vond ze. Maar de handgreep van de kinderwagen gaf haar houvast.

Ze merkte dat de vroedvrouw haar opnam en deed haar best er dapper uit te zien. Maar de juffrouw zag waarschijnlijk toch hoe ze zich moest inspannen, want ze trok een streng gezicht en verklaarde: 'Maar niet meer dan tien minuten, dan brengen we je weer naar bed. Dat heet niet voor niets kraambed, en alleen omdat je zo koppig bent als een ezel, heb je me zover gekregen om je vandaag al op straat te laten lopen.'

'Ach, Hulda, ik verveel me dood in dat benauwde hok. Wolf zit steeds op zijn werk of viert de geboorte van zijn zoon met bier. Ik ben continu alleen. En voor de kleine zijn licht en lucht toch ook gezond. Dat heb je zelf gezegd.'

De vroedvrouw glimlachte weer. Lilo dacht dat Hulda echt knap zou zijn als ze maar niet zo vaak haar wenkbrauwen zou fronsen en een lang gezicht zou trekken, alsof ze zichzelf verbood om vrolijk te zijn. Alsof ze krampachtig probeerde om werk en plezier gescheiden te houden. Haar grijsblauwe ogen waren in elk geval iets bijzonders, als ze je aankeken kreeg je het gevoel dat je de belangrijkste persoon van de wereld was. Ze zagen eruit als de zee, wanneer er een storm kwam opzetten. Haar enigszins loensende blik maakte haar nog geheimzinniger. En een aardig figuur had ze ook, dacht Lilo jaloers.

'Waarom kijk je zo?' vroeg Hulda verbaasd, en Lilo merkte dat ze bloosde.

'Niets, ik dacht alleen dat die blauwe jurk je goed staat. Echt piekfijn. En je hebt een mooie taille.'

De mond van de vroedvrouw bleef even openstaan, toen lachte ze ongelovig. 'Hartelijk dank,' zei ze, en Lilo meende een spoor van onzekerheid in haar stem te horen. Was dat dus Hulda's gevoelige plek, complimentjes? Lilo vond dat de mensen zich het leven onnodig moeilijk maakten.

Zelf kreeg ze graag complimentjes. In de tijd voor hun bruiloft had Wolf haar keer op keer gezegd hoe dol hij op haar blonde haar en zachte huid was. En als ze niet zo gevoelig voor zijn vleierij was geweest, had ze ook niet zo halsoverkop hoeven te trouwen omdat er iets kleins zat aan te komen. Als ze nu in de spiegel keek, vond Lilo zichzelf plomp en vormeloos. Maar wanneer ze naar de wagen keek waarin Konrad sliep, met een klein vuistje naast zijn hoofd gebald en de andere arm in de wollen deken begraven, woog dat er ruimschoots tegen op.

Ze wilde haar mooie schatje aan de hele wereld laten zien. Het gezichtje dat na de geboorte gerimpeld was geweest als een winterappeltje, was inmiddels glad, de huid op zijn ronde wangen zacht als zijde. Op zijn haarloze hoofdje droeg de kleine jongen de witte muts, hij zat als gegoten. Lilo zuchtte en dacht aan Rita. Wat had ze haar kind graag aan de buurvrouw laten zien, tegen haar schouder hebben uitgehuild als die vreemde wolk kwam opzetten die sinds de geboorte soms boven haar hing en haar somber maakte. Wat had ze haar graag om raad gevraagd als ze weer eens werd geplaagd door nieuwe angsten omdat ze niet wist hoe een moeder zich moest gedragen. Rita zou het hebben geweten, tenslotte had ze zelf een dochter grootgebracht. Ook voor haar, Lilo, was ze vaak een moeder geweest. Lilo miste haar rustige, stille gezelschap en de vertrouwde, langzaam voortkabbelende gesprekken.

Ze veegde een traan van haar wang. Ze had nog nooit zo veel gehuild als na Konrads geboorte. Wat was er toch met haar aan de hand?

'Het is heel normaal dat je zo bedroefd bent,' zei de vroedvrouw mild en ze kneep zachtjes in haar arm. 'De meeste vrouwen hebben zo'n storm van gevoelens na een bevalling.'

'Maar dat is toch idioot,' snikte Lilo en ze greep dankbaar de zakdoek die Hulda haar aangaf. Ze snoot luidruchtig, terwijl de vroedvrouw de kinderwagen voor haar verder duwde. 'Ik moet dankbaar zijn en blij dat ik een gezond kind heb.'

'Je kunt gelukkig en verdrietig tegelijk zijn,' zei Hulda. 'De geboorte is een enorme verandering voor alle vrouwen. Je lijkt opeens een grenzeloze, overweldigende verantwoordelijkheid te hebben. Veel vrouwen reageren daarop met tranen in de eerste weken. Dus, Lilo, je moet niet te streng voor jezelf zijn en flink uithuilen als je voelt dat het nodig is. Na regen komt zonneschijn. Je zult weer stralen zodra je aan je nieuwe leven gewend bent.'

Lilo snufte nog een beetje, toen schoof ze de handen van de vroedvrouw behoedzaam van de porseleinen handgreep van de kinderwagen en duwde hem nu weer zelf. Wat genoot ze van de blikken van de voorbijgangers! Bijna iedereen die langsliep keek even in de kinderwagen en glimlachte vertederd bij de aanblik van de piepkleine baby.

Daar ontdekte Lilo mevrouw Langhans, de apotheker. Ook zij bleef staan en groette eerst Hulda, toen stak ze haar hoofd onder de opgezette kap.

'Lilo, wat een prachtvent!' riep ze uit, en Lilo voelde dat het haar vervulde met een grote blijdschap, die zelfs haar melancholieke stemming verdreef. Trots vertelde ze over de geboorte en de eerste dagen met Konrad.

Hulda ging iets verderop staan en bekeek de etalages van de winkels.

'Koekoek,' zei de apotheker tegen Konrad, die gewoon door de hele opwinding heen sliep. 'Wat een schat van een kind,' zei ze steeds en Lilo glimlachte en genoot van de ontmoeting.

Op een gegeven moment had Hulda genoeg gezien, want ze kwam weer bij hen staan en zei op de energieke toon die Lilo zo goed van haar kende: 'Zo, dat is genoeg voor vandaag. Je moet nog uitrusten, Lilo.'

Mevrouw Langhans knikte, nam afscheid en beloofde binnenkort langs te komen en een kruidendrankje voor Lilo mee te brengen dat wonderen deed na een bevalling.

Gehoorzaam draaide Lilo zich om en liep met Hulda langzaam weer in de richting van de huurkazerne waar ze woonde. Toen ze langs een leegstaande winkel liepen, zag Lilo een schim in de ingang. Ze ontwaarde een jonge vrouw, die op blote voeten in het portiek gehurkt zat en leek te slapen, met haar hoofd op haar knieën en haar armen om haar dunne benen geslagen. Het zag er troosteloos uit.

Lilo had haar herkend, maar liep gewoon door. Ze ergerde zich eraan dat haar benen nu duidelijk trilden en ze een sterke druk voelde in haar onderlichaam. Maar ze klemde haar tanden op elkaar en zei niets. Met een laatste krachtsinspanning sleepte ze zich de trappen op naar de woning en ze stond toe dat Hulda haar Konrad droeg. Boven aangekomen liet ze zich opgelucht op het bed zakken. De vroedvrouw hielp haar comfortabel te gaan liggen en legde de baby in haar armen, die wakker was geworden en met slaperige oogjes naar de borst zocht. Tevreden merkte Lilo dat Konrad begon te drinken en ze leunde uitgeput achterover in de kussens.

'Ken je dat meisje?' hoorde ze Hulda vragen, die, bedrijvig als ze was, de kamer opruimde.

'Dat meisje?'

'Die roodblonde, die in de ingang sliep.'

'O, je bedoelt Lena.'

'Wat is er met haar?' vroeg Hulda.

'Niets, het is een straatkind. Een wees. Zij en haar broer redden zich zo.'

'Is ze prostituee?'

Lilo keek verbaasd op en bloosde. 'Hoe moet ik dat weten?'

Hulda drong niet verder aan, maar zei alleen: 'Ik denk dat ze hier soms ook in het trappenhuis op de vloer slaapt.'

Lilo knikte. 'Ik heb haar een keer gezien toen ze net haar spullen bij elkaar raapte. Die vreselijke armoede in de stad! Je mag blij zijn als je een dak boven je hoofd hebt, zoals Wolf en ik. En genoeg te bikken.'

Hulda vouwde een paar handdoeken op, die Lilo op de vloer had laten rondslingeren. Ze zag er nadenkend uit. Voorzichtig, leek het

Lilo, vroeg ze: 'En uw buurvrouw? De overleden mevrouw Schönbrunn? Ze tippelde ook, toch?'

'Dat heeft mevrouw Koslovski je verteld, die oude roddelaarster!' zei Lilo opvliegend. Maar toen knikte ze. 'Rita en ik hebben het er nooit over gehad. Wat gaat het mij aan hoe ze haar geld verdient? Maar ik dacht al dat ze dat deed. Wat anders? Ze had alles verloren. Het is beter dan verhongeren.'

'Heeft ze jou iets over een soort dagboek verteld?'

Lilo keek Hulda verbaasd aan. 'Nee, daar weet ik niets van. Waarom vraag je dat?'

Voordat de vroedvrouw kon antwoorden, werd er op de voordeur geklopt. Het klonk energiek en dringend, alsof de vreemdeling verwachtte dat ze onmiddellijk naar de deur zouden rennen en hem binnen zou laten.

Lilo knikte Hulda toe. 'Doe jij open? Bedankt!'

Peinzend keek ze haar na, hoe ze naar de deur liep. Eigenlijk was het meer schrijden, dacht Lilo. Als een koningin.

Konrad zoog vol overgave en met gesloten ogen verder aan haar borst en was alweer half ingeslapen. Lilo streelde zijn kleine oorlelletje met haar vinger. Het was zacht als een wilgenkatje.

Opeens hoorde ze op de gang de vroedvrouw en een onbekende mannenstem praten.

'Heel even maar,' zei Hulda nu. 'Mevrouw Schmidt is pas een paar dagen geleden bevallen en moet nog uitrusten.' Toen kwamen er voetstappen uit de keuken en klopte er iemand op de deurpost van de kamer, opnieuw met van die dwingende slagen.

Lilo schrok toen er een politieman haar slaapkamer binnenkwam. Hij droeg weliswaar geen blauw uniform zoals de agenten op straat, maar een open jasje en een bandplooibroek. Hij toonde haar zwijgend een politiepenning. Zijn das, zag Lilo, zat scheef, alsof hij te haastig was geknoopt, en hij merkte blijkbaar nu pas dat hij een hoed ophad, die hij snel afnam.

'Mevrouw Schmidt? Recherche. Mijn naam is Karl North. Ik moet u een paar vragen stellen.' Hij haalde een notitieblok tevoorschijn, alsof hij vanaf dat moment elk woord zou opschrijven.

Lilo knikte onzeker en keek hulpzoekend naar Hulda. Ze voelde zich naakt met het slapende kind aan haar borst tussen de chaos van kussens. De vroedvrouw leek de situatie meteen te doorzien.

'Gaat u alstublieft naar de keuken, meneer North, wij komen er zo aan.'

Lilo zag een zweem van ongenoegen op het gezicht van de inspecteur. Hij was niet de geduldigste, dacht ze. Even leek het alsof hij de vroedvrouw wilde tegenspreken. Maar Hulda keek hem met dezelfde doordringende blik aan die ze Lilo ook toewierp als die het waagde om haar thee niet op te drinken of haar gymnastiek niet naar behoren te doen. Daarom wist Lilo dat de man al had verloren.

Met een knikje gaf hij toe en verdween.

Hulda nam de jongen over van Lilo en legde hem voorzichtig op bed. Lilo stond op en fatsoeneerde haar kleren. Toen liepen de vrouwen samen naar de keuken. De vroedvrouw zorgde ervoor dat Lilo ging zitten en beduidde de inspecteur dat hij een stoel bij moest trekken, maar hij ijsbeerde door de keuken en leek geen zin te hebben om te gaan zitten. Schouderophalend ging Hulda aan de slag bij het aanrecht en zette een ketel water op, terwijl Lilo inspecteur North aandachtig opnam.

Haar Wolf, dacht ze trots, mocht er echt wezen. Maar deze man was een lust voor het oog. Hij had een knap gezicht met hoge jukbeenderen, lichtgroene ogen, die achter de ronde brillenglazen bijna doorzichtig leken, en volle lippen. Zijn blonde haar viel tot zijn oren, maar als hij het met het nerveuze gebaar, dat een gewoonte van hem leek te zijn, achteroverstreek, zag je de kalende inhammen naast zijn voorhoofd, die al vergevorderd waren. Die deden hem er ouder uitzien dan hij waarschijnlijk was, en verleenden hem een rijpheid die een merkwaardig contrast vormde met de jongensachtige glimlach, die hij nu aan Lilo toonde. Blijkbaar dacht hij dat hij met charme verder zou komen dan met de strengheid van daarnet.

'Gefeliciteerd met de nakomeling,' zei hij en Lilo kon horen dat hij die woorden alleen had gekozen om haar gunstig te stemmen. In werkelijkheid was hij niet in Konrad geïnteresseerd.

'Dank u wel,' zei ze zonder er verder op in te gaan. 'Wat wilt u eigenlijk van mij?'

Zijn glimlach verdween op slag, alsof iemand hem had uitgeschakeld. 'Hebt u Rita Schönbrunn gekend? Uw overbuurvrouw?'

Lila knikte. Ze kreeg een brok in haar keel.

'Wanneer hebt u haar voor het laatst gezien?'

'Dat weet ik niet meer precies. Het was een paar dagen voor Konrads geboorte.' Ze wees naar de slaapkamer. 'De laatste dagen voordat hij kwam, ben ik de deur niet meer uit geweest. En toen ik weer naar buiten kon, was ze al...' Lilo stokte. Ze wilde het niet uitspreken.

'Probeert u zich het alstublieft te herinneren,' zei inspecteur North koel. 'Het is belangrijk.'

Lilo dacht ingespannen na, ze friemelde nerveus met haar vingers aan haar blouse. Ze merkte het zelf ook en vouwde haar handen in haar schoot. 'Het moet zondag zijn geweest,' zei ze uiteindelijk. 'Ik weet nog dat ik op Wolf heb gewacht. Mijn man, weet u? Hij heeft op zaterdag late dienst in de fabriek, was de hele nacht weg. Zondagochtend was hij er nog steeds niet, ik heb me echt geërgerd. Dus heb ik bij Rita aangeklopt en ze zette thee voor me. We hebben een beetje gekletst, en ze heeft me een mutsje voor de baby cadeau gedaan. Toen heeft ze gezegd dat ik altijd terug kon komen, maar...'

Lilo's stem brak. Hulda kwam naar de tafel en zette twee dampende kopjes op het houten tafelblad. De geur van vers gezette koffie hing in de lucht, en Lilo dacht dat dat typisch iets voor de vroedvrouw was: zelfs voor zo'n houten klaas als deze inspecteur had ze nog een kop koffie over.

Hulda streelde haar rug, en Lilo voelde haar warme hand op haar schouderbladen en rechtte haar rug.

'U moet degene vinden die dat heeft gedaan!' zei ze tegen de inspecteur en ze was zelf verbaasd over de felheid in haar stem. 'Rita was een goed mens! Ze heeft zoiets niet verdiend.'

'Waarom denkt u dat het moord was?'

Lilo staarde hem aan. 'Wat zou het anders geweest moeten zijn?'

Hulpeloos keek ze naar Hulda. Die was naar het raam gegaan alsof ze wilde laten zien dat ze niet naar het gesprek luisterde, maar toch in de buurt bleef voor het geval dat Lilo haar nodig had.

Inspecteur North beet op zijn nagels.

Waarom was hij eigenlijk zo nerveus? vroeg Lilo zich verward af.

'Momenteel gaan we uit van suïcide, mevrouw Schmidt. De overledene woonde alleen, was onbemiddeld en oefende een twijfelachtig beroep uit. Ze zou niet de enige zijn in deze ellendige stad die een eind aan haar leven maakt. Maar er moeten nog een paar onduidelijkheden uit de weg worden geruimd voordat we de zaak kunnen sluiten.' Hij schoot een stukje nagel naar de grond.

'Suïcide?' Lilo begreep er niets van.

'Zelfmoord,' legde de inspecteur uit. Ze dacht een zweem van minachting in zijn stem te horen.

'Maar Rita zou zoiets nooit doen,' zei ze en ze hoorde zelf hoe koppig ze klonk. 'Ze was een vechter. Ze zou nooit vrijwillig toelaten dat haarzelf of iemand die ze liefhad iets overkwam.'

In de heldere ogen van de inspecteur verscheen een lichtje. Hij snoof verachtelijk. 'Ik denk niet dat u dat kunt beoordelen.'

Lilo was verontwaardigd. Wat een onvriendelijke man!

Toen zag ze dat Hulda, die daarnet nog naar de grauwe binnenplaats had gekeken, zich verbaasd naar hem omdraaide. De vroedvrouw deed een stap naar hem toe. 'Met permissie, meneer de inspecteur,' zei ze met een luide stem, die de kleine ruimte moeiteloos vulde. 'U lijkt nogal snel te oordelen. Zou u niet eerst eens in alle rust kunnen luisteren naar wat uw getuige te vertellen heeft?'

Lilo zag de verbazing op het gezicht van de inspecteur en had bijna hard gelachen. Je kon beter niet met Hulda te maken krijgen, dat zou deze lomperik nog wel merken. Maar toen dacht ze weer aan Rita en voelde het verdriet om haar vriendin als een golf op haar afkomen. Wat was er toch met haar buurvrouw gebeurd?

De inspecteur herstelde zich, schraapte zijn keel en richtte zich weer tot Lilo.

'Dan gaan we maar verder. Is u de laatste twee weken iets opgevallen? Had mevrouw Schönbrunn bijzonder bezoek? Had ze met iemand ruzie?'

Lilo schudde peinzend haar hoofd. 'Niet dat ik weet. Een paar weken geleden had ze het een keer aan de stok met meneer Sauerbier van de tweede. Rita zou iets uit de vuilcontainer op de binnenplaats hebben gepakt wat van hem was geweest. Maar waarom had hij het dan weggegooid? Rita heeft wel vaker in het afval gezocht. Ze zei dat er altijd wel iets te vinden was wat ze nog kon gebruiken.'

De inspecteur noteerde de naam van de buurman in zijn notitieboekje, maar Lilo kon aan hem zien dat de informatie hem maar matig interesseerde. Toen herinnerde ze zich iets anders.

'Kortgeleden wilde ik 's avonds bij Rita aankloppen om haar om een beetje meel te vragen. Dat van mij was op en ik was van plan een zoet brood te bakken. Het was Pasen, ja, precies, nu weet ik het weer. Vier weken geleden. Maar toen merkte ik dat ze bezoek had. Ik heb iemand in de woning gehoord. Er huilde ook iemand, maar ik kon niet horen waarom. Ik heb niet staan luisteren, echt niet,' verzekerde ze de inspecteur haastig en ze keek steels naar Hulda. De vroedvrouw volgde haar verslag ontspannen bij de vensterbank en glimlachte haar bemoedigend toe.

'Wie zou mevrouw Schönbrunn kunnen hebben opgezocht?' vroeg inspecteur North en hij krabbelde verder in zijn notitieboekje, zonder haar aan te kijken. Zijn haar stond aan één kant van zijn hoofd af, omdat hij er met zijn hand doorheen was gegaan. De knoop van zijn das was ook een eind naar links verschoven, het zag eruit alsof hij door de glanzende stof werd gewurgd.

'Ik heb geen idee,' zei Lilo radeloos. 'Rita had geen familie meer, haar man en haar dochter zijn een paar jaar geleden overleden. Ze had nauwelijks vrienden, ik denk dat ze met niemand beter contact had dan met mij.'

'Een klant misschien?'

Lilo schudde gedecideerd haar hoofd. 'Rita nam nooit een van die mannen mee naar huis. Ze was fatsoenlijk. Ondanks alles.'

'Voor zover je van fatsoen kunt spreken als je de mannen in plaats daarvan meeneemt naar een hotelletje,' sprak de inspecteur op scherpe toon.

Opeens had Lilo het gevoel dat zij zelf werd beschuldigd. Ze onderdrukte haar tranen, die alweer begonnen op te komen en veegde steels haar ogen af. Op Hulda's voorhoofd verscheen een bezorgde frons. Ze verwijderde zich van het raam en kwam opnieuw naar hen toe.

'Ik denk dat het zo wel voldoende is, meneer North. Mevrouw Schmidt is net bevallen en heeft nu rust nodig, voordat het kind weer wakker wordt.'

Toen schoot Lilo nog iets te binnen. Ze keek op naar de vroedvrouw en vroeg verlegen: 'Had je eerder niet iets over een dagboek gezegd, Hulda?'

De inspecteur leek te verstijven. Hij hapte naar lucht, maar zei niets. Lilo kon zien dat hij zijn woorden met moeite inslikte.

Wat was er eigenlijk met hem aan de hand? vroeg ze zich opnieuw af. Waren alle politiemannen zo gesloten, nerveus en geïrriteerd?

Hulda knikte. Ze vroeg aan meneer North: 'Hebt u het notitieboekje gevonden?'

'Ik... ik weet niet waar u het over hebt.' Hij zette zijn bril af en maakte de vuile glazen zorgvuldig met een punt van zijn overhemd schoon. Dat maakte het alleen maar erger.

'Blijkbaar heeft mevrouw Schönbrunn een soort dagboek bijgehouden,' verklaarde Hulda.

De inspecteur greep naar zijn keel, alsof hij opeens geen lucht meer kreeg en Lilo zag dat Hulda de man nieuwsgierig opnam, alsof zijn merkwaardige gedrag ook haar opviel.

'De conciërge, mevrouw Koslovski, heeft me dat verteld. Misschien zou u hierna met haar moeten praten?'

Er verscheen een geïrriteerde uitdrukking op het gezicht van de jongeman. 'Ik stel voor dat u mij mijn werk laat doen en u doet het uwe. Er moet zo vast nog een luier worden verschoond of een flesje worden klaargemaakt.'

Hulda staarde hem even stomverbaasd aan, waarna ze luid begon te lachen. 'U bent behoorlijk gevoelig,' zei ze. 'Maar u hebt gelijk, we hebben het druk. Kinderen krijgen en kinderen opvoeden is een helse klus waar u geen flauw idee van hebt. Maar het zou te ver voeren om u dat uit te leggen.'

Ze keerde de jongeman haar rug toe en alleen Lilo, die haar inmiddels goed kende, zag hoe haar grijsblauwe ogen schitterden en besefte dat de vroedvrouw niet zo ongenaakbaar was als ze leek.

Meneer North zag eruit alsof hij naar een passende reactie zocht. Omdat die hem blijkbaar niet te binnen schoot, pakte hij het kopje van tafel en sloeg de koffie, die nog steeds veel te heet was, achterover. Hij hijgde even om zijn tong af te koelen, merkte toen dat Lilo naar hem keek en sloot snel zijn mond. Op zijn fraai gewelfde wangen verscheen een tere blos.

'Mevrouw Schmidt, ik dank u dat u mijn vragen hebt beantwoord. Houdt u zich alstublieft ter beschikking van mij en mijn collega's, voor het geval we nog iets willen weten. En praat niet met de buren over de zaak. We zullen hem binnenkort wel kunnen sluiten, maar zolang het onderzoek nog loopt, zou het goed zijn als er niet te veel praatjes de ronde doen.'

'Ik ben geen kletstante,' zei Lilo verontwaardigd. 'Zeg dat liever tegen die Koslovski beneden in haar duiventil.'

Karl North zette zijn hoed scheef op zijn hoofd en zei: 'Goedendag.' Hij gluurde naar de slanke, in het blauw gehulde gestalte van Hulda, die weer tegen het raam leunde, met haar rug naar hem toe. Toen ze zich niet omdraaide, tikte hij schouderophalend tegen de rand van zijn hoed en liep de woning uit.

Met een doffe klap viel de deur achter hem in het slot.

Pas nu draaide Hulda zich om en glimlachte tegen Lilo. 'Wat een blaaskaak,' zei ze overdreven nonchalant. Ze rolde haar mouwen op, waste haar handen boven de gootsteen en stak haar kapje opnieuw vast aan haar donkere haar, dat een beetje was losgekomen. Toen zei ze: 'Zo, Lilo, nu moet je even een hapje eten en dan weer je bed in.'

Lilo knikte en zag hoe Hulda snel een paar aardappels op een bord arrangeerde, die in een ijzeren pan op het fornuis hadden gestaan.

Ze had de indruk dat de anders zo trefzekere bewegingen van de vroedvrouw een tikje gejaagder waren dan anders.

11

Vrijdag, 2 juni 1922

Al van ver zag Hulda dat Bert zijn vrijdagse strikje had omgedaan. Hij had voor elke weekdag een andere. Als de Schönebergers even was ontschoten welke datum het was, hoefden ze alleen maar een blik op de man van het paviljoen te werpen en dan waren ze weer op de hoogte. Vandaag prijkte een zijden, helblauw exemplaar op zijn hals, stralend als de hemel boven zijn ronde kiosk.

Het grote plein erachter lag er uitgestorven bij, er trippelden alleen een paar duiven rond die als oude vrouwen bakkeleiden over de laatste kruimels. Morgen, als de weekmarkt weer zou worden gehouden, kwam er eindelijk nieuwe proviand. Verder naar achteren rees de machtige, uit rode baksteen opgetrokken Matthiaskerk met de spitse toren en de verticale lijnen van de gotische vensters boven alles uit, als de kinderjuf van de Winterfeldtplatz.

Hulda sprong van haar fiets, zette hem vast aan een paal en stak de straat over. Ze koerste op het paviljoentje af, waar Bert kranten verkocht zolang ze zich kon heugen. Een kleine glazen lantaarn onder het dak lichtte op in een verdwaalde zonnestraal. 's Winters, als het vroeg donker werd, bestierde Bert zijn kiosk in gaslicht. Maar nu was het zomer en kon hij sparen, omdat de ondergaande zon zijn assortiment nog steeds met zijn warme licht bescheen.

'Goedenavond, meneer Bert,' zei Hulda en ze glimlachte tegen de oudere heer. Behalve zijn zijden strik droeg hij, zoals elke dag, sinds mensenheugenis zijn gestikte vest over zijn gesteven hemd, de bretels en een zorgvuldig gestreken broek, en een korte jas. Het strijken deed hij waarschijnlijk zelf, want hij was niet getrouwd en woonde in zijn eentje in een woning op de hoek. Eén keer had hij haar verteld dat hij een kleine koffergrammofoon bezat waarop hij 's avonds zijn favoriete platen draaide. Hulda had hem nog nooit thuis bezocht. Ze maakte liever een praatje hier buiten op het plein, tussen het ritselende papier van de kranten en tijdschriften aan hun knijpers, terwijl de foto's op hen neerkeken alsof ze ook aan het gesprek deelnamen. En opeens kwam het haar merkwaardig voor dat ze nauwelijks wist hoe Bert leefde. Het leek alsof hij met zijn elegante kleren en zijn altijd begrijpende, soms spottende glimlach net zo met de klinkers van het marktplein was vergroeid als de lantaarnpalen.

Bert glimlachte onder zijn gekrulde snor. 'Juffrouw Hulda! Wat een eer dat u mij bezoekt in mijn nederige stulpje. Zo laat nog op pad?'

'Het was een lange dag vandaag. Ik kom net uit Neukölln,' zei Hulda en ze liet haar blik over de koppen van de avondedities glijden. 'Die cursus heeft me een hoop tijd gekost, maar nu komen er nog maar een paar lesdagen.' Toen schoot haar iets te binnen.

'Wacht eens, ik heb iets voor u.'

Hulda rommelde in de leren tas die ze al de hele dag met zich meezeulde. Terwijl ze dat deed merkte ze hoe vermoeid en smerig ze zich voelde. Nadat ze de hele ochtend bij Lilo had doorgebracht, was ze vroeg in de middag opnieuw naar de vrouwenkliniek gefietst en had daar een lange voordracht van een verveelde gynaecoloog aangehoord.

Blijkbaar had de man zelf nog nooit een vrouw verlost, maar toch vond hij dat hij haar en haar collega's kon uitleggen dat er voor het baren maar één positie van de vrouw in aanmerking kwam, namelijk op de rug in bed liggend. Dat geboden de goede zeden en de anatomie. Hulda had hem graag over Lilo's bevalling verteld, die probleemloos staande was verlopen, net als vele daarvoor, waarbij vrouwen in alle mogelijke houdingen kinderen hadden gebaard. En ze zag op de gezichten van de andere vroedvrouwen een soortgelijke afkeer van de man op het podium. Maar ze vermande zich. Als vroedvrouw overschreed je een grens als je een arts, en een coryfee al helemaal, bekritiseerde. Je werd als vrouw toch algauw hysterisch genoemd als je te veel vragen stelde. Bovendien waren de meeste artsen voorstanders van klinieken en stonden steeds sceptischer tegenover thuisbevallingen. En Hulda betrapte zichzelf de laatste tijd meer en meer op de gedachte of ook haar professionele toekomst niet in de kliniek lag. Weliswaar hield ze van haar onafhankelijkheid, het nauwe contact met de bevallen vrouwen, het gefluister in de uren in het halfdonker van de slaapkamer, als de baby's sliepen. Maar wat moest er van haar worden? Een ouder wordende vroedvrouw, die zich niet ontwikkelde, die niet studeerde, alleen oude kennis doorgaf tot ze verdord was? Een veredelde verpleegster, die met haar loon moest concurreren met de sociale werksters in overheidsdienst van de adviesbureaus voor aanstaande moeders?

Een vroedvrouw, een ambulante ook nog, was niet veel meer dan een werkster, een dienstbode, terwijl de artsen en de leidende vroedvrouwen van de vrouwenklinieken de lauweren oogstten.

'Je wordt verteerd door ambitie, engeltje,' had haar moeder vroeger altijd met een zuinig mondje tegen haar gezegd. Weliswaar had Hulda dat altijd tegengesproken, maar als ze eerlijk was, dan klopte het: ze wás ambitieus. Ze wilde uitblinken waar het maar kon. En in de glanzend gepolijste tangen van een kraamkliniek zag je je eigen beeld nu eenmaal scherper dan in de gebroken spiegel van een wc op een binnenplaats. Daarom was het noodzakelijk dat ze de heren doktoren in de waan liet dat ze aan hun lippen hing, want voor vrouwen ging de weg naar de top aan geen van hen voorbij.

Maar in de pauze waren er tenminste koekjes en slappe, maar echte koffie en dat alleen al was het waard geweest, vond Hulda, die zoetigheid gewoon niet kon weerstaan. Ze hield het meest van pralines, maar in principe was alles waarin ook maar een zweem van chocolade zat onveilig voor haar.

Eindelijk ontdekte ze in haar tas wat ze had gezocht: een klein pakje en een rond blikje. 'Kijk, echte Hongaarse knevelbinders en Sternknevelwas.'

'Voor mij?' vroeg Bert met gespeelde verbazing en hij pakte de kostbaarheden aan. 'Waar heb ik dat aan verdiend?'

Maar natuurlijk wist hij dat Hulda in drogisterij Richter in de Gleditschstrasse een graag geziene gast was, en dat de eigenaar haar steeds van alles toestopte, sinds ze had geholpen zijn dochter ter wereld te brengen. Mevrouw Richter was bijna gestorven tijdens de geboorte, want het kind had met het gezichtje naar boven gelegen en kwam heel laat. Maar Hulda had in haar benarde positie uiteindelijk een omstreden handgreep toegepast en het kind op het laatste moment uit de moeder gehaald. De veel te laat gearriveerde arts – het was niet de humeurige dr. Schneider geweest – had alleen nog de wond hoeven verzorgen en haar een groot compliment gemaakt. Sindsdien kreeg Hulda, zodra ze de drogisterij binnenkwam, alles wat ze nodig had, of misschien ook niet: geurige lavendelzeep en parfums, viooltjescrème en kisten met Persil-waspoeder. 'Maakt alleen de was schoon!' En natuurlijk, nadat ze het over de prachtige snor van haar oude vriend had gehad, producten voor de verzorging van de moustache.

'Zoals in de keizertijd,' zei Bert en hij glimlachte fijntjes. 'Eén ding moet je die adellijke bloedzuigers nageven: ze verzorgden hun moustache tot in de puntjes. Overigens niet te vergelijken met de verongelukte zwarte rups die onder de neus van de nieuwe voorzitter van de NSDAP daar in München hangt. Racistische prutpartij!'

Hulda giechelde. 'Bent u bij de socialisten gegaan? Pas maar op wat u zegt, anders marcheren hier binnenkort mensen van de Grossdeutsche Arbeiterpartei over het plein en wordt u het slachtoffer van een politieke moord. Hoewel die partij inmiddels verboden had moeten zijn.'

'Ik toch niet,' zei Bert en hij wuifde haar woorden weg. 'Zo'n kleine krantenverkoper interesseert dat gespuis niet. Die willen de grote jongens pakken. Rathenau mag wel oppassen, als ik hem was zou ik niet zonder bewaking mijn villa in Grunewald uit komen.'

'Hoezo?' vroeg Hulda en ze ergerde zich aan zichzelf. Zoals altijd wist ze niet precies wat er in het land aan de hand was, was ze te veel met haar eigen wereld bezig. Door haar hoofd spookten de kleine Konrad en Lilo, Felix, het onbekende lijk in het kanaal en de straatkinderen van de Bülowbogen. Voor de grote politiek was geen plaats in haar bovenkamer.

'Er zijn steeds weer doodsbedreigingen tegen hem,' zei Bert. 'Vooral sinds Rapallo. Maar hij weigert onder politiebescherming te reizen. Ik weet niet of het grootheidswaan is of moed.' Hij schudde bedroefd zijn hoofd, toen glimlachte hij ondeugend. 'Zijn snor is overigens ook niet om over naar huis te schrijven.'

Hulda gaapte hartgrondig. De zon zond zijn laatste zachte stralen over het plein, er waren nog maar weinig mensen op pad. De meesten zaten nu achter de gordijnen en aten met hun gezin, dacht Hulda, en ze voelde een zweem van jaloezie opkomen.

Onwillekeurig dwaalden haar ogen naar de rood-witte luifels van Café Winter, waar ze een beweging waarnam. De glazen deur met de grote geschilderde letters ging open, en Felix kwam naar buiten. Zoals altijd droeg hij een sportpet op zijn blonde lokken. Hulda wilde haar hand al optillen en naar hem wuiven, toen ze de blonde vrouw achter hem zag. Felix draaide zich naar haar om en hield de deur vast, zodat ze kon doorlopen, maar stootte haar per ongeluk tegen haar zij. Ze keken elkaar aan en lachten, vanwaar ze stond kon Hulda het horen. De vrouw wierp haar lange, golvende haar naar achteren en legde haar gehandschoende hand met zo'n vertrouwd gebaar op zijn onderarm dat Hulda's adem even stokte. Ze voelde een kleine, knagende pijn in haar buik, alsof ze daar werd gebeten door een muis met scherpe tandjes. De pijn werd heviger toen Felix zijn arm om het middel van de blondine sloeg. Met hun armen om elkaar heen, alsof het nooit anders was geweest, slenterden de twee over straat in de richting van zijn ouderlijk huis, tot de invallende schemering hun silhouetten opslokte. Eén keer was nog een heldere lach te horen, als een klein klokje dat door de avond weerklonk.

Felix had niet eens hun kant op gekeken, dacht Hulda ongelovig. Had hij hen echt niet gezien?

Ze voelde dat Bert naar haar keek en onwillekeurig knipperde ze met haar oogleden. Verbaasd over haar troebele ogen – iets belemmerde haar blik, hing in haar wimpers – bewoog ze haar oogleden een paar keer, waarna ze weer helder kon kijken.

Verdomme, dacht ze woedend, huilde ze nu misschien vanwege een blond watergolfje?

'Kent u die dame?' vroeg Bert en Hulda was hem dankbaar dat hij haar tranen negeerde.

Ze schudde haar hoofd. 'Maar Felix lijkt haar goed te kennen,' zei ze, terwijl ze zich ergerde over de bittere toon in haar stem.

'Mij kwam ter ore dat het Helena Stolz betreft, koopmansdochter uit Charlottenburg. Haar deftige vader sympathiseert, naar verluidt, met die rechtse criminelen.' Hij snoof. 'Nou, het zal hopelijk niet lang meer duren voor de regering die knokploeg verbiedt...' Bert leek de draad even kwijt te zijn. Hij keek over het plein alsof hij meer zag dan de stenen van het plaveisel. Toen richtte hij zich weer tot Hulda. 'Wilhelmine Winter heeft het meisje opgeduikeld en haar zoon aan haar gekoppeld. De vonk lijkt behoorlijk te zijn overgeslagen op onze Felix.'

'Goed mogelijk,' zei Hulda en ze wilde opeens dat ze ver weg was. 'Maar anderen hebben ook al eens geprobeerd om Felix Winter in te palmen. Tot dusverre hebben ze allemaal gefaald.'

'En we weten ook allemaal waarom,' zei Bert en Hulda dacht een licht verwijt in zijn stem te horen. Ze keek hem verbaasd aan.

'O ja?'

'Zeg eens eerlijk, juffrouw Hulda, houdt u nog van hem, van uw Felix?'

Hulda stond op het punt om boos te worden, wilde de oude heer uitfoeteren en hem vertellen dat het hem niets aanging van wie ze hield of niet. Maar in plaats daarvan zei ze schuchter: 'Ik weet het toch ook niet.'

'Dan, beste juffrouw, hoe graag ik u ook mag, moet u die arme jongen eindelijk loslaten. Hij is geen heilige wiens portret u aan de muur kunt hangen, waarnaar u kunt kijken als u er zin in hebt. Hij is een man van vlees en bloed en zou ook zo mogen handelen.'

'Ik verbied hem niets!' riep Hulda en twee duiven fladderden verontwaardigd op. 'Hij is een vrij man,' liet ze er zacht op volgen.

'Dat is hij juist niet, zolang u hem elke dag met uw mooie neusje en ogen zo diep als de oceaan in zijn café opwacht en met hem speelt als een kat met een muis.'

Hulda voelde onwillekeurig aan haar neus. Wat dacht die oude man wel niet? En toch, moest ze heimelijk toegeven, was alles wat hij zei de waarheid.

'Ik weet het,' zei ze en ze zuchtte. 'Ik zou hem eindelijk met rust moeten laten. Laat hem maar met die blonde Helene trouwen en gelukkig worden.' Ze slikte en keek Bert aan. 'Maar weet u, hij is een vriend. Daar heb ik er niet zoveel van. Een boezemvriendin, die andere meisjes hebben, ben ik nooit tegengekomen. Vrouwen hebben het niet zo op mij.'

'Ik vraag me af waarom niet,' zei Bert en hij lachte geamuseerd.

Hulda negeerde zijn spottende toon. 'Met mannen kan ik gewoon veel beter overweg, die denken rechtuit. En Felix en ik, dat was gewoon koek en ei, al sinds we kinderen waren. Hoe kan ik dat opgeven?'

'Misschien moet u het alleen even laten rusten,' zei Bert en hij klopte vriendelijk op haar hand. 'En dan ben ik zolang uw goede vriend. Ik heb nooit graag de tweede viool gespeeld.'

Hulda moest lachen. 'U en de tweede viool! U speelt toch de hoofdrol voor ons allemaal hier op het plein.'

Bert bewoog zijn hoofd heen en weer. Hij glimlachte, maar zijn ogen keken ernstig. 'Ik hoop dat u zich niet vergist,' zei hij peinzend, en Hulda hoorde een verdrietige ondertoon in zijn woorden. 'Ik ben toch niet meer dan jullie aanplakzuil met de nieuwste krantenkoppen.'

Toen Hulda wilde protesteren, tilde hij zijn hand op en keek haar streng aan. 'Juffrouw Hulda, het gaat nu niet om mij, maar om u. Ik heb weinig hoop dat mijn gezelschap op den duur voor u zou volstaan. We moeten gewoon een nieuwe aanbidder voor u vinden, niet zo'n afgedragen jas als Felix Winter, maar een kersverse kandidaat. Dat moet toch niet onmogelijk zijn.'

'Bedankt, maar ik heb geen behoefte aan verse aanbidders,' zei Hulda afwerend.

Dat ontbrak er nog maar aan, dacht ze, dat haar Schönebergse buren uit medelijden naar nieuwe vereerders voor de kleine vroedvrouw begonnen te zoeken. Irritant genoeg dook precies op dat moment het gezicht van de humeurige inspecteur van vanochtend in haar herinnering op. Felle ogen had hij gehad, van een prachtig soort groen, dat glansde als de scherf van een fles. Onbeschoft was hij geweest, een echte etter, maar hij had er intelligent uitgezien. En tenminste niet saai zoals de meeste mannen die in een bar een glas champagne voor haar bestelden en vervolgens met hun mond vol tanden stonden.

Ze merkte dat Bert haar gezichtsuitdrukking las als een boek, en voelde zich betrapt.

'Oho!' zei hij en hij trok zijn borstelige witte wenkbrauwen op. Tegelijk leken de punten van zijn snor een centimeter breder te worden, alsof hij iets op het spoor was. 'Ik heb de indruk dat er al een geheimzinnige onbekende aan de horizon gloort.'

'Geen sprake van!' zei Hulda. Ze voelde zich ongemakkelijk en keek wat al te geschrokken op haar horloge. 'Wat is het al laat! Ik moet nu echt naar huis en mijn bed in. En u zou het vandaag ook voor gezien moeten houden. Morgen is het marktdag, en dan breekt hier weer de hel los.'

Zijn schallende lach achtervolgde Hulda tot ze bij haar fiets was en klonk nog na in haar oren toen ze door de zachte zomeravond over de Winterfeldtstrasse naar huis zeilde, waar mevrouw Wunderlich waarschijnlijk al met het avondeten op haar wachtte.

Eigenlijk kon Hulda de gemeenschappelijke maaltijden met de waardin en een paar andere gasten die in huis woonden wel waarderen. De gesprekken, de warmte. Maar vandaag kreunde ze innerlijk bij de gedachte dat ze, net nu ze aan Berts scherpe ogen was ontkomen, meteen weer aan Margret Wunderlichs bitse tong overgeleverd zou zijn. Die zou het uiterst pijnlijke verhoor waarschijnlijk direct voortzetten. Want Bert mocht dan wel een goede neus voor nieuwtjes hebben, Hulda's hospita kon een geheim op zeven kilometer afstand ruiken.

12

Vrijdag, 2 juni 1922

'Zo, schoonheid, al wat van plan vanavond?'

Hulda draaide zich om. De kleine piccolo in livrei met het dunne snorretje en de geschminkte ogen en wangen, het gepommadeerde haar strak tegen de schedel gekamd, hield uitnodigend de deur open en knipoogde naar haar. Hulda wist niet precies of ze tegenover een man of een vrouw stond, als bij een kameleon wisselde het uiterlijk om de seconde tussen mannelijk en vrouwelijk. Het uniform zat nauwsluitend om het slanke lichaam, de epauletten glinsterden. De lippen, die haar nu een gespeeld kusje toewierpen, waren dieprood aangezet.

'Wat is er te doen bij jullie?' vroeg Hulda om tijd te winnen.

De glimlach werd breder. 'Hardys Jazzband. Speciaal voor de knappe jongedame ingevlogen uit New York en vanavond in topvorm in Riekes Varieté. Die spelen je van je sokken, dat slaat op je benen, je weet niet wat je hoort. Bijna zo chic als in de Scala, alleen goedkoper.'

Hulda grijnsde. Dat geloofde ze graag, dat het er bij Rieke in de Bülowwijk niet zo fijnzinnig aan toeging als in het beroemde revuetheater in de Lutherstrasse, waar ouvreuses de goedgeklede gasten hun plaats aanwezen en elke avond duizenden toeschouwers de wereldberoemde jazzbands bejubelden die daar optraden. Van Hardy en zijn combo had Hulda nog nooit gehoord. Maar het Scala kon ze zich niet permitteren, en ze had zin in muziek. Sinds de nieuwe, exotische klanken van de jazz naar Berlijn waren overgewaaid, hadden ze Hulda met hun onvoorspelbare ritmes en hun weemoed in hun ban.

Door de halfopen deur van het verwaarloosde pand, waar zich in het souterrain blijkbaar het hoogdravend 'Varieté' genoemde etablissement bevond, drongen al de langgerekte, dissonante klanken van een trompet.

'Waarom ook niet?' vroeg Hulda en ze liet de deur voor zich openhouden om naar binnen te glippen.

'Je zult er geen spijt van krijgen, schoonheid,' riep de page haar achterna en ze dacht dat waarschijnlijk het tegendeel het geval zou zijn. Als ze in alle vroegte zou opstaan, en weer naar de kliniek in Neukölln zou moeten vertrekken, zou ze zichzelf vervloeken dat ze aan de wervende praatjes van de bizarre portier met het zijden uniform had toegegeven. Maar het leven was nu eenmaal hard. Reden temeer om een beetje plezier te maken, dacht ze koppig en ze liep naar binnen.

De aanblik van Felix en zijn nieuwe vlam spookte haar nog door het hoofd en had een merkwaardige honger in haar gewekt, die de boterhammen en het hardgekookte ei bij mevrouw Wunderlich niet konden stillen. Dus had ze nadat het donker was geworden een jurk aangeschoten, haar wimpers zwart geverfd, een beetje rouge op haar wangen gepoederd en was ze de nacht in gelopen. De straten rond de Bülowwijk trokken haar magisch aan, het wemelde er van de cafés en allerlei volk verdrong zich er om zich van zijn laatste centen te amuseren.

De lucht in het keldergewelf was om te snijden. Een bonte mengeling van klanten van alle rangen en standen verdrong zich aan de bar, om een vol glas te bestellen of te bietsen, al naargelang de voorhanden liquide middelen. In Riekes Varieté was het assortiment dranken beperkt, maar de glazen waren tot de rand gevuld. Tenslotte moesten de gasten in de stemming komen, zodat ze de armoedige inrichting en de tweederangs muzikanten niet al te grondig onder de loep zouden nemen.

Er gleden een paar vluchtige blikken langs Hulda, en ze keek omlaag en speelde heimelijk met de lovertjes bij haar decolleté, die ze er zelf aan had genaaid, hoewel ze handwerken verafschuwde. Mevrouw Wunderlich, die Hulda in dat soort gevallen altijd bijstond en dan steeds een bijna moederlijk gedrag vertoonde, had de zwarte charlestonjurk al een tijdje eerder volgens haar wensen genaaid. Die had een eenvoudige coupe, maar sorteerde effect. Vlak boven de knieën eindigde hij in zwaaiende franje, die bij elke stap haar huid streelde als een liefkozing. Over haar blote schouders liepen smalle koordjes. 'Daar kunt u mee voor de dag komen,' had haar hospita destijds gezegd en bij wijze van uitzondering had Hulda haar geloofd. Mevrouw Wunderlich was bijzonder trots geweest, alsof ze haar eigen dochter voor het bal had aangekleed. Soms was Hulda er zelf verbaasd over hoe hartelijk haar hospita dan met haar omging, hoewel ze op andere momenten haar op haar tanden leek te hebben.

Een gedrongen mannetje, dat een bruine leren muts ophad en minstens een kop kleiner was dan zij, koerste op Hulda af en blies een flinke wolk sigarettenrook in haar gezicht. 'Goedenavond, dame,' riep hij boven het helse lawaai van het orkest uit. Zijn ogen namen haar van top tot teen op. Hij stak een hand uit, alsof hij haar arm wilde pakken, maar Hulda ontweek hem.

'Ik ben hier vandaag alleen en ben van plan dat ook te blijven.' Hulda probeerde gereserveerd te glimlachen.

'Zo'n knap katje zoals jij heeft een man nodig,' kraste de praalhans. 'Kom, ik bestel een likeurtje voor je, schat, zodat je een beetje aanhaliger wordt.'

'Niet nodig,' zei Hulda en ze merkte dat ze kwaad werd.

Schouderophalend draaide de man zich om en koerste na een korte blik in de menigte op een andere dame af, die Hulda niet om de aanstaande ontmoeting benijdde. Ze was er eigenlijk niet aan gewend dat mannen haar zo direct het hof maakten. Haar lengte en, als ze mevrouw Wunderlich mocht geloven, haar ernstige gezicht leken de meesten af te schrikken. 'Beste juffrouw,' placht haar hospita op die half medelijdende, half neerbuigende toon te zeggen die Hulda niet kon uitstaan. 'U bent zo'n aardig meisje. Dat u zulke merkwaardige ogen hebt, daar kunt u niets aan doen, dat maakt u bijzonder. En mannen mogen meisjes die een beetje loensen, dat heeft iets geheimzinnigs. En dan nog dat aparte haar, dat figuur! Als u maar niet altijd zo zuur zou kijken. Met honing vang je vliegen, niet met azijn!'

Hulda was niet van plan om iemand te vangen. En als ze dat toch wilde, dan beslist niet zo'n ongelikte beer.

Met haar ellebogen baande ze zich een weg naar de toog en bestelde bier. De barman gaf haar een bruine fles Schultheiss en pakte het geld aan. Hulda opende de beugelfles en zette de hals aan haar lippen. Het hoppige bier gleed door haar keel. Het was warm hier beneden, al die menselijke lijven verwarmden de lucht, waarin dikke slierten sigarettenrook hingen. Hulda deed een paar stappen opzij en leunde tegen de muur.

Terwijl ze dronk, bekeek ze Hardy, die met zijn jazzband op een geïmproviseerd in elkaar getimmerd podium speelde. Hij had een donkere huid en zwart kroeshaar, de trompet leek met zijn lippen vergroeid te zijn. Zijn band bestond behalve hem uit nog twee mannen. De een trommelde wild op allerlei kookgerei, op enorme gedeukte blikken pannen en ijzeren gieters. De ander schraapte met adembenemende snelheid met een stuk ijzer over een vel schuurpapier. Het ratelde en floot, kletterde en rinkelde, en boven al die herrie uit zong en jammerde de trompet.

De muziek was vast niet zo goed als die van de kunstenaars in de grote theaters, dacht Hulda, en New York hadden de drie haveloze figuren op het podium beslist ook nog nooit gezien. Maar toch had de page bij de deur niet te veel beloofd, de toeschouwers werden gegrepen door de klanken en stampten en trappelden, juichten en klapten. Steeds meer gasten gingen bij de rand van het kleine podium staan, zwetende lijven werden tegen elkaar gedrukt, de armen in de lucht gestrekt. Af en toe ging de menigte opzij, zodat een kleine open plek in hun midden ontstond, als een bijzonder wilde danser een spontane solo uitvoerde, op zijn rug ronddraaide en weer op zijn benen sprong als een acrobaat. De omstanders juichten hem toe voordat hij weer in de menigte verdween, die zich als de golven van een meer sloot, om even later op een andere plek plaats te maken voor de volgende uitzinnige danser.

Hulda had zin om ook te dansen. Ze dronk de rest van haar bier op. Toen voegde ze zich bij de anderen, zoog het ritme in zich op. Ze danste met gesloten ogen. Pas na een tijdje, toen de band een rustiger stuk speelde en er minder werd gedanst om haar heen, deed ze haar ogen weer open en zag dat een man haar aankeek. Hij had licht, bijna wit blond haar en een grappige neus. Met zijn blauwe muts en zijn zomersproeten zag hij eruit als een brutale matroos. Verrast merkte Hulda dat ze naar hem lachte, alsof haar lichaam iets wist wat haar verstand nog niet begreep. Hij grijnsde terug en liep langzaam naar haar toe, alsof hij geen haast had, omdat hij wist dat ze niet zou weglopen.

'Een drankje misschien, juffrouw?'

Vast geen zielsverwant, dacht Hulda, en ze aarzelde even. Maar toen knikte ze. Hij had vrolijke groene ogen. Zoals de scherven van een fles. En die oefenden de laatste tijd een magische aantrekkingskracht op haar uit.

'Goed, kom maar mee,' zei hij en hij liep gearmd met haar naar de bar. Zijn handen waren eeltig van het harde werk, maar ze genoot van zijn aanraking. Hij bestelde door met zijn vingers te knippen. Geen bier, maar heldere sterkedrank in kleine glaasjes, die meteen weer werden gevuld toen Hulda en hij hadden getoost en de inhoud achterover hadden geslagen.

'Ik ben Otto,' zei hij.

'Hulda.' Ze genoot van het gevoel van zorgeloosheid dat zich in haar armen en benen verspreidde.

'Mooie naam,' zei hij lachend.

Hulda wist niet of haar naam hem amuseerde of dat hij gewoon in een goed humeur was. Het maakte ook niet uit.

Toen ze de derde borrel met hem dronk, wist ze dat het tijd was om te stoppen, om niet over de onzichtbare drempel te struikelen die tussen aangeschoten zijn en dronkenschap lag. Maar tegelijk wilde ze meer.

'Ik heb nog iets anders,' fluisterde Otto en hij keek haar samenzweerderig in haar ogen.

Ze giechelde, omdat hij veel weghad van een schooljongen die iets had uitgespookt. Heimelijk vroeg ze zich af wat ze eigenlijk wilde van die man. Was hij niet veel te jong? Maar hij sloeg als vanzelfsprekend een arm om haar heen en bracht haar door een lange gang naar een donkere hoek van het lokaal, waar het licht van de gedempte gaslantaarns niet kon doordringen. Een paar gedaantes konden blijkbaar niet meer rechtop staan en lagen half op de grond. Een vrouw zat met gespreide benen op de schoot van een man en gierde het uit.

Hulda dacht dat ze voor deze afdeling van Riekes Varieté nog niet dronken genoeg was. Maar Otto trok haar zelfverzekerd een stukje verder naar een plek waar het iets rustiger was. Daar stond een bank, waarvan de kleur in het halfduister niet te onderscheiden was en die beslist betere dagen had gekend. Kordaat haalde Otto een wit poeder uit zijn zak en strooide een beetje op het bijzettafeltje. Hij keek haar uitnodigend aan.

Hulda aarzelde even. Maar geen van haar vrouwen stond op het punt te bevallen en het was niet erg waarschijnlijk dat ze die nacht zou worden ontboden. Ze was vrij. En opeens wilde ze ook helemaal niet meer die brave, verstandige vroedvrouw zijn, die onbaatzuchtig voor iedereen zorgde. Wie zorgde er voor haar? Deze nacht wilde ze leven! Dus knikte ze vastbesloten, boog zich over de witte lijn en snoof het spul op.

Eerst kwam de knal. Sterren explodeerden in haar hoofd en sneeuwden door haar hele lichaam. Toen volgde een golf van zachtheid, alsof zij en de wereld als fluwelen golven in elkaar vloeiden.

Otto bekeek haar gezicht en glimlachte tevreden. Hij prepareerde een nieuwe dosis voor zichzelf en snoof het middel op, boog zijn hoofd achterover en lachte. Ze hielden elkaars hand vast en zakten giechelend in de kussens.

Niemand zag haar hier, dacht Hulda, ze was helemaal alleen met de lichtblonde vereerder, wiens handen zoekend over haar jurk gleden en wiens mond opeens bij haar hals was. Zijn hand verdween onder de zwarte franje boven haar knieën en Hulda liet toe dat hij haar kuste. Ze sloot haar ogen en genoot van het gevoel dat ze wegdreef als een stuk hout op open zee.

Toen ze wakker werd, had ze een vieze smaak in haar mond. Ze had het koud en voelde zich plakkerig. In de achterste ruimtes van de bar was het nog donkerder geworden, de muziek klonk ver weg als een uitdovend vlammetje in een zee van zwart. Hulda tastte naar haar horloge om te zien hoe laat het was, maar het was verdwenen. Dat kon toch niet waar zijn! Maar de smalle band met haar huissleutels, die ze altijd om haar hals droeg, was er nog. Kermend kwam ze overeind en voelde aan haar hoofd, dat pijn deed alsof iemand haar had neergeslagen. Wat was dat voor troep, die die blonde vent haar had voorgezet? Het moest versneden zijn geweest, zo veel was zeker, met kalk en andere rommel. En daarna had hij haar nog bestolen ook?

Hulda kreeg kippenvel in haar korte jurkje en streek rillend over haar blote armen. Toen voelde ze aan haar ondergoed en constateerde opgelucht dat alles zat waar het hoorde. Blijkbaar was er niets gebeurd, afgezien van het zoenen en haar flauwte. Op de tast zocht ze haar weg naar de voorste ruimte, stapte over slapende lichamen met snurkende gezichten, die in de gang verspreid lagen als wrakhout. Van de lichtblonde jongen geen spoor, die had zich allang uit de voeten gemaakt. Hardy was gestopt met spelen. Ook van hem was niets meer te bekennen, alleen de muzikant die het schuurpapier had bewerkt, stond met een van de serveersters in een hoek en had zijn gezicht in haar decolleté begraven.

Hulda schaamde zich. Ze was een volwassen vrouw, had ervaring en een beroep, was in de hele wijk bekend. En dan liet ze zich door zo'n lomperik bestelen als een onnozel schaap van het platteland, dat voor het eerst in het flonkerende Berlijn kwam? Ze was hier toch geboren en getogen, een echte Berlijnse griet, en liet zich desondanks zo in de luren leggen? Hopelijk had niemand haar herkend! Anders wist morgen niet alleen Bert, ook maar ook mevrouw Wunderlich ervan.

Vermoeid liep ze naar de uitgang. De androgyne page had zijn dienst er blijkbaar allang op zitten, niemand hield de deur meer voor haar open. Ze beklom de treden en strompelde de straat op.

Buiten waaide een kille wind en Hulda wilde maar één ding: zo snel mogelijk naar bed!

Toen hoorde ze tumult aan de overkant van de straat.

'Laat me met rust!' schreeuwde een vrouw en ze sloeg met haar vuisten in op een donker geklede man. Ze droeg een dunne zomerjurk en hoge hakken.

Nu kreeg de kerel haar handen te pakken en hield die vast, zijn massieve lichaam zag er dreigend uit naast haar breekbare silhouet. Toch deinsde ze niet terug.

'En als ik je dat geld niet breng?'

Hulda vroeg zich af waar de vrouw het lef vandaan haalde om hem nog van repliek te dienen.

'Dan knal ik je neer,' zei de man met zware stem. Het klonk onverschillig, alsof hij haar inlichtingen gaf. Hij had een nauwelijks waarneembaar accent.

'Of je gooit me in het kanaal zoals Rita, hè?' krijste de vrouw.

Hulda bleef staan.

Rita? Enigszins wankel op de benen kwam Hulda naderbij. Ergens in haar achterhoofd begon het haar te dagen dat ze werkelijk een uitzonderlijk talent had om zichzelf door haar nieuwsgierigheid in gevaar te brengen.

'Ik weet niet waar je het over hebt,' zei de man en hij liet de kijvende vrouw los, duwde haar van zich af als een lastige vlieg en veegde zijn handpalmen af aan zijn jas. 'Ik ken geen Rita.'

Opnieuw viel het Hulda op dat zijn Duits niet perfect was, hij had een rollende r.

'Natuurlijk niet,' zei de vrouw honend en ze trok haar jurk, die bij het decolleté leek te zijn gescheurd, voor haar borst bij elkaar. 'Je hebt een geheugen als een zeef. Twee weken geleden heeft Rappe Rita nog je poen binnengehaald, maar nu is ze dood en bestaat ze niet meer voor je. Waarom moest ze dood?'

De man wendde zijn blik af en liep verder alsof hij haar vraag niet had gehoord. Over zijn schouder zei hij: 'Morgen heb ik het geld, anders...'

Zonder de zin af te maken, liep hij naar het huis waar de twee voor hadden gestaan, deed een onopvallende deur open en verdween. De vrouw slikte nog een keer en haalde haar neus op.

Hulda maakte zich uit de schaduw los en kwam bij haar staan. 'Hebt u hulp nodig?'

De vrouw keek haar aan. Haar lip was gesprongen, een uitgesmeerd bloedspoor liep over haar kin. Afwerend schudde ze haar hoofd.

'Nee, alles is in orde. Loop maar door.'

'U bloedt,' zei Hulda. 'U bent gewond.'

'U ziet er zelf ook niet al te fris uit,' zei de vrouw en ze bekeek Hulda's gezicht. 'Maar u bent niet een van ons.'

'Klopt.' Hulda dacht dat het verschil vanavond maar verwaarloosbaar klein was. Nauwelijks merkbaar. Maar toch had ze een thuis, een warm bed dat op haar wachtte en een beroep dat haar morgen weer tot de vrouw zou maken die ze eigenlijk was. Maar vannacht... Hulda zuchtte en wilde eigenlijk doorlopen. Maar er was iets wat haar tegenhield. Haar hoofd functioneerde zo traag als een koppige ezel, toen trok ze een gedachte aan haar lange oren tevoorschijn. Eindelijk wist ze het weer.

'Hebt u Rita Schönbrunn gekend?'

Op het gezicht van de vrouw verscheen een wantrouwige uitdrukking. 'Hoezo?'

'U zei daarnet tegen die... vent dat hij ene Rita in het kanaal had gegooid. Toevallig ken ik die dame.' Hulda schraapte haar keel. 'Vluchtig tenminste.'

'Wie bent u?'

'Ik heet Hulda Gold, ik ben vroedvrouw en heb toevallig over mevrouw Schönbrunns dood gehoord. Weet u daar iets van?'

'Wat zou ik daarvan moeten weten? Rita was een van ons hier in de wijk.'

'Waarom noemde u haar daarnet Rappe Rita?'

De vrouw glimlachte. Er lag een zweem van weemoed in haar ogen. 'Rita stond erom bekend dat je bij haar snel aan je trekken kwam, als u begrijpt wat ik bedoel.' Ze maakte een obsceen gebaar met haar hand. 'Rita was niet meer de jongste, ze is laat in onze branche begonnen. Toch was ze heel geliefd, vooral bij verlegen heren met een dringende behoefte, die de zaak snel wilden afhandelen. Met hen had ze dan vaak nog gepraat, dat was waarschijnlijk haar sterke punt, behalve de snelle afwikkeling. Ze heeft die Pedro...' Ze wees naar de deur waar de man een paar minuten eerder achter was verdwenen, '... een smak geld opgeleverd. Maar toen...' Ze leek op haar tong te bijten en stokte.

'Ja?' vroeg Hulda. Ze verging van de kou, maar ze wilde absoluut nog meer horen.

'O, niets. Ze hadden ruzie. Pedro dreigde dat ze geen kapsones moest krijgen. Toen zei ze dat hij wel mocht oppassen, tenslotte kon ze haar mond opendoen wanneer ze maar wilde. Het over de gekken hebben. Geen idee wat ze daarmee bedoelde. Maar ja, een week later was ze dood.'

'De gekken?' vroeg Hulda, terwijl de herinnering aan het gesprek met mevrouw Koslovski bij haar bovenkwam.

'Weet ik veel. Luister eens, juffrouw, wilt u nog van mijn diensten gebruikmaken? Voor dames halve prijs!'

'Het spijt me.' Hulda glimlachte. 'Vanavond niet.'

'Goed, u weet nu waar u me kunt vinden,' zei de vrouw afgemat en ze voelde voorzichtig aan haar dikke lip. 'Ik ben meestal hier op straat. Vraagt u maar naar Magda.'

Met die woorden verdween ze in het donker.

Hulda bleef peinzend achter. Wat een vreemde ontmoeting, dacht ze. De naam Rita dook voortdurend onverwacht op, zoals de zeehonden in de dierentuin, waarvan je de snelle zwembewegingen nauwelijks kon volgen, doordat ze nu eens hier, dan weer daar hun kop uit het groene water staken. Alles bleek met elkaar verbonden te zijn. Ze moest er alleen nog achter komen hoe.

Maar die nacht niet meer! In haar hoofd bonsde een kloppende pijn, alsof haar hoofd een zware klok was waarvan de klepel steeds weer tegen de binnenkant van haar schedeldak sloeg.

Hulda sloeg haar armen om haar borst om warm te worden en liep wankelend door de nacht naar huis. De gedachten aan Felix en de dief met de zomersproeten, aan Rita en de huilende Lilo, aan de knorrige inspecteur en de blonde Helene wervelden in een eindeloze rondedans voor haar geestesoog. Ze verbleekten pas toen Hulda zich in haar kamer had uitgekleed en op bed was gevallen. Uitgeput sloot ze haar ogen, trok de deken over zich heen en had het gevoel in een diepe put te vallen waar niemand, zelfs geen herinnering, haar kon volgen.

13

Zaterdag, 3 juni 1922

Margret Wunderlich was al zo lang weduwe dat ze zich niet meer kon voorstellen zich aan een echtgenoot te moeten aanpassen. In het huurhuis, dat de brave Heinz haar destijds had nagelaten, zwaaide ze de scepter naar eigen goeddunken. Ook de pensiongasten zocht ze doelgericht uit, onder haar dak bevonden zich alleen respectabele personen en geen landlopers. En toch werd ze soms overvallen door een smartelijk gevoel van eenzaamheid. Haar dochters waren allang het huis uit en getrouwd, en woonden nu in Hamburg, waar haar man zaliger vandaan kwam. Maar Margret was gebleven, ze voelde zich te oud om nog eens te verkassen, al verlangde ze naar de meisjes en de kleinkinderen. Ze had al een paar keer gespeeld met de gedachte om bij Ursula, haar oudste, in te trekken, maar die had haar afgewimpeld. 'Lieve mama,' had ze gezegd, 'ik kan niet toestaan dat je naar een vreemde stad gaat. Je bent toch thuis in Berlijn.'

Een klein duiveltje had Margret Wunderlich ingefluisterd dat ze in Hamburg niet gewenst was. Dat de kinderen helemaal niet wilden dat ze ergens in de buurt zou wonen en elk moment bij hen thuis zou kunnen binnenvallen. Maar dat was toch onmogelijk! Er moest een andere reden zijn waarom Ursula en vlak daarna ook Eva haar bezwoeren dat ze beslist in Berlijn moest blijven. Maar Margret was geen tobber. Ze nam er genoegen mee om haar dochters één keer per jaar met de trein te bezoeken en de rest van de tijd richtte ze haar zorgzaamheid op de gasten. Want anderen bemoederen en blij maken kon ze nu eenmaal als de beste. En er waren er een paar in huis die wel wat steun konden gebruiken. Vooral Hulda Gold, dat jonge ding, die als alleenstaande vrouw meer door het leven struikelde dan ging. Die indruk had Margret in elk geval. Ze had zich over de juffrouw ontfermd en voelde zich op een heel speciale manier verantwoordelijk voor haar.

Toen Hulda de zolderkamer in was getrokken, had ze juist haar moeder verloren en de affaire met de knappe cafébezitter was ook op niets uitgelopen. Destijds had iedereen het erover gehad. En Margret Wunderlich had het meisje er letterlijk weer bovenop moeten helpen, als een klein vogeltje dat uit het nest was gevallen.

Toch zonde, dacht ze, en ze neuriede een valse schlagermelodie, terwijl ze op deze zaterdagochtend de ontbijttafel dekte en de eieren op het vuur zette. Zo'n droevig leven als oude vrijster, en dan nog al die kinderen in vreemde gezinnen. Een vrouw had toch een eigen thuis nodig!

Buiten koerden de duiven en de eerste zonnestralen tastten als tere vingers naar de vensterbank. Toen ze naar buiten leunde, ontwaarde Margret een rat op de binnenplaats. Verontwaardigd greep ze haar pantoffel en slingerde die zonder na te denken naar beneden, waarna het weerzinwekkende beest de benen nam. Goed zo, dit was een fatsoenlijk huis.

Maar wat nu? Nu lag de slof beneden, en ze droeg haar ochtendjas nog! Margret ergerde zich hoofdschuddend over haar eigen onnozelheid, waardoor nu ook nog een paar van haar krulspelden begonnen te schuiven.

Op dat moment hoorde ze voetstappen in het trappenhuis. Ze kwamen van boven uit de zolderkamer en mevrouw Wunderlich bleef staan en luisterde. Nu liep er iemand langs haar deur. Meteen rende mevrouw Wunderlich naar de deur, trok deze open en zag nog net Hulda's rode muts voor haar langs schieten.

'Juffrouw Hulda!' riep ze en ze legde zo veel mogelijk verontwaardiging in haar stem.

De jonge vrouw bleef staan en draaide zich zo langzaam om dat Margret vermoedde dat ze eerst een grijns van haar gezicht had moeten vegen. Toen ze eindelijk naar haar keek, glimlachte ze geforceerd.

‘Goedemorgen, mevrouw Wunderlich.’

‘U gaat me toch niet vertellen dat u zonder ontbijt wilt vertrekken! Waar sluipt u eigenlijk op dit uur naartoe, op een lege maag?’

De juffrouw wuifde haar woorden weg. ‘Ik moet toch naar mijn cursus,’ zei ze, ‘en dan wilde ik op de markt snel een roggebroodje voor onderweg kopen.’

‘Dat kan ik niet toelaten.’ Margret deed een paar stappen naar voren en trok juffrouw Hulda achter zich aan de keuken in. Het meisje zag eruit als een wandelend skelet, vond ze. ‘Eten onder het lopen is heel, heel schadelijk voor de gezondheid.’ Margret wist waar ze het over had, omdat ze gelukkig over een sterke constitutie beschikte. ‘Nee, juffrouw, er wordt zittend ontbeten, dat is een kenmerk van onze beschaving, we zijn geen wilden. Daarom maak ik nu een fatsoenlijke maaltijd voor u klaar, u betaalt sowieso voor kost en inwoning bij mij en moet uw zuurverdiende centen niet onderweg verbrassen.’

Zwierig trok ze een stoel bij voor de jonge vrouw.

Juffrouw Hulda ging zitten en bestudeerde Margrets blote voet. ‘Wat hebt u met uw andere slof gedaan?’ Haar stem klonk ruw als schuurpapier.

‘O, wat attent dat u me dat vraagt,’ zei Margret, die zich pas nu weer haar dilemma herinnerde. ‘Ach, juffrouw, zou u zo vriendelijk willen zijn even naar de binnenplaats te lopen? Mijn schoen is daarnet uit het raam gevallen. En als u toch beneden bent, kunt u dan even kijken of de bakkersjongen al is geweest, ja? O, momentje...’ Ze greep naar de vuilnisemmer. ‘Zou u die dan ook meteen even kunnen legen?’

Ze wachtte niet op antwoord, maar ging weer bij het fornuis staan om te controleren of de gasvlam heet was gebleven, sinds ze de eieren in het water had gelegd. Zorgzaam observeerde ze de bellen die overal opstegen. Geen enkel ei was gebarsten.

Toen er rumoer op de binnenplaats klonk, ging Margret bij het raam staan en zag de jonge vrouw met het zwarte bobkapsel, die juist de inhoud van de emmer in de afvalcontainer kiepte en de blikken deksel scheef dichtsloeg.

‘Opnieuw niet goed dicht,’ mompelde de hospita geërgerd. ‘Geen wonder dat de ratten hier hun kans ruiken.’

Ze boog zich uit het raam. 'Helemaal dicht graag, juffrouw Hulda!'

De jonge vrouw keek verrast omhoog en gooide toen opnieuw de deksel op de container, een tikje te luid naar Margrets smaak. Toen verdween ze, met in haar ene hand de emmer en in haar andere de zak met broodjes en de geborduurde slof, het huis weer in, en Margret kon haar de trap op horen klossen.

Het is niet bepaald een elfje, dacht ze, en ze liet de eieren schrikken.

Even later hoorde ze de deur weer knersen. Samen met juffrouw Hulda kwam ook meneer Moratschek van de tweede verdieping binnen, een alleenstaande gepensioneerde met een weelderige witte haardos en flinke bossen haar die uit zijn oren groeiden. Hij rookte, wat ertoe leidde dat Margret niet al te vaak zijn kamer binnenging, want ze kon de stank van rook niet uitstaan. Wat voor beroep hij had uitgeoefend voordat hij met pensioen was gegaan, wist Margret niet, ondanks haar eigenlijk onweerstaanbare hardnekkigheid had ze dat niet echt uit hem kunnen krijgen. Sinds hij bij haar woonde, schreef hij in elk geval aan een geheimzinnig boek. Ook bleek hij geen familie te hebben, want de meeste tijd bracht hij eenzaam achter zijn bureau door. Eenmaal per week bezocht hij het theater. Maar zonder veel passie, Margret had meer het idee dat hij zijn plicht deed, alsof het een onvermijdelijk bezoek aan de dokter betrof. Afgezien daarvan hield hij er nog een liefhebberij op na: hij repareerde oude zakhorloges. Urenlang kon hij voor de opengeschroefde uurwerken zitten en er met een piepkleine schroevendraaier zo secuur aan werken dat het leek of hij een hartoperatie verrichtte.

Het schoonmaken van zijn kamer, dacht Margret zuchtend, toen ze de eieren in een mandje op tafel zette, was elke week weer een kwelling, omdat de talloze beschreven vellen die hij in zijn schrijfwoede produceerde de vloer bedekten als verse sneeuw. Daartussen slingerden piepkleine moertjes en schroefjes rond.

'Goedemorgen,' groette hij knorrig en hij liet zich kreunend op een stoel zakken. Snel sloeg hij het kapje van het ei af en lepelde het vlijtig op, terwijl zijn lange witte haarslierten over zijn voorhoofd vielen.

Juffrouw Hulda gaf haar de zak met kadetjes aan. Margret sneed er een open en gaf dat aan meneer Moratschek. Zwijgend besmeerde hij het met de pruimenjam die ze afgelopen herfst van de oogst van de volkstuintjes bij station Papestrasse had bereid.

'Ga toch zitten,' zei ze nu ook tegen juffrouw Hulda en ze duwde de jonge vrouw opnieuw op een stoel. 'U hebt eerst een kop koffie nodig, zoals u er deze ochtend uitziet.'

Met een beledigd gezicht liet de juffrouw haar sierlijke porseleinen kopje volschenken. Ze deed er een beetje melk in en dronk met langzame, geconcentreerde slokjes. Eindelijk kwam er een beetje kleur op haar wangen.

Maar voor het eerste halve broodje had ze eindeloos lang nodig, vond Margret, alsof juffrouw Hulda zichzelf bij elk hapje moest overwinnen. Het tweede liet ze al met heel wat meer smaak in haar mond verdwijnen. Intussen droop er een beetje warme boter op haar jas, die ze heimelijk wegveegde, terwijl ze vervolgens haar vingers aflikte.

'Bent u gisteravond nog weg geweest?' vroeg Margret terloops, terwijl ze ook koffie voor zichzelf inschonk. 'Ik heb u helemaal niet horen vertrekken. Maar later was ik bij u, omdat ik Moortje niet kon vinden en wilde kijken of hij zich bij u had verstopt. Toen was alles donker en stil.'

In werkelijkheid was ze verlegen geweest om een praatje. De avonden waren vaak lang. Als haar huurders in bed lagen, was het doodstil in huis, en Margret Wunderlich was niet bijzonder op stilte gesteld, behalve zondagochtend, als ze uitsliep.

'Ik... was in de bioscoop,' mompelde juffrouw Hulda, maar de hospita kende de jonge vrouw goed genoeg om haar aarzeling op te merken.

'Wat stond er op het programma?'

Juffrouw Hulda keek snel naar meneer Moratschek, die zich achter de *Morgenpost* had verschanst en niets leek te horen.

'Ach, weet u...' Juffrouw Hulda zat op haar stoel te draaien. 'Ik wílde naar de film. Maar toen was de voorstelling uitverkocht en ben ik een beetje gaan wandelen.'

'De hele nacht?'

Opeens keek juffrouw Hulda haar aan. In haar grijsblauwe ogen, die vandaag een klein beetje troebel waren, las Margret ongeloof. Blijkbaar was ze te ver gegaan met haar vragen. Ze vermande zich. Ze mocht niet al te nieuwsgierig lijken, dat nam de juffrouw haar altijd kwalijk. En dat terwijl haar nachtelijke activiteiten haar enorm interesseerden. Dus gooide ze het gesprek over een andere boeg.

'Zeg eens, hoe is het met de kleine Konrad, het knaapje uit de Bülowbogen? Is hij al een flinke vent?'

'Ja, een lief kind. Zijn moeder heeft veel plezier van hem. Alleen jammer dat...' Juffrouw Hulda stokte en ze sloeg met haar mes de punt van het ei.

'Ja?' vroeg Margret gretig.

Juffrouw Hulda richtte haar blik, waar een minuscule triomf in oplichtte, op de hospita, alsof ze opgelucht was dat het háár was gelukt om van onderwerp te veranderen.

'Hebt u van het lijk in het kanaal gehoord?'

'Natuurlijk!' Margret trok een stoel bij.

'Nou, de dode heeft in het huis van de moeder van de kleine Konrad gewoond. Ze trekt het zich erg aan.'

'Wat vreselijk! Weten ze al wie de moordenaar is?'

'De politie gaat van zelfmoord uit, voor zover ik weet. Maar in de Bülowwijk is men het erover eens dat die theorie niet klopt.'

'De politie!' Margret maakte een wegwerpgebaar. 'Die idioten. Die hebben zo veel moorden in de stad niet opgelost sinds de oorlog is afgelopen! Berlijn zinkt steeds verder weg in de criminaliteit, en niemand doet iets!'

Nu kwam het hoofd van meneer Moratschek achter de voorpagina tevoorschijn. Tot dusver was Margret ervan uitgegaan dat hij niet luisterde, maar ze had zich vergist.

'Het ophelderingspercentage is sinds de keizertijd drastisch gestegen, mevrouw. Sinds Gennat het bij de recherche voor het zeggen heeft, loopt het als een trein.'

'Maar toch moet je tegenwoordig voor je leven vrezen als je de straat op gaat,' zei Margret verontwaardigd. 'Moord en doodslag, zover het oog reikt. En wat levert het op als de rechercheurs er uiteindelijk achter komen wie het was? Ze moeten de misdaden voorkómen!'

'Dat ligt niet alleen aan de politie, maar ook aan de rechtse partijen,' zei meneer Moratschek bedaard. 'Die hebben nooit iets anders geleerd dan dat je je vijand te allen tijde het zwijgen mag opleggen. Geen wonder, tenslotte waren ze allemaal als jongemannen in Verdun en Yper, daar telde een mensenleven niet. Die jongens zijn verruwd, ze hebben littekens op hun ziel. En nu lopen ze die nationalistische volksverlakkers achterna.'

'Maar,' zei Margret terwijl ze aan haar krulspelden voelde, 'de ideeën van die Hitler zijn toch niet allemaal slecht. Iemand moet hier in het land toch voor orde zorgen. Die politici van tegenwoordig, die draaien toch alleen in een kringetje rond met hun democratie. We hebben weer een sterke man nodig, die het puin ruimt dat de socialisten hebben achtergelaten.'

'Niet u ook nog!' kreunde meneer Moratschek. 'Hoe vaak ik dat al heb gehoord. U wilt de keizer zeker ook terug. Of misschien nog erger, zo'n rechtse bandiet als die Adolf Hitler, die binnenkort met zijn pistool in de lucht zwaait als een sheriff in het Wilde Westen.'

'Maar, maar... ik kan het toch wel gewoon zeggen?' Margret keek hulpzoekend naar juffrouw Hulda, maar die had haar blik afgewend en keek uit het raam.

Intussen stopte meneer Moratschek het laatste stuk brood in zijn mond, sloeg de krant dicht en stond op.

'Goedendag, dames,' zei hij met een blik op zijn favoriete zakhorloge, dat hij altijd bij zich had, en hij liep de keuken uit.

Het werd stil in de ruimte. Margret bekeek juffrouw Hulda nadenkend. Haar ogen stonden bedroefd. Ze leek tijdens de discussie met meneer Moratschek nauwelijks te hebben geluisterd.

De hospita haalde haar schouders op en begon de tafel af te ruimen. Toen ze merkte dat de jonge vrouw verlangend naar de koffiekan keek, schonk ze haar kopje met een welwillend glimlachje vol tot de rand. Toen ging ze weer naast haar zitten en ving juffrouw Hulda's blik.

'Juffrouw, u bent zichzelf niet vandaag. Wat zit u dwars?'

'Het is niets.'

'Nee hoor, ik ben niet van gisteren. Als u echt naar de bioscoop was en daarna bent gaan wandelen, ben ik keizerin Auguste Viktoria.'

Juffrouw Hulda lachte, maar het lachen verging haar en ging over in gesnik. Verbaasd zag Margret dat haar jonge pensiongast tranen in haar ogen had.

'Nou, nou,' zei ze en ze viste een enorme zakdoek uit de diepe zakken van haar ochtendjas. Ze gaf hem de jonge vrouw aan, die haar ogen ermee depte en een gezicht trok alsof ze zich voor de gevoelsuitbarsting schaamde.

Margret klopte zacht op haar schouder. 'Er is een man in het spel.' Ze hoopte dat haar stem medelevend klonk en niet al te sensatiebelust. 'Is dat zo?'

'Ja,' zei juffrouw Hulda en ze haalde haar neus op. Ze zag er aandoenlijk uit, vond de hospita, met haar rood behuilde ogen en haar warrige haar. Doorgaans kwam de jonge vrouw een beetje streng over, alsof ze zich niet in haar kaarten wilde laten kijken.

'Uw ex?'

'Ook.' Juffrouw Hulda zag waarschijnlijk hoe verbaasd ze keek, want ze voegde eraan toe: 'Meneer Winter is verliefd. Ik heb hem en zijn nieuwe vlam gisteren op het plein gezien, een blonde schoonheid van goede komaf. Dat zal me wel hebben aangegrepen, in elk geval heb ik gisteravond een beetje te veel gedronken en toen... ben ik bestolen...' Ze pauzeerde even en liet haar pols zien. 'Mijn horloge is weg. Dat is van mijn moeder geweest en –' Ze stokte opnieuw.

Margret knikte. Ze wist van juffrouw Hulda's vroegere relatie met Felix Winter. Maar over haar moeder had ze nooit eerder gesproken, alleen verteld dat ze was overleden. Natuurlijk kende Margret de kletspraatjes die over Elise Gold de ronde hadden gedaan, destijds. Haar man had haar verlaten, haar dochter had haar de rug toegekeerd en jaren later had mevrouw Gold er een eind aan gemaakt.

Op zachte toon vroeg ze: 'Denkt u vaak aan haar?'

Juffrouw Hulda wachtte lang voordat ze antwoordde.

'Ik probeer het niet te doen. De herinnering aan de pijn. Maar bijna elke dag, of ik het wil of niet, moet ik aan haar denken. Het horloge... dat was het enige wat ik graag van haar droeg. Ze zei altijd dat het tikken haar eraan herinnerde dat de tijd vergaat en dat je het leven moet benutten voordat het te laat is.' Juffrouw Hulda lachte bitter. 'Nou, daar heeft ze zich niet aan gehouden, ze heeft zich dood gezopen en met medicijnen volgepropt. Ze heeft haar lichaam stukje bij beetje kapotgemaakt.' Ze snoot haar neus. 'Mijn vader hield het niet meer bij haar uit, hij is vertrokken. Een laffe daad, vindt u ook niet? Maar wie zou hem, ondanks alles, niet begrijpen? Met iemand zoals mijn moeder was niet te leven. Ze zoog alle vreugde uit je op. Ik weet niet hoe vaak ik na school op de terugweg heel langzaam heb gelopen om niet te vroeg in dat koude huis te hoeven zijn, waar ze lallend en grienend in de leunstoel zat. Ik lette erop dat ik de lijnen tussen de stoeptegels niet aanraakte, zo werd het lopen een sport, een spel, waarvan de hoofdprijs was dat ik pas in de avondschemering thuiskwam. Bij ons thuis waren de gordijnen altijd dicht, het licht was getemperd als in een ziekenhuis. En ziek waren we allebei, mijn moeder en ook ik. Gevangen in onszelf en met elkaar.'

Juffrouw Hulda stokte en begroef haar neus in een zakdoek.

Margret voelde medelijden met haar. 'En uw vader? Waar is hij nu?'

Hulda haalde onzeker haar schouders op. 'Hij woont in Charlottenburg, met een nieuwe vrouw. Een kunstenares, zoals hij. We zien elkaar maar zelden. En ik weet niet eens waarom.'

'Inderdaad,' zei mevrouw Wunderlich en ze herinnerde zich de imposante man met de zilveren manen. 'Uw geachte vader is kunstschilder. En succesvol ook nog, is het niet?'

Hulda knikte en snoot opnieuw haar neus. 'Voor zover ik weet, wordt hij op de Koninklijke Academie voor de Kunsten zeer gewaardeerd. Blijkbaar loopt hij ook de deur plat in de achteraftheaters en de kleine ateliers van het Scheunenviertel. Maar ik heb al lang niets meer van hem gehoord. We zijn vreemden voor elkaar geworden.'

'Mijn kind...' Margret keek de jonge vrouw streng aan. 'Dat is allemaal heel verdrietig. Maar het is wel verleden tijd. We moeten vooruitkijken.'

'Meestal lukt me dat ook wel. Maar er zijn tijden dat ik dat niet kan. Dan ben ik bang dat...'

'Dat u net zo wordt als uw moeder?'

Juffrouw Hulda staarde haar aan. 'Waarom...?'

'Kindje, we zijn toch allemaal met onzichtbare draden met ons verleden verbonden en proberen uit alle macht daarvan los te komen. Maar ze trekken ons steeds weer terug, want die draden, mijn beste juffrouw, kunnen we niet zomaar doorsnijden. Ze zitten ín ons, net als onze aderen waar ons bloed door stroomt.'

'Ik zou willen dat het toch mogelijk was.' Juffrouw Hulda haalde haar neus op en stond op. Ze leek opeens grote haast te hebben. 'Hartelijk dank voor het ontbijt, mevrouw Wunderlich. Ik moet nu naar de kliniek.'

'In die kleren?'

De jonge vrouw keek gekwetst. Maar iemand moest het haar toch zeggen, vond Margret Wunderlich, dat ze er slonzig uitzag met die vetvlek op de revers van haar jas en de sporen van de tranen op haar blouse.

'Geef me uw jas,' zei ze op verzoenende toon en ze stak haar hand uit, zodat juffrouw Hulda niet op het idee kon komen om te protesteren. 'Ik heb die botervlek er in een handomdraai uit. Die blouse droogt zelf wel, buiten is het vandaag weer warm. En kam toch eens uw haar.' Ze liet samenzweerderig haar stem dalen. 'Dan vindt u gauw een aardige jongeman, die zich niets aantrekt van uw emancipatiegedoe en die op uw mooie ogen verliefd raakt, zoals meneer Winter vroeger. Dat zou toch moeten lukken bij zo'n leuk ding als u!' Margret was al opgestaan. 'Hebt u al een oogje op iemand?'

Aan de lichte blos die over juffrouw Hulda's wangen en voorhoofd trok, zag Margret tevreden dat ze in de roos had geschoten.

'Zo? Wie is de gelukkige?'

De jonge vrouw maakte een afwerend gebaar en sloeg haar ogen neer. 'Er is niemand. Ik ben graag alleen.'

Margret snoof. Maar ze wist wanneer ze haar mond moest houden. Ze bracht de jas naar de gootsteen en begon naarstig huishoudzeep over de vlek te smeren.

Niets, geen vlek en geen geheim, is veilig voor Margret Wunderlich, zei ze tegen zichzelf en ze greep de borstel.

14

Zaterdag, 3 juni 1922

Nieuwsgierig keek Hulda uit het raam naar het voorbijtrekkende landschap. Nauwelijks hadden ze Berlijn achter zich gelaten of het beeld werd beheerst door weilanden, velden met goud koren, daartussen de rode vlekken van klaprozen en blauwe vergeet-mij-nietjes. Toch doken er keer op keer kleine gehuchten op, wenkten hoge schoorstenen achter de boomtoppen van de bossen. De stad breidde zich uit als een schimmelziekte, die haar sporen naar het land uitstrekte en het gaandeweg met een korst bedekte.

Hulda was in Tegel op de Kremmener Bahn gestapt. Het was middag, en rond deze tijd waren er maar weinig passagiers die naar het noorden van Berlijn wilden. Daar lag het nieuwe industriegebied waar de trein elke ochtend honderden arbeiders naar de fabrieken bracht. Maar nu vond Hulda moeiteloos een plaats op een van de houten banken.

Hoe ze op het idee was gekomen om vandaag naar Dalldorf te gaan wist ze zelf niet. Toen ze na het ontbijt bij mevrouw Wunderlich bij de kliniek in Neukölln aankwam, had ze de vorige avond nog in de botten gehad. Maar helaas stond haar daar alleen de zoveelste gortdroge lezing te wachten. Dit keer zou een coryfee op het gebied van de wondverzorging de vroedvrouwen en de verpleegsters in spe toespreken, die dicht op elkaar gepakt in de benauwde collegezaal zaten. Hulda wist niet meer hoeveel bilnaadrupturen ze na een geboorte had verzorgd en gehecht, het waren er meer dan ze kon tellen. Ze deed het graag, en de vrouwen hadden haar altijd verzekerd dat het nauwelijks pijn deed als ze de tere huid met naald en hechtdraad zo voorzichtig behandelde dat het leek of ze de vleugels van een vlinder aan elkaar naaide. Of de professor net zo veel ervaring op dat gebied had? Hulda betwijfelde het.

Hulda was veel te laat in Neukölln aangekomen. De deuren waren al dicht. Toen ze de deurkruk van de zaaldeur omlaag wilde duwen, werd ze opeens overvallen door een gevoel van zinloosheid. Niet eens het vooruitzicht op een koekje kon haar ertoe bewegen om zich tussen de andere vrouwen te dringen en een uur lang gespannen een vreemde man over de vulva te horen spreken.

Dus had ze rechtsomkeert gemaakt en was de straat weer op gelopen. In een bakkerij kocht ze een moddervet stuk taart en ze verslond het ter plekke. Het ontbijt bij haar hospita was maar een druppel op de gloeiende plaat geweest. Na de overdosis suiker en margarine ebde haar hoofdpijn langzaam maar zeker weg, en Hulda overlegde wat ze met haar vrije uren zou doen.

Als uit het niets was Dalldorf opgedoken. Hulda was de afgelopen dagen steeds nieuwsgieriger geworden naar de plek waar Rita Schönbrunn had gewerkt, zonder dat ze het werkelijk had beseft. Maar steeds vaker betrapte ze zichzelf erop hoe ze zich het leven daar voorstelde en hoe ze zich intussen een beeld vormde van de haar eigenlijk onbekende Rita te midden van de barakken, de verplegers en artsen.

Ze was nog nooit in een gekkenhuis geweest. Bij de gedachte eraan kromp Hulda onwillekeurig op haar houten bank ineen. Wat een woord! Tijdens haar opleiding tot vroedvrouw had ze een paar lesuren psychiatrie moeten volgen, want, zoals de leidinggevende vroedvrouw in de kliniek het zo fijnzinnig had uitgedrukt: 'Soms slaan bij een vrouw die net is bevallen de stoppen door.' De subtiele relatie tussen lichaam en ziel had Hulda toen al gefascineerd. Misschien ook vanwege haar moeder? Maar ze was allesbehalve een expert op dat gebied.

Wat, vroeg Hulda zich af terwijl ze over de bloeiende weilanden uitkeek, was er destijds eigenlijk gebeurd, dat Rita, die volgens mevrouw Koslovski zo begaafd en schrander was geweest, haar geliefde werkplek had verlaten? Was ze echt niet meer te handhaven, omdat ze te vaak dronken op haar werk verscheen? Of zat er meer achter?

Opeens had Hulda het gevoel dat ze op het goede spoor zat. Een ongebruikelijke nervositeit kwam bij haar op en kriebelde aan haar verhemelte. Maar hoe kon ze dat gekkenhuis in godsnaam binnendringen om daar iets te weten te komen?

'Dalldorf,' riep de conducteur nors en de trein stopte met het krijsende geluid van metaal op metaal.

Hulda sprong op, greep op het nippertje haar tas en stapte uit. Nauwelijks was ze op het perron gestapt of de trein maakte alweer vaart en verdween dampend en rammelend in westelijke richting.

Meteen zag ze het grote gebouw van gele baksteen tussen de uitgestrekte groenvoorzieningen. Snel verliet ze het station en liep naar de imposante instelling toe. De inrichting zag eruit als een kleine stad in een groot park. Weldadig en stil, als een vakantieoord waar je tot rust kon komen. Maar Hulda wist dat de schijn bedroog. Waarschijnlijk had iedereen in Berlijn wel een idee hoe het er hier aan toeging, zonder er ooit binnen te zijn geweest. Want het was bekend dat er in Dalldorf twee soorten zieken waren ondergebracht: de gekken, die aan geestesziekten als hysterie en psychose leden, en de verstandelijk gehandicapte chronische patiënten. Terwijl de eerste groep bewoners een medische behandeling onderging en hun genezing tenminste nog mogelijk leek, woonde de tweede groep daar permanent, zonder uitzicht op verbetering van hun toestand, laat staan op ontslag. Met vakantie, met ontspanning had het allemaal niets te maken, dacht Hulda en ze voelde hoe er een lichte rilling over haar nek voer.

Maar nu ze de inrichting voor zich zag, wist ze het even niet. Ze had er niet over nagedacht hoe ze het terrein op kon komen, en over wat er daarna zou gebeuren al helemaal niet.

Terwijl ze nog nadacht en zelfs even met de gedachte speelde de volgende trein naar Berlijn maar te nemen, zag ze een groepje jonge vrouwen, die druk in gesprek langs haar heen liepen. De drie moesten in een andere wagon hebben gezeten.

'En ze nemen echt meerdere meisjes tegelijk aan?' vroeg een mollige brunette.

'Dat zeg ik toch!' antwoordde haar gesprekspartner, die haar haar in een krans om het hoofd had gevlochten. 'Sinds Groot-Berlijn hebben ze geen idee waar ze al die gekken moeten laten. Vooral de kinderen niet.'

'De kleintjes gaan me nog het meest aan het hart,' zei een derde vrouw met krullen. 'Ik hoop dat ik in de opvoedingsinrichting kom, daar kun je misschien nog iets voor elkaar krijgen.'

Hulda spitste haar oren. Ze liep onopvallend achter de vrouwen aan en zag opeens dat ze was beland bij een groot gebouw met een bord waarop ADMINISTRATIE stond. De jonge vrouwen stopten en waren blijkbaar net zo besluiteloos als zij, toen de deur opeens openging en een kordate verpleegster met een grijs schort in de deuropening stond.

'Jullie komen vanwege de vacature?' vroeg ze op een toon alsof het haar gewoonte was om mensen af te snauwen.

De brunette knikte en vroeg verlegen: 'Zijn we hier goed?'

Hulda zag dat de wenkbrauwen van de verpleegster nog dichter naar elkaar toe kropen. Haar gezicht betrok als de lucht bij naderend onweer.

'Dat valt nog te bezien, juffrouw,' zei ze en ze draaide zich zonder een woord om.

Ze verdween in het inwendige van het gebouw, en na elkaar kort te hebben aangekeken besloten de drie jonge vrouwen dat het misschien het beste was om haar te volgen.

Ook Hulda rechtte haar rug, liep de twee treden op en dobberde als drijfhout het gebouw in, voordat de deur met een doffe klap dichtviel.

Ze belandde in een gang met allerlei deuren en ramen waar meerdere stoelen stonden. Zonder na te denken ging ze zitten en ze glimlachte naar de andere vrouwen, die teruglachten en eveneens plaatsnamen. Alsof het een ingestudeerde choreografie was, streken ze alle drie de jurk over hun schoot glad en zetten vervolgens hun bruine schoenen evenwijdig naast elkaar.

Opeens had Hulda zin om haar benen over elkaar te slaan en met haar voet te wippen. Maar ze volgde haar instinct en imiteerde de bewegingen van de andere vrouwen, om niet op te vallen. Toen boog ze zich naar voren en vroeg, alsof ze helemaal op de hoogte was: 'Bent u hier ook vanwege de vacature in het kinderhuis?'

De blonde vrouw knikte. 'We zoeken allemaal werk, maakt niet uit waar. Het zijn moeilijke tijden, hè?'

'Helaas wel,' zei Hulda en ze zuchtte. 'Je moet maar zien hoe je je redt. Als ongetrouwde vrouwen zoals wij, toch?'

'O,' zei de blonde, en een lichte blos verscheen op haar wangen, terwijl ze haar rechterhand, waaraan een smalle ring zichtbaar was, als een legitimatiebewijs uitstrekte. 'Ik ben getrouwd. Maar mijn man...' Het blozen werd erger en breidde zich uit tot haar hals. 'Helaas verdient hij niet genoeg.'

Hulda had medelijden, de vrouw was vreselijk verlegen. Op hetzelfde moment vond ze het tere poppetje opeens stom. Was het niet juist goed om in je huwelijk op eigen benen te staan?

'Een slimme meid...' zei ze en ze knikte de blonde bemoedigend toe. Maar ze zag de blik die de twee anderen met elkaar wisselden. Daarin stond minachting te lezen.

Hulda zuchtte. Soms leek het alsof vrouwen hun onderdrukking aan zichzelf te wijten hadden, als ze financiële onafhankelijkheid niet als kans, maar als iets beschamends opvatten.

'En u beiden?' vroeg ze aan de anderen. 'Jullie zijn niet getrouwd?'

'Nee,' antwoordde de brunette, van wie de jurk over haar borst spande. Onder haar oksels hadden zich al donkere, vochtige plekken gevormd. 'Ik wilde eigenlijk stenotypiste worden, met zijden kousen en een aardige baas in een leuk kantoor in de stad. Maar bij de dictees was ik te langzaam, echt een kluns. En er moet toch brood op de plank, hè? Dus waarom niet verpleegster worden?'

'Helemaal waar,' zei Hulda en ze wilde opeens dat ze ver weg was. Wat had ze gemeen met deze vrouwen? Ze voelde dat de vrouw die een baan in het kinderhuis ambieerde, haar opnam.

'Uw kapsel bevalt me,' zei ze.

'Bedankt.' Hulda glimlachte vluchtig en ging onwillekeurig met haar hand door haar bobkapsel.

'Ik zou mijn haar ook graag kort willen knippen,' zei ze en ze voelde verlegen aan haar rosse krullen. 'Maar mijn verloofde heeft het niet graag. Hij zegt dat een Duitse vrouw lang haar heeft. Misschien zou ik het hem gewoon niet moeten vragen,' voegde ze er met een ondeugende glimlach aan toe.

Haar lichte, vrolijke gezicht met de zomersproeten op haar neus beviel Hulda wel.

'Wat doet uw verloofde?' vroeg ze, hoewel ze het ergste verwachtte.

'Hij zit in de politiek,' zei de roodharige. 'Bij die nieuwe partij. Ik weet eigenlijk niet goed wat hij daar precies doet en wat zijn partijgenoten willen. Alleen dat ze altijd vreselijk hard schreeuwen en schelden bij hun vergaderingen. Op de linkse verraders en de Joden natuurlijk.'

Hulda merkte dat ze een nerveuze tic had bij haar wenkbrauw. Maar ze liet niets merken.

De jonge vrouw keek verdrietig voor zich uit en schudde haar hoofd. 'Ik wilde dat ik hem zover kon krijgen een ander beroep te nemen. Maar aan de andere kant heeft hij op die manier tenminste iets te doen en maakt het hem niets uit dat ik wil werken.'

'En dat wilt u?'

'Ja, natuurlijk,' antwoordde de jonge vrouw en ze keek Hulda stralend aan. 'Wat is er mooier dan dat mensen je nodig hebben?'

'Dat klopt,' zei Hulda. Ze begreep precies wat de vrouw bedoelde. Tegelijkertijd betrapte ze zichzelf erop dat ze aan de schampere inspecteur dacht. Wat zou die van werkende getrouwde vrouwen vinden?

Lieve help! Waar kwamen die idiote gedachten vandaan? Ze was toch geen puber meer die met elk madeliefje 'hij houdt van mij, hij houdt niet van mij' speelt en van bruidsklokken droomt!

Voordat ze nog iets kon zeggen, vloog er een deur open in de gang. De angstaanjagende haaibaai met de borstelige wenkbrauwen gebaarde naar hen. 'Wie eerst?'

'Ik,' zei de blonde met de haarkrans, die het dichtst bij de deur zat. Ze stond op en knikte naar de anderen, kruiste haar vingers achter haar rug en liep toen naar de helleveeg in de kamer.

De deur sloeg dicht.

Hulda keek naar de muur tegenover haar. Wilde ze daar echt naar binnen? Ze voelde dat ze niets uit de barse verpleegster zou kunnen krijgen. Waarschijnlijk had ze Rita gekend, want ze zag eruit als een medewerkster van het eerste uur. Maar hoe moest Hulda haar in godsnaam aan de praat krijgen? Dat zou niet eens Siegfried, de drakendoder, voor elkaar krijgen, laat staan een onder valse voorwendselen naar binnen geslopen vroedvrouw.

Terwijl ze daar nog over nadacht, kwam er van de andere kant van de gang een groepje mannen naderbij. Een van hen droeg een donker kostuum en hield een glanzende bolhoed van zwarte zijde in zijn handen. Zijn dunne haar had hij naar achteren over zijn hoofd gekamd, de ronde bril maakte zijn ogen groter. Ook de andere heren waren elegant gekleed, zij het iets provincialer.

Hulda veronderstelde dat de man het hier voor het zeggen had, en haar vermoeden werd meteen daarop bevestigd.

'Meneer de directeur, laat u ons later nog de ziekenzalen zien?' vroeg een jongere man met een notitieblok in zijn hand, waar hij steeds zo geconcentreerd naar keek dat het leek of hij straks zou worden geëxamineerd.

De groep was een paar meter voor hen blijven staan.

'Vanzelfsprekend, dr. Schwartz,' antwoordde de man met de bolhoed en de ronde bril. 'Een moment geduld. Eerst zal ik u onze nieuwe benadering van de therapie van het alcoholisme uitleggen. Een belangrijk onderzoeksterrein van ons instituut, sinds ik hier de leiding heb overgenomen. U zult later de collega's bij de voorlichting assisteren, waarbij wij de arme drommels informeren hoe schadelijk brandewijn voor hen en hun nageslacht is.'

Zijn toehoorders knikten instemmend.

'Later hebben we dan gelegenheid om de afzonderlijke barakken te bezoeken, evenals het opvoedingsgesticht en het huis van de epileptici. U zult zien, mijne heren, dat onze inrichting wat veelzijdigheid betreft haar gelijke niet kent. We hebben ze allemaal, idioten en debielen, psychotici en neuroten.'

'Neuroten?' vroeg de jongeman en hij noteerde, met het puntje van zijn tong in zijn mondhoek, het woord op zijn notitieblok.

'Ja. Een bijzonder... betreurenswaardige clientèle,' zei de directeur en Hulda hoorde de verachting in zijn stem. 'Lafaards, die in de Grote Oorlog mochten dienen en denken dat ze op staatskosten kunnen leven omdat ze zogenaamd een traumatische angstneurose hebben.'

Toen de toehoorders zacht lachten, trok Hulda's maag samen. De directeur leek niet veel compassie met zijn beschermelingen te hebben.

Opeens dacht ze dat ze door een open raam geschreeuw hoorde, dat over het terrein van de inrichting weerklonk. Maar misschien speelden haar zenuwen haar parten.

Een man in een double-breasted jasje sprak de directeur aan. 'Zou het naar uw mening niet zinvol zijn om die hypochonders de schadelijke gevolgen van hun gedrag voor eventuele nakomelingen op dezelfde manier onder ogen te brengen als u het hier met de alcoholici doet?'

De directeur glimlachte fijntjes. 'Weet u, dat probleem verdwijnt meestal vanzelf. Want meer dan eens zijn deze figuren niet meer in staat om de geslachtsdaad te voltrekken. Ze hebben het veel te druk met bedelen om hun volgende dosis morfine. Velen zijn impotent. En degenen die dat niet zijn... Wel, ik ben met de collega's in gesprek over de mogelijkheid van sterilisatie. Maar de molens malen langzaam en deze dwaze mode van de reformgeneeskunde is inmiddels alomtegenwoordig. Democratie mag misschien prachtig klinken, maar waar blijven we als geestelijk gestoorden daardoor dezelfde rechten krijgen als de gezonden?'

De toehoorders bromden instemmend en Hulda werd steeds onrustiger. Wat voor mentaliteit heerste hier in Dalldorf eigenlijk? Waar bleef het medeleven met de arme creaturen, de zieken? Ze schoof heen en weer op haar stoel, terwijl de andere vrouwen met een strak gezicht op hun plaats bleven zitten en het gesprek blijkbaar niet volgden.

In dit vijandige klimaat had Rita Schönbrunn gewerkt, dacht Hulda, en ze vroeg zich af of de onbekende vrouw, over wie ze zo veel nadacht, ook onder de cynische werksfeer had geleden. Was ze er misschien tegen in opstand gekomen? Omdat ze haar werk als verpleegster anders opvatte dan de leiding van de kliniek wenste? Was er misschien zelfs een conflict geweest? Was er iemand die Rita graag zou hebben ontslagen of zelfs haar dood had gewild?

Maar met dat soort speculaties kwam ze niet verder, dat wist Hulda.

De groep rond de directeur was op zijn aangeven weer in beweging gekomen en liep nu langs de rij stoelen via de voordeur het park in. Misschien kwam nu toch de officiële rondleiding over het terrein?

Hulda was graag meegegaan, maar dat zou beslist zijn opgevallen.

Opeens vloog de deur naast haar open, en de blonde vrouw rende naar buiten, met tranen op haar bleke zomersproeten. Toen stak de kenau haar hoofd alweer de gang in, wees met een dikke wijsvinger naar Hulda en zei: 'Nou u.'

Hulda sprong op. Meelevend streek ze met haar hand over de arm van de voorbijlopende vrouw. De blondine slikte en rende de gang uit naar de uitgang.

Hulda haalde diep adem en betrad toen het hol van de leeuw. Ze wilde dat ze net als een ridder een lans of een zwaard bij zich had.

'Ga zitten,' bromde de verpleegster en ze wees op een ongemakkelijk uitziende stoel.

'Dank u, ik blijf liever staan,' zei Hulda.

De blik uit de kleine ogen van de oudere vrouw trof haar als een mes, maar ze strekte haar knieën, haalde rustig adem en liet de onweerswolk over het onvriendelijke gezicht trekken.

Inderdaad leek de verpleegster te accepteren dat ze een robuuste gesprekspartner had, want ze haalde haar ronde schouders op en vervolgde: 'Naam!'

'Hulda... Schmidt.'

'Woonachtig?'

'Berlijn, in Schöneberg, Winterfeldtstrasse.'

'Opleiding?'

'Ik ben gediplomeerd ziekenverpleegster.'

Hulda was verbaasd dat de leugens zo gemakkelijk uit haar mond rolden. De informatie week maar weinig af van de waarheid, maar blijkbaar werd ze gedreven door de wens iets over Rita Schönbrunn te weten te komen. Ze voelde steeds meer sympathie voor de onbekende vrouw. Wat moest het werk hier zwaar zijn geweest, met die mensen, die hun menselijkheid allang waren kwijtgeraakt. Die het uitschot van de maatschappij eerder beheerden dan verzorgden, de vergetenen, geminachten, waanzinnigen voor wie in Berlijn geen andere plek was dan het gekkenhuis.

Ze voelde de wantrouwige blik van de verpleegster op zich rusten en voegde eraan toe: 'Ik heb mijn opleiding verpleegkunde in het Viktoriahaus genoten.' Dat klopte niet, maar het klonk goed. De Viktoriazusters hadden een uitstekende reputatie in Berlijn, als niet erg zachtzinnige, maar doortastende en flinke verpleegsters. 'Ik ben goed bekend met de kinderverzorging, speciaal met het werk in arme gezinnen.' Dat was de waarheid, maar om andere redenen.

Voor het eerst dacht Hulda in de ogen van de vrouw een vonkje erkenning te zien. Maar haar woorden waren net zo bars als daarvoor.

'Het maakt ons niet uit, juffrouw, waar u bent opgeleid. Hier bij de gekkenverpleging gaat het er anders aan toe dan u gewend bent. Het zijn geen zieken in de gebruikelijke zin van het woord, we moeten ze als dieren zien die moeten worden getemd. U, juffrouw Schmidt, ziet er stevig genoeg uit, dat moet ik u nageven. Niet als dat breekbare schepsel dat voor u bij me was. Die valt bij elke tochtvlaag om. Zo iemand kunnen we hier niet gebruiken.'

De verpleegster stapte op Hulda af, en voor ze wist wat haar overkwam, greep ze haar handen en armen, alsof ze haar spieren betastte. Ze bromde, instemmend, naar het Hulda leek.

'Voor de meisjesbarak is het wel voldoende.'

Hulda glimlachte. Koortsachtig dacht ze erover na hoe ze het gesprek op Rita kon brengen.

'Werken de verpleegsters hier allemaal op dezelfde plek, of zijn ze voor meerdere barakken inzetbaar?' vroeg ze onbeholpen.

'Dat gaat naar behoefte,' zei de verpleegster vaag. Zo noteerde iets op een vel papier, dat op de kale houten tafel achter haar lag. 'Waarom?'

'Ach, ik ben alleen nieuwsgierig. Weet u, een kennis van mij heeft hier vroeger gewerkt.' Hulda haalde diep adem. Ogen dicht en springen, dacht ze. 'Misschien kent u haar zelfs. Rita Schönbrunn?'

De kenau draaide zich met een ruk om. Haar ogen keken recht door Hulda heen. 'Mevrouw Schönbrunn is dood, heb ik gehoord.'

Hulda bloosde. 'O echt waar?' stamelde ze en ze hoorde zelf hoe ongeloofwaardig haar huichelarij klonk.

'Dat weet u toch precies,' zei de verpleegster en ze posteerde zich vlak voor Hulda. 'Afgelopen met die komedie. De directeur heeft ons al gewaarschuwd dat er spionnen naar Dalldorf zouden komen. Bent u een spion, juffrouw?'

'Nee,' riep Hulda en ze hief afwerend haar handen op. 'Ik heb geen idee waar u het over hebt. Het klopt dat ik me voor Rita's leven interesseer... Als een oude bekende, zoals ik al zei. Maar ik ben uitsluitend privé geïnteresseerd.'

'Dat kunt u uw grootje vertellen. Van mij hoort u in elk geval niets. En ook niet van iemand anders. En nu kunt u gaan, voordat ik de beveiliging roep.' Ze nam Hulda een laatste keer op. 'Jammer,' zei ze toen en er klonk waarachtig iets als spijt in haar stem door. 'Eindelijk iemand die eruitziet alsof ze van wanten weet. Elke dag zadelen ze ons op met meer gekken, en elke dag weten we ons geen raad hoe we die allemaal moeten verzorgen. We hebben al geen bedden meer, de chronische patiënten slapen op de grond. De wereld wordt gewoon steeds waanzinniger.'

Haar hangwangen wiebelden verdrietig. Ze leek zo in haar klaagzang op te gaan dat ze vergat dat het altijd nog de spionne was bij wie ze haar ergernis spuide. Maar toen schoot het haar blijkbaar weer te binnen.

'Wat staat u daar nog?' vroeg ze woedend. 'Moet ik u de gang op helpen?'

'Niet nodig, die haal ik nog wel,' zei Hulda en ze maakte een kleine knicks. Haar knieën trilden heel licht, ze hoopte dat de haaibaai het niet had gemerkt.

Zonder zich nog een keer om te draaien, beende ze de gang in. De twee jonge vrouwen keken haar met bleke gezichten aan. Blijkbaar hadden ze begrepen dat het daar binnen allesbehalve gezellig zou worden.

'En?' vroeg de brunette zacht.

'Veel succes,' zei Hulda en ze merkte zelf hoe sarcastisch het klonk.

Ze stapte het administratiegebouw uit en was even bang dat iemand haar achterna zou komen. Maar er gebeurde niets. Blijkbaar ging de verpleegster ervan uit dat niemand het zou wagen haar bevelen te negeren.

Hulda's gedachten tolden door haar hoofd. Er werd hier in Dalldorf dus verwacht dat iemand onderzoek naar Rita's dood zou doen. Tot dusver leek niemand te zijn gekomen. Was dat niet eigenaardig? Wat voerde die inspecteur North eigenlijk uit? En wat hadden de mensen hier te verbergen?

Er streek een briesje over Hulda's wang, en opnieuw dacht ze dat ze in de verte geschreeuw hoorde.

Hoewel ze wist dat ze in de problemen zou komen als ze opnieuw op spionage zou worden betrapt, won haar nieuwsgierigheid het. Met nadrukkelijk rustige, maar ferme passen beende ze over het grasland, alsof ze een duidelijk doel voor ogen had.

Ze liep langs het administratiegebouw verder naar het noorden. Daar stonden verschillende paviljoens van gele baksteen, versierd met torentjes, één of meer verdiepingen hoog. Daarachter, op de aangrenzende velden, leken werkplaatsen te staan. Hulda hoorde het gekrijs van een cirkelzaag. Op sommige banken in het park zaten bewoners van de inrichting, veel van hen met een merkwaardig starre blik en verwrongen ledematen, die altijd werden vergezeld door een bewaker of een verpleegster, die hen niet uit het oog verloor. Er waren ook kinderen bij, met misvormde schedels of merkwaardige spleetogen, die wezenloos voor zich uit staarden. Sommigen van hen bleken bezoek van familieleden te hebben, stijve mensen in zondagse kleding stonden om hen heen, met een mengeling van droefheid en weerzin op hun gezicht.

Het sneed Hulda door de ziel. Zo veel schaamte en pijn op één plek, dacht ze.

Het geschreeuw was verstomd, maar het leek uit een barak aan de rand van het terrein te zijn gekomen. Hoorde niemand anders het dan?

Ze keek rond en zag dat niemand op haar lette. Behendig dook ze onder een vlierbessenstruik door en sloop naar de verste muur van de barak. Een hoog raam stond open, alsof het op haar had gewacht. En als op commando begon het geschreeuw opnieuw, uit verschillende kelen, wanhopig en schel.

Hulda zocht met haar voeten naar een opening tussen de bakstenen en duwde de punt van haar schoen ertussen. Met al haar kracht trok ze zichzelf op aan de vensterbank, zocht steun en keek door het raam.

Minstens tien jongens, een paar kleintjes van misschien drie of vier jaar, andere al bijna in de puberteit, zaten in een kleine ruimte bij elkaar. Langs de muren stonden bedden die een smalle strook in het midden vrijlieten, waar de kinderen rondkropen en met bijeengeraapte steentjes en stokken speelden, of gewoon met hun benen languit voor zich uit zaten te staren. Blijkbaar hadden een paar van hen geprobeerd om een vechtpartij op touw te zetten, want de twee opzichters, stevige kerels die meer op gorilla's leken dan op verplegers, hielden twee van hen bij hun kladden en sloegen als bezetenen met hun stokken op de magere jongenslichamen in. De kinderen huilden en schreeuwden en probeerden de slagen te ontwijken, maar dan richtten de bewakers hun slagen op hun gezicht. De lip van een van de jongens was al opengesprongen, het bloed druppelde op zijn grijze kiel. De ander hield met een wanhopig gebaar zijn oren dicht, alsof hij aan de pijn en de klappen kon ontsnappen als hij niets meer hoorde.

'Verdomde snotapen,' schreeuwde een van de opzichters en hij sloeg uit alle macht met zijn stok nog één keer op de schedel van de jongen. Toen liet hij hem vallen als een zak aardappelen.

De ander deed hetzelfde en de twee kinderen kropen zo snel ze konden over de vloer van hun beulen weg.

De eerste opzichter spuugde en trof een klein jongetje dat in een luier aan zijn voeten zat, op het voorhoofd, vlak onder het warrige blonde haar.

'Stelletje tuig,' zei hij. 'Mal in de kop en agressief als bavianen. En wij stoppen jullie hier dag in dag uit, jaar in jaar uit vol. Waarvoor eigenlijk? Jullie leven is niets waard!'

Hulda hijgde en sloeg geschrokken haar hand voor haar mond. Tegelijk gleed ze uit. Snel sprong ze van de muur en belandde onzacht op het gras achter de barak. Binnen hoorde ze de ene opzichter tegen de andere zeggen: 'Ga eens naar buiten om te kijken wat er aan de hand is.'

Haar hart ging tekeer en ze werd duizelig, de boomtoppen draaiden voor haar ogen. Maar ze stond op en rende om de barak heen, kwam weer bij de weg en rende zo snel ze kon terug naar het administratiegebouw.

De zon scheen op de ogenschijnlijke idylle van gras, baksteen en bloembedden. Maar Hulda zag niets van dat alles toen ze haastig van het terrein af liep, terug naar het station. Ze zag alleen de amandelvormige ogen van het jongetje in de luier, zag zijn platte gezichtje en de karakteristieke dikke lippen. Zag hoe zijn ogen zich vulden met tranen toen het speeksel van de opzichter hem raakte. En bij haar kwamen snikken omhoog, die niets te maken hadden met Rita Schönbrunn en haar eigen zoektocht naar de waarheid. Maar met het feit dat ze in een wereld leefde waar zieke kinderen waardeloos waren en waar een verpleeghuis voor zenuwzieken een oord van wanhoop werd.

15

Tweede pinksterdag, 5 juni 1922

Toen hij de Bülowwijk naderde, werd Karl bekropen door een onbehaaglijk gevoel. De schemering was ingevallen. De lome bedrijvigheid van de feestdag ebde weg, sijpelde traag als water het zand in, de straten kregen in de avond een ander gezicht. De mannen, die overdag de rijkelijk met drank overgoten uitstapjes naar de cafés hadden ondernomen, vertrokken naar hun gezinnen thuis, de straatkinderen kropen hun hoeken in en bestudeerden de buit van de dag. Het nachtvolk verscheen, als rook die opsteeg in het licht van de lantaarns. Lichte meisjes, pooiers en twijfelachtige straatartiesten slopen door de straten. Net als de ongure types van de beruchte worstelverenigingen, in werkelijkheid criminele bendes die Berlijn onveilig maakten. De meeste waren al midden vorige eeuw opgericht om uit de gevangenis ontslagen criminelen een vluchthaven te bieden. Maar na een tijdje waren de zogenaamd gelouterde gedetineerden gewoon verdergegaan waar ze voor hun arrestatie waren opgehouden. Ze exploiteerden een groot netwerk van gokhallen, bedreven handel in verdovende middelen en hielden er afpersingspraktijken met protectiegeld op na. De politie liet hen grotendeels hun gang gaan, zoals Karl maar al te goed wist. Want het waren uiterst waardevolle informanten, die keer op keer cruciale tips gaven bij de jacht op criminele eenlingen die halsmisdaden hadden begaan. De politie vond het wel prima dat de Berlijnse onderwereld zo strak georganiseerd was en liet alles liever zoals het was. Op het grote gemaskerde bal van de worstelverenigingen dansten rechercheurs zowel als bekende acteurs en juristen zij aan zij met de gewiekste misdadigers van de stad.

Het beviel Karl niet dat zijn collega's uit gemakzucht een oogje toeknepen. Maar in zijn eentje kon hij er onmogelijk iets tegen ondernemen. Een goed contact met de koningen van de onderwereld was gewoon te belangrijk als je een zaak wilde oplossen.

Maar in dit geval, dacht hij, terwijl hij humeurig met zijn hand door zijn haar ging, wilde hij de zaak niet werkelijk verder onderzoeken. Het zou het gemakkelijkst zijn als het dossier van de dood van deze vrouw werd gesloten, net zoals het water van het kanaal zich boven haar lichaam had gesloten. Aan de ene kant. Maar aan de andere kant zou Karl graag willen weten wat er met haar was gebeurd. Dat verbaasde hemzelf. Wat was hij die vreemde vrouw nou verschuldigd? Zijn assistent Paul Fabricius was wat al te scherpzinnig, hij stond erop om alle betrokkenen te ondervragen en elke nog zo kleine aanwijzing na te trekken. Karl begreep het ook wel. Een spannende moordzaak die ze hadden opgelost zou hun personeelsdossier enorm opkrikken. Een doodgewone zelfmoord van een onbekende daarentegen was tijdverspilling, een worsteling met weerbarstig papierwerk. Waarschijnlijk had Fabricius een glanzende carrière bij de recherche voor ogen en dus spitte en wroette hij steeds verder, zodat Karl zich gedwongen zag het onderzoek naar de dood van Rita Schönbrunn halfslachtig voort te zetten. Het was ergerlijk dat hij zich door zijn eigen assistent liet koeioneren en in een hoek liet drukken. Zou hij niet degene moeten zijn die Fabricius bevelen gaf? Maar de bolbliksem was glad als een aal, kwam overal mee weg en verzamelde verbazend handig elk nog zo klein snippertje informatie. Terwijl hij, de inspecteur, merkte hoe de lucht om hem heen steeds ijler werd. Hij zou zich, ongeacht hoe hoog hij nog op de carrièreladder zou kunnen klimmen, toch altijd de kleine weesjongen voelen, terwijl zijn assistent nu al zo vanzelfsprekend optrad of de hele wereld hem toebehoorde.

Wat zou het heerlijk zijn om zo'n soort zelfbewustzijn te hebben, dacht Karl, dat je onkwetsbaar maakte! Met die oude taart, de conciërge Koslovski, had Karl na de ondervraging van de buurvrouw kort gesproken, maar de antwoorden van het drankorgel waren geen stuiver waard, dat had hij meteen al geweten. De huilerige mevrouw Schmidt, wier volle borsten half uit haar blouse hadden gehangen, had ook niets belangrijks te melden gehad. Maar helaas bleef ze volhouden dat Rita Schönbrunn niet levensmoe en ook geen zelfmoordenares was geweest. Dat had ze vanochtend ook nog een keer laten noteren, toen Fabricius haar op het bureau had ontboden, hoewel het tweede pinksterdag was. Samen hadden ze de jonge moeder opnieuw verhoord. Maar Karl had zichzelf er tijdens het verhoor steeds weer op betrapt dat hij niet het gezicht van die Liselotte Schmidt waarnam, maar aan haar vroedvrouw dacht, die hem drie dagen eerder zo brutaal met haar geklets bij zijn werk had gestoord. Een scherpe tong had ze gehad. En ogen om in te verdrinken, terwijl ze nauwelijks merkbaar loenste, iets wat hij niet kon vergeten. Terwijl hij niet eens haar naam kende.

Karl slaakte een zucht. Het liefst had hij gewild dat het lijk nooit uit het water van het kanaal omhoog was gekomen. Had ze niet gewoon in de troebele stroom verder kunnen drijven, onopgemerkt, de stad uit? Had ze niet in de modder van de oever kunnen blijven hangen, om daar langzaam, omgeven door slik en planten, te vergaan? In plaats daarvan zat hij nog steeds met haar opgezadeld.

De vorige avond had Karl opnieuw het notitieboekje van de dode gepakt, het bij zich gestoken en zich voorgenomen om erin te lezen als hij zich genoeg moed had ingedronken. Aan zijn stamtafel in de schemerige kroeg op de Prager Platz haalde hij het weer tevoorschijn. Het schrift was beduimeld, alsof het voor een ander mens veel betekend had.

De waard kwam naar zijn tafel, zag het boekje en vroeg: ‘Zo, meneer de inspecteur, ben je onder het schrijversgilde gegaan?’

‘Verre van dat, Egon,’ zei Karl en hij schoof het boekje naar de rand van de tafel, waar het in een plasje gin belandde. ‘Alleen een beetje onderzoek.’

Egon spitste zijn oren. Geestdriftig ging hij met zijn korte vingers over de paar haren die hij nauwkeurig over zijn kale schedel had gekamd. Zijn zwarte kraaloogjes glommen. ‘Iets crimineels? In dat kleine kladschrift?’

'Je weet dat ik niets mag zeggen,' zei Karl met een spijtig gebaar. 'Lopend onderzoek.'

Egon knikte ijverig, maar zijn teleurstelling was duidelijk zichtbaar. 'Begrijp ik, natuurlijk. Nou, zoek dan maar goed verder naar je indicaties. Dat heet toch zo, hè?'

'Ja, precies,' zei Karl en hij glimlachte vriendelijk. 'Je bent aardig op de hoogte, Egon.'

De waard werd rood van blijdschap. Toen wees hij met zijn duim naar de bar, waar een klant sliep met zijn hoofd op het hout. 'Als je nog iets nodig hebt, moet je het zeggen.'

'Sigaretten misschien?'

'Komt eraan.'

Egon liet zijn bretels op zijn uitgezakte buik knallen en ging terug naar zijn plek om de gebruikelijke Juno's te halen, en Karl pakte opnieuw het dagboek. Hij sloeg het voorzichtig open en begon de eerste aantekening te lezen. Hij was meteen van zijn stuk gebracht. Had Rita in het gesticht Dalldorf gewerkt? Dat paste niet in het beeld dat hij van haar had, dat van een aan lagerwal geraakte prostituee. Hij probeerde zich haar voor te stellen in verpleegstersuniform, bij het bed van een patiënt, en hoe meer dat beeld bij hem postvatte, des te beroerder voelde hij zich. Hij had, sinds hij de datum had gezien op het briefje dat uit het boek was gevallen, een beeld van haar gekoesterd dat het hem gemakkelijker maakte haar te haten. Maar haar treffend geformuleerde regels in het notitieboekje lieten zien dat dat een vertekend beeld was. Er sprak trots uit de kernachtige woorden op het papier, de onverzettelijke wil om vol te houden, haar plicht te doen.

Hoe viel dat te rijmen met wat hij verder van haar wist?

'Alstublieft, meneer.'

Karl schrok toen Egon de Juno's voor zijn neus hield. Hij had de waard niet horen aankomen.

'Bedankt,' zei hij en hij greep naar de sigaretten. Met beverige vingers probeerde hij er eentje op te steken, maar zijn aansteker bracht alleen een paar armzalige vonken voort.

'Moment, laat mij maar even.' Egon stak hem een opflakkerende lucifer toe en Karl trok dankbaar aan zijn sigaret. Hij merkte dat de waard hem met zijn kleine oogjes nieuwsgierig van opzij opnam, alsof hij het gedrag van zijn stamgast wonderlijk vond. Onopvallend legde Karl een hand over de beschreven pagina, hij wilde niet dat Egon meelas.

De waard schraapte zijn keel en liep terug naar de bar, waar de langslaper inmiddels grommend was ontwaakt.

Karl had zijn sigaret opgerookt en de blauwe rook nagekeken die naar het beroete houten plafond van de kroeg opsteeg. Hij nam zich voor om meer aan de weet te komen over Dalldorf, waar Rita Schönbrunn ooit zo gelukkig was geweest. Bij de gedachte dat hij op eigen houtje onderzoek zou doen, kreeg hij koude rillingen. Tegelijk vroeg hij zichzelf schamper af waar hij eigenlijk zo bang voor was. Die dode verpleegster misschien?

Karl kreunde en keek rond in de nachtelijke straat. Hij was veel te lang in zijn gedachten blijven hangen, hij moest eindelijk eens op zoek gaan naar getuigen. Maar het liefst was hij naar huis gegaan, in bed gaan liggen en onder een deken gekropen tot de hele vervloekte zaak was overgewaaid. Hij moest zijn ogen sluiten, omdat zijn woede weer de kop opstak, zo fel en ziedend dat hij het liefst iemand pijn wilde doen. Dus kwam de straathond, die hem met wantrouwig gegrom voor Egons kroeg leek op te wachten, als geroepen. Karl haalde uit met zijn voet en schopte naar het magere creatuur. Toen verloor hij zijn evenwicht en viel op zijn achterste, midden op straat.

'Eigen schuld,' schreeuwde een prostituee aan de overkant. 'Dat arme dier heeft je niets gedaan!'

Haar vriendin lachte schel. 'Wat een smak, lieve hemel.'

Karl vloekte en wreef over zijn stuitje. Het deed vreselijk pijn. Kreunend draaide hij zich op zijn zij en stond op. Hij klopte zijn broekspijpen af. Verdomme, wat een rotdag was het vandaag!

De dames slenterden naar hem toe en stelden zich links en rechts van hem op. De ene, een al wat oudere vrouw, klopte meewarig het stof van zijn jas. De andere, die klein en mollig was, zei: 'Nou, schat, niet echt je avond, hè?'

'Maar dat kunnen wij heel snel veranderen,' zei de oudste met een verleidelijk gezicht. Ze was mager en zag bleek. 'Voor jou hebben we een speciaal tarief, maar twee miljoen en een sigaret. Heb je toevallig handboeien bij je?'

De kleine dikke gierde weer van het lachen. 'Heel fijn, Magda,' riep ze, 'meneer de inspecteur zal horen en zien vergaan als we met hem bezig zijn.'

Karl schudde geërgerd zijn hoofd. 'Dames, dat gaat niet gebeuren.' Hoe wisten die twee eigenlijk wie hij was? vroeg hij zich korzelig af. Het stond toch niet op zijn voorhoofd geschreven. En hier in de buurt had hij tot nog toe niet vaak gewerkt. Toen keek hij omlaag. Waarschijnlijk kon alleen een saaie rechercheur op deze plek dit soort opvallend onopvallende kleren dragen: ambtenarenstropdas en een vouw in de broek. En er hing ook nog een grijze schoudermantel over zijn arm, omdat het er vanochtend naar regen had uitgezien.

'Marie, hij vindt ons lelijk,' zei de vrouw die zich Magda noemde en ze trok een teleurgesteld gezicht. 'Misschien heeft hij liever die monsters van de Oranienburger Strasse, met maar één been of littekens van brandwonden. Of doe je het graag met zwangere dames? Dan moet je bij de Münzis in het Scheunenviertel zijn.'

Karl luisterde maar met een half oor, en bekeek peinzend het gezicht van de oudste prostituee. Hij zag dat ze een blauw oog had. Haar vriendin Marie, eerder een collega, dacht hij, zag er fris uit, stevig en met krulletjes. Echt een warmbloedig wijf. Maar ze interesseerden hem geen moer. In plaats daarvan dacht hij weer aan het korte zwarte haar en de grijsblauwe ogen, die zo eigenaardig met elkaar hadden gecontrasteerd.

Toen herinnerde hij zich eindelijk waarom hij eigenlijk hier was. 'Jullie zijn allebei beeldschoon,' loog hij en hij toverde de glimlach tevoorschijn die hij voor dat soort gelegenheden reserveerde. 'Mag ik jullie trakteren?' vroeg hij, want alcohol en sigaretten waren het betaalmiddel als het erom ging informatie uit de eenvoudige lieden te krijgen. De grote vissen verwachtten iets meer dan dat.

'O, meneer heeft iets te besteden? Laat zijn geld rollen?' Marie giechelde en haakte bij hem in.

Karl rook haar zoete, goedkope parfum. Magda liep wat stijfjes achter hen aan, ze leek te hinken, maar deed haar best dat te verbergen. De vrouwen trokken hem een café op de hoek in, dat zo vroeg in de avond nog niet zo vol was. De barman herkende zijn gezicht en knikte hem toe. Toen draaide hij zich weer om en ging verder met het spoelen van zijn glazen, maar hield hem, leek Karl, uit zijn ooghoeken in de gaten. Niemand had graag de recherche in huis.

Karl wist dat een paar van zijn collega's bij de bezoeken in de Berlijnse uitgaansbuurten in elke zaak protectiegeld opstreken en als tegenprestatie beide ogen toeknepen. Maar zelf haalde hij nooit geld op. Hij probeerde gewoon zijn werk te doen zonder zich in een wespennest te steken, om dan weer te vertrekken.

Hij keek om zich heen. Aan de muur hing een extra kranteneditie met de kop 'Aanslag met blauwzuur op Scheidemann'. Karl wendde zich af. Hij had die krant vanmiddag al in Aschinger gelezen en wist al dat onbekenden gisteren op eerste paasdag de voormalige regeringsleider Philipp Scheidemann blauwzuur in het gezicht hadden gespoten. Dat was tijdens een wandeling met zijn gezin in Kassel gebeurd, waar hij inmiddels burgemeester was. Met veel geluk had de sociaaldemocraat het overleefd. De daders waren nog niet gepakt, maar Karl was ervan overtuigd dat het rechtse elementen waren geweest. Vermoedelijk dezelfde mensen die afgelopen zomer Matthias Erzberger hadden vermoord, die in 1918 de wapenstilstand had ondertekend. Moordlustige leden van de Organisation Consul, die de politici van de jonge republiek verweten de Duitse eer met een dolkstoot in de rug te grabbel te hebben gegooid. Het was walgelijk, vond Karl.

Maar hij was hier niet om over politiek te piekeren.

'Wat willen jullie drinken?' vroeg hij aan de twee vrouwen, nadat ze aan een tafeltje in een hoek waren gaan zitten.

'Champagne!' riepen Marie en Magda als uit één mond, en opnieuw gierden ze het uit.

Karl deed hun het plezier en glimlachte. Ze wisten allemaal dat hier geen champagne werd geserveerd.

'Drie rode wijn alstublieft,' riep Karl in de richting van de bar.

De waard bracht de bestelling snel en Karl kon aan het rode bocht in de vuile glazen zien dat de drank net zo ver van champagne verwijderd was als de aarde van Jupiter. Maar het leek de vrouwen niet te deren, ze sloegen de wijn in een angstaanjagend tempo achterover. Na een wenk van hem kwam de waard opnieuw naar de tafel, en dit keer zette hij de geopende fles neer. Karl gaf hem een paar bankbiljetten en hij vertrok tevreden.

Karl schonk de twee prostituees nog eens in. Toen legde hij een pakje Juno-sigaretten op tafel. De vrouwen tastten toe en hij gaf hun vuur, terwijl ze de sigaretten tussen hun roodgeverfde lippen drukten. De oudste inhaleerde diep, maar de kleine dikke pafte als een beginneling. Ook Karl gunde zichzelf er een.

Toen het tweede glas half leeg was, besloot hij dat het tijd werd om vragen te gaan stellen.

'Dus jij heet Marie?' vroeg hij aan de rondborstige rechts van hem.

'Voor jou heet ik ook Esmeralda,' zei ze, terwijl ze hem enigszins glazig aankeek.

'Niet nodig.' Hij glimlachte. 'Jij bent Magda?'

De andere vrouw knikte zwijgend en zette haar glas weer aan haar kleverige mond. Pas nu vielen Karl de zwarte randen aan haar vingernagels op. Hij huiverde. Maar hij vermande zich.

'Werken jullie hier altijd?'

'Elke avond, lieverd,' zei Marie. 'Wil je onze vergunning zien?'

Karl wuifde haar woorden weg. Hij betwijfelde weliswaar of ze die wel hadden en wist zeker dat Marie blufte, maar het interesseerde hem niet of er twee hoeren meer of minder in de Bülowbogen rondhingen. De zedenpolitie moest zich er maar mee bezighouden of de meisjes zich registreerden of niet.

'Ik heb alleen wat informatie nodig.' Hij boog zich voorover. 'Kennen jullie ene Rita Schönbrunn?'

'Hoezo?' Magda werd nog bleker, wat Karl ondanks de donkere hoek waarin ze zaten kon zien.

'Omdat ze dood is, stomme trien,' zei Marie en ze oogstte daarvoor van Magda een por in haar zij.

Karl spitste zijn oren. 'Dus jullie weten wie ze was?'

'Natuurlijk,' zei Magda zacht. 'Iedereen hier kende Rappe Rita.'

'Hoezo rap?'

Magda keek hem schamper aan. Toen hij het eindelijk begreep, merkte Karl tot zijn ergernis dat hij bloosde. Bij de zusters was hij streng religieus opgevoed. Ze raakten hem nooit aan, behalve als ze hem sloegen. Er bestond geen tederheid in hun huis, en als opgroeiende jongen had Karl soms het gevoel dat zijn huid zich van zijn lichaam losmaakte, dat die helemaal oploste en niet meer bestond omdat niemand hem aanraakte. Het lichaam, dat had hij van jongs af aan geleerd, mocht geen behoeften hebben, gevoelens moesten koste wat kost worden ontkend. Inmiddels had hij zich enigszins van dat idee kunnen losmaken, had ook een paar ervaringen met vrouwen en hun lichaam opgedaan en ook echt genoten van het zinnelijke van die ontmoetingen. Maar desondanks had hij zijn angst dat het een zonde was, dat begeerte tot verdoemenis leidde, nooit kunnen overwinnen. Daarom voelde hij zich altijd misplaatst op plekken zoals deze, waar de zonde en de laster regeerden en hij zichzelf naïef, onbeholpen en onwaardig voorkwam. Alsof hij weer de bleke jongen uit het weeshuis was die niemand wilde hebben.

Karl schraapte zijn keel. Hij zag dat de vrouwen een blik wisselden en dacht opeens dat hij Fabricius had moeten meenemen. De assistent-rechercheur was bedrevener in de omgang met het schone geslacht dan hij en wond elke vrouw, of het nu meisjes of oudere dames waren, om zijn vinger. Niet met schoonheid, maar met charme.

Maar er was niets aan te doen, vandaag moest Karl het zonder de hulp van zijn jongere collega stellen. Misschien was het zijn kans om zich ook een keer te bewijzen in de omgang met mensen.

'Wanneer hebben jullie Rita voor het laatst gezien?'

Het was Marie die antwoordde. 'Dat is een tijdje geleden. Zeker twee weken.'

'Werken jullie hier voor iemand, of is het ieder voor zich?'

Opnieuw wisselden de twee vrouwen een blik. Karl had de indruk dat Marie de oudste zwijgend om toestemming vroeg. Pas toen Magda bijna onmerkbaar haar oogleden sloot, zei ze: 'Alle meisjes in de Bülowknick werken voor Pedro.'

Bij de klank van die naam ging er een belletje rinkelen bij Karl, maar hij deed of zijn neus bloedde. 'Pedro? Heeft hij ook een achternaam?'

'Kan best. Maar die ken ik niet.'

De vrouwen keken elkaar weer aan. Dit keer antwoordde Magda: 'Hij is nu eens hier, dan weer daar. Maar voor vreemden is hij zelden te spreken, dan moet je geluk hebben.'

'Ik kan hem dagvaarden wanneer ik wil, daar heb ik geen geluk voor nodig.'

Magda en Marie stootten elkaar in de zij en lachten. 'Jij bent nog niet helemaal droog achter de oren, hè?' vroeg Magda spottend. 'Pedro praat met een paar smerissen van de zedenpolitie, maar niet met een of andere rechercheur.'

Dat zullen we nog wel eens zien, dacht Karl grimmig. Maar hij merkte dat hij hier niet verder kwam. De meisjes waren afhankelijk van die Pedro en zouden niets zeggen dat hem zou kunnen ergeren. Hij haalde diep adem. Nu kwamen de vragen die hij het meest had gevreesd. Maar hij moest ze stellen, om ervoor te zorgen dat het dossier later compleet zou zijn.

'Hoe was ze eigenlijk? Rita?'

'Wat bedoel je?'

'Wat was het voor iemand? Waarom werkte ze op straat?'

Marie zei: 'Een kapotte vrouw was ze. Een kunstzijdetype, niet van het vak, geen echte temeier. Ze was niet geregistreerd, dat zweer ik je. Al veel te oud voor dit leven hier. Als ik ooit zo oud ben, zit ik hopelijk in een leuke kleine woning met een poedel en een rijke echtgenoot.' Ze giechelde, maar in haar ogen zag Karl dat ze wist dat het nooit zover zou komen. Je kon niet ontsnappen uit de Bülowstrasse.

'Ze was een kapotte vrouw? Waarom?'

'Dat kon iedereen zien, dat Rita op was. Ze had iets sombers, alsof ze gebroken was.'

Magda staarde Marie aan. 'Wat praat je hoogdravend? Rita was gewoon een arme stakker, zoals wij allemaal hier.'

'Dat klopt niet,' zei Marie pruilend. 'Ze was gebroken, vertrouwde niemand. Ze heeft zich bijna kapotgezopen. En haar ogen, nou, die waren net dood.'

Karl voelde weerzin. Eigenlijk wilde hij er niets over weten, de dode kwam opeens gevaarlijk dichtbij. Tegelijk kon hij zijn nieuwsgierigheid niet bedwingen en vroeg verder. 'Weten jullie ook waarom ze zo... kapot was?'

'Daar heeft ze toch niet met ons over gekletst,' zei Magda.

'Ik weet alleen dat ze ooit verpleegster was,' vulde Marie aan, 'en zelfs tamelijk goed. En dat ze haar gezin heeft verloren.'

Karl keek verrast op. 'Had ze een gezin?'

'Ja, een man en een dochter, voor zover ik weet. Ze stierven allebei aan de Spaanse griep. Opeens!' Om haar woorden kracht bij te zetten sloeg Marie op het tafelblad, zodat de wijnglazen rinkelden.

Karl merkte dat Magda haar minachtend aankeek. Ze scheen de verstandigste van de twee te zijn, wantrouwig tegenover een politieman, terwijl Marie de kletskous was.

Hij richtte zich tot Magda. 'En jij weet niets?'

'Wat zou ik moeten weten?'

'Hoe Rita aan haar eind gekomen is?'

'Nee, geen flauw idee.'

Karl zag dat haar ogen schitterden. Hij kende dat gevoel, als het gezicht van de gesprekspartner verried dat er meer achter de korte zinnen zat. Hij voelde heel goed dat Magda iets wist.

Inmiddels was Marie opgestaan, alsof het gesprek haar verveelde, en flirtte aan de bar met een man met een donkere hoed en een bontkraag.

Karl schraapte zijn keel. 'Waar heb je dat blauwe oog vandaan?' Hij wees naar een van Magda's ogen.

Even was ze verrast. Toen ging haar gezicht weer op slot. 'Kleine aanvaring met de chef.'

'Met Pedro?'

Ze zweeg, wat hij als bevestiging opvatte.

'Had Rita misschien ook een kleine aanvaring met de chef?'

Opnieuw zag hij aan haar afwerende gezicht, aan de samengeknepen lippen dat hij op het juiste spoor zat.

'Of je vertelt het me nu, of ik neem je mee.' Dat was bluf, hij was niet van plan om de vrouw naar het bureau te brengen. Maar het werkte.

'Oké, oké,' mopperde ze. 'Het ging om geld. Pedro was razend. Dat gebeurt snel bij hem.'

'Wat was er precies aan de hand?'

'Rita wilde meer van haar verdienste houden, een hoger percentage voor zichzelf. Ze bracht veel meer voor hem op dan de meeste meisjes, omdat ze zich nergens te goed voor voelde. Die reputatie had ze. Dat je alles met haar kon doen, als de prijs maar klopte.'

Karl voelde zich beroerd. Hij wilde zich niet precies voorstellen wat dat betekende. Hij dacht aan wat de patholoog Haber over Rita's inwendige letsel had gezegd. Met moeite concentreerde hij zich weer op het gesprek.

'En... dat heeft Pedro geweigerd.'

'Natuurlijk deed hij dat. Je kunt die Pedro geen regels voorschrijven, die maakt hij zelf. Toen dreigde ze naar een ander district te verhuizen, ergens anders verder te gaan.'

'En?'

Magda beet nerveus op haar vuile nagels. 'Toen zei hij: ik maak je koud.'

Karl vertrok geen spier. 'En heeft hij dat ook gedaan? Denk je dat?'

'Geen idee! Ik wil er niets mee te maken hebben, begrepen?' Angstig keek Magda achterom naar de bar, om er zeker van te zijn dat niemand hen afluisterde. Ze mompelde iets.

'Pardon?' vroeg Karl.

Magda leunde naar voren. 'Rita liet zich niet intimideren. Ze zei tegen hem dat hij zijn bek moest houden, anders zou ze een boekje over hem opendoen. Over Dalldorf zou ze het hebben.'

'Dalldorf? Het gekkenhuis bij Wittenau?'

Tot zijn eigen verbazing voelde Karl het soort opwinding dat hij van vroegere zaken kende. Die begon als hij iets op het spoor was.

'Ik denk het wel,' zei Magda met tegenzin.

'Wat bedoelde ze daarmee?'

Magda keek hem zwijgend aan, en Karl begreep dat ze verder niets wist. Toen dronk ze met een flinke slok haar glas leeg. Een druppel wijn bleef achter in haar mondhoek, wat hem op een of andere manier raakte.

'Er is nog iets...' zei Magda, terwijl ze haar handen wrong. 'Op de avond dat Rita verdween kreeg ze een briefje. Ik weet niet wat erin stond, maar haar naam stond op de envelop. We dachten dat een verlegen klant haar wilde ontmoeten. Meer weet ik niet. Maar daarna heb ik haar niet meer gezien.'

Karl keek haar verbaasd aan. Magda wist toch nog aardig wat. Hij moest die brief vinden, die had niet bij Rita's spullen gezeten. Hij zou naar de brug gaan waar de kinderen haar lichaam hadden gevonden. Daar had hij allang zelf moeten zoeken, tot nog toe waren alleen zijn collega's ter plaatse geweest. Hij kreeg een onbehaaglijk gevoel. Hij stond op.

‘Bedankt, Magda.’ Hij stopte haar een bankbiljet toe. Ze rolde het snel op en bukte zich om het geld onder haar kousenband te stoppen.

Met een scheve grijns, die zelden op haar gezicht verscheen, vroeg ze: ‘Werken er nu ook al vroedvrouwen bij jullie?’

Karl staarde haar aan. ‘Wat?’

‘Laatst heeft eentje me ’s nachts aangesproken, die zei dat ze alles over Rita wilde weten.’

‘Hoe zag die vrouw eruit?’

Hij wist het al voordat Magda haar beschreef: ‘Kort, donker haar. Lang. Vreemde loensende ogen, maar verder best knap. En ze had hem behoorlijk om, dat kun je wel zeggen!’

16
Notitieboekje

Militair ziekenhuis voor zenuwaandoeningen bij Brandenburg
17 april 1915

Begin dit jaar ben ik als verpleegster naar de simulanten, zoals ze hier worden genoemd, in een lazaret voor zenuwzieken in de buurt van Brandenburg gestuurd. Men heeft vastgesteld dat ik met compassie omga met de soldaten, en in de talrijke nieuwe militaire ziekenhuizen zijn goede verpleegkundigen hard nodig. Dat soort inrichtingen zijn in het hele land neergezet, om de epidemie van het beven in te dammen en de slachtoffers te isoleren van de psychisch gezonde invaliden. Dat moet infectie voorkomen. Ik hoor sommige artsen ook zeggen dat het een nieuwe vorm van hysterie is.

Ik weet niet welke term juist is. Soms kan ik zelf niet geloven dat die aanvallen van trillen en beven echt zijn. Natuurlijk hebben de meeste mannen aan het front verschrikkelijke dingen meegemaakt. Is het dan niet mogelijk dat ze proberen zich door het simuleren van een ongeneeslijke ziekte aan een nieuwe mobilisatie te onttrekken? Maar dan kijk ik er een paar in de ogen en daarin staat zo'n doodsangst te lezen dat ik geneigd ben te geloven dat ze inderdaad aan de waanvoorstelling lijden dat ze in levensgevaar verkeren. Alsof alleen hun lichamen behouden naar huis zijn teruggekeerd, maar hun zielen voor eeuwig in de loopgraven gevangenzitten.

Ik ben aardig tegen de mannen, en ze mogen me. Het werk bij hen is meestal aangenaam, omdat ze tussen de aanvallen door normaal rondlopen, rustig praten of gewoon zwijgen. Er zitten ontwikkelde mensen tussen, burgers en brave arbeiders, geen zwakzinnigen. De meesten kunnen in hun eentje eten, zelfstandig naar het toilet gaan, ze hebben weinig lichamelijke zorg nodig. Aan de andere kant moet ik helpen bij de behandelingen, wat moeilijker te verdragen is dan de verpleging van de mensen in Dalldorf.

De dagelijkse treinreis zou te ver zijn, daarom heb ik hier een zusterkamer en ik ben dan bijna elke week twee dagen thuis bij Konrad en Hildchen in de Bülowstrasse. Ik mis ze, maar we hebben het geld nodig. En ik werk graag, al komt er soms twijfel bij me op of het wel goed is wat we doen. Maar dat houd ik voor me.

Als ik niet zeker wist dat de directeur en de artsen hun vak verstaan en het beste met de patiënten voorhebben, zou ik denken dat het pure barbarij was. Zo kan het er voor buitenstaanders uitzien. Bij de zwaardere gevallen, die na een paar weken nog steeds niet herstellen, schrijven de psychiaters langdurig baden voor, waarna de patiënten soms dagenlang in een badkuip moeten zitten, tot hun symptomen verminderen. Een paar mannen worden geïsoleerd, wat weken, zelfs maanden kan duren. Ze liggen dan moederziel alleen, onderworpen aan strikte bedrust, in een verduisterde kamer. Er wordt hun geen enkele afleiding, geen boeken en geen gesprek toegestaan. Niemand mag bij ze naar binnen. En het verplegend personeel krijgt de instructie geen woord met ze te wisselen, om het genezingsproces niet in gevaar te brengen. Is de patiënt zelfs door die maatregelen niet te genezen, dan moeten ze soms exercitie doen, militaire oefeningen, waarbij de zieken bewegingen moeten uitvoeren en aan commando's moeten gehoorzamen, urenlang, tot ze erbij neervallen. Daarna heb ik er een paar zien huilen. Ze dachten dat ze weer aan het front waren en moesten sterven.

Ik denk dat ze hun symptomen uiteindelijk onderdrukken om aan de exercitie en de eenzame duisternis te ontkomen, ook al spreken de artsen dan van genezing.

Het indrukwekkendste dat me in herinnering zal blijven is de behandeling van een jongeman, bijna nog een jongen, die als gevolg van zijn oorlogservaringen zijn stem had verloren. Hij kon niet meer spreken en zei geen woord, hoe hij ook zijn best deed. Uiteindelijk bracht de behandelend arts een kogel in zijn strottenhoofd in, zodat de jongen dacht dat hij zou stikken. In zijn doodsangst hapte de deerniswekkende patiënt naar lucht en begon uiteindelijk te brullen als een stervend dier, wat de dokter als een succes beschouwde. De man werd genezen verklaard omdat hij zijn stem weer kon gebruiken, en teruggestuurd naar het front in België. Maar ik zal nooit de blik in zijn ogen vergeten toen hij de kogel in zijn hals voelde en me aankeek terwijl ik hem vasthield. Ik wist dat de therapie noodzakelijk was om hem van zijn kwaal te genezen, maar hij, en dat zag ik, geloofde met elke vezel van zijn lichaam dat hij de dood nabij was. De blik van dit gekwelde schepsel achtervolgt me tot op de dag van vandaag in mijn dromen.

Tijdens zijn hernieuwde inzet voor het Rijk is hij gevallen in een Belgische stad, waarvan ik de naam ben vergeten.

17

Tweede pinksterdag, 5 juni 1922

Toen Karl het sombere café uit liep, brandden de gaslantaarns op straat en ze wierpen gele cirkels op het plaveisel. De lucht lag warm als een dunne jas over zijn bezwete hemd. Een eindje verderop lachten en krijsten een paar prostituees, er viel een fles op de grond, die met veel kabaal op de stenen in stukken brak. Overal kwamen de kroegen rond de Bülowstrasse tot leven, flarden muziek schalden uit de deuren als ze open en dicht gingen.

Karl wist niet wat hij moest denken. Het vervloekte sterfgeval stortte hem van de ene verwarring in de andere. Had hij een fout gemaakt toen hij het dagboek van de dode achterover had gedrukt? Wat als zijn meerderen erachter zouden komen? Het geval was gecompliceerder dan hij had gedacht. Fabricius had zijn speurneus er diep in gestoken en nu begon die vreemde vrouw ook al vragen te stellen. Wat had die eigenlijk met Rita Schönbrunn te maken? En wat dacht ze wel niet, zich met zijn zaken te bemoeien? Hij deed waardevol politiewerk, terwijl zij gewoon een veredelde kinderverzorgster was die bij de allerarmsten thuis snotneuzen afveegde.

Geïrriteerd nam hij de weg naar het noorden.

In een boom langs de weg zong klaaglijk een nachtegaal, overduidelijk op zoek naar een vrouwtje. Hij was rijkelijk laat, gewoonlijk vormden de vogels in april of mei een paar en bouwden dan hun nest.

Haastig liep Karl verder, liet het lawaai van de kroegen en de mysterieuze etablissementen in de kelders achter zich en hoorde even later zijn voetstappen in de plotselinge stilte spookachtig weerkaatsen in de lange straten.

Rechts van hem rezen de zwarte ijzeren bogen van de Hochbahn op als strepen in de donkere avondhemel. Eén keer kwam een ratelende trein naderbij, gleed als de staart van een komeet over zijn hoofd en verdween in de richting van het Potsdamer Bahnhof. Hier stonden nauwelijks nog huizen. Karl registreerde de omtrekken van de locomotiefloodsen, zwarte, slapende monsters die bij het goederenstation hoorden. Hij liep onder de verhoogde spoorbaan door, een wirwar van staal, zette koers naar het uitgestrekte terrein en glipte tussen de loodsen door om bij het water te komen.

Hier was niets meer te merken van de pulserende stad, het was een industriële woestijn waarin je je verloren voelde als op een andere planeet. De stalen pijlers van de baanvakken glansden in het maanlicht, verder waren er nauwelijks lichten. Alleen verderop, in de haven van Schöneberg, glommen lantaarns.

Al van ver herkende Karl de donkere gestalte, die met de rug naar hem toe op de brug stond en naar het water keek. De vrouw met de rode muts streelde behoedzaam een van de koperen leeuwenkoppen van de ijzeren reling, alsof ze een levend wezen liefkoosde.

'Wat doet u hier?' Was het woede of blijdschap, die hij in zijn borst voelde?

Verrast draaide de vrouw zich om. Even leek het of ze schrok. Toen ze hem herkende, meende Karl een geamuseerd lichtje in haar ogen te zien.

'O, meneer de inspecteur. Ook al hier? Beter laat dan nooit.'

'Wat wilt u daarmee zeggen?'

'Niets bijzonders. Maar hier is toch het lijk van Rita Schönbrunn gevonden?'

Hij kwam dichterbij, maar zei niets.

'Ik heb de indruk dat uw onderzoek nogal traag vordert. Is het altijd zo dat u na twee weken nog steeds met lege handen staat?'

Karl snoof. 'Hoe kunt u nou weten of ik met lege handen sta? Denkt u dat ik mijn onderzoeksresultaten aan u voorleg? Hoe heet u eigenlijk?'

In haar blik glom opnieuw het geamuseerde lichtje. Haar linkeroog leek steeds verder opzij te kijken, wat hem irriteerde.

'Wat doet dat ertoe?'

'Nou, omdat u ook al mijn getuige in de Bülowstrasse hebt ondervraagd, moet ik toch goedschiks of kwaadschiks achter uw naam komen. Alleen al om de volgende keer niet als een onnozel schaap de vraag te moeten stellen: welke vroedvrouw?'

De vrouw giechelde. 'Aha, Magda. Heeft zij u ook het sprookje over de boze Pedro verteld?'

'Hoezo sprookje? Moment, alles op zijn tijd... Dus, hoe heet u nou?'

'Hulda.'

'En verder?'

Ze nam hem op. 'De meesten hebben genoeg aan Hulda. Of juffrouw Hulda, als u wilt, zo word ik op de Winterfeldtplatz genoemd.'

Karl werd ongeduldig. 'Uw achternaam, alstublieft.'

'Gold. Hulda Gold.'

Ze stak haar hand uit alsof ze zich beleefd aan een nieuwe bekende voorstelde, en voor hij er erg in had, greep hij die. Haar vingers waren koud, maar haar handdruk voelde stevig en zeker aan. Even voelde hij spijt toen ze haar hand terugtrok.

'Interessante naam. Joods?'

'Hoe komt u daarbij?' Haar stem verried dat ze opeens op haar hoede was.

'Zomaar een vraag.' Hij haalde zijn schouders op. 'Niet dus, ook goed. En Hulda, wat betekent dat?'

Nu lachte ze luid. 'Dat heeft nog niemand me gevraagd. Het is een heel gewone naam, toch?'

Karl vond hem niet gewoon, eerder merkwaardig. 'Hulda' had iets griezeligs, een diepte die hem beviel, maar ook verontrustte. Dat was altijd al een tic van hem geweest. Namen kwamen hem voor als geesten die hun dragers omhulden, als een dubbele bodem. Zijn eigen naam verafschuwde hij; Karl, dat klonk als kokhalzen. En zijn achternaam, North, die hij van de directeur van het weeshuis had geërfd omdat zijn ouders onbekend waren, klonk ook hard en ongenaakbaar, naar kou en sneeuw, want het onderscheid tussen d en th aan het eind van het woord hoorde je niet. Alles daaraan was somber. Maar de naam Hulda droeg een innerlijke zachtheid, die het dreigende van de donkere klank neutraliseerde.

Nog steeds keek ze hem vol verwachting aan, maar hij was de draad kwijt. Wat had ze zojuist gezegd? O ja!

'Waarom denkt u dat Magda sprookjes vertelt?'

'Geen idee, zomaar een gevoel.' Ze zette zich af van de reling. 'Kom nou, denkt u nou echt dat het zo simpel is? Woedende pooier slacht de kip met de gouden eieren?'

Nee, dat dacht hij niet. Die Hulda was niet op haar achterhoofd gevallen. Hij moest op zijn hoede zijn, dacht hij, en hij voelde zich enigszins onbehaaglijk. Maar zij moest ook oppassen. Het beviel hem niet in het minst dat ze rondsnuffelde en eigengereid mensen vragen stelde die er misschien niet zo blij mee waren dat een buitenstaander zich voor hun wereld interesseerde. Had ze enig idee hoe gevaarlijk dat was?

'Blijkbaar chanteerde Rita hem,' zei hij. 'Dan had hij misschien toch een motief.'

'Die geschiedenis met Dalldorf?' vroeg Hulda.

Karl schrok. Hoewel het hem eigenlijk niet verbaasde dat Hulda ook al van de plek wist.

Ze had iets over zich wat de vogels aan het zingen bracht, bij haar lieten de mensen van alles los, dacht hij, en ondanks zijn ergernis voelde hij een zweem van bewondering.

'Rita Schönbrunn kende die Pedro misschien van vroeger,' zei hij. 'Ze was verpleegster, dat vertellen de vrouwen op straat in elk geval. Misschien hebben ze elkaar in Dalldorf ontmoet. Maar onder welke omstandigheden, daar ben ik nog niet achter.'

Hulda floot door haar tanden als een straatjongen. 'Denkt u dat de artsen in de inrichting iets te verbergen hebben? Had Rita er misschien vijanden?'

'Mogelijk,' zei Karl, want hij had dat nog niet concreet bij zijn overwegingen betrokken.

'Bent u er al geweest?'

Hulda keek hem met grote ogen aan. Haar vraag leek onschuldig, maar op een of andere manier had Karl het gevoel dat ze hem op de proef stelde.

'In Dalldorf?'

'Ja, voor uw onderzoek. Hebt u het personeel daar ondervraagd?'

Karl ontkende schuldbewust. Opnieuw had hij een onbehaaglijk gevoel. Rechtvaardigde hij zich voor haar? Pas nu merkte hij dat hij op dit moment zijn onderzoeksresultaten met een vroedvrouw deelde die hij bij de vermoedelijke plaats delict had aangetroffen. In de avondschemering. Hij kon alleen maar zijn hoofd schudden over zichzelf.

Om zijn gedachten op een rijtje te zetten en tijd te winnen, leunde Karl tegen de reling van de brug en keek naar het vierkante havenbekken. Het water daar was pikzwart, maar op de golfjes dansten lichtpuntjes op en neer. Erachter, al in Kreuzberg, lag de volgende brug over het Landwehrkanal.

De zachte bries liet de boomtoppen ruisen, af en toe hoorde je een nachtvogel schreeuwen of een plons in het water, als een vis aan de oppervlakte kwam en weer onderdook om zijn koude bek in de modder van de bodem te boren.

'Het is mooi hier in de nacht,' zei Hulda zacht en Karl wist niet zeker of ze met hem of alleen met zichzelf sprak.

Maar hij moest haar gelijk geven. De stad leek hier op een jungle, want het kanaal trok een brede voor door de dichte bebouwing. Karl kon opeens vrij ademen, iets wat hem in de nauwe straten vaak niet lukte.

De mens is toch gewoon een dier, dacht hij, hij heeft de wildernis nodig en geen steden van steen en asfalt.

'Waarom interesseert u zich nu werkelijk voor Rita Schönbrunn?' vroeg hij en hij keek Hulda aan.

Haar gezicht lag in de schaduw. 'Nou... U weet dat ik vroedvrouw ben.' Ze hief afwerend haar handen op. 'Ik ken uw mening over dat beroep, die u overigens met vele mensen deelt. Dat is in orde, ik hoef geen lintje en geen schouderklopjes. Nu is het een neveneffect van mijn beroep dat ik keer op keer zonder het te willen bij het lot van mensen betrokken raak. Zwangerschap, bevalling, de eerste dagen met een pasgeboren kind, dat is allemaal heel oorspronkelijk en raakt onze diepste gevoelens. En ook de vele angsten die wij met ons meedragen. We hebben ze dan wel netjes begraven, maar tijdens een geboorte breken de dijken soms en worden we door alles overstroomd.' Ze keek hem met een strakke blik aan. 'Zo vergaat het de vrouwen vaak met wie ik werk, de gezinnen. En dan vang je soms dingen op die eigenlijk niet voor vreemde oren bestemd zijn.'

Karl knikte, hij begreep het. Zo ongeveer was het ook in zijn beroep. Hij groef met zijn blote handen in het vuil, zag het bloed, zweet en de tranen van mensen wier leven door een misdaad op zijn kop was gezet. Hij keek in de afgronden van de ziel van mensen die iemand hadden vermoord en moest proberen te begrijpen waarom. Maar tegenwoordig kon hij zich heel wat beter voorstellen dan vroeger wat iemand tot zo'n daad dreef.

Snel beet hij op zijn lip om niets van zijn gedachten prijs te geven.

'Als het aan de artsen lag,' vervolgde Hulda, 'aan de professoren in de vrouwenklinieken en in de gynaecologie, dan mocht mijn beroepsgroep gewoon stilletjes uitsterven. Wij vroedvrouwen, die de vrouwen thuis bij de geboorte bijstaan, zijn niet meer dan een risicofactor, zand in de machine. Onze acties worden geleid door gevoelens, door instinct, want het vertrouwen van de zwangere vrouwen in onze bekwaamheid is alles wat we hebben. En daarom komen we onwillekeurig meer te weten dan we willen.' Ze zuchtte. 'Een vroedvrouw in een kliniek zou dat niet overkomen, daar bevallen ze aan de lopende band en onthoud je geen gezichten. Soms denk ik wel eens dat dat beter voor mij zou zijn. Een beetje meer afstand.'

Karl staarde haar aan. Hij had er nooit over nagedacht wat de beste plek voor een geboorte was. Waarom zou hij ook, vroeg hij zich af, dat waren vrouwenzaken. Het thema beviel hem niet.

Maar Hulda praatte alweer verder: 'Mevrouw Schmidt, de jonge moeder die u laatst hebt ondervraagd... haar lot raakt me. Haar leven is al uitgestippeld, er is geen uitweg uit de armoede en het gezwoeg. Maar voor haar was haar buurvrouw iemand die haar hielp, iemand die haar moeder misschien had kunnen vervangen. Die persoon is gestorven. Wellicht is ze vermoord. Wat een verspilling van leven! Wat had daar kunnen ontstaan! Misschien was Rita een soort grootmoeder geworden voor de kleine Konrad. Maar nu ligt ze waarschijnlijk al onder de grond. Weggevaagd, zomaar, gedoofd als een kaars.'

Ze stokte en Karl zag dat ze de ijzeren reling met haar handen vastklemde. Opeens voelde hij de impuls om haar in zijn armen te nemen en haar gezicht in zijn hals te verbergen.

Wat een onzin, foeterde hij.

Hij klonk schor toen hij zei: 'Trekt u het zich niet te veel aan. Het is toch alleen uw beroep.'

Ze kwam een stap dichter bij hem staan en het warme, gele licht van de eenzame gaslantaarn viel op haar gezicht.

'Alleen een bureaucraat zoals u kan zoiets zeggen.'

'Ik ben geen bureaucraat.'

Ze lachte ongelovig. 'Echt niet? Maar u bent in elk geval een somber mens. Iemand die zich niet graag verdiept in de gevoelens van anderen.'

Karl blies geërgerd zijn adem uit. Wat dacht die vrouw nou? Eerst bemoeide ze zich ongevraagd met zijn zaak, daarna las ze hem de les met een filosofische voordracht, en nu beledigde ze hem nog ook!

'U weet helemaal niets van mij,' antwoordde hij. 'U bent gewoon brutaal en denkt dat u iedereen moet helpen, iedereen kunt redden.'

Hulda keek gekwetst opzij en ging met haar hoofd uit het licht. Karl had meteen spijt van zijn harde woorden. Maar voordat hij ze kon relativeren, mompelde ze: 'Dat zei mijn moeder ook altijd.'

'Uw moeder?'

De jonge vrouw knikte. 'Ze lachte me uit omdat ik me voor het lot van vreemden interesseerde. Dat ik ze wil helpen. Je ruimt liever de stront van anderen op dan je om je eigen rotzooi te bekommeren... Ik hoor het haar nog zeggen. Nou, uiteindelijk ruimde ik vooral haar stront op, maar dat stoorde haar niet.'

Wat klonk haar mooie, donkere stem opeens bitter, dacht Karl.

'Was ze ziek?'

Hulda knikte opnieuw. 'Ziek in het hoofd. Ze zat verschillende keren in een psychiatrische kliniek. Steeds een kort verblijf in een dure privékliniek, die mijn vader betaalde. Maar het haalde niets uit. Ze had zichzelf uit de sjlemazzel moeten trekken, maar dat wilde ze niet. Ze verdoofde zichzelf liever met alcohol, met slaapmiddelen, morfine. Uiteindelijk begaf haar lichaam het. Een overdosis. Ik ben er nooit achter gekomen of ze met opzet te veel had genomen.'

'Dat... spijt me.' Karl voelde zich gedeprimeerd en wist niet wat hij moest zeggen. Op dit soort momenten kon hij nooit de juiste woorden vinden. Had ze misschien toch gelijk, was hij gewoon een bureaucratische houten klaas?

Een tijdlang zwegen ze allebei, luisterden naar de wind die over het havenbekken woei. Toen draaide Hulda zich naar hem om.

'Het klopt. Ik kan moeilijk wegkijken, ik laat me altijd meteen door mijn gevoelens meeslepen. Dat is mijn zwakke punt.' Opeens was er iets als verwarring op haar gezicht te zien, alsof ze zelf verrast was door haar woorden. 'Misschien hoop ik dat ik mezelf zo kan verlossen. Maar eigenlijk kan ik niemand redden. En al helemaal niet die dode, die ik nog nooit heb gezien.'

'Dat hoeft u ook niet. U zou hier helemaal niet moeten zijn. Dit is werk voor de politie.'

'En waarom bent u vanavond hier? Wat zoekt u nog?'

Karl durfde haar niet te vertellen dat hij vandaag voor het eerst hier was sinds het onderzoek liep. Toen het lichaam was gevonden, had zijn baas er een team op afgestuurd en de oever in Schöneberg op sporen laten onderzoeken. Maar ze hadden niets gevonden. Zelf was hij op dat moment niet aanspreekbaar, en had de telefoon niet horen overgaan omdat hij zijn roes uitsliep. De volgende dag, toen hij pips om de neus op het hoofdbureau was verschenen en de leiding over de zaak aan hem was toegewezen, had hij beweerd dat hij ziek was geweest.

Karl wist dat het zo niet verder kon. Maar keer op keer overviel hem die angst, die zijn keel met ijzeren klauwen dichtsnoerde, en dan hielp alleen sterkedrank. De meeste nachten kon hij zich inhouden en op een gegeven moment stoppen, maar soms overviel het verlangen om te vergeten hem met zo veel kracht dat er geen weg terug was.

Het was er allemaal niet beter op geworden sinds hij was begonnen in het verleden van Rita Schönbrunn rond te poken als in een bijenkorf vol woedende insecten. Dat kon niet goed gaan! Hij nam zich voor om dat vervloekte schrift niet meer aan te raken, maar wist op hetzelfde moment ook dat hij Rita's aantekeningen niet kon vergeten. Dat hij met alle tot zijn beschikking staande middelen, en dat waren er niet weinig voor een rechercheur, op zoek zou gaan naar de waarheid, en niets dan de waarheid, hoe pijnlijk die ook voor hem zijn mocht.

Heimelijk bekeek hij Hulda, die nog steeds op antwoord wachtte. 'Ze had hem behoorlijk om, dat kun je wel zeggen!' had de hoer uit de Bülowstrasse gezegd. Of zij hetzelfde doormaakte als hij? In elk geval leek ze van haar moeder de drankzucht te hebben geërfd. En waren ze niet allemaal gewoon de voetafdruk van hun voorouders?

Karl moest weer denken aan het uitgeteerde gezicht van Rita Schönbrunn, haar bloedeloze lippen. Snel verjoeg hij het beeld en zette zich met zijn handen tegen de reling van de brug af. Hij had behoefte aan een sigaret. Uit zijn schoudermantel haalde hij het gedeukte pakje tevoorschijn dat Magda en Marie bijna hadden opgerookt, en hij stak er een op.

'Mag ik er ook eentje?'

Stond de vroedvrouw nu opeens een paar centimeter dichter bij hem dan daarnet?

Karl reikte haar de Juno's aan en gaf haar vuur met de lucifers die hij bij Egon had meegenomen. Op het moment dat het vlammetje haar gezicht verlichtte, ze haar ogen sloot en genietend het eerste trekje nam, besefte hij dat hij haar begeerde.

Karl schraapte zijn keel. Hij deed een stap van haar vandaan. 'Ik wil hier nog eens rondkijken. Misschien hebben we de laatste keer iets over het hoofd gezien.'

Hij liep naar beneden, naar de oever. Het schijnsel van de lantaarnpaal reikte niet zo ver, en hij haalde de zaklamp uit zijn jaszak en knipte die aan. De lichtbundel gleed zoekend over het struikgewas dat zich aan de rand van de oever vastklampte. Tot zijn ergernis trilde het licht nauwelijks waarneembaar. Hulda kwam ongevraagd achter hem aan.

'En waar zoekt u naar?'

'Naar aanwijzingen die ons naar de dader voeren.'

'Zoals dit?' Hulda wees met de punt van haar sigaret naar een stuk stof dat tussen de takken van een struik hing.

Karl kwam dichterbij. Het was een gele sportpet, van het soort dat overal in de Berlijnse arbeiderswijken werd gedragen. Hij schudde zijn hoofd en toen hij zich afwendde om de rook niet in haar gezicht te blazen, stond ze alweer naast hem. Als hij niet beter wist, zou hij geloven dat ze hem opzettelijk besloop.

'Ik zoek een vel papier. Een brief die de overledene vlak voor haar dood heeft ontvangen. De prostituees van de Bülowstrasse beweren dat een klant Rita een bericht heeft gestuurd. Het is mogelijk dat hij haar hiernaartoe heeft gelokt.'

Waar waren zijn goede voornemens gebleven om niets te vertellen, vroeg Karl zich op dat moment af. Alsof ook hij een van de vogels was die voor Hulda 'zongen'.

'Weet u zeker dat het een man was?'

Karl voelde zich betrapt. 'Nee, natuurlijk kan het ook een vrouw zijn geweest. Maar vrouwen moorden niet zo vaak.'

Hulda knikte. 'Vrouwen weten waarschijnlijk beter hoeveel kracht en toewijding ervoor nodig zijn om leven te laten ontstaan en dat je dat niet mag nemen, om al die moeite niet teniet te doen. Jullie mannen hebben niets anders geleerd dan oorlog voeren en doden.'

Karl snoof. 'Wat bent u gevoelig! Alleen een vrouw kan zoiets zeggen.'

Die vroedvrouw, dacht hij, had sterk de neiging om hem ongevraagd van alles uit te leggen. Ze werkte hem opeens enorm op de zenuwen.

Hij blies nog een laatste keer krachtig rook de lucht in, toen trapte hij de sigaret op de grond uit en zei: 'Wat deed u eigenlijk 's nachts in de Bülowstrasse? En dan nog stomdronken ook. Is dat ook een vrouwelijke deugd, ladderzat door de donkere straten zwalken? Waar kwam u eigenlijk vandaan?'

Ook Hulda zag er nu geërgerd uit. 'Wat gaat u dat aan? Dat zijn privézaken.'

'Ik begrijp het,' mompelde Karl en hij vroeg zich af waar die plotselinge woede vandaan kwam, die in zijn binnenste tot uitbarsting kwam. Keer op keer overviel die hem, als een donderslag bij heldere hemel, en sneed in zijn huid als een gloeiend mes.

'Ik kan me wel voorstellen wat u daar in de spelonken hebt uitgehaald,' zei hij. 'Wie was de gelukkige?'

'Laat me met rust,' zei Hulda. Opeens klonk ze als een bokkig kind. En hij zag dat haar gezicht ineens gesloten was, alsof er een deur was dichtgegaan.

Ze stonden vlak voor elkaar bij de oever. Ze waren precies even lang. Hulda's ogen leken bijna doorzichtig, haar kin trilde, alsof ze de tranen nabij was. Maar blijkbaar beheerste ze zich, alleen haar licht glanzende ogen verrieden haar. Ze had haar lippen half geopend in haar verontwaardiging, erachter glansden witte tanden.

Opeens wilde Karl niets liever dan haar polsen pakken en haar naar zich toe trekken. Hij wilde met zijn tong over haar witte tanden gaan en haar met haar donkere stem horen kreunen onder zijn greep. Maar hij hield zich met een uiterste krachtsinspanning in. Te groot was zijn angst dat ze hem zou afwijzen.

Waar waren ze eigenlijk mee bezig, dacht hij, hoe kon hij zijn professionaliteit zo vergeten en met haar over details praten die hij nog niet eens met Fabricius had besproken? Die vrouw kon met haar nieuwsgierigheid veel schade aanrichten, en zijn verhaal oprakelen zoals de vissen hier bij de oever de modder. Ze maakte zichzelf ook tot doelwit. Karl wist maar al te goed dat haat nieuwe haat voortbracht en dat op een moord niet zelden andere moorden volgden. Hij moest ervoor zorgen dat haar niets overkwam.

Wat had ze gezegd? Laat me met rust!

'Niets liever dan dat,' zei hij uiteindelijk en hij probeerde zo kil mogelijk te klinken, om zijn bedroefdheid en zijn bezorgdheid te overstemmen. 'En nu moet u eindelijk naar huis gaan. Een vrouw hier buiten in haar eentje, dat is al eens misgegaan.'

Zonder haar repliek af te wachten, die ze ongetwijfeld al op haar tong had, draaide hij zich met opperste zelfbeheersing om en beende met lange passen in de richting van het goederenstation.

Zijn boosheid jegens Hulda werd alleen nog overtroffen door de woede die hij voelde jegens zichzelf.

18

Donderdag, 8 juni 1922

Al een kwartier zwierf Hulda over straat en sprak zichzelf moed in. Ze was niet meer in Café Winter geweest sinds Felix en de vreemde blonde vrouw langs haar heen waren gelopen alsof Hulda lucht voor hen was geweest.

Dat was alweer een week geleden en Hulda had er genoeg van dat de Thonet-stoelen op het zonnige terras als splinters in haar vlees staken, had genoeg van het fladderende zonnescherm dat in haar ooghoek hing als een storend insect, wanneer ze langsliep. Ze durfde gewoon niet naar binnen. En dat terwijl het haar plein was! En ze zou zich niet laten verdrijven, ze zou haar gewoontes niet zomaar opgeven, alleen omdat Felix nu blijkbaar een vrouw had gevonden die zijn hart oplapte, zoals hij dat vroeger met Hulda's fietsband deed.

Dus had ze besloten om vanavond in Café Winter boterhammen met reuzel te gaan eten, net als vroeger. Als je het brood in warme cacao doopte, smolt het zilte vet, en het brooddeeg werd doordrenkt met de zoete Hamann-chocolademelk. Het smaakte hemels.

Maar hoewel Hulda honger had als een paard, kreeg ze altijd voeten als lood als ze de deur van het café naderde. Op het laatste moment was ze dan langs de ingang heen gelopen in het besef dat Bert en waarschijnlijk ook de halve Winterfeldtplatz haar manoeuvres op het trottoir hoofdschuddend gadesloegen.

Als een pantervrouwtje in een kooi, dacht Hulda, en ze besloot dat het nu te gek werd. Ze liep naar het café toe, haalde diep adem en gooide zo zwierig de deur open dat de bediening erachter opzij moest springen.

'Hopla, juffrouw Hulda,' zei Frieda en ze klakte met haar tong. 'Zo stormachtig? Ik dacht dat u tegenwoordig elders at.'

Frieda had Hulda met haar scherpe tong altijd al op de zenuwen gewerkt. Ze beet op haar lip en slikte op het laatste moment een botte reactie in, die, dat wist ze maar al te goed, haar onzekerheid alleen maar zou hebben benadrukt. Dus vroeg ze alleen: 'Is er een tafeltje vrij?'

Frieda kauwde op de punt van haar stugge vlecht en keek om zich heen, tot ze een klein tafeltje in de achterste hoek ontdekte, waar niemand zat. 'De vaste plek van dr. Löwenstein,' zei ze korzelig, 'maar die zal vanavond wel niet meer komen. Ik vind het prima, de bazin heeft dat soort mensen toch al liever niet bij ons. Wilt u die hebben?'

Hulda knikte majesteitelijk en zeilde langs de serveerster heen, terwijl ze merkte dat haar wangen gloeiden van verontwaardiging. Wat dacht die trien wel niet? Dat soort mensen... Hulda begreep al wie er werd bedoeld.

Geërgerd liet ze zich op de vrije stoel ploffen en bestudeerde het menu, hoewel ze allang wist wat ze zou bestellen. Gelukkig lag de tafel buiten Frieda's wijk, in haar plaats stapte er een verlegen meisje met een mager gezicht op haar af en vroeg zacht wat ze wenste.

Van Felix geen spoor. Keer op keer betrapte Hulda zichzelf erop dat ze haar hals een beetje rekte om naar de bar te turen, waarachter zijn bruine haardos misschien zou opduiken. Maar steeds als er iemand uit de keuken kwam, werd ze teleurgesteld.

'Is de chef er niet vandaag?' vroeg ze als terloops aan de dunne serveerster, toen die het bord met de boterhammen voor haar neerzette.

'Nee, alleen zijn moeder,' zei ze kortaf.

Inderdaad, nu zag Hulda de witte lokken van Wilhelmine Winter boven de flessen achter de bar deinen. Waar zou Felix zitten? Hij was toch elke avond hier, bracht haar altijd een glas bier en wisselde een paar woorden met haar, ook al was er, dat moest Hulda toegeven, de afgelopen maanden een bepaalde spanning in hun vriendschap geslopen. Maar ze was er gewoon zo aan gewend om hem hier in het café te zien, hij hoorde op deze plek, net als de stoelen van donker hout en hun leuningen van gevlochten rotan, de hoge spiegels aan de muren en de kristallen kroonluchter aan het plafond, die Felix allang door een moderne lamp met geometrische vormen in Bauhaus-stijl had willen vervangen. Maar zijn moeder had dat tot nog toe met succes weten te verhinderen: 'We zijn een fatsoenlijk etablissement, geen laag-bij-de-gronds variété voor brodeloze kunstenaars, geen wachtkamer voor talenten zoals het Romanische Café. Dat verloederde tuig komt er bij mij niet in,' had ze gezegd, en daarmee was de kous af. Toen al had Hulda gedacht dat ze onder de indruk zou zijn als Felix voet bij stuk zou houden. Maar dat lag hem niet. Vriendelijk was hij, zachtaardig en er steeds op uit het iedereen naar de zin te maken. Daarom ging hij ook zo moeiteloos in zijn omgeving op, net als de kandelaars die in de halfronde nissen in de muur stonden en hun zachte licht verspreidden.

Hulda beet in haar boterham met reuzel en kauwde er afwezig op. De herinnering aan de helblonde dief, aan haar rendez-vous in Rieke, verscheen opeens voor haar geestesoog, en ze ging met haar hand over haar voorhoofd. Wie was de gelukkige, had de inspecteur op de brug gevraagd, met zijn onfatsoenlijk groene ogen.

Waarom, vroeg ze zichzelf af terwijl ze het zout van haar lippen likte, was het met de liefde zo verdomd lastig?

Sinds maandagavond had ze haar gedachten aan Karl North verdrongen, ze had de laatste dagen als een waanzinnige gewerkt, gelezen en geprobeerd zich te concentreren op de vrouwen en hun pasgeboren baby's, voor wie ze de nazorg op zich had genomen. Maar hij spookte voortdurend door haar hoofd.

Net toen ze eraan dacht om af te rekenen en vroeg onder de wol te kruipen, zodat ze eindelijk weer eens genoeg slaap zou krijgen, zag ze buiten voor het raam een schim die haar bekend voorkwam. Vervilt roodblond haar, een klein gezichtje met grote ogen. Daar was dat meisje weer!

Hulda sprong op, liep naar buiten en tikte het magere figuurtje op haar schouder. 'Wij kennen elkaar toch.'

Instinctief had ze de klank in haar stem gelegd die ze voor bezorgde zwangere vrouwen en gewonde dieren reserveerde. Of voor angstige kinderen.

Het meisje draaide zich geschrokken om en knikte bedeesd. Ze keek Hulda wantrouwig aan, maar in haar blik schemerde de hoop dat de vrouw haar geen kwaad zou doen.

Hulda pakte haar arm heel voorzichtig vast, alsof het een plantje was dat je niet mocht beschadigen.

'Wat een toeval, dat we de elkaar de laatste tijd steeds ontmoeten, hè?' vroeg ze, hoewel ze eigenlijk geen antwoord verwachtte. Toen bekroop haar opeens het merkwaardige gevoel dat het géén toeval was.

Liep het meisje haar achterna? Spioneerde ze voor iemand?

'Kom mee naar binnen,' zei ze kordaat. 'Je zult wel honger hebben, en het lukt me niet om mijn brood in mijn eentje op te eten. Bovendien hebben ze hier de beste aardappelsoep van de stad.'

Dat was overdreven, maar dit straatkind had vast nog niet veel vergelijkingsmateriaal, dacht Hulda. Ze zag hoe de kleine met zichzelf worstelde, de huid van haar gezicht spande zich nog meer over haar uitstekende jukbeenderen. Toen kreeg haar honger blijkbaar de overhand.

Samen liepen ze het café binnen, en Hulda keek bewust niet in de richting van de bar, waar mevrouw Winter beslist afkeurend haar neus optrok voor de nieuwe klant. Ze leidde het meisje behoedzaam maar kordaat naar haar tafel achterin en drukte haar de laatste boterham in de hand, nadat ze allebei waren gaan zitten. Bovendien bestelde ze nog een bord soep.

Het meisje dook ineen op haar stoel alsof ze wilde verdwijnen, maar beet smakelijk in het brood en kauwde met zo veel overgave dat het Hulda zwaar te moede werd. Wanneer zou ze haar laatste maaltijd hebben gehad?

Hulda gaf haar de tijd, totdat de kauwbewegingen langzamer werden en er weer wat kleur op de magere wangen verscheen. De serveerster bracht de dampende soep, en het meisje lepelde die voorzichtig op.

'Jij heet Lena, hè?'

Verrast keek het meisje haar aan. Ze knikte nauwelijks waarneembaar, er verscheen een loerende uitdrukking in haar fletse ogen.

'Hoe weet u dat?'

'Dat heeft Lilo Schmidt me verteld. Ze zei ook dat je in de Bülowstrasse woont, maar geen huis hebt.'

Opnieuw knikte Lena. Met een verlegen gebaar liet ze de weerbarstige slierten van haar pony naar voren vallen over haar ogen.

'Dat is toch geen misdaad? Ik ben niet de enige.'

'Natuurlijk niet. Ik vroeg me alleen af hoe je het hoofd boven water houdt. Waar leef je van? Waar slaap je? Ik heb je een keer in Lilo's huis gezien, op de trap, weet je nog? Slaap je daar soms 's nachts?'

'Vroeger,' mompelde Lena. 'Nu niet meer, een van de buren heeft ons weggejaagd. De volgende keer haalt hij de politie, zei hij, omdat wij zogenaamd uit de vuilcontainers stelen. Alsof daar iets in zit wat je wilt hebben!'

In Hulda's achterhoofd ging er een belletje rinkelen. Had Lilo niet ook over die buurman verteld? Inderdaad, hij had ruzie met Rita gehad. Toen viel haar nog iets anders op.

'Wij?'

'Wat bedoelt u?'

'*Wij* stelen zogenaamd...?'

'Ja, mijn broer Eddi en ik.'

'Is er niemand die voor jullie kan zorgen? Waar zijn jullie ouders?'

Opeens kreeg het meisje een gesloten gezicht, alsof er een doek over was gevallen. Hulda keek haar geduldig aan.

'Dood,' zei Lena dof. Toen stopte ze snel de rest van het brood in haar mond alsof ze zichzelf wilde beletten om verder te praten. Ze kauwde en slikte en in haar ogen stonden tranen. Maar ze slikte ze samen met de boterham in en haalde alleen luidruchtig haar neus op.

'Sinds wanneer?'

'Vader stierf in de oorlog. Moeder vlak daarna, ze was ziek. De laatste maanden, toen ze nog leefde, ben ik niet meer naar school gegaan, ik heb voor haar gezorgd, maar het haalde niets uit, ze is toch doodgegaan. We hadden niet eens geld voor de begrafenis. Sindsdien zijn we alleen.'

'Hebben jullie verder geen familie?'

Lena schudde haar hoofd. 'Een tante in Pankow. Maar die heeft zelf vijf kinderen en heeft geen plaats voor ons.'

'Moeten jullie niet naar een weeshuis? Er bestaat opvang voor ouderloze oorlogskinderen. Bovendien is er bij de quakers kindervoeding. En –'

Lena lachte bitter. 'We waren in zo'n huis in Moabit, twee maanden lang. Dat was erger dan op straat. Luizen in bed, ratten op de gang. Watersoep en klappen. We maakten dat we wegkwamen en gingen terug naar Schöneberg, waar we vandaan komen. Sindsdien wonen we in de Bülowbogen. Daar bevalt het ons.'

'En hoe moet het verder?'

Ze haalde haar schouders op. 'We slapen nu in de oude meubelfabriek, daar komt niemand kijken en worden we met rust gelaten. Behalve wij zijn er nog meer kinderen daar. Af en toe is er wat werk, Eddi helpt bij het uitladen, en ik...' Ze stokte, haar wangen werden rood.

Hulda bekeek de witte huid van het meisje, de paarse kringen onder haar ogen en merkte pas nu een striem boven haar sleutelbeen op. Even sloot ze haar ogen. Zo veel ellende. Zo'n jong meisje en geen hoop.

Toen keek ze Lena weer aan. 'En wat doe je als je zwanger wordt?'

Over de dunne hals van het meisje kroop een diepe blos omhoog.

'Ik pas wel op,' fluisterde ze en ze draaide haar gezicht van Hulda weg.

Maar die hield voet bij stuk. 'Dat kun je helemaal niet,' zei ze.

Lena kneep haar lippen opeen en staarde haar bokkig aan. 'Kan ik wel,' zei ze toen. 'Als het misgaat, ga ik gewoon naar de ooievaar.'

Hulda snoof zacht. Ze kende dr. Langbein ook, die met zijn dokterstas door de achterbuurt sloop en radeloze meisjes een abortus aanbood. 'Dat meen je niet,' zei ze tegen Lena. 'Weet je wel hoe gevaarlijk dat is?'

'Wees maar niet ongerust, zover komt het niet. Rita heeft me uitgelegd hoe...' Lena stokte en beet op haar lip.

'Rita?' vroeg Hulda verrast. 'Rita Schönbrunn?'

Lena reageerde met gespeelde nonchalance. 'Die woonde toch ook in de Bülowstrasse en heeft me een keer in haar woning gelaten. Dat is alles.'

Hulda dacht na. Lilo had verteld dat Rita laatst bezoek had gehad. Was dat Lena geweest? Was het meisje misschien zelfs net van Rita vandaan gekomen, toen Hulda haar in het trappenhuis tegen het lijf liep? Nee, schoot haar te binnen, toen werd Rita al vermist.

'Je weet dat Rita Schönbrunn dood is, hè?' vroeg ze voorzichtig aan het meisje.

Lena knikte en sloeg haar ogen weer neer. 'De hele wijk heeft het erover.'

'En wat zeggen de mensen precies?'

Hulda merkte dat Lena elk woord zorgvuldig afwoog, alsof ze zich op dun ijs bevond. 'Dat ze haar in het kanaal hebben gevonden. Misschien is ze erin gevallen toen ze dronken was?'

'Geloof jij dat?'

'Hoe moet ik dat weten! En wat wilt u eigenlijk van mij?' Op Lena's voorhoofd, dat bezaaid was met zomersproeten, verscheen een rimpel van woede. Ze stond op. 'Bedankt voor het eten,' zei ze met trillende stem. 'Ik moet verder.'

Ook Hulda was opgesprongen. Haar gevoel zei haar dat het meisje meer wist dan ze losliet. Ze pakte Lena bij haar arm, maar die werkte zich los en stootte daarbij tegen de tafel, zodat Hulda's kop met cacao wiebelde en overliep. Een paar gasten aan de tafel ernaast keken nieuwsgierig naar de twee vrouwen.

Hulda haalde diep adem. Zacht maar indringend zei ze tegen Lena: 'Kom naar mij als je hulp nodig hebt. Beloof me dat, goed?'

Lena keek weer of ze op de vlucht was, alsof het gevaarlijk was om stil te blijven staan. Alsof zij een klein dier was en Hulda de jager, aan wie je moest ontkomen door haken te slaan.

'Bemoei je niet met ons leven,' zei ze schor. 'Laat ons gewoon met rust, begrepen?' Ze wilde vertrekken, maar toen draaide ze zich nog een keer om. Ze fluisterde. 'In de Bülowstrasse wordt gezegd dat er een vroedvrouw rondsnuffelt vanwege Rita. Wees voorzichtig.'

'Hoe bedoel je?' vroeg Hulda.

Maar Lena schudde alleen haar hoofd en rende het café uit. Het belletje boven de deur rinkelde, daarna zag Hulda alleen nog haar schaduw langs het raam schieten, en weg was ze.

Verbluft keek ze Lena na. Het was niet zo dat zij het meisje had opgewacht, eerder andersom. Waarom was ze dan zo kwaad geworden tijdens het gesprek over Rita?

'Altijd moet onze juffrouw Hulda in de schijnwerpers staan!' Frieda was met getuite lippen naast haar tafel komen staan en begon misprijzend met een dweil de bruine plas cacao op te vegen. 'De hele wereld zal moeten zien dat u hier de grote weldoenster speelt en dat tuig volstopt,' zei ze snibbig. 'Zo'n hoertje heeft niets te zoeken in Café Winter.'

Voordat Hulda er erg in had sprong ze op, hief haar hand op en gaf Frieda een klinkende klap in haar arrogante gezicht.

Ongelovig staarde de serveerster Hulda aan, met haar hand op haar wang. De gesprekken aan de andere tafels waren verstomd en Hulda voelde de ogen in haar rug. Maar het voelde verdomd goed om die praatjesmaakster eens een lesje te leren. Toch vroeg een klein stemmetje in haar binnenste zich af waar die woede opeens vandaan kwam. Hulda kende Frieda's grote mond uit en te na, haar gezwets zou haar allang niet meer op de kast moeten jagen.

Toen zag ze dat Felix stokstijf in de deur stond en haar aanstaarde. Hij moest precies op het moment zijn binnengekomen dat ze Frieda had geslagen, dacht Hulda, en ze pakte haar tas en baande zich een weg naar de uitgang.

Felix hield haar tegen. 'Wat bezielt jou in godsnaam?' vroeg hij. 'Ben je nou helemaal van de pot gerukt?' Hij ging dichter bij haar staan en bestudeerde haar gezicht. 'Heb je gedronken?' vroeg hij zacht.

Hoe durft hij, dacht Hulda verontwaardigd en ze moest zich inhouden om hem niet weg te duwen.

'Als je je personeel beter in de hand had, zou dit niet zijn gebeurd,' zei ze en ze wist op hetzelfde moment wat voor flauwe smoes dat was. Maar ze kon niet ontsnappen aan haar woede, het gevoel was rood en heet en had haar volledig in zijn ban.

'Wat heeft dat te betekenen?' vroeg hij.

'Ik wilde je vandaag zien, met je praten. Maar je bent er nooit, je bent altijd weg. Waar zat je al die tijd? Moet je niet werken?' Ze flapte de verwijten eruit. 'In plaats daarvan ben je met die... blonde watergolfdame aan de zwier.'

Felix pakte haar schouder en kneep, het deed pijn. 'Je weet niet waar je het over hebt,' siste hij.

Verrast registreerde Hulda dat ook zijn ogen vuur schoten, iets wat ze niet van hem kende. Maar het joeg haar alleen nog verder op de kast.

'Zo te zien heeft ze je het hoofd aardig op hol gebracht. Alweer een goede partij, aangeraden door je moeder? Mag je tenminste zelf nog besluiten wat je op de bruiloft aantrekt?'

Zijn gezicht verstrakte.

'Verdwijn, voordat ik je een huisverbod opleg.'

'Waag het eens,' siste Hulda.

'Je zult wel zien.'

Ze schudde haar hoofd. 'Niet nodig. Ik ben al weg. Mij zie je niet meer terug, maak je niet ongerust.'

'Ik hoop dat je gelijk hebt!'

Ze sloeg zijn hand weg en duwde de deur open. Ze had een brok in haar keel, haar ogen zagen niets. Ze struikelde de avond in en wankelde even, alsof ze werkelijk dronken was, zoals Felix haar had aangewreven. Maar het was de immense pijn in haar borst die haar knieën deed knikken. En de schaamte, omdat ze zich voor de halve Winterfeldtplatz belachelijk had gemaakt.

19

Vrijdag, 9 juni 1922

Verbaasd bekeek Hulda de Rote Burg zoals het hoofdbureau van politie op de Alexanderplatz door de Berlijners werd genoemd. Een passende naam, vond ze. Op de hoeken van het imposante bouwwerk van rode baksteen verhieven zich massieve torens met koepeldaken. Het hele complex zag eruit als een machtige hoeder over het gekrioel aan zijn voeten. De klok bovenin wees half zes aan. Zo vroeg in de avond bereidde de stad zich voor op het weekend. Agenten gingen met ware doodsverachting de confrontatie aan met de avondspits en gebaarden gebiedend naar de auto's, de bussen en de trams, zodat die elkaar niet omver zouden rijden. Desondanks leek het grote plein op een kokende ketel en Hulda moest twee keer opzijspringen om te ontkomen aan een toeterende auto. Overal werd gebouwd, bergen zand en hekken op de meest onzinnige plekken versperden de voetgangers en de voertuigen de weg, en daartussendoor liepen zwetende en vloekende arbeiders.

Het was niet helemaal toevallig dat Hulda in deze buurt rondhing, al gaf ze het zichzelf niet graag toe. Tenslotte was het haar beroep dat haar hiernaartoe had gevoerd, dacht ze koppig. Dat Karl North hier werkte en ze hem zou kunnen tegenkomen, was bijzaak.

Hulda had een vrouw bezocht die in verwachting was van een tweeling. Eigenlijk was ze niet voor de wijk Mitte verantwoordelijk, die lag te ver van Schöneberg af. Maar haar reputatie dat ze met haar medeleven het verloop van een moeilijke zwangerschap kon beïnvloeden, snelde haar vooruit. Dus vroegen ook gezinnen uit verder weg gelegen wijken haar soms om hen met raad en daad bij te staan. Die visites rekende Hulda apart af, de mensen konden het zich veroorloven. De kinderen van de Petrovs, die ze vandaag had opgezocht, moesten in een kliniek geboren worden. De echtgenoten waren rijke industriëlen en lieten niets aan het toeval over. De nieuwe, modern uitgeruste kraamzalen in de privéklinieken van de stad trokken een welgesteld publiek aan; een geboorte thuis, met slechts een vroedvrouw aan hun zijde, leek degenen die zich het konden veroorloven een tijdreis naar een duister verleden. Maar Natalia Petrova was een angstige zwangere en artsen joegen haar schrik aan. Ze maakte zich zorgen en wilde een vroedvrouw die haar binnen haar eigen vier muren zou onderzoeken. Des te meer omdat de kinderen al een paar dagen niet meer hadden bewogen. En toen had men haar Hulda Gold aanbevolen.

Hulda werd door een dienstmeisje in een schort met ruches binnengelaten in de tienkamerwoning in het voorhuis. Door de hoge vensters viel de junizon op het glanzende parket. Het licht, had ze verbaasd gedacht, werd hier dusdanig verspild dat er voor de huizen daarachter, van het soort waar ze zich meestal voor haar werk ophield, niet meer genoeg overbleef. De muren waren behangen met enorme schilderijen in gouden lijsten, en in een van de kamers stond een pianola.

Mevrouw Petrova lag op een met zijde beklede canapé, dronk chocolademelk en werd intussen jaloers door een koningspoedel gadegeslagen, die als een standbeeld aan haar voeten zat. Ze was zo bleek als een porseleinen pop en stak een breekbare vinger naar Hulda uit bij wijze van groet. Aan elke vinger prijkte een met juwelen bezette ring.

Hulda zette haar vroedvrouwentas neer en begon met het onderzoek. Ze betastte de puntige, harde buik van de vrouw en merkte meteen dat er iets niet klopte. In de kliniek was de Petrova's verteld dat ze een tweeling verwachtten, maar door haar hoorbuis nam Hulda maar één hartslag waar, niet twee, en zelfs die was zwak, een nauwelijks waarneembaar kloppen. Daarom adviseerde Hulda het echtpaar meteen naar de kliniek te gaan. Er ontstond een hectische toestand en Hulda moest werkeloos toekijken hoe mevrouw Petrova eerst tegen de dienstbode schreeuwde omdat die niet snel genoeg haar zijden kleren in een tas pakte, en vervolgens in de armen van haar man bezweek.

Het duurde een eeuwigheid voordat de ziekenwagen eindelijk was gekomen en hen had meegenomen.

Al dat geld hielp niets, had Hulda gedacht, toen ze langzaam door de Strasse An der Jannowitzbrücke naar de Alexanderplatz liep. Ze vermoedde dat ook de dure arts in de privékliniek de baby in de buik van Natalia Petrova niet zou kunnen redden. Ze zou te maken krijgen met pijn, verdriet, wanhoop en ze mocht blij zijn als ze het er levend afbracht.

Maar Lilo Schmidt, die in ellendige omstandigheden leefde, had snel en ongecompliceerd een gezonde kleine jongen gebaard. Zo was het leven, dat zijn gunsten nooit rechtvaardig verdeelde, maar het geluk als kleine koperen muntjes willekeurig in de menigte gooide.

Hulda voelde zich moedeloos en afgemat toen ze opnieuw haar blik over de hoge gevel van het hoofdbureau van politie liet glijden. Maar onder haar somberheid stak toch een beetje levenslust de kop op, toen ze zich voorstelde wie er hoogstwaarschijnlijk boven achter een van de talloze ramen zat. Alleen daarom, moest ze toegeven, voelde ze zich tot deze plek aangetrokken. Alleen daarom stond ze hier nog.

Nerveus beet ze op haar nagels. Haar laatste ontmoeting met inspecteur North was allesbehalve vriendschappelijk geëindigd. Het idee dat ze hem weer zou ontmoeten, beviel haar, maar kwelde haar ook. Zou hij blij zijn om haar te zien? Moest ze hem over Lena vertellen? Iets in de verhalen en de reactie van het meisje klopte niet, dat was duidelijk, maar waar moest ze beginnen? Er zou opnieuw ruzie van komen als ze hem vertelde dat ze nog meer mensen had uitgehoord over Rita Schönbrunn.

Ze schudde haar hoofd om zichzelf. En net toen ze weer naar de U-Bahn wilde lopen om naar Schöneberg terug te rijden, zag ze het blonde haar van de lange inspecteur uit de hoofdingang komen. Zijn hoed stond, zoals altijd, wat scheef. Naast hem liep een wat corpulente jongeman, die energiek op zijn oudere collega inpraatte. Hij leek hem iets te hebben gevraagd, want Karl North schudde even zijn hoofd en daarna namen ze afscheid met een kort knikje. De collega liep naar het station, maar de inspecteur kwam Hulda's kant op. Ze stond zo dat hij langs haar heen moest. Maar Karl North had zijn ogen neergeslagen en keek geconcentreerd naar het trottoir, in gedachten verzonken. Tussen zijn slanke vingers had hij een sigaret. Er was iets aan de manier waarop hij liep en nerveus een haarlok van zijn voorhoofd veegde waardoor Hulda's hart samenkneep. Alsof hij zo snel mogelijk van deze plek weg wilde.

Hij was al op gelijke hoogte met haar. Hulda stak haar hand uit en hield hem vast aan zijn mouw. Hij hapte naar adem, zijn gezicht vertrokken van schrik.

'O, u bent het weer.' Hij greep naar zijn hoed en zette hem recht, alsof hij op die manier zijn evenwicht zou hervinden. 'Wat hebt u me laten schrikken. Waarom hangt u hier eigenlijk rond?'

'Neem me niet kwalijk dat ik uw wijk ben binnengedrongen,' zei Hulda ongewild brutaal. 'Ik had een patiënt hier om de hoek en heb u toevallig ontdekt.' Ze werd weer kattig, zonder dat ze het wilde. 'U zou voor u moeten kijken als u loopt, anders wordt u nog overreden door een tram.'

'Wie u ontmoet, heeft geen tram nodig, u bent zo gevaarlijk als een stoomwals.' Zijn groene ogen schitterden.

Ze staarden elkaar aan. Toen proestte Hulda het uit. Het was zo bevrijdend om na het treurige bezoek bij de rijke Russen en die vervloekte ruzie met Felix te lachen, dat ze tranen voelde opkomen. Ook de inspecteur lachte met haar mee. Ze schudden allebei van het lachen en hapten naar adem.

'Bent u altijd zo ad rem?' vroeg Hulda, terwijl ze haar ogen afveegde.

'Eigenlijk niet,' antwoordde hij verlegen. Hij nam zijn hoed af en ging opnieuw met zijn hand door zijn haar. Er zaten vlekken op zijn brillenglazen. 'Mijn collega's, speciaal mijn assistent, zeggen dat ik een houten klaas ben. Humorloos en zwijgzaam. Mijn kennissen beweren zelfs dat ik ze met mijn zwijgzaamheid nog eens het graf in zal helpen.'

'Die kennen u allemaal niet zo goed,' zei Hulda en ze haalde diep adem. Ze stak haar hand uit. 'Vrede?'

'Wapenstilstand,' antwoordde Karl ernstig, maar ze meende een lichtje in zijn ogen te zien.

'Daar ga ik voor.' Ze glimlachte opgewekt. 'Goed, en hoe gaat het met ónze zaak?'

Karl leek even na te denken hoe hij op deze nieuwe vrijpostigheid kon reageren. Maar blijkbaar had hij zijn kruit verschoten. Hij haalde alleen zijn schouders op en zei: 'We zijn vastgelopen.'

Hij hief zijn hand op en hield die bij haar gezicht. Hulda deinsde terug en keek hem verward aan. Toen ging hij zacht met zijn duim over haar wang tot haar mondhoek. 'Uw make-up is uitgelopen,' zei hij zacht en hij trok haastig zijn hand terug.

Hulda zweeg verbouwereerd en ging met haar hand over de plek, die merkwaardig klopte. Ze wuifde zijn woorden achteloos weg. 'Tranen en mascara, die verdragen elkaar gewoon niet. Zelfs als het maar tranen van het lachen zijn.'

Ze keek zoekend rond op het plein. Haar blik viel op een restaurant op een hoek. 'Ik zal even een toilet opzoeken om het probleem op te lossen.'

'Verderop is Aschinger,' zei Karl en hij keek haar vol verwachting aan, alsof hij ergens op wachtte. Toen Hulda niet antwoordde, voegde hij eraan toe: 'Zou u een kop koffie met me willen drinken?'

In Hulda's maag sprong een kleine, doldwaze kobold op en neer. Maar in stilte waarschuwde ze zichzelf niets te laten merken.

'Ach, waarom niet?' zei ze en ze ging met haar handpalm langs haar donkerrode rok, terwijl ze zich opeens realiseerde hoe strak hij om haar heupen spande.

Houterig liep ze naast Karl naar het café. Toen ze op hetzelfde moment door de deur wilden, raakten hun ellebogen elkaar. Hulda trok haar arm snel weg.

Ze gingen naar binnen en Hulda keek nieuwsgierig rond. Het etablissement, waarvan er in de stad meerdere filialen waren, was het schoolvoorbeeld van een Berlijnse bierhal, maar ze was nooit een van die cafés binnengegaan. Aan het hoge plafond hing een kroonluchter met gouden lampen, de stenen vloer was met eenvoudige, maar aansprekende motieven gedecoreerd. Hoekige zuilen droegen het dak.

Het was warm, vond Hulda. Ze maakte haar wollen jas los en

opende de bovenste knoopjes van haar blouse. Al die lichamen met hun uitwasemingen, de geur van de soep en de alcohol zorgden ervoor dat de lucht warm en benauwd was. De herrie was oorverdovend.

Met moeite vonden ze een plaats aan de bar. Niet voor niets heette het café Stehbierhalle, de gasten verdrongen zich in groepjes bij talloze hoge tafeltjes, dronken bier en aten broodjes. Anderen lepelden erwtensoep uit dampende kommen, die ze met één hand vasthielden of op een vensterbank of de voet van een zuil hadden neergezet. Het goedkoopste eten, macaroni met sacharine als zoetstof, zag je het meest op de borden.

'Waar is het toilet?' vroeg Hulda, en Karl wees met zijn duim naar achteren, waar zich in een smalle gang een rij had gevormd. Blijkbaar wilde half Berlijn daar de blaas legen.

Schouderophalend bleef Hulda naast hem staan, ze maakte alleen haar wijsvinger met een beetje speeksel vochtig en veegde lukraak over haar gezicht. Karl grijnsde. Hij hield haar pols vast en trok een zakdoek uit zijn broekzak, die al meer dan eens was gewassen. Met een teder gebaar, waar Hulda hem niet voor had aangezien, ging hij ermee over haar jukbeenderen en legde toen als toevallig zijn andere hand om haar taille. Om haar heen verdrongen de andere gasten zich en stootten hen met hun ellebogen in de zij, maar Karl liet zich niet van zijn stuk brengen en trok haar naar zich toe, zodat ze opeens tegen hem aan gedrukt werd.

Hulda zag in zijn groene ogen de lichten aan het plafond dansen. Heel even was het stil, alsof ze onder een glazen stolp waren gevangen. Toen barstte de transparante omhulling en de herrie van het lokaal stroomde, als een golf zeewater in een baai, naar binnen en bereikte Hulda's oren weer. Een haastige kelner stootte haar ongelukkig in haar zij en het moment was voorbij.

Hulda schraapte verlegen haar keel, maar wist niets te zeggen.

Karl liet haar los. Hij boog zich over de bar en bestelde koffie en twee *helles Bier*, dat hier door de meeste gasten werd gedronken.

'Hebt u ook honger?' vroeg hij op luide toon om het geroezemoes te overstemmen.

Hulda had een eigenaardig fladderend gevoel in haar maag, en ze had het gevoel dat ze koorts had, maar wilde niet toegeven dat ze nerveus was. Een goede eetlust was het handelsmerk van de zelfstandige jonge vrouw, zei ze tegen zichzelf en ze knikte kordaat.

'Goed. Ik ga even snel naar de vleeswarenjuffrouw,' zei Karl en hij baande zich een weg naar een van de jonge meisjes in blauw-wit gestreepte schorten, dat hem glimlachend witte broodjes en vleeswaren op een bord serveerde. Hij kwam terug en zette de delicatessen voor Hulda neer. De verleidelijk sappige ham en de bierworst lagen voor hen, en opeens merkte ze dat ze inderdaad honger had, die achter haar opwinding vandaan kroop en zijn recht deed gelden.

Ze tastte toe. Even kauwden ze allebei en keken elkaar glimlachend en, leek het haar, ietwat bedremmeld over de bierglazen aan.

'Zo, vertel het maar,' zei ze toen en ze nam een grote slok. Koel stroomde het bier door haar keel, op haar tong lag nog de zoute smaak van de worst. Ze voelde dat ze zich ontspande.

Maar Karl was nog op zijn hoede. Zijn knie wipte onder de bar op de maat van de muziek uit de oude grammofoon.

'Ik heb niets te zeggen,' zei hij afwerend.

'Kom op, als u mij iets vertelt, verklap ik ook wat ik heb ontdekt.'

'Alstublieft,' kreunde hij, 'vertel me niet dat u nog steeds uw neus in andermans zaken steekt.'

'Het zijn nu net zo goed mijn zaken,' zei Hulda opvliegend. 'Ik woon vlak om de hoek, bij de Winterfeldtplatz. Rita Schönbrunn was een vrouw uit mijn wijk, en iemand heeft die vrouw pijn gedaan. Hebt u enig idee hoe de mensen daar in de Bülowbogen moeten leven?'

'Jazeker,' zei Karl en Hulda kon zien dat hij het meende. Even schoot de gedachte haar door het hoofd dat Karl, hoe ontwikkeld en bedrijvig hij ook deed, toch iets van de ellende afwist waarin veel Berlijners zaten.

'Ziet u,' zei ze meer verzoenend, 'dan weet u wat ik bedoel. De mensen hebben er recht op dat een moord in hun midden op zijn minst zo serieus wordt genomen dat er alles aan wordt gedaan om hem op te lossen.'

'En u denkt dat uitgerekend u daar de juiste persoon voor bent?'

Hulda merkte dat ze bloosde. Hij had gelijk, dacht ze. Wat verbeeldde ze zich eigenlijk? Maar loslaten, nee, dat kon ze nu ook niet meer, ook niet als hij zich aan haar ergerde.

'De laatste jaren heeft er genoeg bloed gevloeid. We verlangen toch allemaal naar vrede,' zei ze. 'En ik wil alleen helpen.'

'Waarschijnlijk een soort beroepsdeformatie.'

'Dat moet u zeggen.'

Ze keken elkaar in de ogen en Hulda las in zijn iris haar eigen ergernis.

'Soms heb ik het gevoel dat u de zaak helemaal niet wilt oplossen,' zei ze gedachteloos. Maar aan zijn gezichtsuitdrukking zag zij dat haar opmerking een schot in de roos was.

'Onzin!' Hij nam een slok en wendde zijn ogen af. 'Natuurlijk wil ik dat. Maar niet iedereen is zo'n bolbliksem als mijn collega Fabricius, die het liefst geen steen op de andere zou laten in de Bülowstrasse tot de zaak is opgehelderd.'

'Wat is daar verkeerd aan?'

'Niets. Behalve dat het niet altijd om snelheid gaat. Maar dat weten die jonge mensen niet, die alleen aan hun carrière denken en het ijzer willen smeden als het heet is.'

'Dus uw assistent wil u overtroeven? En daar bent u bang voor?'

Hulda zag dat ze opnieuw een gevoelige snaar had geraakt. Maar in plaats van zich te verkneukelen, had ze opeens met Karl North te doen. Ze legde een hand op zijn arm, licht als een veertje. 'Ik kan u helpen. Waarom laat u dat niet toe?'

Hij haalde diep adem en zei uiteindelijk: 'Goed dan, voor de dag ermee. Misschien bent u een criminalistisch natuurtalent. Wat weet u?'

'Niet veel,' gaf Hulda toe. 'Een kleinigheid maar. Er is een meisje, Lena. Ze leeft op straat. Een van de vele oorlogswezen, en ik ben bang dat ze zich ook prostitueert. In elk geval kende ze Rita. En ik heb een vreemd gevoel bij haar.'

'Hoezo?'

'Ik denk dat ze me niet alles vertelt wat ze weet. Misschien liegt ze niet direct, maar ze verzwijgt iets. Tegelijk heb ik de indruk dat...' Hulda stokte, bang dat hij zou denken dat ze overdreef als ze verderging.

'Ja?'

'Het klinkt vreemd, maar ik heb het gevoel dat ze me achtervolgt.'

'Waarom zou ze dat doen?'

'Dat weet ik ook niet. Misschien heb ik het mis.' Even kwam ze in de verleiding om hem te vertellen over de merkwaardige waarschuwing die Lena bij haar vertrek had uitgesproken. Maar dat zou alleen koren op zijn molen zijn, dacht ze toen en ze hield zich op het laatste moment in. Het zou hem in de overtuiging stijven dat een vroedvrouw zich verre diende te houden van een moordonderzoek, dat ze zich er niet mee moest bemoeien omdat het te gevaarlijk was. Dat was natuurlijk onzin, tot dusver leek alles haar ongeveer zo riskant als een matinee in de bioscoop. Maar hoe moest ze hem dat duidelijk maken?

Hoofdschuddend draaide ze zich om naar haar bierglas en zag tot haar spijt dat het leeg was. Om haar heen schreeuwden de mensen naar elkaar over hun borden, het was nog drukker en rumoeriger geworden. Iedereen kwam van zijn werk, dacht Hulda. Vrijdagavond. De waanzin van de dag was ten einde, behalve voor haar, de vroedvrouw die dag en nacht en zelfs op zondag nog in touw was. Maar vandaag niet. Tijd om het er eens van te nemen.

Ze draaide zich om naar de man achter de bar en bestelde twee cognac, die in een oogwenk voor hen stonden. Voorzichtig schoof ze een van de overvolle glazen naar Karl. Even leek hij te aarzelen, maar toen proostte hij met haar en dronk. Hulda sloeg haar cognac ook achterover en voelde het warm branden in haar borst. Ze likte haar lippen.

'Rita Schönbrunn,' nam ze de draad weer op, 'lijkt een soort moederkloek van de buurt te zijn geweest. Ze was niet alleen met Lilo Schmidt bevriend en dronk soms een glaasje met de conciërge, maar bekommerde zich ook om die Lena. Het meisje vertelde dat ze regelmatig bij haar binnen is geweest.'

Karl lachte vreugdeloos. 'Dan heeft die kleine hoer waarschijnlijk haar moederlijke vriendin op haar geweten: ze had ruzie met haar vanwege de klanten!'

'Onzin!' zei Hulda scherp. 'Ze waren geen concurrenten. Lena trok de pedofielen aan en Rita de droevige mannen die bij mammie moesten uithuilen. Overigens... heeft uw moeder u nooit bijgebracht dat je een servet moet gebruiken?'

Ze boog naar Karl toe en wees naar de gele vlek die de mosterd op zijn grijze broek had achtergelaten.

'Mijn moeder heeft me niets geleerd. Ze gaf niet om haar zoon.'

Hulda keek hem verbaasd aan. Ze vermoedde dat het nonchalant had moeten klinken, maar de bitterheid klonk overduidelijk in zijn woorden door.

'Dat klinkt vreselijk,' zei ze voorzichtig. 'En dat terwijl u mij, bij onze knusse kleine ontmoeting op de brug, al die tijd over mijn moeder hebt laten praten zonder te onthullen dat u ook slechte ervaringen had met zo'n exemplaar?'

'Ervaringen zou ik het niet willen noemen,' zei Karl. Zijn gezicht zag eruit alsof hij in iets zuurs had gebeten. 'Dat is nou net het probleem. Ze heeft me geen kans gegeven om ervaring op te doen.'

'Hoezo?'

Hij leek om de hete brij heen te draaien, keek naar links en naar rechts en boog zich toen naar haar oor: 'Ik ben een weeskind, een bastaard die men heeft afgedankt.'

Zijn woorden klonken zo melodramatisch dat Hulda bijna moest lachen. Maar gelukkig kon ze zich beheersen, het zou hem hebben geraakt. Wat voor buitenstaanders zonderling en belachelijk leek, kon een lange schaduw werpen op het eigen leven. Zijzelf hield er ook niet van om aan haar kinderjaren te worden herinnerd. Daarom voegde ze er snel aan toe: 'Weet u, dat is geen schande. U bent in goed gezelschap.' Hulda hoorde zelf hoe weinig troostrijk het klonk.

'Voor u is het makkelijk praten. Voor mij is het wel een schande! Hoe zou u zich voelen als je iedereen moest vertellen dat je eigen moeder je zo heeft gehaat dat ze je als pasgeborene wegdeed?'

'Dat is verschrikkelijk. Maar daar kunt u toch niets aan doen.'

'Misschien niet. Maar toch hoeft niemand het te weten, dacht ik.'

'Waarom hebt u het me dan verteld?'

Karl staarde naar het hout van de bar en Hulda begreep dat hij er allang spijt van had dat hij de waarheid over zijn herkomst met haar had gedeeld.

'Ik wil geen medelijden,' zei hij somber. 'Met mij is het uiteindelijk goed gekomen. Ik mocht studeren, ik heb een goed leven. Geen reden om er een drama van te maken.'

Hulda zweeg en dacht dat hij er zo veel nadruk op legde omdat het tegendeel het geval was. Zijn norse houding, zijn neiging een scherpe repliek te geven... Het was allemaal een gevolg van het feit dat hij in de steek was gelaten en het gevoel had zich altijd te moeten verdedigen.

Rustig vroeg ze: 'Dus niemand weet ervan?'

Hij schudde zijn hoofd. 'En dat zou ik graag zo willen houden. Ga alstublieft vertrouwelijk met deze informatie om.'

Een vreemde stijfheid, iets formeels was het gesprek binnengeslopen. Hulda keek naar de fijne lijntjes in zijn gezicht, die van zijn neus naar zijn mond liepen. Daarnet nog waren ze elkaar zo nabij geweest dat ze bijna had gedacht... en nu deed hij alsof ze vreemden waren.

Ze trok haar gebreide vest strakker om zich heen.

'Ik moet naar huis. Het was een lange en vermoeiende dag.'

'U ziet er niet moe uit.' Ze dacht een spoor van warmte in zijn woorden te horen. Maar toch wilde Hulda vertrekken. Deze man maakte haar voortdurend van streek, en ze moest zichzelf onder controle houden, dacht ze.

Toen schoot haar nog iets te binnen. 'Hebt u die Pedro eigenlijk al ondervraagd?'

'Dat gaat u niets aan, juffrouw Hulda.'

Hij legde de nadruk op 'juffrouw', rekte het woord uit als Arabische gom, zodat Hulda het gevoel had dat ze in de maling werd genomen.

Nu keek hij haar ook nog streng aan, met een blik door zijn brillenglazen alsof hij de leraar was die haar vanaf het spreekgestoelte toesprak. 'Ik waarschuw u,' zei hij. 'Blijf gewoon bij die man vandaan. Waarschijnlijk is hij gevaarlijk. Laat de politie haar werk doen en stop ermee de heldin uit te hangen, verdraaid nog aan toe.'

'Prima,' zei ze en ze voelde ergernis opkomen. Ze had genoeg van het kat-en-muisspelletje en zijn moraliserende praatjes. 'Wat krijgt u van mij?'

'Ach, nee! Ik trakteer,' zei hij met een spoor van genoegdoening in zijn stem. Alsof hij had gewonnen.

En nu moest ze hem daarvoor bedanken? Ze kon het niet opbrengen, maar knikte alleen en hoopte dat het er enigszins waardig uit had gezien. Toen draaide ze zich om.

Met koortsachtige wangen worstelde ze zich tussen de andere gasten door naar buiten.

Toen ze op de Alexanderplatz snelle voetstappen achter zich hoorde, kon ze niet geloven dat haar geheime hoop bewaarheid werd. Maar ze voelde inderdaad dat iemand haar bij haar arm greep en vasthield. Ze reageerde meteen op Karls aanraking, alsof zijn vingers elektrisch geladen waren.

Ze draaide zich snel om, botste tegen hem op, dreigde te vallen, maar hij ving haar op, trok haar dicht tegen zich aan en kuste haar. Hulda sloot haar ogen en ging met beide handen door zijn haar. Ze hield zijn hoofd vast, zodat hij niet zou stoppen met kussen en zonk weg in een zachte duisternis. Voelde hoe hij haar tegen zijn lichaam drukte, voelde hoe zijn hart tegen haar ribben sloeg. Pas toen er luid gerinkel klonk werd hun omhelzing verbroken.

De tram raasde over het plein, maar een paar centimeter langs hen heen. Hulda wankelde een beetje, alsof ze veel meer had gedronken dan dat ene biertje en de cognac.

Karl zag eruit alsof hij door de bliksem was getroffen. 'Neem me niet kwalijk,' zei hij, terwijl hij zijn bril rechtzette. 'Dat was niet mijn bedoeling.' Vol ongeloof staarde Hulda hem aan. Deed hij hun kus echt af als een ongeluk?

'Geen probleem,' zei ze scherper dan ze wilde. Ze draaide zich op haar hakken om en beende de Alexanderplatz over. Opnieuw scheelde het maar een haar of ze was onder de luid rinkelende tram gekomen. Met bonzend hart liep ze verder en keek niet om, ze deed haar best haar hoofd zo goed mogelijk omhoog te houden, tot ze het treinstation had bereikt.

20

Vrijdag, 9 juni 1922

Toen Hulda in de spiegel keek, herkende ze zichzelf nauwelijks. Haar lippen waren dieprood geverfd, haar wimpers voorzien van zwarte mascara. Haar donkere haar had ze met haarolie gladgestreken zodat het rond haar smalle gezicht plakte als de veren van een raaf.

Als die merkwaardige ogen er maar niet zouden zijn, die nooit konden beslissen waar ze heen moesten kijken, had ze even gedacht en toen had ze zichzelf uitgemaakt voor een domme gans. Tenslotte wilde ze geen mannequin worden, maar alleen indruk maken op iemand om wie ze niets gaf.

Na lang nadenken had ze toch maar besloten om niet de zwarte charlestonjurk te dragen, maar de zilveren aangetrokken. Die had wel eens betere tijden gekend. Een paar jaar eerder had ze hem voor haar diensten als vroedvrouw van een naaister cadeau gekregen, die hem had 'geleend' uit de collectie van een klein theater waarvoor ze kostuums repareerde. Maar ondanks de dubieuze herkomst en de slijtage miste hij zijn uitwerking niet. Het was een laag uitgesneden charlestonjurk met zilveren parels die op de borst, rug en rok waren genaaid, en waarvan de glinsterende franje tot haar kuiten reikte. De rokken waren dit jaar korter dan ooit in Berlijn, heel jonge meisjes droegen ze zelfs maar tot de knie, echt een schandaal. Maar een volwassen vrouw durfde ook al een rok te dragen die tot haar kuiten hing.

Hulda knikte haar spiegelbeeld toe en ging op weg door de donkere straten in de richting van de Bülowwijk. Dit keer had ze een vast doel voor ogen. Bij elke stap wipten en dansten de zware draden van de jurk en streelden geheimzinnig haar huid. Voor kousen had Hulda in deze komkommertijd geen geld. Zoals alle Berlijnse vrouwen tekende ze de naden met een stuk houtskool op haar huid, dat volstond.

Haar benen, dacht Hulda trots, waren zo glad en wit dat het leek of ze er ragfijne kunstzijde over droeg.

Net iets te overmoedig sprong ze over de stoeprand en belandde bijna op het plaveisel. Hijgend keek ze om zich heen om te zien of iemand haar weinig elegante struikelpartij had opgemerkt, maar er was niemand in zicht.

In deze outfit, dacht ze, zou sowieso niemand de degelijke juffrouw Hulda herkennen die ze overdag voor iedereen was. En dat was precies de reden voor deze vertoning. Dat, en het feit dat ze op een geheime missie was.

Opeens kwam Hulda haar plan volslagen idioot voor. Idioot en gevaarlijk. Maar toen dacht ze aan Lilo, aan Lena en de vrouwen van de Bülowbogen. En ook aan Karls spottende blik toen hij haar vroeg wat ze met zíjn zaak te maken had. Ze had genoeg van zijn belerende toon. Hoe had hij het uitgedrukt? Ze hing de heldín uit?

Maar als ze niet een beetje onderzoek zou doen, zij en die assistent met de vreemde naam, die blijkbaar ook niet op zijn achterhoofd gevallen was, was er geen schijn van kans dat Rita's doodsoorzaak ooit zou worden achterhaald, dacht ze koppig.

Ze rechtte haar rug en likte nerveus over haar kleverige lippen, tot ze bedacht dat de lippenstift dan zou uitlopen. Ze deed snel haar mond dicht en vervolgde haar weg. Ze kon alleen maar hopen dat ze de witblonde dief niet tegen het lijf zou lopen, ze had weinig zin in een nieuwe ontmoeting.

De ramen van de ruimtes in de souterrains, waar de buurtkroegen zich bevonden, stonden open. Er viel warm licht doorheen. Hulda hoorde haar hakken op de straattegels tikken op de maat van haar hart. Flarden muziek waaiden over straat, losten op in de lucht en verdwenen in de nachtelijke hemel.

Zo vertrouwd de buurt overdag voor haar was, zo vreemd leek hij haar op dit tijdstip. Alsof na zonsondergang trollen en geesten uit de spleten in de aarde oprezen en de straten bevolkten. Alsof het nachtelijke Berlijn een donkere, giechelende tweelingzus van de dag was, wier gezicht veelbelovend flonkerde, maar elk moment in een grimas kon veranderen.

Ze was vastbesloten Pedro te vinden. Maar hoe? Ze herinnerde zich zijn imposante lichaam, zijn sissende, rollende accent, maar niet zijn gezicht, dat ze, toen hij Magda laatst bedreigde, niet had gezien. Opnieuw huiverde ze, voelde de angst langs haar ruggengraat kruipen als een stille waarschuwing. Aarzelend liep ze naar de deur waarachter hij destijds was verdwenen. Er was geen bordje waaruit bleek dat zich er meer achter verborg dan een normaal woonhuis. Je moest drie treden af. Er was geen bel, alleen een deurklopper.

Hulda verzamelde al haar moed en bewoog de koperen klopper op en neer. Die had, zag ze nu, de vorm van een wolvenkop.

Met een klik ging er een klein luikje in de deur open, dat Hulda niet had opgemerkt. Een paar blauwe ogen keek haar zwijgend aan.

'Goedenavond,' zei Hulda en ze ergerde zich erover dat haar stem niet helemaal vast was. Ze schraapte haar keel en zei met meer nadruk: 'Ik wil graag naar Pedro.'

Geen reactie. Het luikje ging weer dicht. Toen hoorde Hulda zachte stemmen achter de deur, die zich leken te verwijderen. Ze wilde het al opgeven en omkeren, toen er binnenin een grendel opzij werd geschoven en de deur op een kier werd geopend.

Een vrouw in een zwart kostuum nam Hulda sceptisch op. Ze was niet opgemaakt en droeg haar blonde vlechten strak tegen haar hoofd. Hulda was verrast. De vrouw zag eruit als een stenotypiste, niet als de receptioniste van het louche etablissement dat Hulda achter de deur had verwacht.

'Komt u binnen,' zei de vrouw met de vlechten, en Hulda hoorde aan haar accent dat ze Russisch was. 'Het tocht hier.'

Hulda voelde dat ze onzacht bij haar arm werd gepakt en naar binnen werd getrokken. De deur sloeg dicht, de grendel werd weer dichtgeschoven. Toen Hulda om zich heen keek, groeide haar verbazing. De ruimte, een voormalige winkel, was witgeverfd en bijna leeg. Alleen een zwart laktafeltje stond in het midden, met een ranke vaas waaruit een enorme lelie stak die een bedwelmende geur verspreidde.

Een man met een stierennek had zich in een smalle, met eveneens zwart fluweel beklede canapé bij de achterste muur gewurmd, die onder hem leek te bezwijken. Hij hield een glas brandewijn vast. Bij Hulda's binnenkomst stond hij niet op, maar keek haar schijnbaar onverschillig aan, en toch leek het of zijn spieren zich onder zijn gesteven overhemd spanden alsof hij elk moment in actie kon komen.

Met opgetrokken wenkbrauwen wierp hij de blonde receptioniste een blik toe, alsof hij zonder woorden een vraag stelde, en ze knikte. Blijkbaar wisten ze iets wat Hulda niet wist.

De vrouw hield haar een in leer gebonden boek voor. 'Naam?' vroeg ze en ze beduidde haar die op te schrijven op een lege pagina. Of de identiteit van de bezoekers beschermd diende te worden door ieder van hen een eigen pagina te geven?

Hulda schreef gehoorzaam haar naam op, hoewel ze kort overwoog om een pseudoniem te gebruiken. Maar haar gevoel zei dat ze hier met de waarheid het verst zou komen. Die Pedro leek niets aan het toeval over te laten, en elke leugen, al was hij nog zo klein, zou snel aan het licht kunnen komen en Hulda's plannen verijdelen. Bij die gedachte moest ze bijna hysterisch giechelen. Wat voor plannen?

'Zo, juffrouw Gold,' zei de receptioniste, nadat ze Hulda's naam in het boek had ontcijferd, 'ik ben Galina. Wacht hier alstublieft.'

Ze verdween de gang in. Ver weg kraakte een deur, toen nog eens. De voetstappen kwamen weer dichterbij. De blonde vlechten doken op.

'Pedro ontvangt u in de groene salon,' zei Galina en ze maakte een uitnodigend gebaar in de richting van de gang. Aarzelend stapte Hulda de gang in, waar vele deuren op uitkwamen. Ze waren allemaal gesloten. In het voorbijgaan dacht Hulda er één of twee keer stemmen achter te horen, één keer ook muziek uit een grammofoon. Nerveus liep ze verder, tot ze bij de laatste deur kwam, die half openstond. Gedempt licht viel op het versleten Perzische tapijt dat de planken van de gang bedekte.

'Komt u binnen,' zei een stem, die Hulda meteen herkende. De laatste keer had die gezegd: 'Dan knal ik je neer.'

Opeens wist Hulda niet meer wie er gekker was, die vreemde pooier of zij. Ze stapte door de deur en stond in een verbluffend smaakvol ingerichte huiskamer. Zware groene gordijnen sloten de nacht buiten. De talrijke schemerlampen verspreidden een gedempt licht, dat door de gouden lijsten van de schilderijen, de vloer en het vergulde stucwerk op het plafond werd weerkaatst. Op een grote bank, die met donkerbruin fluweel was bekleed, zat een man. Pedro. Hij had een snor en ging van top tot teen gekleed in het zwart.

Bijna als een priester, dacht Hulda verward.

Aan zijn linkerhand blonken twee gouden ringen. Hij had zijn benen nonchalant over elkaar geslagen. Met zijn voet wipte hij ritmisch op de melodie van een tango, die zo gedempt uit de hoorn van de grammofoon kwam, dat Hulda haar nu pas opmerkte.

Pedro nam haar uitgebreid van top tot teen op en knikte toen nauwelijks merkbaar. Hij wees naar een stoel en Hulda ging zitten. Ze liet met opzet de franje van haar jurk openvallen, zodat haar benen werden ontbloot. Pedro keek haar waarderend aan, stond op en pakte twee kristallen glazen van een serveerwagen. Hij schonk een gouden vloeistof in uit een karaf en reikte haar een van de glazen aan.

Even overwoog Hulda of ze het aanbod moest afslaan. Maar ze had iets nodig om haar zenuwen te kalmeren. En Pedro was geen man die een afwijzing accepteerde, op wat voor manier dan ook. Ondanks zijn lengte en zijn forse postuur bewoog hij zich elegant als een roofdier door de kamer. Zijn glanzende zwarte snor was perfect verzorgd, en zijn donkere ogen gloeiden als stukjes steenkool in zijn nogal ronde gezicht. Hij proostte haar toe en Hulda zag dat een van de ringen er als de deurklopper bij de ingang uitzag, alleen veel kleiner: er bevond zich een gouden wolvenkop op het juweel.

'Hoe heet je?'

'Hulda Gold.'

Pedro lachte zacht. 'Die Duitsers! Hoewel, de achternaam is vermoedelijk niet Pruisisch...' Hij pauzeerde en leek op iets te wachten, maar ze keek hem alleen met een strakke blik aan.

Pedro trok zijn wenkbrauwen op en ging zitten.

'Ik zal wel een betere naam voor je bedenken. Later.'

Hulda was verward. Waarom dacht hij dat ze hier was?

'Zo, hoe bevalt het je bij me, Hulda?' Hij maakte een weids gebaar.

Ze aarzelde. 'U zit hier heel mooi.'

Pedro's ogen glinsterden spottend, maar ook gevleid. 'Het is mijn kleine paleis,' zei hij. 'Alleen uitgelezen stamgasten, geen wisselende klanten. Het aanbod is voortreffelijk, niet dat uitschot dat buiten op straat werkt. Wat de zaken op Unter den Linden kunnen, kunnen wij hier ook, vind je ook niet?'

Hulda knikte, zonder het echt te begrijpen. Noemde hij de straathoeren uitschot?

'Natuurlijk heeft alles zijn prijs,' vervolgde Pedro. 'Onze klanten tasten diep in de beurs. Maar daar krijgen ze schone meisjes voor, gezond, goed opgeleid, vindingrijk. Geen amateuristische kunstzijdetypes, nee, geregistreerde meisjes, maar niet de eerste de beste. Iets heel bijzonders.'

'Dus achter al die deuren,' vroeg Hulda voorzichtig, 'zitten die voortreffelijke meisjes?'

Hij knikte trots, alsof ze hem met zijn handel had gefeliciteerd. 'Maar ook de kleine straatmeiden werken voor mij. Niemand ontkomt aan Pedro. Alle beetjes helpen, nietwaar? Maar dit hier, dat is iets anders. Dit is mijn rijk, mijn Paleis van Verlangens. De klanten komen alleen op aanbeveling. Elke salon heeft een andere kleur, rood, violet, geel. Al naargelang de voorkeur van de klant. En elk meisje heeft een eigen specialiteit, die haar van de anderen onderscheidt. Alexandra is onze slangenvrouw. Pauline weet de zweep te hanteren en Liliana kan tongzoenen als geen ander. Ik weet waar ik het over heb. Ik kan toch niet toelaten dat de klanten hier een tweederangs behandeling krijgen.'

Pedro lachte kil, en Hulda huiverde. Hij stond op, stapte op haar af en nam haar het glas uit de hand. Tot haar verbazing knielde hij voor haar en streelde met een vinger haar blote knie.

Toen Hulda terugdeinsde, greep hij bliksemsnel met zijn handen haar gezicht en trok haar mond open, inspecteerde haar gebit als dat van een merrie op de veemarkt.

'Prachtig,' zei hij, blijkbaar tevreden en hij gaf een klapje op haar wang. 'Je ziet er een beetje streng uit, katje, met dat zwarte haar en je serieuze gezicht, maar zoiets ontbreekt nog in mijn collectie. Het intellectuele type, de trieste schoonheid. En je ogen, die zijn gewoon ongelooflijk. Die hebben iets! Ik ben geïnteresseerd.'

Hulda staarde hem aan. Toen begon het haar te dagen waarom ze zo probleemloos naar hem toe was gebracht. Ze wilde al zeggen dat het een misverstand was, maar op het laatste moment bedacht ze zich.

Haar enige kans om iets uit hem te krijgen, dacht ze ongemakkelijk, was waarschijnlijk door het spel mee te spelen. Als ze hem nu vertelde dat ze gewoon een spionne was, zou hij haar met een grote boog de deur uit schoppen, of erger.

Ze glimlachte zo koket als ze kon, maar voelde zich een grote oplichter. Wat ze natuurlijk ook was.

'Daar ben ik blij om.'

'Als de rode baron je heeft gestuurd, ken je de voorwaarden en de tarieven al,' zei Pedro en hij liep terug naar de bank.

Hulda haalde opgelucht adem. Ze had het uiterst onaangenaam gevonden dat hij zo dicht bij haar was geweest. Ze knikte vaag en probeerde de indruk te wekken dat ze de bemiddelaar met de sprookjesachtige naam kende en van alles op de hoogte was.

'Als ik een nieuw meisje in dienst neem, bouw ik haar van de grond af op,' zei Pedro, terwijl hij een dikke sigaar opstak. Hij trok er ontspannen aan en nam Hulda met zijn zwarte ogen op. 'Zo, dus wie ben je? Wat heb je te bieden? Welke dromen kun je uit laten komen?' Toen Hulda iets wilde zeggen, stak hij zijn hand op. 'Wacht, je hoeft niet te antwoorden. We maken een praatje, daarna weet ik hoe we je gaan noemen. En bij een stijlvolle conversatie hoort ook goed eten.'

Hij stond weer op en opende de deur op een kier. 'Galina,' brulde hij de gang in, en kort daarop verscheen de blonde vrouw met de vlechten en kwam binnen met een zilveren dienblad, alsof ze op dit moment had gewacht. Ze zette kaviaar en aardbeien op de tafel in het midden en trok zich zonder een woord terug.

Hulda's knieën trilden. Maar ze brandde ook van nieuwsgierigheid. Wie was die Pedro? Hoe was het mogelijk dat hij hier als een vorst in de onderwereld huisde, zich midden in de nacht dat soort delicatessen liet brengen, maar zich door een derdeklas hoer als Rita Schönbrunn bedreigd voelde? Wat had ze over hem geweten?

'Tast toe, katje,' zei Pedro.

Hulda stond op, schepte kaviaar op een stuk witbrood en stopte het in haar mond. Het smaakte hemels, maar toch was haar keel als dichtgesnoerd. Ze dacht even na hoe ze zich moest gedragen en besloot toen alles op één kaart te zetten.

In plaats van weer naar haar stoel terug te lopen, ging ze resoluut naast de verblufte Pedro zitten en keek hem diep in zijn ogen.

'Je wilt weten wie ik ben? Eerst zou ik van jou willen horen wie jíj bent.' Ze tutoyeerde hem, omdat ze merkte dat geveinsde vertrouwelijkheid haar enige uitweg was.

Hij lachte, maar Hulda meende een piepklein barstje in zijn zelfvertrouwen te zien.

'Speel geen spelletjes, schoonheid,' zei hij. Maar ze streelde teder de zwarte stof die zijn onderarm omspande, schopte haar schoenen uit en sloeg haar benen over elkaar.

'Vertel me alles over jezelf,' zei ze en ze probeerde een warme, zwoele klank in haar stem te leggen. 'Dan zul je wel zien wat mijn grootste talent is.'

'Misschien heb je gelijk,' zei Pedro, die opeens een bedachtzame indruk maakte. Hij dronk zijn glas leeg. 'Er zijn altijd weer klanten die me vragen met welk meisje je kunt práten. Over alles praten, dat schijnt zo'n geheim verlangen van ze te zijn.'

Wantrouwig keek hij haar aan.

'Maar je moet niet denken dat praten genoeg is, katje, dat werkt alleen als een geheim ingrediënt bij een uitstekende act, begrijp je? Anders ben je bij mij aan het verkeerde adres.'

Hulda knikte met alle overtuigingskracht die ze kon opbrengen en keek uit haar ooghoeken naar de deur. Toen richtte ze haar blik weer op zijn zwarte ogen.

'Waar verlang je meer naar dan wat ook ter wereld?' vroeg ze rustig, bijna fluisterend. Ze schonk hem bij en gaf hem het gevulde glas aan. Zelf nam ze alleen een slokje van het hare.

Pedro lachte schor en ging zwijgend met zijn vingers door de franje van haar jurk. Zijn aanraking bezorgde Hulda een onaangenaam soort kippenvel, niet te vergelijken met de reactie van haar lichaam op de aanraking van Karl North. Even aarzelde ze bij de gedachte aan wat hij zou zeggen als hij haar hier, in het hol van de leeuw, zou zien. Maar ze verdrong de herinnering aan hem snel uit haar hoofd. Nu had ze al haar tegenwoordigheid van geest nodig.

'Niet zo snel,' zei ze en ze tikte hem speels op de vingers. Pedro zuchtte en haalde zijn hand weg, het leek hem wel te bevallen dat ze zo ongenaakbaar deed.

Als hij dat wil, kan hij het krijgen, dacht ze.

'Is er echt geen andere vrouw in dat bonte boeket van je die dat kan?' vroeg ze met een argeloze oogopslag. Intussen bracht ze haar glas bij zijn mond. Hij dronk het in één teug leeg, en dit keer vulde hij het zelf weer bij.

'Je bedoelt dat met het praten? Jawel, mijn Rita kon dat,' zei Pedro zonder na te denken. Toen viel er een schaduw over zijn gezicht. 'Maar maak je geen zorgen, ze is dood, katje. Dus heb jij het monopolie hier in de Bülowstrasse.'

Hulda wilde er meer van weten, maar ze begreep dat de tijd in haar voordeel zou werken als ze geduldig was. Ze keek hoe Pedro nog een slok nam, speelde met de franje van haar rok en genoot van de stilte.

Pas na een hele poos vroeg ze zacht: 'Rita? Wie was dat?'

Hij dronk zijn glas leeg. 'Een arme oude ziel,' zei hij toen. Inmiddels had hij een glazige uitdrukking in zijn ogen. 'Ze was op. Ze was geen schoonheid, geen beroeps, weet je, gewoon een vrouw met een naar verleden. Maar op de een of andere manier maakte ze de mannen gelukkig. '

'Hoe dan?'

'Waarom vraag je dat?' Hij keek haar weer achterdochtig aan.

Snel zei Hulda: 'Ik wil er iets van opsteken.'

'Vergeet het maar, katje.' Hij wuifde haar woorden weg. 'Rita had haar verdiensten, maar je hoeft de kunst echt niet van haar af te kijken. Jij hebt andere talenten, geloof me maar.'

Hij schonk nog een keer in en proostte haar toe. Ook Hulda nipte aan haar glas en liet even een stilte vallen voordat ze voorzichtig verder vroeg.

'Heeft ze hier voor jou gewerkt? In het Paleis van Verlangens?'

Hij lachte schor en zette zijn glas neer. Zijn hand trilde een beetje. Hulda was verbaasd. Een man zoals Pedro was er toch beslist aan gewend om veel te drinken. Toen viel haar blik op een bruine ampul die half onder de sofa gerold op het kleurige kelimtapijt bij haar voeten lag. Dus dat was de verklaring voor zijn gedrag.

Pedro zei: 'Dat zat er niet in. Hoewel ze het graag had gedaan, ze wilde weg van de straat, dat willen ze allemaal. Maar ze had geen kans, ze was te oud en gebroken. De eenzame en verlegen klanten, die heeft ze uitstekend bediend, dat moet ik haar nageven. Altijd weer vroegen ze naar Rappe Rita, die ze snel aan hun gerief liet komen en daarna hun hand vasthield. Maar hier binnen gaat het ook om schoonheid.'

Hij pakte met twee vingers een van Hulda's korte haarlokken en snuffelde eraan. De scherpe geur van zijn aftershave drong dreigend haar neus binnen. Bovendien had hij een flinke kegel, waarschijnlijk had hij al gedronken toen ze de kamer binnenkwam. Daar kwam de morfine nog bij. Pedro leek nu bijna zichzelf niet meer.

'Dus ze kwam hier niet in?' vroeg Hulda snel. 'En waarom is ze gestorven?'

'Jij bent niet van hier, hè?' Pedro sprak met dikke tong. Hij sprak de woorden langgerekt uit. 'Heb je niet van de kanaaldode gehoord? Iemand heeft haar het water in geduwd. Maar misschien is ze ook gesprongen. Ik zou willen dat...' Hij viel stil en hoestte.

Hulda zag verbaasd dat hij verdrietig was, alsof hij geraakt was door Rita's dood.

'Waarom zou ze gesprongen zijn?' vroeg ze.

'We hadden ruzie,' zei Pedro, die leek te zijn vergeten dat hij Hulda aan de tand wilde voelen en niet andersom. Zijn blik was onvast. 'Ze wilde geld uit me krijgen, maar ik heb geweigerd.'

Hulda hield haar adem in. Terloops schonk ze zijn glas opnieuw in, de karaf was bijna leeg.

'Dus misschien is ze vanwege mij naar beneden gesprongen. Maar Rita en ik, wij zijn oude bekenden. Ze wist waar ik vandaan kwam, zij heeft voor me gezorgd toen ik helemaal in de vernieling lag. Ze heeft dat niet verdiend... om te verzuipen als een hond.'

Hulda ging zacht met haar vinger over zijn wang en glimlachte zo bedroefd en meelevend mogelijk. Hij beantwoordde haar glimlach verdrietig en leunde zuchtend achterover in de bank. Hij keerde zijn gezicht met gesloten ogen naar het plafond en zei langzaam: 'Dat kun je echt goed, katje. Luisteren.'

‘Zeg eens,’ zei Hulda met zachte stem. ‘Waarom lag je in de vernieling? Zo’n vent als jij?’

Hij zweeg, en Hulda dacht al dat hij in slaap was gevallen. Maar toen opende hij zijn zware oogleden.

‘Ik ga dood,’ zei hij opeens en hij keek haar met wazige ogen aan.

Hulda schrok. ‘Dood?’

‘Ik heb syfilis. Een ongeneeslijke ziekte. Binnenkort komt die in het eindstadium, zeggen de artsen.’ Hij sprak onduidelijk. ‘Ik krijg kramp, en ik zal vergeten wie ik ben. De hersenen worden aangetast, worden van pap. Dan ga ik dood. Dat is waarschijnlijk een verlossing aan het eind.’

Over zijn gladgeschoren gezicht liep een eenzame traan zijn snor in. Hulda observeerde Pedro verbaasd. Was dat de gewetenloze pooier die zijn meisjes vermoordde als ze lastig werden?

Ze durfde nauwelijks adem te halen, wachtte tot hij verder zou praten. Want ze had begrepen dat hij een toestand had bereikt dat de mix van medicijnen, alcohol en zelfmedelijden zijn tong eindelijk los zou maken.

‘Ik was in Dalldorf, in het gekkenhuis. Dat was in 1915. Daarvoor hadden ze me in het tuchthuis opgesloten, maar toen besloten de artsen me te helpen. Of liever: ze experimenteerden met me, ze zeiden dat ze als de ziekte in het eindstadium kwam, ze me met malaria zouden infecteren, om de pa... paralyse te stoppen.’ Hij struikelde over de vreemde woorden. ‘Maar dat laat ik me niet aandoen! Ik wil waardig sterven, als het zover is, niet als een beest.’ Zijn stem brak.

‘En Rita?’ vroeg Hulda.

‘Rita was een zonnestraal, de vriendelijkste verpleegster van allemaal. Maar ik werd al snel als ongeneeslijk beschouwd en toen ontslagen. Ik kreeg te horen dat het jaren zou kunnen duren. Dus heb ik iets opgebouwd, want een mens moet toch ergens van leven. Toen Rita later hier in de Bülowknick voor me stond en me smeekte om werk omdat de fijne heren in Dalldorf haar eruit hadden geschopt, gaf ik haar een kans. Maar toen dreigde ze mijn geheim te verraden. En niemand chanteert Pedro!’

Wankelend stond hij op. Ook Hulda ging staan. Ondanks haar lengte moest ze naar hem opkijken.

'Waarom vertel ik je dit allemaal?' Dreigend keek hij op Hulda neer. 'Waag het niet om hier iets van verder te vertellen!' Opeens was zijn stem ijzig. Hij greep haar pols en kneep zo hard dat de zegelring pijnlijk in haar huid drukte.

'Heb je haar vermoord?' vroeg Hulda. Ze wist dat ze moest ophouden en de benen moest nemen. Maar ze moest het weten.

Pedro staarde haar aan, toen liet hij haar hand vallen alsof hij opeens van haar walgde. 'Nee,' zei hij.

Instinctief voelde Hulda dat hij de waarheid sprak.

'Háár niet,' voegde hij eraan toe.

En ook bij deze woorden twijfelde Hulda er geen moment aan dat hij het meende. Ze huiverde en sloeg haar ogen neer. Maar Pedro greep haar kin met zijn vingers, kneep in haar gezicht en dwong haar naar hem te kijken.

'Wie ben jij?' vroeg hij. Het leek hem te dagen hoe stom hij was geweest om haar alles te vertellen. 'Waarom snuffel je hier rond? Ben je van de politie?'

'Nee,' zei ze en ze hoorde zelf dat haar stem klonk als een zucht waarachter de leugen trilde. 'Je moet me geloven, ik ben niemand. Ik heb alleen geld nodig.'

'Je liegt.'

Hulda trotseerde zijn blik. Ze knikte langzaam. 'Ik ben een oude vriendin van Rita.' Ze nam haar toevlucht tot een leugentje dat nog het dichtst bij de waarheid lag. 'Ik wil begrijpen wat er gebeurd is. Maar jij bent haar moordenaar niet, dat weet ik nu.'

Pedro's greep om haar gezicht werd nog vaster, Hulda's kaak deed zeer.

'Je doet me pijn,' zei ze tussen haar opeengeklemde tanden.

'Dat wil ik ook, katje,' zei Pedro. En zijn stem klonk niet meer als het gelal van daarnet, maar als koud staal, dat Hulda deed huiveren.

Opeens wist ze dat ze dit keer voor haar nieuwsgierigheid zou boeten. Opnieuw dacht ze aan Karl en zijn waarschuwing. Wat stom van haar om hier in haar eentje naartoe te gaan! Ze schoof opzij, maar Pedro liet haar niet los, en duwde haar met zijn enorme lichaamskracht weer terug op de bank.

'Je neemt me niet in de maling, hoor je!' zei hij, en hij boog zich over haar heen en greep haar borst ruw vast. 'Eens kijken of je net zo goed bent als je beweert. Anders kun je niet eens meer buiten op straat werken, als ik met je klaar ben.'

Met een enkele, bijna achteloze beweging scheurde hij de stof van haar jurk.

Hulda schreeuwde. 'Laat me los!'

Meteen sloeg hij haar met de rug van zijn hand in haar gezicht, zodat haar hoofd opzijschoot en ze even sterretjes zag. Ze proefde bloed op haar lippen. Toen kwam de volgende klap alweer, die haar ruggelings op de bank deed belanden.

Doodsbang probeerde ze van Pedro weg te glijden, maar hij wierp zich boven op haar en stak een hand onder haar rok terwijl hij haar met de andere vasthield. Hulda werd bijna gek van angst.

Dus zo voelde het, dacht ze met een vreemde helderheid, om in je eentje overgeleverd te zijn, als een dier in de val.

Nooit eerder had ze iets dergelijks meegemaakt. En het was allemaal haar eigen schuld.

Opeens werd er geklopt.

'Pedro?' Galina's stem klonk door de gesloten deur.

Pedro aarzelde even, en dat gaf Hulda genoeg tijd om onder hem vandaan te glippen en op te springen. Haar wang brandde als vuur, in haar lip voelde ze een kloppende, felle pijn. Toen vloog de deur open en stak de blonde receptioniste haar hoofd naar binnen.

Galina keek heen en weer tussen Hulda en Pedro en fronste nauwelijks merkbaar haar voorhoofd. 'We hadden een afspraak. Vergeet dat niet,' zei ze.

Verbluft registreerde Hulda de onderdrukte woede in haar gladde gezicht.

'Die kleine hoer hier heeft me uitgehoord,' zei Pedro met een bijna verontschuldigende klank in zijn stem.

'Laat haar gaan,' zei Galina en ze verdween even snel als ze gekomen was. Ze leek ervan uit te gaan dat haar bevel zou worden opgevolgd.

Pedro gromde en stond kreunend op. Hij had zijn gelaatstrekken weer onder controle, maar in zijn ogen was iets wat Hulda nog steeds angst aanjoeg.

'Je hebt het gehoord,' zei hij en hij wees naar de deur. 'Ik geef toe dat je een magie hebt waar de klanten goud voor geven. Maar je bent me te gevaarlijk. Dus verdwijn en laat je niet meer zien.' Hij spoog naar haar. 'Dit keer heb je geluk gehad. De volgende keer...'

Hulda reageerde meteen. Met alle zelfbeheersing die ze kon opbrengen liep ze zonder te groeten de salon uit en de gang in. Voorzichtig betastte ze haar gezwollen lip. Toen hield ze de jurk bij elkaar, waarvan de stof in flarden omlaaghing.

Door de kier van een deur kwam een rode gloed en gesmoord gekreun.

Hulda liep snel naar de voorste wachtkamer en botste bijna tegen Galina op, die haar onbewogen aankeek alsof er niets was gebeurd. Maar toen Hulda probeerde langs haar heen te lopen, hield de Russin haar bij haar arm vast. Ze was verbazend sterk voor zo'n tengere vrouw.

'U hebt een beschermengel, juffrouw Gold,' zei ze op vriendelijke toon, alsof ze een vertrouwelijk gesprek voerde. 'Maar ook een engel wordt ooit moe en slordig. Pas goed op. Als u geen hoer bent, want dat geloof ik niet meer, wat bent u dan?'

Hulda aarzelde. Galina's vingernagels begroeven zich dieper in haar huid.

'Ik... ben vroedvrouw, ik woon verderop bij de Winterfeldtplatz.'

Galina liet haar los alsof ze zich opeens aan haar arm had gebrand. Heel even trilden haar lichte wimpers, ze leek verrast, misschien zelfs geschrokken. Toen was het moment voorbij en werd haar smetteloze gezicht weer glad en ondoordringbaar.

'Ga weg,' zei ze. Het was niet meer dan een gesis.

Hulda liet het zich geen twee keer zeggen, opende de deur en glipte naar buiten.

De straat was verlaten, alle nachtbrakers waren in de diepte van de spelonken verdwenen of allang weer thuis. En ook Hulda wilde niets liever dan dat.

Ze rende over straat als een kind dat bang was voor de schaduwen, die met spookachtige handen naar haar grepen.

21

Zaterdag, 10 juni 1922

Het was zwoel, toen Hulda haar fiets de dag daarop vroeg in de avond van de binnenplaats de Bülowstrasse op duwde. De zure, bedompte lucht van de huizen stroomde uit de ramen en vermengde zich met de stank van de vuilcontainers.

'Tof,' zei een schorre stem.

Hulda draaide zich met een ruk om. Ze had niet gemerkt dat er nog iemand was. Achter een van de ijzeren bakken dook een blonde krullenkop op, zijn kindergezicht paste niet helemaal bij zijn brede schouders en zijn diepe stem.

De jongen was zeventien of achttien, schatte Hulda, zijn warrige haar vervilt en plakkerig, zijn hemd zat vol gaten. Zijn broek stond stijf van het vuil en hij droeg geen schoenen. Hij kwam haar bekend voor. Maar waarvan?

'Gaap me maar aan,' zei hij en met een onverschillig gezicht bukte hij zich weer om verder door het afval te woelen. Hij vond een halve, bijna bedorven aardappel en liet die in zijn broekzak glijden, vervolgens een beschimmelde broodkorst.

Toen hij merkte dat Hulda er nog steeds stond, ging hij rechtop staan en wees naar haar gezicht. 'Ergens tegen aangelopen?'

Ze voelde aan haar lip. 'Zoiets,' zei ze ontwijkend.

Hij lachte zacht, alsof ze iets grappigs had gezegd. Toen kwam hij dichterbij, langzaam, bijna loerend, en bekeek haar fiets.

'Is het leuk om daarmee rond te karren?'

‘Hoe bedoel je?’

‘Nou, of het goed is om door de straten te fietsen.’

‘Heb je nog nooit op een fiets gereden?’ vroeg Hulda, die zich op hetzelfde moment wel voor haar kop had kunnen slaan. Waarom strooide ze ook nog zout in de wonden van de jongen?

Hij schudde zijn hoofd, het was hem niet aan te zien dat zij hem met haar ondoordachte vraag had gekwetst.

‘Wil je ook eens?’ Resoluut duwde Hulda haar fiets naar hem toe.

Hij knikte onaangedaan en pakte het stuur.

‘Tof,’ zei hij opnieuw met die eigenaardig schorre stem, die half van een kind en half van een man was. Toen sprong hij op het zadel, onder zijn gescheurde hemd leek hij behoorlijke spieren te hebben. Hij duwde op de pedalen en reed slingerend de binnenplaats uit en de straat op, waar zij hem niet meer kon zien.

Hulda wachtte, maar hij kwam niet terug. Hij zou toch niet...?

De Lutherkerk sloeg zes uur en herinnerde haar eraan dat ze naar Lilo moest, die op haar wachtte om Konrad volgens Hulda’s aanwijzingen voor het eerst in bad te doen. Nog een bezoek waarvoor ze geen rekening naar het ziekenfonds kon sturen, dat besefte ze heel goed.

Nerveus liep Hulda naar de poort en keek links en rechts de straat in. Van de jonge fietser geen spoor.

Vloekend liep Hulda de binnenplaats weer op en beklom de trap. Ze kon alleen maar hopen dat de brutale jongen slechts een proefritje maakte en haar fiets daarna onbeschadigd zou terugbrengen. Opnieuw vervloekte ze zichzelf om haar lichtzinnigheid. Hoe was het mogelijk dat ze voortdurend in situaties belandde waarin mensen haar moeiteloos beroofden of misbruik maakten van haar goedheid?

‘Juffrouw Hulda, eindelijk,’ begroette Lilo haar boven, met een licht verwijtende uitdrukking op haar meisjesachtige gezicht. ‘Konrad is al vreselijk moe, ik weet niet of hij wel een bad aankan voordat ik hem te slapen leg.’

‘Als er iemand is die er moe uitziet, dan ben jij het,’ zei Hulda, terwijl ze bezorgd naar de diepe schaduwen onder Lilo’s ogen keek. De jonge vrouw wuifde haar woorden weg. ‘Het is niets,’ zei ze. ‘Alleen, de kleine wordt ’s nachts voortdurend wakker. Wolf is allang naar de keukenbank verhuisd, hij zegt dat hij gek wordt van dat nachtelijke gehuil.'

'En jij?' vroeg Hulda en ze lachte. 'Word jij er niet gek van?'

Lilo aarzelde. Ze schudde aarzelend haar hoofd. 'Natuurlijk zou het fijn zijn om wat meer te slapen. Maar ik ben toch zijn moeder.'

'En daarom ben je ook meteen een martelares?'

'Een... wat?'

'Een onbaatzuchtige heldin die zich vrijwillig opoffert,' legde Hulda uit, denkend aan Karl en aan Pedro's van woede vertrokken gezicht. Bij de herinnering eraan kwamen er tranen in haar ogen, en ze draaide zich snel opzij en pinkte ze weg. Een huilebalk als vroedvrouw, die haar wonden likte en overliep van zelfmedelijden, zoiets kon Lilo echt niet gebruiken.

'Nee, maar ik wil niet klagen,' zei Lilo en ze zuchtte. 'Dat doen onze nieuwe buren al meer dan genoeg.'

Vragend keek Hulda haar aan en ook Lilo leek tegen haar tranen te vechten. 'Ik mis haar zo, weet je. De woning is inmiddels aan nieuwe mensen verhuurd. Een getrouwd stel. Ze waren heel grof tegen me omdat Konrad vannacht weer zo veel huilde. Ze zeiden dat ik ervoor moest zorgen dat hij zijn kop houdt, anders zouden ze hem zelf de mond wel snoeren.'

'Wat onbeschoft!' zei Hulda verontwaardigd en ze kneep in Lilo's hand. Ze wist dat het ruimtegebrek en de armoede in de huurkazernes er niet altijd toe leidden dat de mensen de handen ineensloegen. Haat en jaloezie tierden welig als mensen met elkaar opgescheept zaten. Maar Rita was duidelijk anders geweest, ondanks haar eigen misère.

'Is de inspecteur nog een keer langs geweest?' vroeg Hulda als terloops en ze onderzocht Konrad, die tevreden in zijn blootje op bed lag. Hij zag er helemaal niet moe uit, vond ze en ze glimlachte bij zichzelf, omdat de moeder haar eigen vermoeidheid wel op het kind zou hebben geprojecteerd. Hij leek eerder zijn krachten te verzamelen om weer de halve nacht wakker te zijn en het huis op stelten te zetten.

Lilo schudde haar hoofd. 'Die is Rita toch allang vergeten,' zei ze bitter. 'En een dode meer of minder in het kanaal, wat maakt dat nou uit voor de politie?'

Konrad kraaide en Hulda stak een vinger naar hem uit zodat hij zich eraan kon vasthouden. Hij had een stevige greep voor een baby en verbazend alerte ogen.

'Op een of andere manier geloof ik dat de inspecteur zich van meet af aan niet betrokken voelde bij de zaak,' vervolgde Lilo, terwijl ze in gedachten verzonken meermaals dezelfde handdoek opvouwde.

'Hoe kom je daarbij?'

'Zomaar een gevoel. Hij wilde helemaal niets weten over Rita, hij heeft ook meneer Sauerbier niet ondervraagd, met wie Rita vlak voor haar dood ruzie had. Alsof hij het onprettig vond om over haar te praten.'

Hulda keek uit het raam. Het gedempte avondlicht viel op de binnenplaats. Had Lilo gelijk? Probeerde Karl niet werkelijk om licht in de zaak te brengen? Ook bij haar was die gedachte al opgekomen. Hij leek alles te vertragen, er met zijn hoofd niet helemaal bij te zijn. Hij ondervroeg de juiste mensen niet, had de woning al vrijgegeven hoewel de dood van Rita nog niet was opgehelderd. Maar waarom? Waarom was Rita's noodlot voor hem zo... onaangenaam?

Opeens vond Hulda de observatie van de jonge vrouw een schot in de roos. Misschien raakte Rita's dood hem meer dan hij wilde toegeven? Maar waarom voelde Karl zich überhaupt betrokken bij een vreemde vrouw, wier dood hij toevallig moest oplossen? Of had hij haar misschien gekend? Maar waarvan dan? Hij kon toch niets met de oudere vrouw te maken hebben gehad. Haar levensweg kon de zijne toch niet hebben gekruist. Of het moest zijn dat...

'Weet je wat?' zei Hulda, terwijl ze probeerde haar gejaagde ademhaling te verbergen. 'Je hebt gelijk. Konrad is vandaag echt te moe voor zijn eerste bad. En die kleintjes worden toch bijna nooit vuil. Ik kom maandag wel terug, maar dan vroeger dan vandaag, en dan halen we het in. Akkoord?'

Haastig pakte ze haar vroedvrouwentas en nam afscheid zonder een reactie af te wachten.

Lilo zag er enigszins teleurgesteld uit, maar zei alleen vriendelijk: 'Dan nog een goede avond' en deed de deur achter haar dicht.

Hulda liep de trappen af en zag opgelucht dat haar fiets inderdaad terug was. De jongen moest hem hebben teruggebracht en netjes tegen de muur hebben gezet.

Ze had geen idee wat ze nu eigenlijk zou moeten doen en waarom ze boven bij Lilo zo'n haast had gehad. Opeens had ze niet meer in de benauwde woning van de Schmitzs willen blijven, maar haar gedachten de vrije loop willen laten en frisse lucht inademen.

Toen ze de binnenplaats af was, stapte ze op en manoeuvreerde het rijwiel door de zwoele zaterdagavond in de richting van de Winterfeldtplatz. Ze moest haar gedachten ordenen, het ongehoorde vermoeden dat bij haar was opgekomen onderzoeken.

Maar hoe? En waar?

Sinds haar ontmoeting met Felix in Café Winter twee dagen eerder had ze het plein gemeden en ze wilde in geen geval door hem worden gezien. Op een gegeven moment dacht ze dat als de zaak wat was betijd, ze elkaar weer zouden ontmoeten en alles zouden uitpraten. Maar nu was ze nog niet zover. Ze had geen zin in Berts indringende vragen en meewarige blikken. En thuis wachtte alleen mevrouw Wunderlich als een spin in haar web om haar over haar liefdesleven uit te horen.

Dus reed Hulda doelloos verder, dwaalde door de straten, wachtend tot haar gedachten een geheel zouden vormen. Ze at, want eten helpt altijd bij het denken, een worstje met mosterd uit een van de automaten van het merk Imperial, die hongerige voorbijgangers voor een paar mark een snelle hap aanboden.

Ze likte juist haar vingers af, toen haar blik op een telefoon viel. Blauw en geel stond hij daar, midden op de stoep, en opeens wist Hulda wat haar te doen stond. Ze liep ernaartoe, wierp er een muntje in, tilde de hoorn op en noemde de juffrouw van de centrale Karls naam.

'Inspecteur North, hoofdbureau van politie,' hoorde ze hem vlak daarop zeggen met zijn mooie stem.

Hulda's hart sloeg over.

'Met wie spreek ik?' vroeg hij ongeduldig.

Ze vermande zich. 'Eh... Hulda Gold,' zei ze. 'De vroedvrouw.'

'Alsof ik niet zou weten wie u bent,' zei hij hartelijk. 'Hoe gaat het?'

Hulda huiverde licht.

'Goed, dank u. Ik wilde alleen...'

'Als het over laatst gaat, ik wilde niet...'

'Nee, nee,' zei ze snel, ademloos, 'het gaat om onze zaak.'

'O?'

Even klonk zijn teleurstelling koeltjes door de leiding. Toen had hij zich weer onder controle.

'Brand maar los.' Nu was zijn toon zakelijk.

'Rita Schönbrunn,' zei Hulda en ze haalde diep adem. 'U hebt een band met haar, heb ik gelijk?'

De korte pauze verried hem. Toch probeerde hij het te ontkennen. 'Hoe komt u daarbij?'

'U hebt iets over haar ontdekt dat u niemand wilt laten weten. Daarom verloopt het onderzoek zo traag. Daarom doet u zo... vreemd.'

'Ik doe niet vreemd!' Hij verhief zijn stem, maar liet hem snel weer dalen. Op de achtergrond hoorde ze geritsel, een deur die dichtsloeg. 'Kijk, ik ben niet alleen. Mijn collega...'

'O. Ik begrijp het,' zei Hulda snel. Ze voelde dat hij bereid was om zijn geheim met haar te delen. Maar als ze hem nu liet ontsnappen, had hij tijd om weer van gedachten te veranderen.

'Zeg gewoon ja, als ik gelijk heb,' zei ze. 'U vertelde me dat u wees was, toch?'

'Ja,' zei hij. Het klonk gesmoord.

'En u hebt uw moeder niet gekend?'

'Ja.'

'En nu hebt u iets ontdekt. U hebt wel een vermoeden over uw afkomst?'

Na een lange pauze, waarin Hulda opnieuw een muntje inwierp, zei hij: 'Ja.'

Nu wist Hulda het zeker. 'U vermoedt,' zei ze en ze kneep haar ogen tot spleetjes, terwijl ze haar hoofd met de hoorn schuin hield, 'dat Rita Schönbrunn uw biologische moeder is?'

De lijn bleef stil.

Maar Hulda vervolgde onverschrokken: 'En u schaamt zich dat aan collega's, aan uw fraaie meneer Fabricius toe te geven?'

Nog steeds zei hij niets. Ze hoorde alleen zijn adem en het geratel van een schrijfmachine ver weg. Maar ze kende het antwoord al.

'Het is al goed,' zei ze. 'Meer wilde ik niet weten.'

'U bent een aparte vrouw,' zei Karl uiteindelijk. Het klonk half gekweld, half bewonderend, en Hulda besloot dat ze vooral de bewondering in zijn woorden wilde horen en de rest maar zou negeren.

'Hartelijk dank,' zei ze. 'Dat was het voor nu. Ik beloof dat ik discreet zal zijn.'

'Ha!' zei Karl spottend.

'U zult het zien! En, meneer de inspecteur, we zullen er in elk geval achter komen of u gelijk hebt.'

Voordat hij weer een preek zou afsteken dat ze zich niet met de zaak moest bemoeien, hing Hulda op. Ze had het gevoel dat er een last van haar was afgevallen. Het merkwaardige gedrag van inspecteur North, zijn stugge manier van doen tijdens het verhoor, de tegenstrijdige signalen... opeens viel alles op zijn plaats. En het had allemaal niets te maken met haar, Hulda Gold! Ze voelde zich enorm opgelucht, maar had ook met hem te doen, want hoewel ze zelf op sommige momenten liever niets over haar afkomst had geweten, kon ze toch begrijpen dat het een kwelling moest zijn om zonder verleden door het leven te gaan. Zonder wortels, alsof je onderweg je schaduw had verloren. En nu hij dichter bij de oplossing van het geheim van zijn afkomst was gekomen, moest hij al met de volgende jobstijding rekening houden. Als het klopte wat hij dacht, lag zijn moeder in een armengraf. En was ze verdronken, misschien vermoord. En had ze vanaf het moment dat ze hem had moeten afstaan een uitzonderlijk zwaar leven gehad. Hulda slikte en voelde dat het verdriet om de vreemdelinge haar hart beklemde als een koude vuist. Ze zou het Karl North hebben gegund om zijn moeder ooit in de ogen te hebben kunnen kijken, met haar te praten, misschien te begrijpen wat haar had bewogen om hem niet te houden. De afgelopen jaren had Hulda genoeg meegemaakt om te weten dat een verzoening in dat soort gevallen een onbereikbaar sprookje was. Maar als Rita werkelijk Karls moeder was geweest, zou hij nu nog een last met zich meedragen: het besef dat de vrouw die hem had gebaard, diep ongelukkig was geweest.

Goed, dacht ze, feiten waren altijd nog beter dan onzekerheid. En ze nam zich voor om eindelijk uit te zoeken wie die Rita was geweest, wier dood zo veel beroering in het bestaan van de levenden had gebracht.

Hulda duwde haar fiets in de schemering langs het kanaal. De Schöneberger Ufer, die hier in de Lützowufer overging, lokte haar met de laaghangende takken van de zilverlinden en het rustig stromende water. Het was een zwoele, warme avond, de wolken van de dag hingen laag over de stad, maar lieten hun last nog niet vallen.

Ze gooide de fiets in het gras en ging op de rand van de oever zitten. Ze schopte haar schoenen uit en genoot van het gevoel van aarde onder haar blote voeten. Peinzend keek ze naar het water.

Aan de andere oever lag het Bendlerblock. Daar zetelden, wist Hulda, de bevelhebbers van de Reichswehr en de Reichsmarine. Reichswehr-minister Otto Gessler had er zijn ambtswoning. De zuidgevel met het sobere middendeel, dat door een imposante driehoek werd bekroond, glansde in het halfduister.

Hulda dacht terug aan een gesprek met Bert over een mislukte staatsgreep van de rechtse politicus Wolfgang Kapp met soldaten van het vrijwilligerskorps, twee jaar eerder. Naar verluidt had de chef van het militaire bestuur in hetzelfde gebouw geweigerd de regering te beschermen met de woorden: het leger schiet niet op het leger. De militaire begrippen van eer en moed zaten diep ingebakken in de hoofden van de generaals, dieper dan hun solidariteit met de rijkskanselier.

Maar desondanks was de staatsgreep verijdeld door de algemene staking. Dagenlang hadden de burgers van het land eensgezind het werk neergelegd om te protesteren tegen de putschisten. Er reden geen treinen, de post werd niet bezorgd, in Berlijn was geen elektriciteit en geen water, geen telefoon. Er werden zelfs geen kranten gedrukt, wat ongekend was in de hoofdstad van de gedrukte pers, en wat de arme Bert naar de rand van de waanzin had gedreven. Uiteindelijk gaven Kapp en Reichswehr-generaal Lüttwitz het op, hun rechtse samenzwering was verijdeld. Maar als Hulda aan de aarzelende houding van de Reichswehr dacht, werd ze soms bekropen door het gevoel dat de republiek weliswaar een nieuwe regeringsvorm met zich mee had gebracht, maar dat het er in de hoofden van veel mensen nog net zo uitzag als in de keizertijd.

Toen dacht ze weer aan Karl, dit keer liet ze het doelbewust toe. Ze riep zijn gezicht in gedachten, de mooie lijn van zijn wangen, zijn schrandere, norse ogen achter zijn brillenglazen, en ze herinnerde zich de kus. Het kriebelde in haar nek. Wat had dat te betekenen?

Hulda slaakte een zucht. Ze had echt een zeldzaam talent om zichzelf in moeilijke relaties te manoeuvreren. Nauwelijks leek de eindeloze geschiedenis met Felix achter de rug, of ze ruilde die lapzwans in voor een misantrope inspecteur, die ze blijkbaar voornamelijk op de zenuwen werkte. En die haar toch leuk leek te vinden, dacht ze, en ze voelde dat er een onnozele grijns op haar gezicht verscheen, alsof ze een verliefde puber was.

Opeens werd haar hoofd door een enorme klap door elkaar geschud, en ze vergat adem te halen. Hulda dacht dat haar schedel zou barsten. Een roodgouden pijn schoot door haar hersenen. En voor ze er erg in had, voelde ze dat ze werd beetgepakt en over de rand van het kanaal werd geduwd.

Haar instinct functioneerde weer en ze haalde diep adem voordat ze de klap op het koude water voelde. Het sloot zich boven haar, ze werd omgeven door natte duisternis. De pijn verdween niet. Paniekerig draaide ze haar hoofd heen en weer, niet zeker wat boven en onder was. Ze opende haar ogen onder water met al haar kracht, en zag door de donkere watermassa heen een klein lichtje boven haar dansen. Met doodsverachting zwom ze ernaartoe en stak uiteindelijk haar hoofd de lucht in.

Hijgend liet Hulda zich een paar seconden op het water drijven, ze legde haar hoofd in haar nek, concentreerde zich op haar ademhaling. Verman je, zei een stem in haar, steeds opnieuw.

Toen ze iets rustiger was geworden, probeerde ze een paar voorzichtige slagen te maken, terwijl de pijn in haar hoofd kreunde en jammerde als een trekharmonica. Haar gedachten tolden haar door het hoofd: iemand had haar pijn gedaan en in het water geduwd. Met opzet. Toen bedacht ze dat die persoon misschien nog boven op de Lützowufer stond. Onmiddellijk dacht Hulda aan Pedro en zijn gorilla in de ontvangstruimte. De angst benam haar nog een keer de adem, zoals het water daarnet. Maar ze herwon de controle, deed een paar krachtige slagen en verstopte zich in de schaduw van de overhangende treurwilg bij de oever. Ze hield zich vast aan de stenen kademuur die de kanaalbedding omsloot en dwong zichzelf zacht en rustig adem te halen. Voorzichtig betastte ze haar slaap en haar schedeldak. Geen gat, dat in elk geval niet, alleen bloed dat uit een wond leek te sijpelen en zich met het zwarte water van het Landwehrkanal vermengde.

Toen Hulda na een paar minuten merkte dat ze rilde van de kou, besloot ze dat het tijd werd om het water uit te gaan. Dan moest de onbekende aanvaller haar maar zien, ze zou hier beneden niet vanwege hem bevriezen.

Haar kleren, zwaar van het water, plakten aan haar lichaam. Nu loonde het, dacht ze grimmig, dat ze als jong meisje de hele zomer met Felix in de Wannsee en 's winters in het Admiralsgartenbad had geoefend in duiken en zwemmen en hem meestal met een straatlengte had verslagen.

Hulda haalde nog eens diep adem en dook onder, liet zich zinken en zwom toen op veilige diepte snel naar de andere kant van het kanaal. Daar gleed ze met haar hoofd weer boven water verder tot de Von-Heydt-Brücke, die de Lützowufer met de Königin Augusta-Strasse verbond.

De stenen zeemeermin, die zich uitrekte op een van de brugpijlers, leek haar te wenken, alsof ze Hulda had verwacht. Een ijzeren trap voerde van het water naar de oever. Hulda trok zich eraan omhoog, klom naar boven en stond aan het begin van de brug op de weg.

Hier was niemand. En pas nu, nadat het gevaar geweken leek, knikten haar knieën. Huilend en klappertandend stond ze in de beschutting van de bomen, sloeg haar armen om haar natte lichaam en probeerde helder te denken. Wat was er in hemelsnaam gebeurd? Wie had haar in het water geduwd en waarom? Iemand had haar zelfs willen vermoorden. De feiten lieten geen andere conclusie toe, moest Hulda toegeven, want haar nachtelijke bad in het kanaal met de daaraan voorafgaande verwonding had heel goed slecht kunnen aflopen. Maar wie wilde haar dood hebben? Een onvoorstelbare gedachte! Hulda verslikte zich in haar tranen.

Eindelijk voelde ze zich in staat om verder te lopen. Ze durfde niet terug te gaan naar haar fiets op de andere oever, ze moest maken dat ze wegkwam, voordat de onbekende haar opnieuw zou opwachten.

Rond deze tijd waren de straten bijna verlaten, en Hulda kwam niemand tegen toen ze kletsnat en bibberend langs de oever strompelde.

Ze besloot het kanaal niet hier over te steken, maar pas bij de Potsdamer Brücke. Daar zou ze proberen een taxi te nemen, al zou de chauffeur er waarschijnlijk niet blij mee zijn om zo'n nat persoon op de bekleding van zijn achterbank te laten zitten. Desnoods zou ze maar lopen. Ze tastte naar haar kleine portemonnee en stelde verbaasd vast dat die veilig en wel in de zak van haar rok zat. Maar de grote leren tas met de hoorbuis en de andere instrumenten lag nog naast haar fiets. Hulda kreunde bij de gedachte hoeveel het haar zou kosten om de tas en haar vervoermiddel te vervangen, maar het was ondenkbaar om nu terug te lopen en haar spullen op te halen. Ze moest daar zo snel mogelijk weg.

Haar blote voeten werden al gevoelloos toen eindelijk aan de linkerkant het imposante gebouw verscheen waar het rijksverzekeringskantoor was gevestigd. Daar lag de Potsdamer Brücke over het water, bewaakt door vier bronzen standbeelden van beroemde wetenschappers en ingenieurs. Twee Pruisische adelaars met bronzen vleugels droegen de sokkel van een gesmede lantaarnpaal, die de brug in geel licht dompelde. Hulda liep er snel overheen en keek rond naar een van de donkere auto's, waarvan er hier op dit uur een paar zouden moeten rondrijden. Maar zoals zo vaak was er geen taxi te bekennen, dus vervolgde ze schouderophalend haar weg.

Door te bewegen kreeg ze het warmer, en de warme zomerwind zou haar korte haar drogen. Nu begonnen Hulda's gedachten rond te tollen. Ze moest weer denken aan Pedro's donkere ogen, zijn dreigende blik in het Paleis van Verlangens. Was hij bang geworden dat ze iets zou loslaten over wat hij haar in zijn roes had verteld? Wilde hij zich van haar ontdoen? 'Heb je Rita vermoord?' had ze hem gevraagd, en hij had geantwoord: 'Háár niet.' En hij had nog iets gezegd, wat nu in haar resoneerde als het huiveringwekkende geluid van een doodsklok: 'De volgende keer...'

Het hart zonk Hulda in de schoenen. Haar knieën voelden botterzacht aan, terwijl ze nog steeds druipend over de Potsdamer Strasse naar het zuiden liep. Van hieruit was de Bülowstrasse, waar Pedro als een kruisspin zat, niet ver, en omdat Hulda niet de minste behoefte voelde om bij hem in de buurt te komen, sloeg ze bij de eerstvolgende gelegenheid rechts af en rende door het doolhof van straatjes, over de Lützowplatz en verder, naar het zuiden in de richting van de Winterfeldtplatz. Het was hoog tijd dat ze haar natte kleren uittrok en de hoofdwond, die gelukkig niet meer bloedde, goed zou bekijken.

Even kwam de gedachte bij haar op om naar de politie te gaan. Het liefst meteen naar de recherche, omdat de lopende zaak nauw met die van Pedro samenhing. Maar ze vermoedde al wat Karl zou zeggen als ze hem vertelde dat ze op eigen houtje een pooier had bespioneerd en daar nu de rekening voor had gekregen. Ze schaamde zich om zwak te zijn, om zich, alsof ze haar zaakjes niet zelf kon regelen, tegen de beschermende borst van een man aan te drukken die ze had gekust en die toch soms naar haar keek of ze een hinderlijk insect was.

En toch hield de angst haar in zijn scherpe klauwen en schudde haar heen en weer. Hulda kneep haar ogen dicht en haalde diep adem. Je kon niet bang zijn voor iets waarvan je wist dat het goed was. Zelfs als de gevolgen, zoals ze nu had meegemaakt, soms gruwelijk pijn deden.

Nee, besloot ze, ze zou niets aan de politie vertellen. Maar als Pedro dacht dat ze zich liet intimideren en Rita's onopgehelderde dood zou vergeten, vergiste hij zich.

22
Notitieboekje

Militaire psychiatrische kliniek in de buurt van de stad Brandenburg
22 november 1916

De patiënten hongeren. Ik schrijf het op en mijn handen trillen: ze vérhongeren. De rantsoenen zijn drastisch gekort en waren eerder al te klein om iedereen in leven te houden. We hebben deze herfst al verschillende ziektegevallen gehad onder de bevende patiënten in het lazaret en met de week zijn het er meer die van uitputting instorten. Velen zijn nog maar vel over been. 'Naar het ontbijt...' hadden de soldaten in 1914 naar Parijs zullen rijden om voor het avondeten weer terug te zijn. Dat zongen ze, toen ze massaal naar de treinen liepen die naar het front reden.

Dat gebeurde niet. De oorlog sleept zich voort, we zitten allemaal als gevangenen in deze wachtkamer die het lazaret is, waarbij het ontbijt en het avondeten die naam niet meer verdienen.

Natuurlijk mag ik niets zeggen. Ik zou het ook niet moeten opschrijven. Als iemand dit boekje vindt, zou ik meteen wegens opruiing en een gebrek aan patriottisme worden ontslagen. Maar het is de waarheid. Het leven van een zieke, van een hysterische soldaat telt niet, levensmiddelen zijn voorbehouden aan gezonde mensen. Ik begrijp de gedachte erachter heel goed. Maar moeten wij niet de zwakken beschermen, moeten we ze niet op onze rug meenemen in plaats van ze langs de kant van de weg te laten sterven? Wat anders maakt ons nog tot mensen?

Ik doe wat ik kan om het lijden van de mannen hier in het lazaret draaglijker te maken. Maar ik kan ze niets eetbaars meer geven, een paar kruimels redden niemand. De medicijnen zijn ook schaars, we verdoven de patiënten hoofdzakelijk met barbituraten en morfine, ook met chloraalhydraat, zonder dat het helpt. De middelen geven ons, de verplegers en artsen, tenminste wat rust, omdat de patiënten beter slapen.

Ze blijven ook experimenteren met de oorlogsneurotici. De neurologen zijn met elektrotherapie begonnen, elektrosuggestieve behandelingen. Daartoe is een bijna lege kamer ingericht, zodat de patiënten zich vrij kunnen bewegen en verwondingen door voorwerpen nagenoeg uitgesloten zijn. Alleen een inductietoestel voor de elektrische therapie staat er op een tafel, maar onopvallend. Ik ben er vaak bij omdat de artsen het raadzaam achten dat er getuigen aanwezig zijn voor het geval dat de patiënten later gerechtelijke stappen ondernemen. Gezien de hardheid van de methodes moet ik toegeven dat het me verbaast hoe weinig mensen naar de rechter stappen. Maar ik vermoed dat ze te verzwakt zijn door de therapie en de honger en verlamd door hun ellendige toestand.

De elektrische stromen worden soms direct naar het aangetaste orgaan of naar de ledematen geleid, bijvoorbeeld naar de handen, die niet willen ophouden met trillen, of de ogen, als een neuroot blind is geworden ten gevolge van zijn zenuwenaandoening. Sommige artsen brengen de elektronen ook op niet-specifieke delen van het lichaam aan. De vaak hevige elektrische schokken doen de patiënten veel pijn. Op het hoogtepunt schreeuwt de therapeut bevelen om de genezing met suggesties te bevorderen. Sommige mannen vallen flauw tijdens de behandeling. Anderen raken zo in paniek bij het zien van het apparaat dat ze zeggen dat hun symptomen zijn verminderd.

Ik ben maar een verpleegster en heb geen diploma, maar ik vraag me toch af welk nut een therapie kan hebben die doodsangst oproept bij mensen en ze lichamelijk mishandelt, zodat ze hun geestelijke littekens niet meer zo duidelijk voelen.

23

Zaterdag, 10 juni 1922

Toen Felix vlak voor middernacht de winkeldeur sloot en de kettingen bevestigde waarmee hij Café Winter beschermde tegen nachtelijke bezoekers en hongerige dieven, kon hij zijn ogen niet geloven. In het zwakke licht van de gaslantaarns sloop een lange, slanke vrouw met een bobkapsel over het plein. Ze keek zijn kant op en draaide zich als op commando om, alsof iets haar had gebeten. Vervolgens beende ze met lange passen van hem vandaan naar de Winterfeldtplatz. Blootsvoets.

'Hulda, blijf staan,' riep hij en hij schrok van de luide echo van zijn stem in de stille nacht.

Ze liep nog sneller, en voordat Felix besefte wat hij deed, begon ook hij te rennen. 'Wacht!' brulde hij. Opeens leek hem niets ter wereld belangrijker te zijn dan dat hij haar zou inhalen. Hij riep opnieuw. Zijn stem sloeg over en weergalmde over het lege plaveisel, en eindelijk bleef ze staan.

Toen hij bij haar kwam, was het eerste wat hij zag dat ze bloedde.

'Wat is er gebeurd?' vroeg hij ongelovig. Hij ging spontaan met zijn hand over het haar op haar voorhoofd, dat vol geronnen bloed zat. Óf ze was uiterst ongelukkig tegen een lantaarnpaal gelopen, óf iemand had haar met iets zwaars geslagen.

Hulda deinsde terug en sloeg haar armen voor haar borst. Hij hoorde haar tanden klapperen. Opnieuw greep hij naar haar en kreeg een punt van haar rok te pakken. Die was vochtig.

'Ben je wezen zwemmen?' vroeg hij, zich realiserend hoe idioot het klonk.

'Ja natuurlijk,' antwoordde ze op haar gebruikelijke scherpe toon. 'Ik zwem graag 's nachts met mijn kleren aan.'

'Maar wat is er gebeurd?'

Heel wat bedeesder antwoordde ze: 'Iemand heeft me neergeslagen en in het kanaal gegooid.'

'Welk kanaal?'

'Jezus, Felix, hoeveel kanalen denk je dat er in de buurt zijn? Het Landwehrkanal, natuurlijk. Bij de Von-Heydt-Brücke, je weet wel.'

Ja, die kende hij. Dat was de plek, herinnerde hij zich, waar ze elkaar jaren geleden voor het eerst hadden gekust. Het voelde als kiespijn om daaraan te denken. Of zij het ook nog wist?

Blijkbaar had ze zijn gelaatsuitdrukking juist geïnterpreteerd, want haar gezicht werd zachter. 'Ja, natuurlijk,' antwoordde ze, alsof hij de vraag hardop had gesteld.

Even viel er een ongemakkelijke stilte, waarna Felix zijn keel schraapte en met een vreemde stem vroeg: 'Dus het was een overval? Heeft de dader je beroofd?'

Ze schudde haar hoofd. Ze kreeg een gesloten uitdrukking op haar gezicht en vermeed hem aan te kijken. Toen zei ze: 'Mijn tas is daar nog. En de fiets! Wat moet ik zonder mijn fiets en de instrumenten beginnen? In een heel jaar verdien ik niet genoeg om alles te vervangen. Trouwens...'

'Ja?'

Hulda draaide eromheen. Ze verafschuwde sentimentaliteit. 'Mijn vader heeft me die tas cadeau gedaan, weet je nog?'

'Een geschenk, toen je klaar was met je opleiding,' zei Felix en hij knikte. 'Ik weet het nog als de dag van gisteren.'

Ze zwegen allebei en de herinneringen trokken voorbij als geesten waarvan je niet zeker wist of ze wel met goede bedoelingen kwamen.

Felix schraapte alweer zijn keel. 'Wat is er met je schoenen gebeurd?'

'Die heb ik bij de oever uitgetrokken. Daar staan ze nu, eenzaam, zonder mij.'

'We kunnen de spullen gaan halen, als je wilt.'

Hulda kreunde, ongeduldig, had hij de indruk. 'Kunnen we dit later bespreken? Ik verga van de kou.'

'O ja, natuurlijk,' zei hij warrig. Even dacht hij tranen in haar ogen te zien, maar dat kende hij niet van haar. Toch trok hij haar in een opwelling naar zich toe en sloot haar in zijn armen. Ze verzette zich even, maar toen ontspande haar lichaam en leunde ze tegen hem aan. Hij begroef zijn neus in haar haar, dat rook naar brak water, maar ook naar haar, zo vertrouwd dat het pijn deed in zijn keel.

'Godzijdank is je niets overkomen,' mompelde hij met zijn mond bij haar oor. 'Na onze ruzie van laatst zou ik het mezelf nooit hebben vergeven dat ik me niet had verontschuldigd.' Zachtjes maakte ze zich los uit de omhelzing. 'Nee, mij spijt het,' zei ze terwijl ze haar ogen afveegde. Ze snufte.

Aan haar hese stem kon Felix horen dat het haar moeite kostte om het te zeggen. Zo was ze altijd geweest, trots en koppig.

'Ik heb stomme dingen gezegd, Felix. Vergeef me.'

'Ik vergeef je altijd, Hulda. En daarom veracht je me uiteindelijk, is het niet?'

Ze schudde iets te snel haar hoofd. Maar hij wist zelf dat het klopte. In haar ogen was hij zwak omdat hij van haar hield hoewel ze hem behandelde als oud vuil. Maar hij kon het niet veranderen, zo waren ze nu eenmaal.

'Zand erover,' zei hij overdreven opgewekt. 'Kom, je moet je omkleden en ik wil die hoofdwond bekijken.'

Ze maakte een afwerend gebaar. 'Ik ben toch bijna thuis.'

'Dat kan wel zijn, maar ik laat je niet alleen in deze toestand. Wie weet of er niet toch iets beschadigd is en je later omkiept, als de eerste schrik voorbij is.'

'Ben ik hier de medische expert of jij?' vroeg Hulda, maar hij zag een zweem van een glimlach op haar gezicht. Resoluut sloeg hij een arm om haar heen, vertrouwd nestelde haar lichaam zich tegen het zijne, en hij bracht haar naar het café.

Binnen waren er droge schorten voor de serveersters en verbandmateriaal. Hulda kon ook wel iets sterks gebruiken, dacht hij. Toen ze samen het donker in stapten en Felix het kleine lichtje bij de bar aandeed, had hij het gevoel dat de afgelopen vier jaar niet meer dan een boze droom waren geweest. Net als vroeger stond hij hier met Hulda, alleen met haar, en het warme, ronde schijnsel van de lamp hulde hen beiden in een beschermend membraan. Hij wilde iets zeggen, maar Hulda schudde waarschuwend haar hoofd, dus deed hij zijn mond weer dicht.

Op dat moment openden zich buiten achter de ramen de donkergrijze wolken die de hele dag dreigend boven de stad hadden gehangen, hun sluizen en lieten een machtige bui op de aarde neerplenzen.

24

Zondag, 11 juni 1922

Haar hoofdpijn was 's nachts veranderd van stekend naar dof, nog maar een verre echo, die Hulda de hele dag zou vergezellen.

Ze had gisteren lang met Felix in het schemerige, lege café gezeten, voorzichtig haar haar gewassen in de badkamer van het personeel en zich door hem laten onderzoeken. Samen hadden ze besloten dat ze niet naar de dokter hoefde, het was alleen een flinke buil waarop de huid was opengesprongen. Felix drong erop aan dat ze naar de politie zou gaan en aangifte zou doen, maar ze weigerde, en uiteindelijk liet hij het erbij.

Tenslotte, dacht Hulda weemoedig, wist hij hoe koppig ze was en dat ze toch altijd deed wat zij wilde.

Ze had hem niet naar de blonde vrouw gevraagd met wie hij omging, en hij had ook niets verteld. Allebei hadden ze om het onderwerp heen gedraaid als twee katten om een pan met hete melk. Na twee glazen cognac had ze eindelijk afscheid genomen en was in een gestreept serveerstersschort en een jas, die een gast maanden eerder in Café Winter had laten hangen, naar huis gelopen. Daar had ze diep en droomloos geslapen tot in de middag. Ze meende zich te herinneren dat haar hospita ergens in de ochtend had aangeklopt, maar ze had haar ogen dichtgeknepen en was weer in slaap gevallen.

Nu stond Hulda in haar hemd bij de wastafel en waste grondig de laatste resten kanaalwater van haar lichaam. Ze inspecteerde zichzelf in de spiegel. Gelukkig was er nauwelijks iets aan haar te zien. Haar zwarte haar bedekte de buil, de open plek was allang droog en er kwam al een korstje op. De zwelling op haar lip, die Pedro met zijn zegelring had kapotgeslagen, was ook weer geslonken. Inderdaad, ze kon zonder meer werken.

Een zwangere vrouw in de Motzstrasse wachtte op haar: Hedwig Herrmann, wier kind over drie weken werd verwacht. Zij was een van de gelukkigen die in een voorhuis woonden, met haar man. Gustav Herrmann had een goedlopende zuivelhandel op de begane grond, en het echtpaar woonde in de kamers erachter met hun twee kleine dochtertjes. Het was geen luxe leven, maar het was er netjes en schoon.

Ze liep op haar tenen in veel te warme winterlaarzen langs de deur van mevrouw Wunderlichs woning. Als ze geluk had, lagen haar spullen nog op de oever van het Landwehrkanal, maar ze had niet veel zin om er na de belevenissen van de vorige dag heen te lopen, het was te gevaarlijk. Ze moest iemand vragen om samen met haar terug te gaan. Ze dacht meteen aan Felix, maar kreeg een kwaad geweten en schudde haar hoofd om zichzelf. Hij had gisteren al genoeg voor haar gedaan. Wanneer zou ze eindelijk leren om zich zonder hem te redden? Want had haar verlangen naar vrijheid, naar onafhankelijkheid niet in de eerste plaats de breuk tussen hen veroorzaakt? Nee, dacht ze beschaamd, omdat ze zichzelf nog steeds voorloog. Ze was domweg bang geweest, doodsbang om zo bemind te worden en die man op een gegeven moment teleur te stellen. Hoe zou ze hem ooit de belofte hebben kunnen geven die zijn leven, en ook het hare, voor altijd zou bepalen? Felix was gewoon te goed, te rechtdoorzee, en zij niet. Zij zwalkte, slingerde via omwegen door het leven. Telkens weer voelde ze die verschrikkelijke droefheid binnenin, die, dat wist ze, uiteindelijk haar ondergang zou worden. Nee, het was beter zoals het was.

Maar toen ze beneden op de binnenplaats was aangekomen, stond ze versteld. Daar, in de hoek, waar Hulda haar fiets altijd op slot zette, glom iets bruins en leerachtigs in de felle middagzon. Haar vroedvrouwentas! En ernaast, netjes naast elkaar en gepoetst, stonden haar uitgelopen schoenen.

Ze rende ernaartoe en tilde haar tas op. Vertrouwd voegde de handgreep zich naar haar handpalm. Ze voelde een ongelooflijke opluchting in haar borst, het was alsof ze nu pas weer compleet was. Ze deed de tas open en zag dat alles er nog in zat. Dan had de aanval in elk geval niets met de dure instrumenten te maken gehad, dacht ze, en ze voelde een knagend onbehagen. Er lag een klein briefje bovenop, met een bekend handschrift. 'Hij stond onaangeroerd op het gras naast je schoenen,' las ze. 'Van de fiets geen spoor. Groeten, je F.'

Hulda merkte dat haar ogen vochtig werden. Typisch Felix! Zonder omhaal was hij er voor haar, haalde haar tas terug, stond haar ter zijde als ze radeloos was.

Ach, waren de dingen maar anders, kon ze binnenin maar dezelfde zachtheid vinden die daar ooit had bestaan! Maar het was onmogelijk. De dingen waren zoals ze waren.

Ze rechtte haar rug, stopte de schoenen in haar tas en ging op weg. Gelukkig was het niet ver lopen naar de Herrmanns. Toen ze een blik in de etalages van de gesloten winkels wierp, zag Hulda dat de prijs van brood en boter alweer was gestegen. Een brood kostte tegenwoordig twaalf mark, dat was eigenlijk meer dan ze zich kon veroorloven. Waar ging dat heen?

Verbitterd stelde Hulda zich voor dat ze binnenkort alleen nog maar zouden betalen met bankbiljetten met ontelbare nullen, omdat kleingeld niets meer waard was. Maar toen moest ze lachen om haar hersenspinsels. Zover zou het wel niet komen. Maar verontrustend was de ontwikkeling wel, vooral voor de armen van de stad, die toch al nauwelijks het hoofd boven water konden houden. Ze stopte voor Herrmanns Milchwirtschaft en bekeek zichzelf even in de spiegelende ruit. Ze was nog steeds verbaasd dat haar niet was aan te zien dat ze gisteren was overvallen, hoewel ze de klap nog steeds voelde.

Hulda stapte naar de ingang en klopte aan. Gustav kwam naar de deur en deed open, een belletje klingelde vrolijk.

'Juffrouw Hulda, een hele goede middag,' zei hij. 'Wat aardig dat u op een zondag naar ons toe komt.'

'Dat spreekt vanzelf, *Herr* Herrmann,' zei ze terwijl ze zich zoals altijd een beetje versprak bij die woorden. Hij leek het gewend te zijn en glimlachte vriendelijk.

Hulda mocht de korte, gezette man, wiens ogen nooit stilstonden en die op verkoopdagen zelf achter de toonbank stond en met zijn dikke vingers behendig gele boter en kaas in papier verpakte. Maar vandaag lag er, dacht ze, een lichte bezorgdheid in zijn ogen.

'Hoe is het met Hedwig?' vroeg Hulda.

'Ach weet u, het zal wel moeten. Maar ze bevalt me niet.'

Ongemerkt was Hedwig de winkel in gekomen en gaf haar man speels een tikje op zijn arm. 'Wat heeft dat te betekenen? Heb je misschien genoeg van me?'

Gustav sloeg zijn ogen ten hemel.

'Je wilt me gewoon niet begrijpen, Hede. Voor mij ben je de mooiste van de wereld. Maar de laatste tijd ben ik bang dat je te veel hooi op je vork neemt, in jouw toestand.'

Hulda bekeek Hedwig oplettend. Ze wist meteen wat Gustav Herrmann bedoelde. Hedwigs ronde gezicht was ingevallen, haar neus spits. Haar lichaam was sterk opgezwollen, zodat ze het typische eendenloopje had geadopteerd waarmee vrouwen zich in de laatste weken voor de bevalling voortbewogen.

'Zijn de meisjes niet braaf?' vroeg Hulda, hoewel ze wist dat Katinka en Johanna de liefste kinderen waren die je je maar kon voorstellen. 'Of staat u misschien nog steeds in de winkel, hoewel ik u dat uitdrukkelijk heb verboden?'

Hedwigs gezicht verried Hulda dat het laatste het geval was. Streng zwaaide ze met haar wijsvinger naar haar en haar man. 'Ze moet zichzelf ontzien. Het is de derde zwangerschap, en, met permissie, u bent geen jonge vrouw meer. Ik heb er veel zin in om u absolute bedrust voor te schrijven.'

'Gelukkig bent u geen dokter, dus dat kunt u helemaal niet,' zei Hedwig brutaal, maar ze lachte toen.

'Komt u eerst maar binnen en neem een kop koffie. U ziet er zelf namelijk ook nogal geradbraakt uit.'

Hulda volgde Hedwig naar de huiskamer en liet zich opgelucht op de bank zakken. Een kop sterke koffie was precies wat ze nodig had. De Herrmanns hadden een dienstmeisje dat voor de koffie zorgde.

Haar benen voelden nog steeds een beetje aan als rubber, vond Hulda, en daarom greep ze dankbaar naar het hete porseleinen kopje met de gouden rand en nam een grote slok.

'Dus voor de draad ermee,' zei ze toen tegen Hedwig, die kreunend op een stoel was gaan zitten. 'Hoe gaat het met u?'

'Ik weet het ook niet, juffrouw Hulda,' zei Hedwig onzeker. 'Het is allemaal... veel moeilijker dan bij de meisjes destijds. Maar dat is ook alweer behoorlijk lang geleden. Eigenlijk wilde ik geen derde kind, weet u? En nu al helemaal niet, omdat de tijden zo onrustig zijn en ik al vierenveertig ben. Eerst dacht ik, toen de menstruatie uitbleef, dat het al de overgang was. Mijn jongste gaat binnenkort naar het lyceum. En dan nog een keer zo'n kleintje?' Ze schudde bedroefd haar hoofd en kreunde onderdrukt.

'Hebt u pijn?' vroeg Hulda.

Voordat Hedwig kon antwoorden, ging de deur naar de gang, die op een kier had gestaan, open.

'En of ze pijn heeft,' zei de oudere dame die nu binnenkwam. Ze was lang, had oplettende blauwe ogen en droeg een elegant kostuum van fijne wol. 'Mijn dochter speelt graag de heldin, maar dit is niet normaal, zeg ik u.'

'Moeder, alsjeblieft,' siste Hedwig. 'Je zei toch dat je wilde gaan liggen.'

'Slapen kan ik wel als ik dood ben.' De vrouw ging in de oorfauteuil zitten, zette haar lorgnet recht op haar neus en knikte Hulda toe. 'Ik ben Gertrud Siegel,' zei ze. Toen richtte ze zich tot het dienstmeisje. 'Grete, een kop thee alsjeblieft.'

Het meisje maakte een reverence en liep de kamer uit. Gertrud keek streng naar haar dochter, die met een grimmig gezicht haar buik vasthield.

'Iemand moet je mooie vroedvrouw toch vertellen wat er werkelijk aan de hand is.'

'Wat dan, in hemelsnaam?' vroeg Hulda bezorgd.

Opnieuw antwoordde Hedwigs moeder: 'Ze heeft hoofdpijn, pijn in haar buik en gezwollen benen, zo dik als die van een olifant.'

Hedwig steunde. 'Dat gaat je niets aan,' zei ze met opeengeklemde tanden. 'Altijd moet je je ermee bemoeien. Ben jij zwanger of ik?'

Maar Hulda was een en al oor.

'Ziet u wel eens sterretjes?' vroeg ze en ze las het antwoord al in het opgezette gezicht van de zwangere.

'Ik dacht, mijn ogen worden gewoon slechter. U weet wel, op mijn leeftijd...'

Hulda stond op en ging bij haar staan. Ze legde haar hand op Hedwigs monsterachtige buik en betastte die. Stilte. Maar dat had niets te betekenen. Het kind zou kunnen slapen. Ze nam Hedwigs pols, die veel te snel was. Dat wees op een hoge bloeddruk. Maar zonder een elektrische hartslagmeter, zoals in de ziekenhuizen werd gebruikt, kon Hulda verder niets onderzoeken. Ook een proteïnetest van de urine van de zwangere, die haar dringend noodzakelijk leek, kon ze niet in haar eentje afnemen. Zoals altijd wanneer haar mogelijkheden waren uitgeput, ergerde Hulda zich eraan dat ze geen medicijnen had gestudeerd. Ze wist dat ze het talent ervoor had. Het besef dat ze nu zo veel expertise, zo veel ervaring en, belangrijker nog, handelingsbevoegdheid miste, was wel eens bitter. Hulda hield veel van haar werk als vroedvrouw, maar ze moest zichzelf al te vaak inhouden en haar patiënten naar de grote ziekenhuizen verwijzen, hen in vreemde handen overgeven. Meestal die van een man, want vrouwen werden pas sinds een paar jaar toegelaten tot de Pruisische universiteiten.

Ze vermande zich. 'Hoe het me ook spijt, ik moet u naar de kliniek sturen.'

Hulda zei het zo voorzichtig mogelijk, maar Hedwig staarde haar met grote ogen aan. 'Is het ernstig, juffrouw?'

'Ik weet het niet zeker, maar het zou het beginstadium van eclampsie kunnen zijn.'

Terwijl Hedwig haar vragend aanstaarde, begon haar moeder in haar stoel onrustig te worden.

'Het is een vergiftiging die soms optreedt bij zwangere vrouwen,' voegde Hulda eraan toe. 'Daar moeten we een dokter naar laten kijken.'

'En de baby?' vroeg Hedwig bleek, terwijl ze haar buik vastpakte. 'Is die ook ziek?'

'Ik weet het niet,' zei Hulda, die zich vreselijk hulpeloos voelde. 'Het is het beste dat u meteen naar het ziekenhuis rijdt, dan hebt u snel zekerheid.'

Hedwig knikte. Haar moeder was opgestaan en sloeg een arm om haar dochter.

'Maak je geen zorgen, schat,' zei ze, en Hulda was opeens dankbaar voor haar aanwezigheid. 'Het komt wel goed. Kom, Gustav moet een ziekenwagen voor je bellen.' Ze klopte op haar schouder en duwde haar zacht de huiskamer uit.

Even later kwam ze terug. En pas toen ze met Hulda alleen was, zei ze nadenkend: 'Ik heb vroeger wel eens van die ziekte gehoord.'

'Ja?' vroeg Hulda. Ze luisterde maar met een half oor omdat ze haar vroedvrouwentas inpakte.

'Een kennis van een vriendin had zo'n zwangerschapsvergiftiging. Wacht eens... Ik denk dat ze Rita heette.'

Hulda spitste haar oren. 'Rita?'

'Ja, Margarita eigenlijk, nu herinner ik het me weer. Mijn vriendin kende haar van de middelbare school. Een of andere nietsnut heeft haar zwanger gemaakt toen ze het laatste schooljaar deed. Het was natuurlijk een verschrikkelijk schandaal. In onze wereld bestonden zulke dingen niet, affaires voor het huwelijk, bastaarden... De ouders stuurden hun dochter naar een tehuis voor gevallen meisjes. Daar werd gezorgd voor jonge vrouwen zoals die Rita. Ze gaven ze daar werk, na de geboorte liet men ze naar huis gaan en bracht de kleine naar een of ander weeshuis. Het was echt een winstgevende handel, weet u. De ouders betaalden er goed geld voor om van de verantwoordelijkheid voor hun zedeloze dochter af te zijn.'

Hulda voelde zich onbehaaglijk. 'En die Rita had eclampsie?'

'Ja, vermoedelijk was het een doodgeboren kindje, maar zelf was ze niet ziek geworden; niet van die kwaal in elk geval.' Ze had zichtbaar moeite om niet al te bezorgd te klinken. 'Nu begrijpt u zeker mijn ongerustheid, juffrouw.'

Hulda knikte. 'Destijds waren er nog geen goede medicijnen,' zei ze snel. 'Tegenwoordig zijn de artsen een stuk verder.' Maar bij zichzelf dacht ze dat eclampsie nog steeds een verraderlijke ziekte was, die dodelijk kon verlopen als ze niet tijdig behandeld werd. Maar ze zweeg.

Gertrud leek er spijt van te hebben dat ze het verhaal had verteld en beet op haar lip. Haar blauwe ogen leken opeens wat wazig achter haar brillenglazen, alsof ze in de verte staarde.

Maar bij Hulda raasden de gedachten als stoomlocomotieven door haar hoofd. 'Dus het kind was dood, zegt u? Weet u het zeker?'

Nu keek Gertrud haar verrast aan. 'U ziet helemaal bleek, juffrouw Hulda. Ja, ik weet het zeker. Maar dat is allemaal lang geleden, begrijpt u?'

Hulda wist dat ze zich vreemd gedroeg, maar ze kon niet anders. 'Neem me niet kwalijk, het is alleen zo dat het verhaal mij doet denken aan dat van een... vriend. Weet u wat er daarna met die Rita is gebeurd?'

'Nou, haar reputatie was natuurlijk naar de maan. Een afgelikte boterham. Ze bleef lang ongetrouwd, een oude vrijster. Maar toen ontfermde er zich toch nog iemand over haar. Konrad, ja, zo heette hij, denk ik.'

Hulda ademde diep in en vergat de lucht weer te laten ontsnappen. 'En die Konrad is met haar getrouwd?'

'Ja, inderdaad. Ze kregen zelfs nog een klein meisje, maar –' Gertrud stokte. 'Helaas is het, heb ik gehoord, niet goed met haar afgelopen. Misschien kent u die vrouw zelfs uit de krant, ze is onlangs verdronken. Ach, wat een verschrikkelijke geschiedenis!'

Hulda probeerde een verbaasd gezicht te trekken, zodat Gertrud niet zou merken hoe gretig ze het verhaal had gevolgd. Maar voordat ze iets kon terugzeggen, kwam Hedwig de kamer weer binnen. Ze had met haar man gepraat en liep nu gejaagd rond. Ze pakte lukraak dingen in die ze in de kliniek nodig dacht te hebben. Gertrud ging met een bezorgd gezicht bij haar dochter staan en pakte haar met een resoluut gebaar een stapel boeken af, die ze net in haar koffer wilde leggen.

Hulda foeterde op zichzelf, ze was een onverantwoordelijke vroedvrouw. Zij zou Hedwig moeten helpen, haar kalmeren, maar in plaats daarvan keek ze werkeloos toe, gespitst op verdere informatie. Ze moest er gewoon achter komen of Gertrud nog iets wist.

'Hebt u enig idee waarom die vrouw is verdronken?' vroeg ze, nadat Hedwig naar het dienstmeisje in de gang was gegaan.

'Nee, ik ken de details niet. Ik kende haar ook niet persoonlijk. Waarschijnlijk kon ze niet zwemmen, net zomin als ik. In mijn tijd leerden meisjes dat meestal niet.'

'Dus u denkt dat het een ongeluk was?'

‘Wat anders? Wie zou een oude vrouw iets willen aandoen? Ze heeft haar hele leven moeten vechten nadat ze destijds die ene misstap heeft begaan. Daar heeft ze voor moeten boeten, al die jaren lang. Mijn kennis vertelde me dat ze zich om haar bejaarde ouders heeft bekommerd, hoewel die haar toen bijna hadden verstoten. Ze is getrouwd met een brave, maar berooide man, ver onder haar stand. En ze heeft op de verpleegsterschool geploeterd en zich voor de zieken opgeofferd. Florence Nightingale noemden de patiënten haar, vindt u dat niet ontroerend?’

Vreemd, dacht Hulda, van zuster Nightingale tot Rappe Rita... Dan was ze toch wel diep gevallen.

Toen dacht ze aan Karl en wat die informatie voor hem zou betekenen. Misschien zou hij blij zijn dat Rita Schönbrunn toch niets met hem te maken had. Aan de andere kant, nu zou hij weer in het duister tasten over zijn afkomst.

Hulda voelde zich niet prettig bij het idee dat ze hem alles zou vertellen. Hoe je het ook wendde of keerde, hun toch al ingewikkelde relatie werd door vele wolken overschaduwd.

25
Notitieboekje

Militaire psychiatrische kliniek in de buurt van de stad Brandenburg
23 december 1916

Morgenavond is het kerstavond. Hier in het lazaret is het voor veel patiënten een droevige dag, omdat ze niet bij hun gezin zijn. Anderen lijkt het niet uit te maken, ze bevinden zich in een eigen wereld, en vandaar voert geen weg naar het leven van de gezonden.

Wij verpleegsters hebben dit jaar ons best gedaan om de boel een beetje feestelijk aan te kleden. We kregen zelfs een boom, de boswachter heeft hem gebracht, en we hebben hem in de hal opgesteld. Maar de regering zei dat elke boom maar één enkele kaars mocht hebben, om te besparen op verlichting. Eén enkele kaars! Hoe triest zal zijn licht schijnen in de donkere, koude hal, die we niet goed kunnen verwarmen, want in deze vreselijke winter is er ook al gebrek aan kolen.

Buiten regent het en huilt de wind, er is een flinke sneeuwstorm op komst. De patiënten met een heldere geest klagen over de ijzige kou en de honger, maar ook de geestelijk verwarde bewoners jammeren en smeken woordeloos om voedsel. Al weken is er alleen koolraapsoep, soms met grijze gerstekorrels erin, maar meer dan eens zelfs dat niet.

De eerste hongerdoden zijn gevallen. Ik schrijf het op en kijk naar de woorden, alsof ze niet van mijn hand zijn. Hoe is het mogelijk dat wij onze beschermelingen honger laten lijden? Ze sterven in hun bedden, uitgemergeld tot op het bot. Maar je hoort dat dit lot alle inrichtingen in het land treft, overal verhongeren de zieken vanwege de gebrekkige rantsoenering. Ook de jongens en meisjes uit het kinderpaviljoen in Dalldorf lijden honger, en ook daar, is me verteld, zijn er al een paar overleden. Wat is dat voor een onbarmhartige oorlog, die zijn eigen mensen thuis zo dood laat bloeden?

Er is hier een soldaat wiens lot me bijzonder aan het hart gaat. Hij is heel helder, maar heeft toch een oorlogsneurose. Hij lijdt aan de typische krampaanvallen, en er is geen verbetering. Soms, als er voldoende tijd is, praat ik een beetje met hem. Hij heeft een vrouw en kinderen. Bij zijn aankomst moest ik zijn hoofd scheren, want de luizen vreten de bewoners hier op als we ze niet permanent bestrijden. Maar inmiddels zijn zijn blonde lokken weer wat gegroeid. Hij ziet er jonger uit dan hij is, ik vind het ongelooflijk dat zijn kinderen al naar de lagere school gaan. Eén keer heeft hij een foto laten zien. Een slanke vrouw met een afgesloofd gezicht en twee schatten van kinderen. De jongen lijkt op hem als twee druppels water, het meisje heeft de zomersproeten van haar moeder.

Toen ik hem vroeg wanneer hij ze voor het laatst had gezien, begon hij te huilen. Het was meer dan twee jaar geleden, daarna was hij onafgebroken aan het front, in Frankrijk en België, tot de zenuwaandoening hem overviel en hij bij ons belandde. Contact met de buitenwereld wordt de mannen niet altijd toegestaan, dat staat het genezingsproces in de weg, zeggen de artsen. Ze vrezen dat de soldaten besmet raken door het hysterische gejammer van hun vrouwen en dat hun symptomen daardoor verergeren. Hij smeekte me hem te helpen, hij wilde zijn gezin zo graag een kerstkaart sturen. Ik beloofde niets, maar gisteren stopte hij me een briefje toe en smeekte hij het me opnieuw. Hij zei, misschien alleen om me te vertederen, dat hij zijn gezin daarin ook over mij vertelt, dat ik de engel van de afdeling ben. Wat een dwaze vleierij!

Maar ik pakte het briefje aan en stopte het in mijn verpleegstersschort. Daar voel ik het papier elke keer als ik buk. Maar ik kan niet besluiten. Ik wil mijn baan niet op het spel zetten. Maar hoe kan ik iemand weigeren contact met zijn kinderen en zijn vrouw op te nemen? Met kerst? Zo wreed ben ik niet, dus zal ik het briefje later op weg naar huis naar het postkantoor brengen. We moeten menselijk blijven in deze onmenselijke tijden, wat heeft het anders allemaal voor zin?

26

Zondag, 11 juni 1922

Hulda had met de familie Herrmann in de motregen staan wachten tot de ziekenwagen, een zwarte Daimler met een gesloten opbouw, de Motzstrasse in was gereden. De ziekenbroeders hielpen Hedwig achterin in te stappen en op de brancard te gaan liggen, ook al verzekerde ze hun dat het niet nodig was. Gustav stapte ook in en ging op een stoel naast zijn vrouw zitten.

Hulda kwam even bij hen en streelde Hedwig over haar arm. 'Heb vertrouwen in de artsen,' zei ze.

'Kom je ook mee?' vroeg Hedwig met een smekende blik.

'Ik ben bang dat dat niet mag,' zei Hulda spijtig. De artsen in de kliniek tolereerden niet dat vroedvrouwen van buiten meekwamen en hun mening gaven over de behandeling van zwangere vrouwen. 'Dan zijn er te veel kapiteins op één schip,' zei ze en ze voelde Hedwigs teleurstelling als een steek. Ze haatte zulke momenten, waarop ze zich een verraadster voelde. Maar haar beroep vereiste dat ze het juiste deed. Wat in dit geval betekende dat ze Hedwig snel in medische handen moest zien te krijgen, omdat haar eigen mogelijkheden begrensd waren. Tegen een zwangerschapsvergiftiging stond ze als vroedvrouw machteloos. Dus kneep ze nog eens meelevend in Hedwigs gezwollen hand en sprong uit de wagen op straat. Ze wuifde naar de zwarte auto, tot hij om de hoek was verdwenen. Ze voelde zich beroerd. Hoe zou dit uitpakken?

Ze draaide zich om naar de winkel. Tegen het raam waren twee gezichten met vlechten gedrukt. Katinka en haar zusje Johanna hadden met grote ogen naar het vertrek van hun ouders in de ambulance gekeken. Gertrud en het dienstmeisje stonden naast hen. Hulda wuifde naar hen en Katinka, de jongste, hief schuchter haar hand op en zwaaide terug.

Diep in gedachten liep Hulda over de Motzstrasse en sloeg toen af naar de Viktoria-Luise-Platz. Ze vond een telefoon, maar de juffrouw deelde haar mee dat inspecteur North niet op zijn plek was, en dus liep Hulda onverrichter zake verder. Waarschijnlijk had Karl deze zondag vrij, Hulda gunde het hem.

Hoewel het een grijze dag was, scheen de schoonheid van het plein erdoorheen. Het was aangelegd in de vorm van een ster en in tegenstelling tot de huurkazernes in de Bülowwijk ontbraken de grote huizenblokken met binnenplaatsen. De vormgeving van de bebouwing was verrassend ongedwongen, tussen en achter de gebouwen was het ruim en licht. De kronen van de bomen ruisten majesteitelijk. In het midden van het plein klaterden fonteinen. In een stralend wit huis bevond zich de Lette-vereniging, die jonge mensen opleidde in kunstzinnige beroepen, zoals fotografie, tekenen en het ontwerpen van mode. Speciaal de vrouwelijke studenten moesten worden ondersteund. Een groot affiche kondigde een tentoonstelling aan die dit weekend zou worden gehouden: de afstudeerprojecten van de hoogste klassen. Een groep jonge vrouwen stond ondanks de motregen voor de poort te kletsen, de meisjes droegen knielange rokken en modieuze hoeden, en Hulda betrapte zich erop dat ze een beetje jaloers was op hun zorgeloze jeugd. Zou het niet heerlijk zijn om opnieuw te kunnen beginnen? Maar artistiek talent ontbrak bij haar volledig, en Hulda dacht huiverend terug aan de tekenlessen bij juffrouw Niethammer op de Hogere Meisjesschool die ze had bezocht. Bovendien, zelfs op donkere dagen zoals deze, die haar het harde lot van het vrouwelijk geslacht deden voelen, zou ze haar beroep voor geen goud willen ruilen voor iets anders.

'Wat een eer, juffrouw Hulda,' zei opeens een vertrouwde stem naast haar.

Ze draaide zich om en keek in een vriendelijk gezicht met een enorme snor.

'Meneer Bert! Wat doet u hier? Niet in de kiosk?' vroeg ze weinig origineel.

Dat moest hij ook vinden, want hij klakte afkeurend met zijn tong. 'U weet niets over mij, juffrouw Hulda. Voor u ben ik alleen het manusje-van-alles achter de stapel kranten.' Zijn blik werd toegeeflijker. 'Maar eens per week, op zondagmiddag, gun ik mezelf een pauze, zonder krantenkoppen en drukinkt. Die bengel van Fleischer, een jongen die nog niet helemaal droog achter de oren is, neemt dan mijn kiosk over en ik ga koffiedrinken en een stuk sachertorte eten. Elke zondag. En altijd hier.'

Hulda vond dat zijn colbert en de bordeauxrode zondagse strik uitstekend pasten bij de gelegenheid.

Hij wees naar een koffiehuis aan de andere kant van het plein, waar de gasten zich hadden teruggetrokken onder grote, rood-wit gestreepte parasols, die vandaag bescherming boden tegen de regen. Zacht rinkelden de lepeltjes op het porselein.

'Wilt u me gezelschap houden?'

Hulda wilde zijn aanbod afslaan, maar bedacht zich toen. 'Graag,' zei ze en ze haakte bij hem in.

Samen liepen ze naar de overkant en vonden een vrij tafeltje onder een kastanje met een dicht bladerdak, dat de nattigheid voldoende tegenhield. Het was niet koud, maar Hulda genoot van de frisse lucht en haalde diep adem.

Er kwam een oudere kelner naar hen toe, die Bert herkende en met een knipoog zei: 'In charmant gezelschap vandaag, oude vriend?'

'Dit is mijn lieve vriendin Hulda.' Bert keek Hulda vrolijk aan. 'Ze laat alle mannenharten op de Winterfeldtplatz sneller kloppen, maar vandaag heeft ze haar middag opgeofferd aan een arme stakker.'

Hulda sloeg hem speels met een servet. Tegelijk voelde ze dat ze met die beweging ook haar sombere gedachten verjoeg.

Ze bestelden koffie en gebak en Bert vroeg om toestemming om een pijpje te roken.

'Ik wist helemaal niet dat u rookt.'

'Er zijn wel meer dingen die u niet van mij weet.' Hij grijnsde ondeugend.

De taart smaakte zo goed dat Hulda lichtzinnig werd en nog een punt bestelde.

Nadenkend likte ze de chocolade van haar vork en keek Bert aan.
'Mag ik u iets vragen?'
'Natuurlijk.'
'Waarom hebt u eigenlijk geen familie? Hebt u nooit willen trouwen?'
'Waarom vraagt u dat?'
Hulda dacht een zweem van behoedzaamheid in Berts ogen te zien. 'Neem me niet kwalijk als dat te persoonlijk is. Maar het wil er bij mij niet in dat zo'n aardige heer als u alleen woont.'
'We hebben het nu eenmaal niet altijd voor het kiezen hoe we leven en van wie we houden. Dat zou juist voor u geen verrassing moeten zijn.' Bert dronk zijn koffie op en zette het kopje iets te hard op het schoteltje.
Hij vervolgde zacht: 'Natuurlijk wilde ik trouwen. Maar weet u, ik was niet altijd de man die ik vandaag lijk te zijn.'
'Dat klinkt heel mysterieus.'
'Ja, doorgaans houd ik het ook geheim. Maar u verklap ik het, juffrouw Hulda, omdat u er rechtstreeks naar vraagt. En eigenlijk wil men worden gevraagd, is het niet?'
Hij klopte zijn pijp uit, die koud was geworden. 'Ik was een verstoten kind. Mijn moeder liet me in de steek toen ik nog heel klein was. Ze was straatarm, voor haar was ik alleen een nutteloze mond die gevoed moest worden. Ze liet me op de stoep achter en vertrok. Ik werd doorgegeven van de ene kinderopvang naar de andere, maar niemand wilde me houden, want ik was stom.'
Hulda staarde hem aan. 'Stom? Kon u niet praten?'
Hij schudde langzaam zijn hoofd.
Opeens zag hij er met zijn grijze haren uit als een oude man, dacht Hulda verbaasd, die hem steeds alleen maar elegant en gedistingeerd had gevonden.
'Ik weet het niet,' vervolgde Bert. 'Als ik mijn mond opendeed, kwamen er alleen merkwaardige klanken uit, geen woorden. De andere kinderen in het weeshuis waren bang voor me. Ik wilde hun zo graag zeggen dat het niet nodig was, dat ik ongevaarlijk was, maar dat kon ik niet. Toen ik veertien was, brachten ze me uiteindelijk naar een psychiatrische inrichting. Daar ben ik bijna gestorven.'

Hij stokte en keek haar aan. Het verdriet in zijn ogen snoerde Hulda's keel dicht.

'De psychiaters dachten dat ze het juiste deden, en waarschijnlijk hebben ze ook veel mensen geholpen. Maar ik kreeg een ambitieuze jonge dokter, die koste wat kost wilde bewijzen dat de hardste methodes de beste waren. Hij duwde me net zo lang onder water tot ik bijna verdronk, om me te dwingen te spreken. Maar ik schreeuwde alleen, zonder woorden.'

Ongelovig staarde Hulda hem aan. Ze had nooit geweten wat voor droevig lot zich achter het raampje van de kiosk verborg.

Bert vervolgde: 'Pas toen ik een longontsteking kreeg, werd ik bij hem weggehaald. In een ziekenhuis hebben de nonnen me verpleegd tot ik weer gezond was. Daar ging het goed met me. Naast mijn bed lag een meisje, Rosa.' Berts gezicht begon te stralen. 'Ze was het mooiste schepsel dat ik ooit had gezien, vijftien jaar oud... en doodziek. Om haar te zeggen wat ik voor haar voelde, begon ik te praten. Het was alsof mijn tong jarenlang alle woorden had bewaard om ze haar te kunnen schenken.'

Hulda zag dat Bert ver weg was toen hij zijn verhaal vertelde. Hij leek volkomen op te gaan in de herinnering aan zijn tijd in het ziekenhuis.

Toen Bert uitgesproken was, zwegen ze lange tijd. Dikke regendruppels kletteren op de bladeren boven hen, steeds meer gasten van het café pakten hun smeulende sigaretten en borden om binnen een plaats te zoeken. Maar noch Hulda noch Bert stoorde zich aan de regen.

'Wat had Rosa dan?' vroeg Hulda behoedzaam, toen de stilte haar te lang begon te duren.

'Tuberculose,' zei Bert schor. 'Ze stierf vlak voordat ik werd ontslagen. We hadden elkaar beloofd dat we zouden trouwen als we allebei weer beter waren. Natuurlijk was dat onzin, ik was een ouderloze jongen die niemand wilde, zij kwam uit een burgerlijk nest. Voor geen goud zou haar vader met een dergelijke verbintenis hebben ingestemd. Maar ik kon haar belofte niet vergeten.'

Hij schraapte zijn keel en pakte zijn pijp weer. Met trillende handen probeerde hij hem opnieuw aan te steken, maar de lucifer ging uit.

Voorzichtig nam Hulda het pakje uit zijn hand en hielp hem. Opeens had ze ook zin om te roken. En toen er een ober langskwam, bestelde ze sigaretten voor vier mark en stak er even later ook eentje op. De blauwe rook steeg als een geest op naar het bladerdak boven haar.

Naast haar zat Bert met gesloten ogen te roken. Uiteindelijk zei hij: 'Ik werd ontslagen en als genezen beschouwd omdat ik mijn stem weer terug had. Ik kwam in een pleeggezin, waarvan de dochter juist was gestorven. De ouders waren diepbedroefd, maar in mij vonden ze troost. Mijn pleegvader had de krantenkiosk, die ik van hem heb geërfd. Hij was erg aardig voor me en maakte me tot de man die u nu kent.' Een flauwe glimlach gleed over zijn gezicht. 'Je zou kunnen zeggen dat ik limonade heb gemaakt van citroenen. Maar ik ben nooit getrouwd.'

Een kringetje rook uit zijn pijp zweefde de lucht in en vervaagde onder de rood-wit gestreepte zonneschermen van het koffiehuis. Hulda keek het na.

'Overal verlaten kinderen,' zei ze zacht, meer tegen zichzelf. Maar Bert had het gehoord.

'Waarom zegt u dat?'

'Ach, het is vreemd. Waar ik ook kom, hoor ik verhalen over wezen en verstoten kinderen. Sommigen hebben iets van hun leven gemaakt, zoals u. Anderen gaan naar de verdommenis.'

'Denkt u aan iemand in het bijzonder?'

Hulda zweeg. Ze dacht na. Toen vroeg ze abrupt: 'Wat vind je van de Berlijnse recherche, Bert? Doen ze hun werk goed?'

Hij keek haar vragend aan. 'Ik begrijp het niet.'

'Ik ken een jonge rechercheur. Hij is bezig met een zaak die te maken heeft met het huis waar mijn kraamvrouw Lilo Schmidt woont.'

In Berts ogen verscheen een ondeugend lichtje. 'Aha. U ként hem dus.'

Hulda protesteerde, maar moest ondanks zichzelf lachen. 'Voor u kun je ook helemaal niets verbergen,' zei ze ietwat geërgerd.

'Daar hebt u gelijk in. Maar hoe zit het nu met die jongeman?'

'Hij heet Karl en werkt in de Rode Burcht. Zijn gedrag is ietwat... onorthodox. En ik denk dat hij bewijsmateriaal heeft vernietigd.'

Hulda drukte haar sigaret uit. 'Ik heb een beetje rondgevraagd om meer over dat sterfgeval te weten te komen.'

'Rondgevraagd?' vroeg Bert en hij fronste zijn voorhoofd. 'Juffrouw Hulda, wees voorzichtig. U zou niet de eerste zijn die in Berlijn verdwijnt omdat ze gevaarlijke mensen voor de voeten loopt.'

'Maakt u zich geen zorgen, ik pas goed op.' Onwillekeurig raakte Hulda haar hoofd aan en voelde onopvallend aan haar buil. 'Ik dacht alleen, hoeveel mag je over een vreemde weten?'

'Zo geheimzinnig? Uiteindelijk heeft meneer de inspecteur zelf boter op zijn hoofd,' zei Bert.

'Denkt u dat?'

'Nou, dat ligt toch voor de hand. U zegt dat hij het onderzoek belemmert, bewijs laat verdwijnen. Dat is dan toch duidelijk?'

'Ja en nee,' antwoordde Hulda. 'Hij heeft zijn redenen, geloof me maar.'

Bert keek haar kritisch aan. 'Beste juffrouw, ik heb het gevoel dat u niet helemaal onpartijdig bent in deze zaak.'

Hulda schoof heen en weer op haar stoel. 'Ik weet het,' zei ze gesmoord. 'Ik moet hem spreken.' Opnieuw zag ze de gefronste wenkbrauwen van haar gesprekspartner.

Bert leunde voorover en legde zijn grote hand op haar arm. 'Ik zie niet graag dat u zich in gevaar begeeft. Ik merk dat u er al tot aan uw nek in zit. U hebt uw mooie tanden in dit geval gezet, en ook in de waarschijnlijk knappe inspecteur, en u wilt niet loslaten. Maar de mysterieuze Karl zou een schurk kunnen zijn. Weet u, niet elke rechercheur is geroepen om politiewerk te doen. Velen zijn dit beroep in geduwd omdat de ouders niet genoeg geld hadden om een carrière als arts of jurist mogelijk te maken.'

'Karl is een moeilijk mens,' zei Hulda en ze drukte met haar wijsvinger de taartkruimels op haar bord plat, 'maar hij is beslist geen misdadiger.'

'Ook al heeft hij alleen een gecompliceerd karakter,' zei Bert, 'u moet bij hem uit de buurt blijven. Ik ken u toch. Als u met vuur kunt spelen, doet u het maar al te graag. Maar uiteindelijk brand je je altijd.'

Hij keek lang naar haar en Hulda voelde zich ongemakkelijk onder zijn onderzoekende blik. Uiteindelijk schudde Bert bedroefd zijn hoofd.

'Ik zie het al, mijn waarschuwing komt te laat. En misschien doet u er uiteindelijk toch goed aan om hem niet met rust te laten. Want op een gedeukt potje past nu eenmaal geen rond dekseltje, nietwaar?'

'Hebt u het over mij?' vroeg Hulda en ze wilde verontwaardigd protesteren en zeggen dat ze geen gedeukt dekseltje was. Maar toen bedacht ze dat Berts uitspraak misschien niet zo fijnzinnig was geweest, maar toch een kern van waarheid bevatte. Ze had de neiging om zich in gevaarlijke situaties te begeven, voelde zich aangetrokken tot risico's. Was het niet precies daarom dat ze steeds van Felix wegging? Felix wist wie hij was en wat hij wilde. Zíj was wispelturig, rusteloos, doodsbang voor het vooruitzicht van een duidelijke toekomst. Voelde ze zich daarom zo verbonden met die Karl North? Omdat achter die vuile brillenglazen de droevigste ogen van de wereld zaten, die haar van alles beloofden?

'U zult alles wel weten,' zei Hulda uiteindelijk. 'Ik zweer dat ik voorzichtig zal zijn.'

'Ha! Een blinde op krukken ziet nog dat dat grootspraak is.' Bert stond op, legde een paar bankbiljetten op tafel en streek zijn pak glad. Toen keek hij op zijn horloge. 'Maar ik heb u tenminste gewaarschuwd. En komt u nu maar mee, ik moet terug naar mijn kranten. Het is vreemd, maar na één of twee uur zonder ze voel ik me opeens niet meer mezelf. Al die zwarte letters die ons de wereld uitleggen, ik heb ze graag om me heen. En elke keer als ik ze aan die kleine bengel overlaat, sta ik duizend angsten uit. Wat als hij ze per ongeluk met zijn peuk in brand steekt en mijn hele leven opgaat in een regen van vonken?'

Hulda lachte zacht en bood hem haar arm aan. Samen liepen ze door de motregen terug naar de Winterfeldtplatz, terwijl een gelukkige mus zich over de kruimels op hun borden ontfermde.

27

Maandag, 12 juni 1922

Karl struikelde over een berg puin op de grond. Hij hervond zijn evenwicht en keek om zich heen. Het terrein van de oude meubelmakerij was omgeven met hoge muren van baksteen. Ooit was dit een bedrijvig oord geweest, hij herinnerde zich dat hij er als schooljongen soms had rondgedwaald, luisterend naar het gekrijs van de zaag. De geur van droog hout en lijm was bedwelmend geweest.

Maar nu staarden de vensters van het gebouw donker de stad in. Stilte hing over de daken van de voormalige werkplaats als de grijze wolken die de dag overschaduwden. Zoals zo veel middelgrote bedrijven had de timmerwerkplaats de oorlog niet overleefd en moest het bedrijf uiteindelijk faillissement aanvragen. Sindsdien stonden de gebouwen leeg.

Bijna leeg, dacht Karl, toen hij de heldere kinderstemmetjes hoorde die uit een van de ramen zonder ruiten klonken. Hij bleef besluiteloos staan. Achter zich hoorde hij de voetstappen van Paul Fabricius, die hij vandaag had meegenomen. Zijn assistent zou het verhoor afnemen, zo hadden ze het afgesproken, en hij, Karl, zou op de achtergrond blijven en alleen ingrijpen als het nodig was. Hij rekende op het talent van zijn assistent om de mensen aan het praten te krijgen. Toch verwachtte hij niet veel nieuws aan de weet te komen als ze het straatmeisje verhoorden dat Rita zou hebben gekend. Maar ze hadden haar verklaring nodig voor het dossier, dus had Karl aan het pushen van zijn ambitieuze assistent toegegeven en was met hem naar de oude timmerfabriek gereden.

Karl had Rita's notitieboekje allang uitgelezen. Eerst aarzelend, maar daarna met toenemende fascinatie, meegevoerd door het onzekere handschrift. En hij had onderzoek gedaan. Uit de personeelsdossiers van de instelling was gebleken dat Rita Schönbrunn de eerste jaren van haar dienstverband voorbeeldig had gepresteerd en dat ze met haar toewijding en werklust een van de beste verpleegsters van de inrichting was geweest.

Maar toen had er zich een incident voorgedaan. Er was een patiënt gestorven. En dat moest in Rita iets hebben losgemaakt, ze was geschokt, ze ging twijfelen, waardoor haar inzet voor het vak dermate was afgenomen dat er nog maar een armzalig restje over was. Of was het pas sinds de dood van haar gezin bergafwaarts met haar gegaan?

Met die vraag kwam Karl niet verder. Maar een vaag vermoeden was bij hem gerezen, een verdenking die met Rita's werk als verpleegster samenhing, met haar zorg voor de zieken. Wat, had hij zich opeens afgevraagd, als ze met haar zorg ooit was tekortgeschoten? Als ze had gefaald, zich ergens schuldig aan had gemaakt? Dan zou ze misschien vijanden hebben gemaakt. Had ze dat uiteindelijk met de dood moeten bekopen?

'Waar wachten we op, chef?' Fabricius' ongeduldige stem weergalmde over het terrein. 'Laten we die kleine ratten uitroken.'

Karl merkte dat de ergernis over zijn assistent opnieuw bij hem bovenkwam. Hij was nog geen vijfentwintig en altijd ongedurig. Maar geduld was een deugd bij het politiewerk, dacht Karl grimmig. Het vermogen om af te wachten als een spin in haar web, tot er een vlieg verstrikt raakt in de kleverige draden. Totdat iemand zou zingen. Maar daarvan had Paul de Doordouwer, de bolbliksem, geen benul, het kon hem allemaal niet snel genoeg gaan, alsof het werk bij de recherche één lange sprint was.

'We willen het meisje niet onnodig laten schrikken, Fabricius,' zei Karl en hij keek de jongeman streng aan. 'De kinderen hier zijn geen criminelen, maar arme stakkers. Toon wat meer medeleven.'

Fabricius haalde alleen achteloos zijn schouders op en schopte tegen een rondslingerende baksteen.

'Tuig blijft tuig,' zei hij. 'Ik had geen idee dat er een communist in u stak, chef!'

Hoofdschuddend draaide Karl zich om en liep op het gebouw af waar hij de kinderen vermoedde te vinden die hij hoorde.

Fabricius slenterde achter hem aan.

Toen ze bij de ingang kwamen, waar een deur los in een scharnier hing, verstomde het gemompel en hoorde Karl geschuifel en gestommel, alsof de bewoners van de oude timmerfabriek zich naar het inwendige van het gebouw verplaatsten. Hij stopte en riep: 'Hier is de politie. Maak je geen zorgen, we doen jullie niets. We willen alleen met eentje van jullie praten.'

Fabricius snoof. 'Zo vang je geen ratten, chef.' Toen riep hij: 'Wie met ons praat, krijgt een *Heiermann*. Hier, zie je wel?' Hij viste een vijfmarkstuk uit zijn broekzak en hield het omhoog in het licht. 'Dat kunnen die arme drommels niet weerstaan, die zingen meteen,' fluisterde hij tegen zijn chef.

Karl slikte zijn ergernis over de schampere praatjes van zijn assistent in. Want achter de vensterbank meende hij de schimmen van hongerige hoofdjes te zien.

Even bleef het stil. Toen hoorden ze zachte voetstappen en uiteindelijk dook er in de scheve deur een jongetje van drie turven hoog op. Zijn korte broek stond stijf van het vuil. Allebei zijn knieën waren opengehaald en zaten vol korsten.

Wantrouwig keek hij de twee mannen aan, alsof hij een klein dier was en zij de jagers. Toen dwaalden zijn ogen begerig naar het geldstuk, dat Paul Fabricius nog steeds als lokaas voor zich hield. Op het gezicht van de jongen streden angst en hebzucht om de voorrang, tot de laatste de overhand kreeg.

'Ik doe het,' zei hij en hij kwam naar buiten. Meteen rende hij naar Fabricius en greep naar het geld, maar die trok de munt razendsnel terug.

'Niet zo snel, kleintje,' zei hij en voor Karl leek zijn stem op die van een ruiter die een jong, nog ongebroken veulen tot bedaren brengt. Hij verwonderde zich over de metamorfose van zijn assistent, er was geen spoor meer van zijn minachting voor de zwerfkinderen te bekennen. Hij leek nu meer op een aardige oom.

'Zeg eerst maar eens hoe je heet.'

'Kalle,' zei de jongen met tegenzin.

Karl kromp ineen en voelde de blik van zijn grijnzende assistent al op zich gericht. Maar hij zei niets. Die naam hadden ze in het weeshuis gebruikt, hij had hem nog meer verfoeid dan Karl. Omdat die naar arme mensen stonk, naar onbeschaafde lieden, naar vuil.

'En, Kalle, woon jij hier?' vroeg Fabricius.

'Als u er niks op tegen hebt.' Het knaapje maakte een lichte buiging.

'Wat mij betreft kun je op Mars wonen,' zei Fabricius geamuseerd en hij bracht Kalle daarmee warempel aan het giechelen. De assistent-rechercheur gaf hem een vriendelijk duwtje op de neus, en opeens leek het wilde paardje uit de hand van de meester te eten. Het wantrouwen verdween uit het gezicht van de jongen.

Fabricius speelde met de munt en vroeg terloops: 'Ken jij ene Lena?'

'Natuurlijk,' zei Kalle, naar het geld glurend.

'Is ze hier?'

'Daar binnen.' De jongen knikte in de richting van de ingang.

'Als je haar naar buiten brengt, dan is dit hier voor jou,' zei Fabricius en hij hield de Heiermann tussen duim en wijsvinger omhoog.

Kalle leek even te aarzelen, toen draaide hij zich om en liep het gebouw weer in. Karl wist zeker dat hij niet meer naar buiten zou komen, maar even later dook zijn vervilte haardos opnieuw uit de oude meubelmakerij op.

En hij trok een meisje achter zich aan.

Zelden had Karl zo'n deerniswekkend schepsel gezien. De haren van de kleine waren waarschijnlijk roodblond, maar de kleur viel onder de kleverige laag steenstof en ander vuil nauwelijks te onderscheiden. De zomersproeten op haar bleke gezicht staken af als donkere vlekken. De armpjes, die uit haar haveloze hemd staken, waren niet meer dan dunne stokjes met handen. Ongetwijfeld woonde ze al lang op straat of hier in dit slooppand. En ze had beslist al maanden, jaren misschien, niet genoeg gegeten.

'Ben jij Lena?'

Het meisje knikte.

Zonder na te denken greep Karl in zijn uitpuilende jaszak en haalde er een pakje boterhammen uit. Hij sloeg het papier open en stak er een naar haar uit. Heel even leek ze te aarzelen, toen pakte ze hem aan en nam direct een hap. Onwillekeurig deed ze een stap van Kalle vandaan, wiens ogen meteen magnetisch door het brood werden aangetrokken. Ook hem overhandigde Karl een boterham, toen was het papier leeg, op een paar kruimels na. Hij verfrommelde het en schopte de prop over het plein.

Fabricius stopte de munt van vijf mark in de kraag van de jongen en zei: 'En nu wegwezen.'

Dat liet hij zich geen twee keer zeggen. Hij vertrok met zijn schatten en verdween om de hoek van het huis, waarachter hij waarschijnlijk in alle rust zijn buit zou verorberen.

Lena stond kauwend op het plein, alsof iemand haar daar had gestald en was vergeten. Ze trok haar schouders op en wipte op haar tenen op en neer, wiegde haar lichaam naar voren en naar achteren, alsof ze zichzelf wilde kalmeren.

Pas nu zag Karl dat ze een paar roodblauwe vlekken op haar hals had, alsof iemand er een grote hand omheen had gelegd en haar nek had toegeknepen.

Hij knikte zijn assistent toe, en Fabricius legde behoedzaam zijn hand op haar arm. 'We zijn van de politie. Alles oké, we willen alleen met je praten. Kom mee, kleintje.'

Ze liet zich gedwee als een lammetje meevoeren. Het brood had ze inmiddels verslonden, ze likte haar lippen, alsof ze weemoedig aan de heerlijke smaak terugdacht.

Met z'n drieën liepen ze over het knersende zand van het terrein naar de poort in de bakstenen muur. Grijze wolken verzamelden zich nog steeds aan de hemel, af en toe schoot er een verdwaalde zonnestraal als een bliksemschicht door een gat in het dichte wolkendek. Spookachtig reikten de geschonden gebouwen van de voormalige werkplaats als afgebroken tanden naar de hemel.

'Er is hier een café waar je kunt ontbijten,' zei Karl zacht tegen Fabricius. Die knikte, en ze namen de zwijgende Lena mee naar de kleine kroeg, waar niet meer dan drie houten tafels in pasten.

De lucht was zwanger van koude sigarettenrook, op het tafelblad had zich het vuil van jaren vastgezet. Karl bestelde bij de grimmige eigenares koffie voor iedereen en een kadetje met spiegeleieren voor Lena.

Ze hoefden niet lang te wachten.

Werktuiglijk at de kleine met haar vork alles op, zonder op te kijken. Ze vergat zelfs te ademen, leek het. Pas toen het bord leeg was, leek ze te beseffen waar ze was, want ze keek om zich heen alsof ze uit een droom ontwaakte.

Voor het eerst vroeg Karl zich af of ze eigenlijk wel goed bij haar hoofd was.

Opnieuw trok ze haar hals tussen haar magere schouders, alsof ze de blauwe plekken wilde verbergen, en pakte het koffiekopje met beide handen beet, als een anker op hoge zee.

Alles aan haar, de gebogen houding, de uitgeteerde ledematen, de angst, riep bij Karl zulke pijnlijke herinneringen op aan de kinderen met wie hij was opgegroeid, dat hij er misselijk van werd. Ooit had hij er ook zo uitgezien, zo gestonken naar angst en wantrouwen jegens de wereld. Hij dwong zichzelf diep in te ademen, wisselde een blik met Fabricius en knikte hem opnieuw onmerkbaar toe.

De assistent begon aan zijn verhoor: 'Je heet Lena? En verder?'

'Schilling.' Ze fluisterde het meer dan dat ze het zei.

'Woon je in de oude meubelmakerij?'

'Hm.'

'Sinds wanneer?'

'Weet ik niet meer. Een paar weken.'

'En daarvoor?'

'Hier en daar.'

Het ongeduld was zijn collega aan te zien, maar Karl beduidde hem dat hij het tempo niet moest verhogen.

Zo vriendelijk als hij kon vroeg Fabricius: 'Jij kent Rita Schönbrunn, is het niet?'

Lena knikte.

Ze keek ineens heel oplettend, iets wat daarvoor niet het geval was geweest, dacht Karl.

'Mevrouw Schönbrunn is een onnatuurlijke dood gestorven. Wij willen graag weten waarom. Heb jij enig idee wat er kan zijn gebeurd?'

Lena perste haar lippen op elkaar en schudde haar hoofd. Met een vingernagel krabde ze voortdurend aan een korstje op de rug van haar hand, tot het begon te bloeden.

Fabricius vervolgde: 'Een paar getuigen hebben verklaard dat jij een keer bij Rita thuis bent geweest. Waar hadden jullie het over?'

Karl dacht dat het woord 'getuigen' de waarheid geen recht deed. Die informatie had hij van Hulda. Maar hij had zijn assistent wijsgemaakt dat Rita's buurvrouw het hem had verteld.

Lena zat te draaien op haar stoel. 'Weet ik niet. Is lang geleden.'

'Probeer het je alsjeblieft te herinneren.'

'Nou ja, allerlei dingen, vrouwendingen. Ze had geen familie meer en heeft iets voor mij gekookt. Dat was alles.'

'Waar was je op de avond van 24 mei, toen Rita verdween?'

'Wat was dat voor dag?'

'Woensdag.'

Lena keek opgelucht. 'Op woensdag ben ik altijd bij Rieke om glazen te spoelen.'

'Wie is Rieke?'

Karl liet van zich horen. 'Een café in de Bülowstrasse,' zei hij. 'Een zogenaamd variété.'

Fabricius negeerde zijn opmerking en keek weer naar het meisje. 'En daar was je dus woensdag, 24 mei?'

'Daar ben ik elke woensdag. Kun je aan iedereen vragen.'

Karl geloofde haar. Bovendien kon zij Rita toch niet in het water hebben geduwd. Hij keek naar haar fragiele botten, haar platte borst, als van een verfomfaaid kuiken. Lena was veel te mager. En ze had geen motief, niet dat hij wist in ieder geval. Rita Schönbrunn leek haar goed te hebben behandeld. Nee, hij wist zeker dat zij het niet was geweest.

Zijn assistent vroeg nog een paar dingen, maar Karls gedachten dwaalden af. Hij voelde dat ze op deze manier niet verder kwamen. Maar desondanks was hij geïnteresseerd in de connectie met Rita Schönbrunn. Brandend geïnteresseerd zelfs, moest hij heimelijk toegeven.

Ze moesten persoonlijker worden.

'Waar heb je die blauwe plekken vandaan?' onderbrak hij Fabricius, die hem verbaasd en ook ietwat geïrriteerd aankeek.

Lena greep naar haar hals en vroeg dommig: 'Welke?'

'Die blauwe plekken. Iemand heeft je geprobeerd te wurgen. Wie was dat?'

Ze wuifde zijn woorden weg, alsof het een kleinigheid was. 'Ik had ruzie met Eddi. Niets bijzonders.'

'Eddi?'

'Mijn broertje.'

'Je bróértje? Nou, hij lijkt flinke kolenschoppen te hebben.'

Opnieuw gleed er een vlaag van angst over Lena's gezicht, iets wat Karl al eerder had gezien. Hij voelde dat hier iets verborgen lag.

'Waar kunnen we je broer vinden?'

'Die is weg.'

'Waarheen?'

'Geen idee. Ik moet nu gaan.'

Lena stond op, maar Fabricius pakte haar bij haar arm. 'Hier blijven. Dus, waarover hadden jullie ruzie?'

'Wat gaat u dat aan?' Opeens was Lena zelfverzekerder dan daarvoor. Ze rukte zich los. 'Ik heb niets gedaan. Vraag maar bij Rieke.'

Zoekend naar hulp keek Fabricius naar Karl. Die maakte een afwerend gebaar. Hij had het gevoel dat Lena niets bruikbaars meer zou zeggen. En ze hadden geen enkel bewijs tegen haar in handen, hij wist zeker dat haar alibi klopte.

Lena liep het café uit de motregen in en Fabricius plofte neer op zijn stoel. Hij snoof teleurgesteld.

'Nou, dat was een fiasco, chef. We zijn geen steek verder gekomen.'

'Dat is niet helemaal waar, Fabricius,' zei Karl en hij stak een sigaret op. Hij inhaleerde diep. 'We moeten die Eddi vinden. Ik heb het gevoel dat Lena ergens bang voor is. En niet alleen voor de klappen van haar broer.'

'U altijd met uw gevoel!' zei Fabricius en hij knipte, toen Karl alleen stil glimlachte, met zijn vingers naar de waardin. Terloops voegde hij eraan toe: 'Heeft uw... gevoel u eigenlijk ook gezegd dat u het notitieblok van mevrouw Schönbrunn moest laten verdwijnen?'

Karl voelde zich alsof de ander hem, als bij een onsportieve bokswedstrijd, met zijn vuist in zijn edele delen had geramd. Verbijsterd keek hij zijn assistent aan.

'Het ligt in elk geval niet in het dossier,' vervolgde Fabricius, terwijl hij bedaard zijn vingernagels met een tandenstoker schoonmaakte. Alleen zijn glimmende, kale voorhoofd verried dat ook hij gespannen was.

'Sinds wanneer weet u dat?' vroeg Karl. Ontkennen had geen zin.

'Eigenlijk sinds ik uw gezichtsuitdrukking heb gezien, toen we destijds de woning uit liepen,' zei Fabricius. 'Er was iets wat u verdomd pijnlijk vond. Maar maakt u zich geen zorgen, uw geheimpje is veilig bij mij. Ik ben alleen nieuwsgierig. Had Rappe Rita haar klanten daarin opgeschreven en stond uw naam helemaal bovenaan?'

Karls vuist belandde op het tafelblad. De serveerster, die net kwam afrekenen, slaakte een kreetje en liet de mannen weer alleen.

'Natuurlijk niet!'

'Vragen staat hopelijk nog vrij,' zei Fabricius en Karl zag dat hij stiekem enorm van de conversatie genoot.

Maar zelf voelde hij zich miserabel, als een oplichter die was ontmaskerd.

'Het is iets... persoonlijks,' zei hij en hij keek Fabricius smekend aan. Tegelijk verachtte hij zichzelf omdat hij zo zwak was. Waarom vertelde hij zijn assistent niet gewoon wat hij dacht? Waarom schaamde hij zich eigenlijk zo voor zijn afkomst, alsof het zijn schuld was dat hij als zuigeling voor de wrede nonnen was gegooid?

'Een privékwestie?'

'Familiezaken.'

Fabricius lachte. 'Vreemd, ik dacht altijd dat u geen familie had. Ik was bijna een beetje jaloers: geen ouders die je kunnen teleurstellen, geen zussen die je steeds geld uit de zak kloppen, zoals de mijne. Maar ja, een mens kan zich vergissen.' Hij stond op. 'Dat is uw zaak,' voegde hij eraan toe. 'Ik zwijg als het graf. Als het armengraf waar die arme oude vrouw in is gegooid.'

Karl kromp ineen, maar hij dwong zichzelf dankbaar te glimlachen en betaalde. Samen liepen ze de kroeg uit.

Terwijl ze naar de boevenwagen, bijgenaamd Grüne Minna, liepen, floot Fabricius de hele weg tevreden een wijsje. En Karl vreesde dat hij zojuist een schuldbekentenis bij zijn assistent had ondertekend waar een bedrag op stond dat hij niet kende.

28
Notitieboekje

Militaire psychiatrische kliniek in de buurt van de stad Brandenburg
18 februari 1917

De kou heeft het land in haar greep als een genadeloze cipier, wiens ijzige hand ons doet sidderen. We zijn verkleumd tot op het bot, er zijn niet genoeg kolen om de barakken van het lazaret warm te krijgen. Ook thuis hebben we het koud. Gisternacht was het twintig graden onder nul. Hildchen slaapt bij ons in bed, we verwarmen elkaar tot de ochtend.

Hoe zou het met de soldaten zijn, daar buiten aan het front?

Helaas moet ik bekennen dat er inmiddels meer patiënten zijn verhongerd. Dit jaar hadden we al zeventien sterfgevallen, de meeste wegens ondervoeding.

Een van die zeventien doden gaat me bijzonder aan het hart. Ik ben ook schuldig aan zijn dood en huil om hem als niemand kijkt.

Het is de soldaat voor wie ik een brief naar zijn familie had gesmokkeld. De leidinggevende psychiater besloot dat zijn symptomen een elektroshocktherapie indiceerden, en dus bracht ik hem naar de behandelkamer, waar de arts al met de elektrische apparatuur wachtte.

Ik heb de artsen horen zeggen dat de elektrische schokken noodzakelijk, zelfs een zegen voor de patiënten zijn, want door de nevel van de neurose dringt dan hevige pijn, die genezing überhaupt mogelijk maakt. Een belangrijk element was de overrompeling, zoals ons verplegers werd ingeprent. Alleen door de verrassende pijn kon de tremor worden gestopt.

Ik was al bij een paar behandelingen aanwezig als assistente, en elke keer waren de kreten van pijn van de slachtoffers nauwelijks te verdragen, maar de artsen verzekeren dat het noodzakelijk is. Meedogenloos optreden is essentieel, heb ik geleerd, de therapie opgeven midden in een sessie leidt niet tot het gewenste doel. Juist als het lijkt dat de schokken geen effect hebben en de patiënt ons smeekt om op te houden, moet de sterkte van de stroomstoten worden opgevoerd. Soms moeten ze vijf minuten zonder onderbreking worden toegediend.

Toen ik met die patiënt de ruimte binnenkwam, kreeg hij het bij het zien van het elektrische apparaat meteen te kwaad. Hij trilde en transpireerde, maar we gespten hem vast en bevestigden de elektroden op zijn slapen. Ik zei tegen hem: 'Dit is dr. Friedberg, de arts. Hij zal u helpen. Alles komt goed.'

Toen joegen we de stroom door zijn hersens.

Ik zal zijn gezicht nooit vergeten, de doodsnood die erop te zien was. De angst! Toen dr. Friedberg uiteindelijk het apparaat uitzette, zag ik dat de meter op meer dan negentig volt had gestaan. Geschrokken draaide ik me om naar de patiënt, die slap op zijn brancard hing. Hij fluisterde: 'Ik voel het. Ik ga dood.'

Ik wilde hem kalmeren, want zelf hield ik het niet voor mogelijk dat hij op dat moment zou bezwijken. Maar toen viel zijn gezicht in, zijn hart hield onder mijn hand op met kloppen. Hij was dood.

De arts leek even te schrikken, maar hervond snel zijn evenwicht en zei alleen: 'Weer eentje minder in deze vervloekte neurotische tijd.'

Ik waste de dode en riep de doodgraver. Een lijkschouwing werd geweigerd. Aan zijn gezin werd schriftelijk medegedeeld dat hij aan zijn zwakke toestand was bezweken.

Ik kan hem niet vergeten. Het woord zwak klinkt als hoon in mijn oren. De man was niet zwak, hij had een sterk gestel, had nog niet zo lang honger geleden als de meesten en wilde terug naar zijn gezin. Mijn verdriet om hem verlamt mijn handen en mijn geest, ik kan me nauwelijks op mijn werk concentreren, omdat ik steeds aan hem moet denken.

Zijn leven was net zo weinig waard als de munt waarvan hij de naam droeg.

29

Maandag, 12 juni 1922

Hulda's moeder staat op de binnenplaats en klopt het tapijt uit dat over een stang hangt. Guste staat ernaast te wachten, met een bedremmeld gezicht en gevouwen handen, terwijl mevrouw Gold keer op keer met de mattenklopper tegen de geweven stof mept en het dienstmeisje afsnauwt. Ze moet goed opletten, zó doe je dat, met kracht, meid! Hulda staat boven, achter het gordijn van de slaapkamer, en kijkt naar beneden. Ze vraagt zich af waarom haar moeder spierwit haar heeft, ze is toch nog een jonge vrouw? Opeens laat haar moeder het tapijt voor wat het is en slaat in plaats daarvan met de mattenklopper naar Guste, slaat onophoudelijk op haar in, met een van woede vertrokken gezicht. Guste huilt en draait haar betraande gezicht naar boven, kijkt naar haar, Hulda, die als vastgenageld bij het raam staat en naar lucht hapt. Want Gustes gezicht is niet meer het brede, wat simpele boerengezicht met de lieve uitdrukking, dat ze zich herinnert, maar dat van haarzelf. Guste is Hulda en haar moeder slaat en slaat als een bezetene op haar in, het kletsen van de mattenklopper op haar huid weerklinkt in haar oren.

Met moeite opende Hulda haar ogen in het donker en ging toen geschrokken zitten, terwijl de droom oploste. Hij vervloog in flarden, maar het geklop, het gehamer bleef. Ja, ze hoorde het nog steeds.

Iemand sloeg van buiten op de deur van haar pensionkamer. Het eerste moment dacht Hulda paniekerig dat ze een zwangere vrouw was vergeten die nu een kind kreeg. Maar toen bedacht ze dat ze nu geen vrouw verzorgde die binnenkort moest bevallen. Dat kon het niet zijn. Dus wie stond er midden in de nacht in haar huis voor haar deur?

Ze werd alweer bevangen door de volgende angst.

'Wie is daar?' vroeg ze schor en ze schraapte haar keel. Toen liep ze op blote voeten naar de deur. Ze stak een gaslamp aan, en het warme schijnsel had iets geruststellends.

'Wie wil er naar binnen?' vroeg ze opnieuw, dit keer met een vaste stem.

'Galina,' werd er buiten gefluisterd en Hulda verstijfde. Wat wilde de receptioniste van het Paleis van Verlangens van haar?

'Bent u alleen?' vroeg ze zacht door de kier van de deur.

'Ja. Doe eindelijk eens open, ik sta hier al eeuwig,' was de reactie.

Hulda voelde een mengeling van ergernis en hilariteit opkomen. Hoe kwam die vrouw erbij om zich te beklagen, terwijl ze een onaangekondigde nachtelijke bezoeker was?

Voorzichtig opende ze de deur op een kier en zag zowaar het lichte haar van de vrouw uit Pedro's etablissement schemeren in de donkere gang. Ze keek langs Galina heen en zag dat er verder niemand was. Pas toen liet ze de raadselachtige gast naar binnen. Vervolgens vergrendelde Hulda de deur weer en keek de vrouw bemoedigend aan.

'Wat wilt u?'

Toen Hulda besefte dat ze alleen een nachthemd droeg, kruiste ze haar armen voor haar borst. Opeens huiverde ze. Snel pakte ze een wollen doek en sloeg die om zich heen, liep toen naar de fluitketel en goot er water in. Ze stak het kleine gasstel aan, zette de ketel erop en zocht naar haar theevoorraad.

Eigenaardig, dacht ze, dat opvoeding toch sterker was dan al het andere. Zelfs als er midden in de nacht een dubieuze bardame bij haar opdook, wier compagnon haar een paar dagen eerder bijna had verkracht, zette Hulda thee voor haar. Maar een kopje thee was nu eenmaal een vredesvoorstel dat iedereen begreep.

Galina ging op de rand van het bed zitten, alsof Hulda en zij oude bekenden waren. Ze zweeg, terwijl Hulda met de thee bezig was. Toen pakte ze het theekopje, keek Hulda aan en vroeg: 'Hebt u er nog iets sterkers bij?'

Hulda keek haar verbaasd aan en dacht na. 'Ik heb nog ergens cognac,' zei ze en ze voelde onder het bed. Ze vond een stoffige fles, die nog voor de helft gevuld was, maakte hem open en goot een flinke scheut in de kop dampende thee. Na een korte aarzeling schonk ze zichzelf ook in. Toen ging Hulda op de stoel tegenover het bed zitten, waar haar jurk van de vorige dag overheen hing. 'Voor de draad ermee,' zei ze, verbaasd over haar ferme toon. In het Paleis van Verlangens was Galina de sterkere geweest, die zelfs de woedende Pedro met een paar woorden in toom had gehouden, maar hier, in haar kamer, was de blonde vrouw met het fijn getekende gezicht en de hoge jukbeenderen opeens onderdanig.

Verlegen blies Galina in haar kopje, slurpte de hete vloeistof op en sloot even haar ogen.

'Hoe hebt u me eigenlijk gevonden?' vroeg Hulda, die zich opeens realiseerde dat Galina haar adres helemaal niet kon weten.

Eindelijk bewoog er iets in het gezicht van de ander. Ze vormde haar mooie lippen tot een spottende glimlach.

'U staat hier toch bekend als de bonte hond, juffrouw Gold,' zei ze met een licht rollende r, die Hulda al bij hun eerste ontmoeting was opgevallen. Het leek alsof er in haar nagenoeg perfecte Duits een melodie doorklonk, een zweem van vroeger, toen die lippen nog een andere taal hadden gesproken.

'Ik heb op de markt een paar vrouwen gevraagd of ze ene Hulda Gold kenden, met ravenzwart haar, en ze wezen meteen de weg naar u. De reactie van de dames was overigens een beetje... nou ja, nogal terughoudend.'

'O ja?'

'Ja, het lijkt dat niet iedereen zo'n hoge dunk van u heeft als uzelf.'

Opvliegend vroeg Hulda: 'Hoe komt u erbij dat ik een hoge dunk van mezelf heb?'

'Nou, je moet wel op een of andere manier megalomaan zijn om het hol van de leeuw binnen te lopen en te denken dat je er heelhuids weer uitkomt. U bent nogal verwaand, juffrouw Hulda. Of kan ik beter zeggen, waanzinnig?'

Hulda beet op haar lip. Ze was woedend. Wat dacht die vrouw wel niet, hier binnen te vallen, haar cognac te drinken en haar te veroordelen? Wie zouden dat geweest moeten zijn, die vrouwen op de markt, die neerbuigend over haar hadden gesproken? Hulda dacht na. Want eigenlijk was het niets nieuws voor haar. De moeders, wier kinderen ze ter wereld had gebracht, hielden van haar. De heren adoreerden haar, maar alleenstaande, jongere vrouwen gedroegen zich vaak gereserveerd, zelfs vijandig tegenover haar. Hulda had nooit zin gehad om erover na te denken waarom dat zo was.

'Maar ja, gelukkig was u er om uw hondje Pedro terug te fluiten,' zei ze koppig. 'Speelt u dat spelletje vaker? Hij slaat de mensen in elkaar en u duikt dan op als reddende engel?'

Galina glimlachte ondoorgrondelijk. 'Ach, juffrouw Hulda, wat wij doen of laten gaat u niets aan, begrijpt u? Pedro en ik, we kennen elkaar al heel lang, we zijn een goed ingespeeld team. Dan kan zo iemand zoals u komen en rondneuzen zoveel ze wil, dat verandert daar niets aan. Maar u moet het niet nog een keer met ons proberen.'

Hulda stak haar kin vooruit. 'En anders?'

'Anders zult u zien dat u de wetten van onze wereld niet kent. En dat roekeloosheid een slechte leermeester is. Want je bent dood voordat je de regels hebt begrepen.'

Ze nam een flinke slok, en Hulda vroeg zich af wat die vrouw in godsnaam van haar wilde.

'Dus hoe kan ik u helpen?' vroeg ze en ze stond op.

'Een mooi woord,' antwoordde de vrouw. 'Helpen. In uw plaats zou ik liever zeggen: hoe kunt u mij ooit voor mijn vriendelijkheid, namelijk dat ik u een paar dagen geleden heb gered, belonen?'

'Voor mijn part,' zei Hulda. Ze was moe. Die Russin moest haar prijs vertellen, in plaats van de hele tijd als een kat om de hete brij heen te lopen. Hulda wilde zo snel mogelijk weer van haar af.

'Maar u begrijpt zeker al,' zei ze terwijl ze naar haar spaarzaam gemeubileerde kamer gebaarde, 'dat er bij mij niet veel te halen valt. Dus tenzij u van mijn diensten als vroedvrouw gebruik wilt maken of ik mijn eerstgeboren zoon aan u moet afstaan, zie ik niet in hoe we hier iets kunnen bereiken.'

Er veranderde iets in Galina's gezicht. Ze werd bleek en perste haar lippen op elkaar. Opeens liepen er twee diepe rimpels van haar neus naar beneden, waardoor ze er veel ouder uitzag.

'U zit er niet ver naast, juffrouw Hulda,' zei ze. 'Hoewel ik met uw eerstgeboren kind niets kan beginnen. Ik wil juist van het mijne af.'

Hulda staarde de vrouw aan. Toen begreep ze het en ging weer zitten. 'U bent zwanger,' constateerde ze.

'Ja.'

'En u wilt de zwangerschap beëindigen.'

'Precies.'

'Waarom, als ik vragen mag?'

'Dat mag u niet,' antwoordde Galina. 'Maar ik zeg het toch: het is niet van Pedro.'

Hulda zei niets, maar wachtte geduldig of er nog een verklaring zou volgen.

'Sinds de behandeling...' Galina spuugde het woord uit, '... die ze hem hebben aangedaan, weten we allebei allang dat hij geen kinderen meer kan verwekken.'

'En het kind van een andere man grootbrengen, is waarschijnlijk niet in Pedro's belang.'

'Opnieuw correct, juffrouw Hulda. Een schot in de roos. Zo zeg je dat toch?'

'Ja, dat klopt.'

'Jullie Duitsers en jullie vreemde, afgemeten taal. Alles is zo militair, alles klinkt naar exercitie.'

Opnieuw voelde Hulda ergernis in haar opkomen. Hoelang wilde die vrouw haar tijd nog in beslag nemen?

'Bij mij bent u aan het verkeerde adres met uw verzoek,' zei ze en ze stond op en gooide haar eigen thee met cognac in de gootsteen. Hij smaakte opeens bitter. 'Ik help kinderen ter wereld te brengen, ik ben geen arts. En wat u wilt, vereist een operatie. Het is riskant, wat de gezondheid betreft, maar ook omdat een abortus wordt bestraft als het uitkomt. Met het tuchthuis. Begrijpt u dat?'

'Nee, u bent het die het niet begrijpt,' zei Galina met verstikte stem. En voor het eerst sinds de blonde vrouw haar kamer was binnengestapt, zag Hulda angst achter haar arrogante ogen opvlammen. 'Als Pedro erachter komt,' voegde ze eraan toe, 'vermoordt hij me.'

Ze sloeg haar thee in één teug achterover.

'En weglopen kan ik niet. Een vrouw zoals ik, in haar eentje met een bastaard op straat? Dat is een doodvonnis. In vergelijking daarmee stel ik me het tuchthuis als een warm en gezellig plekje voor.'

Hulda nam haar nadenkend op. Hoewel ze geërgerd was, voelde ze medelijden. Hoe elegant en opwindend Galina's bestaan ook leek, hoe oogverblindend haar leven in het Berlijnse nachtleven er ook uit mocht zien, uiteindelijk was het toch een afhankelijke vrouw, een vrouw die niet had geleerd op eigen benen te staan. En die het er nu levend van af wilde brengen nadat ze een fout had begaan die haar niet zou worden vergeven.

'Waar hebt u mij eigenlijk voor nodig?' vroeg ze. 'In uw milieu zal het toch aan de orde van de dag zijn dat kinderen niet ter wereld mogen komen. Je zou aannemen dat u zelf wel een paar contacten hebt.'

'U hebt toch geen flauw benul van de wereld waar ik vandaan kom,' zei Galina schamper. 'En dat terwijl hij maar één straathoek van de uwe vandaan is, juffrouw Hulda. Iedereen daar kent Galina. Iedereen zou meteen weten wat er was gebeurd. Ik heb een adres nodig, ver weg van onze Bülowwijk, ver weg van deze hele ellende.' Ze kreunde. 'Soms zou ik willen dat ik weg kon vliegen, en die hele rotzooi achter me laten. Als een feniks uit de as opstijgen en ergens anders leven, iemand anders zijn. Niet meer Galina, maar een eenvoudige Lise, een Lotte, een Margot. Maar dat gaat niet. Ik zal altijd Galina blijven.'

Ze keek op, alsof ze wakker werd en besefte dat ze te veel prijsgaf. Haar lippen werden wit.

'Wat staat u daar te kijken, juffrouw Hulda? Helpt u me of niet?'

'De eigenlijke vader van het kind is vermoedelijk niet in staat om u te helpen?'

Galina lachte spottend, maar het klonk als een droge snik. 'Die vader is een aan morfine verslaafde crimineel, die ik niet meer wil ontmoeten zolang ik leef.' Hulda knikte. Galina leek haar opeens de incarnatie van de grote stad met de januskop: Berlijn was één grote polonaise van plezier, champagne en losbandigheid, van verblindende glitter, drugs, lichamelijke liefde, zoveel je maar wilde. Maar uiteindelijk betaalde altijd iemand de rekening. En het was altijd de vrouw, wier lichaam, zodra het zwanger werd, niet langer begeerlijk was maar kwetsbaar, en zelfs bedreigd. Als ze probeerde het te beschermen, de integriteit ervan te herstellen, werd ze door de wet gestraft. Naar paragraaf 218 veroordeelden de handhavers, de mannelijke rechters, die zelf nooit in zo'n situatie zouden belanden, haar.

'Ga in geen geval naar een van die kwakzalvers,' zei Hulda en ze legde haar hand even op Galina's schouder. Ze was bijna vergeten dat de vrouw bij haar was langsgekomen om een schuld bij haar te innen. Maar als ze haar kon helpen, zou ze het doen.

Galina knikte. 'Hoe noemen ze die ook alweer bij jullie: engeltjesmakers?' Ze lachte hysterisch. 'Dat is nog eens een modewoord, vindt u niet?'

'Niet echt,' zei Hulda. 'En het wordt nog lelijker als een van die engeltjesmakers u zo ernstig verminkt dat u op de volgende hoek doodbloedt, terwijl hij zijn geld aan het tellen is. En dat gebeurt voortdurend, dat weet u toch.'

Galina leek zo mogelijk nog een tint bleker te worden. 'Dus wat moet ik nou doen?' vroeg ze. Elke spot, elke kwaadaardigheid was uit haar stem verdwenen.

'Ik ken wel iemand,' zei Hulda. 'Ik geef u het adres van de praktijk. Dat is op het Rote Insel, ver genoeg van de Bülowstrasse vandaan. U gaat daar meteen naartoe, en u laat zich niet aanspreken, ook niet in de wachtkamer. Bij de receptie zegt u dat het om een preventief onderzoek gaat. Speel de gelukkige aanstaande moeder. En als u dan bij dokter Fischer in de behandelkamer bent, zegt u dat u van mij komt. Zij zal dan weten wat er gedaan moet worden.'

'U doet dit vaker voor vrouwen zoals ik,' constateerde Galina.

'Misschien,' zei Hulda. Er dook een beeld op in haar herinnering, onscherp en vaag. Ze onderdrukte het. 'In elk geval zult u worden geholpen. Weet u hoever u bent?'

'Op de dag af tien weken,' zei Galina. 'Ik zal die nacht nooit vergeten, zolang ik leef. En nooit zal ik me meer zo laten misleiden, dat heb ik geleerd.'

Hulda vroeg niet verder. Wat moest ze met de bittere ervaringen van die vreemde vrouw beginnen? Ze had zelf al genoeg aan haar hoofd, haar eigen teleurstellingen en krenkingen.

'Goed,' zei ze dus, terwijl ze haar best deed zakelijk te klinken. 'Dan is er nog tijd genoeg. Maar u mag niet langer wachten, elke verdere dag maakt het alleen nog moeilijker.'

Galina knikte. Ze stond op en gaf Hulda het lege kopje aan. Even leek ze te wankelen, maar toen hervond ze haar evenwicht.

'Doet het pijn?' vroeg ze zacht.

'Dat valt wel mee.' Ze kreeg de leugen gemakkelijk over haar lippen. Maar toen ze de opluchting op Galina's gezicht zag, schaamde ze zich. Iedereen, dacht Hulda, stond er met dit soort dingen alleen voor. Je moest het zelf zien te verwerken.

'Ik weet dat de politie de praktijk van mijn kennis in de gaten houdt,' zei ze snel, om zakelijk te blijven. 'Dr. Fischer is al meermaals gearresteerd, maar ze moest steeds wegens gebrek aan bewijs worden vrijgelaten. Maar ook dat is een reden om nu snel in actie te komen. Anders komt er misschien nog iets tussen. En een tweede contact zoals dit heb ik niet.'

Galina knikte opnieuw en maakte aanstalten om te vertrekken. Vlak voordat ze bij de deur was, draaide ze zich nog een keer om.

'Die vrouwen op het marktplein zijn domme ganzen,' zei ze en Hulda dacht een zweem van een knipoog te zien. Toen had Galina de grendel al opzijgeschoven, de deurknop omlaaggedrukt en was de deur uit geglipt.

Door de open kier kwam een tochtvlaag de kamer in, het rook naar koele ochtendlucht en de kolenkachel in mevrouw Wunderlichs keuken. Kordaat deed Hulda de deur weer op slot en liet zich met een zucht op bed vallen, om tenminste nog een beetje slaap te krijgen.

30

Maandag, 12 juni 1922

De haartjes op Hulda's onderarm kwamen overeind, alsof ze op een onzichtbare dreiging reageerden. Het beklemmende gevoel liet Hulda niet los, ook niet toen ze door de grijze avond over de Maassenstrasse naar het kanaal liep. En dat terwijl het eigenlijk een tamelijk deftige buurt was. Behalve de voorname huurhuizen bepaalden steeds meer villa's met tuinen het straatbeeld boven de Nollendorfplatz met zijn koepel, waar het hoge spoor doorheen liep. Hulda wist dat kunstenaars en ondernemers hier graag neerstreken, om midden in de stad, maar toch in het groen, hun bohèmeleven te slijten of het er met het geld van hun ondernemingen van te nemen. Even dacht ze aan Felix en zijn nieuwe vlam, die er ook uitzag alsof ze hier thuishoorde. Zouden die twee trouwen en met het geld van haar vader in een van de kleine villa's een nestje bouwen? Zouden haar vader en zijn makkers van de 'knokploeg', zoals Bert de nieuwe nationalistische partij noemde, bij hun bruiloft een erehaag vormen?

Snel schudde Hulda de gedachte af en liep verder, terwijl ze zich moest inhouden om niet te rennen.

Ze liep over de Lützowplatz. Er was niets meer van te zien dat het plein de vorige eeuw als kolenopslagplaats had gediend. Sinds het rond de eeuwwisseling met een brug over het kanaal met de wijk Tiergarten was verbonden, had het zich tot een fraai vormgegeven juweel ontwikkeld. Het plein werd omringd door parkachtige voorzieningen, in het midden verhief zich de Herculesfontein. Aan de andere kant van het plein reed de tram, Hulda hoorde het geklingel toen hij in noordelijke richting langsreed. Ze volgde de tramrails en dook het dichte bladerdak in dat de Lützowufer omzoomde.

Vandaag had Hulda deze route bewust gekozen, ze wilde de plek waar ze twee dagen eerder was neergeslagen en het water in was geduwd van de andere kant benaderen. Misschien viel haar iets op, een aanwijzing voor de reden van de overval. Maar ze wilde vooral kijken of haar fiets er nog was, zonder dat de spanning haar verlamde. Felix had hem weliswaar, zoals hij in zijn briefje had laten weten, niet meer gezien, maar ze wilde het zeker weten.

Toch had ze geaarzeld om naar deze plek terug te keren. En waarom? Was zij, Hulda Gold, misschien bang? Te bang om haar eigendom terug te halen? Maar het was onwaarschijnlijk, dacht ze bitter, dat ze het rijwiel zou terugvinden. Iemand anders reed er nu beslist mee door de straten, met zijn neus in de wind, zonder te beseffen dat zijn genoegen haar, Hulda, ruïneerde. Voor ze zich een nieuwe fiets kon permitteren, moest ze zo veel kinderen op de wereld helpen, zo veel rekeningen aan het ziekenfonds sturen, dat ze alleen al bij de gedachte aan al dat werk duizelig werd.

Geïrriteerd merkte ze dat haar knieën trilden toen ze bij de plek van de Lützowufer kwam die ze zocht. Gelukkig waren er vandaag ook nog andere voorbijgangers.

Hulda haalde diep adem, verliet de straat en werkte zich door de bosjes naar het water. Zoekend zwierven haar ogen over de begroeide strook gras. Van haar fiets was niets te bekennen. Ze wist nog precies waar ze hem had neergelegd, maar liep toch een beetje heen en weer en keek achter de bomen, maar hij bleef weg.

Het zou ook te mooi zijn geweest om waar te zijn, dacht Hulda, en ze slaakte een gefrustreerde zucht. De persoon die haar had neergeslagen, had de fiets gestolen. Was het dus diefstal geweest? Een fiets was voor veel mensen een onbetaalbare luxe. Die kon op de zwarte markt aardig wat opbrengen.

Opeens voelde Hulda een enorme opluchting bij de gedachte dat het niet Pedro of een van zijn handlangers was geweest, die haar had overvallen, maar gewoon een of andere arme drommel, die nu op haar fiets door de stad peddelde of het geld, dat hij voor het gestolen goed had gekregen, liet rollen.

Maar het was een gevoelig verlies. Hoe zou ze het zich ooit kunnen permitteren om de fiets te vervangen, al helemaal met die gestegen prijzen? En om bij alle gezinnen te komen, zou ze weer met de U-Bahn of de bus moeten rijden, of ze wilde of niet. Ze kreunde innerlijk bij de gedachte hoeveel tijd en geld dat zou kosten. Bovendien stond het Berlijnse openbaar vervoer niet bepaald bekend om zijn betrouwbaarheid, laat staan om zijn punctualiteit.

De avond hing boven de daken van de stad. En de koele, wat vochtige lucht bracht een zweem van vrede naar deze voor Hulda zo moeilijke plek. De dichte struiken hadden zich vlak bij de oever genesteld. Een treurwilg doopte zijn lange takken in het water, alsof hij boog voor een koning. Roodstaartjes en leeuweriken kwinkeleerden om het hardst, alsof ze nog van hun gezang wilden genieten voor de zon straks zou ondergaan en ze zou laten verstommen.

In gedachten verzonken liep Hulda langs de oever. Ze liet de fraaie markthal aan de Magdeburger Platz links liggen en snoof de geur van de koffiekeuken daar op, die ondanks het late uur naar haar overwaaide.

Toen ze op de plek kwam waar de Potsdamer Strasse haar weg kruiste, had ze moeten afslaan en naar het zuiden lopen om naar huis te gaan. Maar onwillekeurig liep ze verder langs de oever. Of vermoedde ze wat haar daarheen lokte? Alsof twee onzichtbare handen haar verder trokken?

De gele ramen van de verlichte U-Bahn schoten over haar heen, toen ze onder de Hochbahn door liep. En daar, voor haar in de schemering, lag opeens, als een belofte, de Köthener Brücke.

Bijna moest Hulda om zichzelf lachen. Tegelijk ging haar hart sneller kloppen. De vorige keer had ze Karl hier ontmoet. Destijds had ze al gedacht dat hun geschiedenis op een merkwaardige manier met deze plek was verbonden, de plek waar een onbekende was gestorven die hen had samengebracht. Werd hij ook magisch door deze brug aangetrokken? Verlangde hij er ook naar om Hulda terug te zien?

Wat een domme gedachten! kapittelde ze zichzelf.

Ze had nog steeds niet met hem gepraat over wat ze had ontdekt. Haar telefoontje naar het politiebureau had niets opgeleverd, en een klein, gemeen stemmetje binnenin had zich afgevraagd waarom ze hem überhaupt achternaliep. Hij moest maar contact opnemen, zij had tenslotte een bericht achtergelaten.

De oever was hier verlaten, in tegenstelling tot die bij de Lützowplatz. De avond kondigde zich nu duidelijk aan, in de straten achter de bomen hadden de lantaarnopstekers de eerste geïsoleerde lantaarnpalen al aangestoken. Zoals laatst met Karl gleden haar ogen over de grond en de bosjes rondom.

Daar had die avond een muts gehangen, herinnerde ze zich. Die was verdwenen.

De kiezelsteentjes onder Hulda's voeten knerpten luid, toen ze naar het begin van de brug liep en haar hand op de ijzeren reling legde. De leeuwen lieten hun tanden zien, het hert liet zijn gewei groeien, en de beer leek te dansen. Het was allemaal bekend, maar toch vreemd in de schemering, die de dingen anders deed schijnen.

'Zo, juffrouw?'

Hulda's hart stond stil. Heel even dacht ze dat het werkelijk Karl was, die zachtjes naderbij was geslopen om haar te laten schrikken. Maar zijn stem was diep en vloeiend. Deze was anders, hakkelend en schor, met een hoog piepje erin.

Had ze zich misschien opnieuw lichtzinnig in gevaar gebracht? Hulda was boos op zichzelf. Wat was ze dom, dacht ze, toen ze zich langzaam omdraaide.

Voor haar stond een rijzige gedaante, met sterke handen die aan zijn pezige armen omlaag hingen, alsof de bezitter niets met ze wist te beginnen. Ze moest haar ogen dichtknijpen om iets te kunnen zien, want de zon, die bijna was ondergegaan, verblindde haar. Ze kon het gezicht van de man niet goed onderscheiden, maar toen voelde ze de verademing in haar borst als een weldadige windvlaag: voor haar stond de jongen aan wie ze laatst bij Lilo haar fiets had uitgeleend.

'Goedenavond,' zei ze en ze hoorde zelf de opluchting in haar stem. Wat een dwaasheid, om vanwege een ontmoeting met een vreemd kind in paniek te raken. Ze wilde juist vragen wat hij hier deed, toen ze iets onderaan de brug zag oplichten. Als een matte schijf kwam de maan even achter een wolk vandaan, scheen op het zwarte water en liet het metaal van de spaken oplichten: daar, zag Hulda ongelovig, lag haar fiets! Hij leek er achteloos neergegooid te zijn en het voorwiel draaide nog. Langzaam, steeds langzamer. Tot het stopte.

Verward keek Hulda de jongen aan. Hij keek haar bedaard aan, alsof hij een niet bijster interessant insect bekeek dat over een raam scharrelde. Hulda voelde hoe de ontzetting over haar huid kroop en zich naar haar keel uitbreidde.

'Die had ik hier verloren,' zei de jongen met zijn onvaste stem en hij trok een gele sportpet uit zijn broekzak. Toen zette hij hem op zijn blonde haardos en knipoogde naar Hulda. 'U hebt ook iets verloren, hè?'

Ja, blijkbaar mijn verstand, dacht Hulda, en ze verbaasde zich dat ze zelfs nog geestig wilde zijn, hoewel ze doodsbang was.

Ze zei op luide toon: 'Jij hebt mijn fiets gestolen.'

'Ik dacht dat u die niet meer nodig had,' zei de jongen en hij lachte zacht, alsof hij een goede grap had gemaakt.

Hulda besloot er niet verder op in te gaan. 'Wie ben jij?'

'U kent me toch.'

'Ik heb je een paar keer gezien, maar ik ken je naam niet.'

'Ik ben Eddi,' zei hij alsof het vanzelfsprekend was.

Eddi? Allerlei gedachten schoten Hulda door het hoofd en vielen toen allemaal op hun plaats. Eddi. Lena's broer. Op een of andere manier was ze ervan uitgegaan dat het haar jongere broer was, maar Eddi was minstens een kop groter dan Lena.

'Hoe oud ben je?' vroeg ze.

'Ik ben net zestien geworden,' zei Eddi en hij peuterde in zijn neus. Hij had succes en knipte de buit met twee vingers de lucht in.

Hulda's gedachten maalden verder. Hij zag er minstens twee jaar ouder uit. Opnieuw hoorde ze Lena's stem: Eddi helpt bij het uitladen.

Natuurlijk, dacht ze, ze had hem al eens in de Bülowstrasse gezien. Daar had hij biervaten gesjouwd, een van de vele naamloze straatjongens. Ze keek heimelijk naar zijn armen. Onder het gescheurde onderhemd dat hij droeg, welfden zich spieren. Maar de mond, waarmee hij nu rustig belletjes speeksel produceerde, was die van een kind.

Hulda merkte dat haar tong zo droog was als een lap leer. De jongen was sterk genoeg om haar nog een keer neer te slaan, en met zijn grote handen kon hij haar moeiteloos wurgen.

Ze moest rustig blijven, dacht ze, toen de paniek met haar koude vingers naar haar greep en haar ademhaling bemoeilijkte. Ze moest tijd winnen en begrijpen wat hij van haar wilde.

'U bent mooi,' zei Eddi en hij deed een stap naar haar toe.

Hulda wilde terugdeinzen, maar de ijzeren reling van de brug drukte in haar rug en haar ellebogen kwamen er opnieuw tegenaan. Pas nu zag ze op de leuning aan de overkant dat het ijzer versierd was met reptielen en mosselen.

Eddi stond nu vlak voor haar, stak zijn hand uit naar haar haar en streelde het verbazend behoedzaam. 'Heeft Lena u niet gezegd dat u voorzichtig moest zijn?'

'Ja, dat heeft ze,' zei Hulda zacht en ze keek hem strak aan, alsof elke wimperslag ertoe kon leiden dat ze de controle zou verliezen. 'Maar waarom?'

'Begrijpt u het nog steeds niet?' vroeg Eddi, en Hulda meende een zweem van ongeduld in zijn stem te horen. 'U moet zich niet met onze zaken bemoeien.'

'Ik dacht niet dat ik dat had gedaan.'

'Natuurlijk hebt u dat. U bent hier al weken aan het rondneuzen, en nu wordt het me te bont.'

'Maar waarom? Wat heb jij daar nou mee te maken?' Hulda had besloten zich van de domme te houden. Als ze hem ervan kon overtuigen dat ze geen idee had van zijn rol in dit drama zou het allemaal goed komen.

Maar hij dwarsboomde haar plan direct. 'Rita,' zei hij, alsof die naam alles verklaarde.

'Waarom moest ze dood?' vroeg Hulda en ze schrok. De vraag was veel te direct en zou Eddi in het nauw drijven.

Maar hij bleef rustig. Hij haalde een peuk uit zijn broekzak, die hij waarschijnlijk op straat had gevonden, en stak hem met een geroutineerde beweging aan met een zilveren aansteker, die beslist niet van hem was. Hij blies Hulda de rook in het gezicht.

Ze zoog de geur op en wenste niets liever dan zelf ook een sigaret te hebben. Dan zouden haar handen, die ze krampachtig achter haar rug verborgen hield, misschien eindelijk ophouden te trillen en haar te verraden.

'Ze was een slecht mens,' zei hij.

Hulda schudde haar hoofd. 'Dat kan niet. Ik heb juist het tegenovergestelde gehoord. Ze heeft voor iedereen gezorgd. Zelfs je zus heeft ze geholpen. Rita was een arme stakker, Eddi, en verder niets.'

Hij bewoog zijn hoofd heen en weer, langzaam, onophoudelijk, totdat Hulda bijna dacht dat hij een aanval had. Maar toen stopte de beweging abrupt. Hij staarde haar aan en gooide de opgerookte peuk vlak langs haar heen over de reling het water in.

'Dat is niet waar. Dat heeft ze alle mensen laten denken. Maar ik weet het zeker. Ze was slecht. Een moordenares.'

'Een moordenares?' Even vergat Hulda haar angst. Ze spitste haar oren bij die verrassende mededeling. 'Wat bedoel je daarmee?'

'Ze heeft mijn vader vermoord.'

'Hoe dat zo? Ben je daar zeker van?'

'Nou en of, mevrouw Superslim. Dacht u dat ik achterlijk was?' Hij legde zijn handen nu op haar schouders, hield die zachtjes vast, maar Hulda wist dat dat elk moment kon veranderen.

Ze schudde snel haar hoofd. Zijn aanraking bezorgde haar koude rillingen. 'Laat me los, Eddi,' zei ze en ze hoopte dat ze kordaat klonk.

'Nee,' zei hij alleen, niet agressief, maar onverstoorbaar.

Nu besefte Hulda definitief dat het niet makkelijk zou zijn om hieraan te ontsnappen. En dat de lange jongen blijkbaar niet helemaal goed bij zijn hoofd was.

'Wat is er met je vader gebeurd?' vroeg ze om tijd te winnen. 'Lena vertelde me dat hij in de oorlog was gesneuveld.'

'Dat klopt ook. Maar niet zoals u denkt. Vader was geen held, hij is niet gevallen. De dokters hebben hem vermoord.'

'Welke dokters?'

'Die in het gekkenhuis. Van het leger. Vader was gek, hebben ze gezegd, en ze hebben stroom door zijn lichaam gejaagd tot hij is gecrepeerd.'

Hulda was verbaasd over de onverschilligheid die in zijn woorden lag. Het verhaal leek haar verbazend logisch. Ze had van dergelijke gevallen gehoord, waarbij patiënten aan elektroshocks overleden of zulk ernstig hersenletsel opliepen dat ze nooit meer de oude werden. Had een dergelijk lot ook Eddi's en Lena's vader getroffen?

'En wat heeft Rita daarmee te maken?' vroeg ze en ze begreep het op hetzelfde moment. Dalldorf. Natuurlijk! Hulda kon zich wel voor haar kop slaan, omdat haar hersens zo langzaam werkten.

'Waren er dan ook soldaten in Dalldorf?' vroeg ze peinzend en even vergat ze het gevaar dat ze zelf liep.

'Dalldorf? Nee, vader stierf in een lazaret bij Brandenburg.'

'Wat had Rita daar te zoeken?'

'Weet ik veel. Maar het is duidelijk dat ze daar was. En het was haar schuld!'

'Hoe kun jij dat nou weten?'

Eddi keek haar aan. Hij had grote, ronde ogen, als glanzende knikkers. Ze rook zijn zweet. 'Ze heeft het aan Lena verteld.'

'Lena? Wanneer?'

'Toen mijn zus bij haar was. Lena en ik, wij kenden de naam van Rita. Vader had moeder een brief gestuurd, met kerst. Toen was ik tien. We hebben hem nooit meer gezien, vlak daarna is hij gestorven.'

'Wat stond er in die brief?'

'Dat ze hem pijn doen daar in het ziekenhuis, dat hij pijn heeft en bang is om dood te gaan. Maar dat er een zuster is die hem helpt, die aardig tegen hem is. De goede engel Rita.'

Eddi snoof, en Hulda merkte dat het gewicht op haar schouders toenam. Wanhopig overlegde ze waarmee ze hem kon afweren. Maar er was niets, alleen de lege brug, de duizenden bomen en de maan, die als een vale schijf aan de zwarte hemel stond en toen weer achter de optrekkende regenwolken verdween.

Eddi vervolgde: 'Toen later het bericht kwam dat hij dood was, schreeuwde mijn moeder. Ze schreeuwde de hele nacht, tot er een dokter kwam. Diezelfde arts kwam drie maanden later opnieuw, toen was ze al een lijk en ijskoud. En Lena en ik waren helemaal alleen.'

Zijn blik ging langs haar heen, alsof hij naar het verleden keek. Ook Hulda zag de twee kinderen nu voor zich, alsof ze erbij was geweest. Twee wezen alleen in een armoedige woning. In het enige bed de dode moeder. Met voor zich een lege toekomst vol honger en haat. Ze slikte.

'En Rita heeft je zus verteld dat zij schuldig is aan de dood van je vader?'

Eddi knikte traag. Hij krabde zich onder zijn muts en Hulda dacht dat hij eruitzag als een heel normale jongen, die zijn kracht nog niet kende. Maar ze wist wel beter.

'We wisten hoe ze heette. We wilden haar vinden, zodat ze ons zou vertellen wat er was gebeurd. Elke avond zei Lena tegen me dat we haar zochten, want ze was ook onze goede engel. Ik verzon verhaaltjes waarin ze ons bij zich opneemt en voor ons zorgt, omdat ze onze vader zo graag mocht.' Hij stokte. 'Toen vonden we haar. Maar alles was gewoon een leugen. Zonder haar zou vader nog leven, en hadden we nog wat te eten en een thuis.'

'Wat zei Rita dan?'

'Dat zij het was die hem vasthield toen hij met de elektriciteit werd vermoord. Ze heeft het Lena verteld en vreselijk gehuild. Dat ze het niet wilde, maar dat de dokters zeiden dat dat het beste was voor vader. Dat ze zijn armen heeft vastgehouden, toen dokter Friedberg de stroom hoger draaide. Die nepdokter heeft het licht bij mijn vader uitgeblazen. Maar zij hield hem vast. Ze zei dat ze hem had verraden. En dat denk ik ook. Ze verdiende haar straf.'

Hulda zweeg. Haar gedachten volgden elkaar in hoog tempo op. De jongen leek te geloven dat Rita's dood terecht was. Onvermijdelijk als een natuurwet, waarvoor je de wetten van de mensen zonder aarzelen mocht breken. En ze begreep het zelfs een beetje. Wat had het rechtssysteem, wat had de staat ooit voor deze kinderen gedaan? Ze waren afval, als puin dat onderaan de helling blijft liggen als de lawine verder raast naar het dal. De oorlog had hen uitgespuugd, en ze gingen naar de bliksem.

'En daarom moest Rita sterven, Lena had helemaal gelijk.'

Hulda ademde scherp in. 'Was dat Lena's idee?'

Eddi keek haar aan alsof ze achterlijk was. 'Natuurlijk. Lena is onze leider. Ik doe wat ze zegt. En ze heeft altijd gelijk. Nou ja... bijna altijd.' Hij loerde naar haar. 'Over u, juffrouw, waren we het niet eens. We hadden flink ruzie daarover.'

Hulda wist dat ze bang moest zijn voor de jongen, voor de dreiging, die ze nu in zijn trillende stem hoorde. Die was onberekenbaar en ze was aan hem overgeleverd. Maar uiteindelijk was ook hij alleen een verstoten kind. Ze herinnerde zich haar gesprek met Bert, dat ze nog maar één dag eerder had gevoerd. Maar het leek in een ver verleden te liggen. Zij en Eddi bevonden zich in een andere tijd, in de tijd van de oorlog, die op een of andere manier zo veel levens had verwoest.

'Dus jij hebt Rita vermoord?'

'Wat dacht u dan,' zei Eddi, alsof ze hem naar het weer had gevraagd.

Op dat moment schoot Hulda om ondoorgrondelijke redenen een flard van een gedicht te binnen, dat nu haarscherp uit haar herinnering naar voren kwam, en ze fluisterde: 'Soms druppelt er een traan, en mijn hart doet zeer, en ik slinger met mijn benen, mijn benen heen en weer.'

Haar stem klonk onwerkelijk in de nachtelijke lucht.

'Dat ken ik,' zei Eddi. 'Dat heeft moeder ons vaak voorgelezen.' Hij leek niet verbaasd te zijn dat ze gedichten reciteerde, terwijl hij haar op de eenzame brug in het donker vasthield en zojuist een moord had bekend. Maar zij zou hem daar beslist niet op attent maken.

In plaats daarvan zei Hulda: 'Hadden jullie Rita niet kunnen vergeven?'

'Vergeven?' Eddi keek haar aan alsof hij aan haar geestelijke vermogens twijfelde. 'Wie altijd alles vergeeft, is een zwakkeling.'

Hij had bijna dezelfde woordkeus als Felix onlangs, dacht Hulda verbluft. Ze dacht even na.

'Het spijt me heel erg vanwege je ouders,' zei ze toen voorzichtig. 'Maar je moet jezelf aangeven bij de politie. Als je alles uitlegt, kom je er misschien niet zo slecht vanaf.'

Eerst dacht ze dat hij huilde. Pas toen merkte ze dat hij lachte. Hij schudde van het lachen, en zijn handen sloten zich om haar armen.

'Wat bent u dom,' zei hij toen hij weer was gekalmeerd. 'En Lena denkt dat u een goede vrouw bent en dat ik u met rust moet laten. Maar vandaag luister ik voor de verandering eens niet naar mijn zusje.'

Met die woorden greep hij met beide handen razendsnel haar hals en kneep. Het deed pijn, en Hulda kon niet meer ademhalen. De rust die eerder over haar was gekomen, maakte plaats voor doodsangst, die als een huivering over haar armen liep. Ze had hem onderschat. Eddi was geen kind meer, maar een ernstig gestoorde jongeman, die niet maalde om een mensenleven. Die alleen ellende kende.

Maar het was moeilijk om medelijden te hebben met iemand die je keel dichtkneep. Hulda probeerde aan zijn greep te ontsnappen en hapte naar lucht, terwijl ze sterretjes begon te zien. Met haar laatste krachten haalde ze uit met haar knie en ramde die tussen Eddi's benen.

Ze voelde dat het een voltreffer was, want hij schreeuwde het met overslaande stem uit, en zijn greep verslapte even. Voor hij zijn evenwicht had hervonden, was Hulda onder hem weggedoken en had zich over de reling van de brug gebogen.

Voor de tweede keer in korte tijd viel ze in het donkere water van het kanaal.

Ze viel niet diep, drie, vier meter misschien. Toch leek het haar een eeuwigheid te duren. Toen dook ze met een enorme plons onder, en het koude water benam haar een paar seconden de adem. Hulda was echter snel weer boven, hoestte, spuugde en keek paniekerig om zich heen, om te zien of hij haar was gevolgd. Maar zijn grote, donkere silhouet leunde, na haar knietje nog steeds licht gekromd, boven op de brugleuning.

Hij keek naar haar omlaag en riep zacht: 'Tot ziens, juffrouw.'

Het was absurd, alsof ze daarnet handen hadden geschud en ieder zijns weegs ging. Hulda kon Eddi's gezicht niet onderscheiden, kon niet zien of zijn woorden een dreiging inhielden of niet. Ze trilde over haar hele lichaam, hijgde en spuugde en spartelde in het water, dat in het duister zo ondoordringbaar glansde als teer. Haar kleding, volgezogen met water, hing als lood aan haar lichaam.

Hulda sloot haar ogen en probeerde niet aan Rita te denken, die op precies dezelfde plek moest zijn verdronken, een paar weken eerder. Ze vocht tegen de beelden en de paniek, die haar in het water overmanden. Nee, ze zou niet ondergaan, niet het volgende slachtoffer worden van deze gestoorde puber.

Vastbesloten draaide ze zich van hem weg, dwong zichzelf rustig uit te ademen en trok met veel moeite onder water haar zware schoenen uit, die haar de diepte in dreigden te trekken. Dit keer zou Felix ze niet zo gemakkelijk terug kunnen brengen. Toen begon ze met krachtige slagen te zwemmen, weg van de Köthener Brücke. Weg van Rita's moordenaar.

Dat hij zonder vader was opgegroeid, had toch een goede kant, dacht ze bitter, terwijl ze klappertandde van de kou, wat oorverdovend door haar hoofd klonk. Niemand leek de moeite te hebben genomen om hem te leren zwemmen.

31
Notitieboekje

Krankzinnigengesticht van de stad Berlijn in Dalldorf
19 maart 1921

Ik heb lang niets meer genoteerd. En nu zit ik hier met de vulpen van Konrad in mijn hand, en weet niet wat ik wil schrijven. De lege bladzijden in het dagboek liggen voor me als zand waar nog niemand overheen is gelopen. Zonder sporen. Zo leeg als het papier is ook mijn leven, ik rol erin rond als een vat op zee.

Ik heb ze verloren. Ze zeggen dat de tijd alle wonden heelt. Maar mijn wonden helen niet meer, nooit. Hildchen. Konrad. Hun namen zijn er nog, soms zeg ik ze hardop, tegen niemand, maar hun gezichten zal ik nooit meer zien. Ze zeggen dat er een weerzien is na de dood. Maar dat kan ik niet geloven, ik denk dat er na de dood een zwarte leegte komt die ons onbarmhartig opslokt.

Ik denk onophoudelijk dat het mijn gerechte straf was. De straf voor al het leed dat in het lazaret is geleden, het leed dat wij de mensen in Dalldorf aandoen, nog steeds. Lang heb ik geloofd dat het erom ging hen te helpen, de patiënten te genezen. Maar ik heb de laatste jaren te veel gezien en ben dat geloof kwijt. Er zijn te veel beschadigde zielen in dit land, te veel mensen die hun verstand hebben verloren. Er is geen redding mogelijk.

Ik werk alweer drie jaar in Dalldorf, de militaire ziekenhuizen zijn na de oorlog opgeheven, de neurotici over de psychiatrische inrichtingen van het land verdeeld of als 'genezen' ontslagen. De universitaire ziekenhuizen van de stad, en met name het Charité, zijn in staat om echte therapieën voor de geesteszieken aan te bieden. De patiënten worden daar behandeld en zijn er vaak beter aan toe als ze worden ontslagen. Maar naar Dalldorf kom je om te blijven.

De stad is echter niet in staat om de verantwoordelijkheid voor al die armen en zieken te dragen, en de armenzorg stuurt steeds meer mensen naar de gestichten op het platteland. Hoewel Dalldorf sinds de vorming van Groot-Berlijn deel uitmaakt van de stad, zijn we nog steeds de vergaarbak van al die ongeneeslijk zieken, verwaarloosde mensen en de allerarmsten die uit alle districten naar ons toe worden gestuurd. Eindpunt Wittenau. We houden de mensen in bewaring, zonder dat we de meeste echt kunnen helpen.

Desondanks heeft directeur Kortum ervoor gezorgd dat de faciliteit grondig is gemoderniseerd. We hebben elektrisch licht, een grote moderne keuken en aansluiting op de riolering. De stinkende vloeivelden zijn verleden tijd. Maar het nieuwe gezicht van het gesticht, de royaal verbouwde paviljoens, de glanzende machines, het lijkt me allemaal een aanfluiting in het licht van de kilte die wij verplegers en artsen ten opzichte van de patiënten aan de dag leggen. Het is alsof de moderne vermomming medeschuldig is aan de mechanische verzorging van de zieken, wier genezing, lijkt me, minder dan ooit wordt nagestreefd. Het leven van de individuele mens is niets meer waard, de hongerdoden van de laatste oorlog bewijzen het. Ze zijn, heb ik een arts horen zeggen, gestorven omdat ze het leven onwaardig waren en ze zodoende dat van de gezonde mensen mogelijk konden maken. Waar leidt zo'n gedachte toe? Het is een cynisch standpunt, vind ik, en ik steek mijn mening niet onder stoelen of banken. Dat heeft mijn populariteit in de instelling niet vergroot, moet ik toegeven.

Gisteren nam directeur Kortum me apart. Ik had het al zien aankomen, de collega's hadden zich al langer van me afgekeerd. Ze kletsen over mij. Ik kan het ze niet eens kwalijk nemen. Ik ben een droevige figuur, de alcohol, waaraan ik al lang ben overgeleverd, doet me trillen op het werk. Maar in mijn eentje, zonder de fles, lukt het me niet om de dag door te komen.

De directeur kwam meteen ter zake. Het was hem ter ore gekomen dat ik mijn werk niet naar tevredenheid verrichtte. Ik was een gevaar voor mezelf en anderen. Daarom had hij geen andere keus dan mij te ontslaan. Of ik dat kon begrijpen? Hij verwachtte serieus een soort vergiffenis van mij, hoewel hij weet dat ik jaren van mijn leven heb gegeven voor de inrichting en het lazaret, en dat hij mij in een leegte stort door mij te ontslaan. Maar ik had medelijden met hem, ook hij is oud geworden en loopt krom. Dus knikte ik maar en vertrok.

Ik ben bang. Wat moet er van mij worden? Maar een deel van mij is ook opgelucht dat ik 's ochtends niet meer op de trein hoef te stappen om naar het werk in de inrichting te rijden. Nu is ook dat voorbij. Zo hoef ik niet langer deel te hebben aan het lijden.

32

Maandag, 12 juni 1922

Karl stond in de schemering voor het Theater am Nollendorfplatz te roken en keek omhoog naar de donkere bomen. Een paar laatste regendruppels kwamen neer op zijn hoed. Achter de luisterrijke gevel van het gebouw achter hem bevond zich de Mozartsaal, een met mahoniehout betimmerde zaal die als bioscoop werd gebruikt.

Hij had in de avondvoorstelling de film *Die Gezeichneten* gezien. Omdat bioscoopexploitant Hanns Brodnitz er sinds kort de scepter zwaaide, werden naast de Hollywood-producties ook speciale films vertoond. De afgelopen twee uur had Karl in het uiteenvallende tsaristische Rusland doorgebracht, verscheurd tussen de geschiedenis en de moderne tijd. Een broer en een zus vochten tegen het antisemitisme en de armoede, en voor de revolutie. De ouvreuses van de Mozartsaal gingen gekleed alsof ze afkomstig waren uit een middeleeuwse Russische sjtetl, een specialiteit van de bioscoop, die zijn bezoekers een perfecte reis naar de wereld van de film wilde bieden.

Het was een indrukwekkende film, waarvan de muziek en de intense beelden nog bij Karl nawerkten terwijl hij zijn opgebrande sigaret in een plas gooide en langzaam de donker wordende avond in liep.

Iets in de blik van de actrice met de donkere ogen, die de zus HanneLiebe speelde, had hem aan Hulda doen denken, hoewel Hulda's ogen veel lichter waren, en haar haren korter. Maar de blik waarmee HanneLiebe haar minnaar in de film had aangekeken, bezorgde

Karl kippenvel in zijn bioscoopstoel. En dus was hij nauwelijks verbaasd toen hij merkte dat hij opeens op de Winterfeldtplatz stond. Zijn voeten hadden hem als vanzelfsprekend hierheen gedragen.

De onrust die in hem pulseerde als een dolgedraaid uurwerk, als een tweede hartslag, had, zoals zo vaak de laatste tijd, de kop opgestoken en dreef hem voort. Keer op keer had hij de woorden in het notitieboekje van Rita Schönbrunn gelezen. Keer op keer had hij erop geklopt alsof het een goochelaarskist met dubbele bodem was, had hij achter de woorden naar een verborgen betekenis gezocht. De dode jonge soldaat. Al het leed van de Grote Oorlog, dat maar niet wilde verdwijnen. De vader van het gezin met de twee kinderen, die hem nooit meer hadden teruggezien, omdat hij als een stuk vlees was verbrand bij een experiment van een ambitieuze arts. Rita. Rita Nightingale, de trouwe ziel van Dalldorf, die de patiënt had vastgehouden tot hij crepeerde.

Wat maakt het ook uit, dacht Karl, en hij stak met trillende vingers een nieuwe sigaret op. Hij had de zaak snel achter zich willen laten. Waarom liet dat alles hem niet los? Wat gaf hij om het verleden als het toch duidelijk was dat niemand ooit om hém had gegeven?

Als hij eerlijk was, benijdde hij de kinderen van vroeger erom dat ze tenminste nog een vader hadden gehad om wie ze konden rouwen. Maar hij wist niet eens de naam van de onbekende verwekker, die waarschijnlijk geen idee had dat hij bestond.

Karl snoof de koele nachtlucht op en liep met gebogen hoofd doelloos verder.

Als een onzichtbare hand streek de angst over zijn nek. Hij had iets over het hoofd gezien, hij wist het zeker. Het stond ergens in Rita's aantekeningen. Toen dacht hij weer aan Hulda, aan haar heldere ogen, haar gekwetste blik toen hij haar had verboden op eigen houtje verder onderzoek te doen. Maar ze was een trotse vrouw. Hoe waarschijnlijk was het dan dat ze zijn aanwijzingen opvolgde? En waarom had ze hem een paar keer op het bureau gebeld? De secretaresse had hem alleen laten weten dat ene juffrouw Gold had gebeld, maar verder niets kunnen zeggen. Hulda had zelf geen telefoon, hij wist haar adres niet eens, alleen dat ze hier in de buurt woonde. Karl merkte dat hij een knoop in zijn maag had vanwege zijn bezorgdheid om haar.

Besluiteloos bleef hij staan en keek om zich heen. Het was maandagavond, de straten werden langzaam leger. Het plein was al bijna verlaten, een paar duiven ruzieden om vergeten kruimels op de plek waar op de marktdag waarschijnlijk een bakkerswagen had gestaan. Alleen een rond paviljoen, waar kranten werden verkocht, was nog open. Het warme licht van een kleine gaslantaarn bescheen de uitstalling.

'Goedenavond,' zei Karl, toen hij dichterbij kwam.

De oude heer achter de kranten hief zijn imposant besnorde hoofd op en toverde de glimlach van de geroutineerde verkoper tevoorschijn.

'Goedenavond, meneer. Waarmee kan ik u van dienst zijn?'

Om tijd te winnen bekeek Karl uitgebreid de krantenkoppen en de foto's op de voorpagina's. Uiteindelijk koos hij een editie van de *Vossische Zeitung* en zocht in zijn broekzak naar munten.

Hij telde ze uit in de hand van de verkoper en vroeg toen als terloops: 'Kent u toevallig een juffrouw Hulda?'

'Dat hangt ervan af,' antwoordde de oudere heer en hij knoopte zijn vest dicht. Karl had het gevoel of hij met dat gebaar een deur dichtdeed.

'Waarvan af?'

'Wie u bent.'

Karl keek hem verbouwereerd aan. De glimlach onder de snor had plaatsgemaakt voor een ernstige, opmerkzame gezichtsuitdrukking.

'Mijn naam is Karl North.' Inspecteur van de recherche, had hij er bijna uit gewoonte aan toegevoegd. Maar het leek hem niet verstandig om met het woord politie te gaan schermen als zijn belangstelling puur privé was. Uiterst privé, dacht hij, en hij sloot even zijn ogen, terwijl hij een seconde weer Hulda's lippen op de zijne dacht te voelen.

Tot zijn verrassing keerde de glimlach weer terug in het gezicht van zijn gesprekspartner, subtiel, maar onmiskenbaar.

'Zo, dus dat bent u.' Hij keek Karl uitnodigend aan, alsof hij wilde zeggen: voor de draad ermee, zeg wat je op je hart hebt.

Karl haalde diep adem. Had ze de krantenverkoper over hem verteld? Was dat een goed of een slecht teken?

'Weet u ook waar ze woont?' Hij voelde zich net een schooljongen die de vader van een meisje om toestemming vroeg om haar af te halen voor een wandeling. Innerlijk slaakte hij een zucht. Dit soort dingen had hij altijd al moeilijk gevonden, en ook vandaag voelde hij zich onbeholpen en dwaas. De meisjes van toen en de vrouwen van nu reageerden vaak overdreven enthousiast op zijn verschijning, maar werden na een eerste gesprek meestal afstandelijk, alsof hun toen pas een kwalijk luchtje aan hem was opgevallen.

Karl was niet verrast toen de andere man zei: 'Geachte heer, hou me ten goede, maar zou u in mijn plaats een wildvreemde het adres van een alleenstaande vrouw geven?'

Karl schudde berouwvol zijn hoofd.

'U hebt gelijk, het is alleen dat...' Hij aarzelde en keek naar zijn schoenen. 'Ik moet haar dringend spreken. Het is een kwestie van leven en dood, zogezegd.'

De glimlach van de krantenverkoper was mild, maar bracht hem toch in verlegenheid. 'Wat dramatisch zijn jullie jongeren tegenwoordig toch! Altijd is alles meteen een noodgeval. Altijd meteen je zin willen doordrijven. Waar is de goede oude tijd gebleven, toen een man een vrouw het hof maakte met fatsoen en geduld?'

Karl merkte dat hij bloosde en hoopte dat het in het zwakke licht niet te zien was. Voor de zekerheid bewoog hij zich een stukje van de lichtbundel van de gaslantaarn vandaan.

'U begrijpt me verkeerd, meneer,' zei hij koeltjes terwijl hij het niet als een excuus probeerde te laten klinken. Toen zei hij bijna gekrenkt: 'Juffrouw Hulda en ik werken in zekere zin samen aan een zaak.'

'Dat kan ik me voorstellen,' zei de oudere heer en hij streek grijnzend over zijn snor. 'Laat me eens raden... de juffrouw is u steeds een stap vooruit?'

'Hoe weet u dat?'

'Beste man, ik ken juffrouw Hulda al wat langer dan u. En ik kan u verzekeren dat ze ons allemaal in haar zak steekt.'

'En toch heeft ze geen idee wat ze aan het doen is!' riep Karl en hij verbaasde zichzelf over de opwinding in zijn stem. Het was alsof hij zich pas op het moment dat hij het zei het gevaar realiseerde waarin Hulda zich mogelijk bevond. Wat had ze laatst over het straatmeisje Lena gezegd? *Ik heb het gevoel dat ze me achternaloopt.*

Karl sloeg zich tegen zijn voorhoofd. Hij sprong naar voren en greep de verbijsterde krantenverkoper bij zijn revers. 'Ik moet naar haar toe, nu meteen! Alstublieft, het kan me niet schelen of u aan mijn bedoelingen twijfelt of me alleen wilt laten spartelen, maar als u werkelijk om Hulda geeft, dan moet u me vertellen waar ik haar kan vinden.'

Hij voelde de blik van de man op zich gericht en had het gevoel dat hij werd gewogen. Hij bad dat hij niet te licht zou worden bevonden.

Eindelijk zei de krantenverkoper: 'Die arme Felix kan wel inpakken, als ik het goed heb.'

'Wat bedoelt u?'

'Niets, niets, vergeet het. Gemompel van een oude man in zijn baard, anders niet.' Hij wees naar een straat die van het plein afboog. 'Winterfeldtstrasse 34. Vanaf hier meteen rechts en een paar huizen verder, dan bent u er al. Hulda woont in de kamer onder het dak. Maar pas op voor de hospita, met mevrouw Wunderlich is het kwaad kersen eten wat herenbezoek aangaat.'

Verlegen bedankte Karl hem en stopte de krant onder zijn arm. De krantenman nam hem nog een keer op en fronste grimmig zijn borstelige wenkbrauwen.

'Wees aardig tegen onze juffrouw Hulda. En houd een oogje op haar.'

Het klonk dreigend, dus Karl knikte gehoorzaam. Toen tikte hij tegen zijn hoed en beende in de richting die hem was aangeduid.

Maar toen hij bij Hulda's huis aankwam, zonk de moed hem in de schoenen. Alle ramen waren donker. Karl keek rond op de verlaten straat, ging voor de ingang zitten en stak nog een sigaret op.

Terwijl hij diep inhaleerde en de rookslierten nakeek die in de lucht opstegen, dacht hij dat hij niet zeker wist of hij wel aan het verzoek van de krantenverkoper zou kunnen voldoen. Wat betekende dat precies, aardig tegen iemand zijn? En wat verwachtte Hulda eigenlijk van hem? De man had immers zijn naam gekend, had geweten dat de vroedvrouw en hij iets met elkaar hadden. Wat had ze hem allemaal verteld? Na een enkele kus?

Karl voelde dat hij bevangen werd door een lichte weerzin. Hij kon haar helemaal niets beloven! Hij trok zo hard aan zijn sigaret dat hij moest hoesten. Een onrustig mens was hij, dat wist hij, iemand bij wie het binnenin een puinhoop was. Wat had hij een vrouw zoals zij nou helemaal te bieden? Goeie god, kon een vrijgezel tegenwoordig niet een beetje plezier hebben zonder dat hij door de halve buurt op de vingers werd getikt?

Karl snoof onwillekeurig en dacht tegelijk dat hij zichzelf voorloog. Wat hij voor Hulda voelde, was meer dan plezier. En toch... Waarom wilde hij weer weglopen, in een taxi springen en naar huis rijden, ver weg, waar ze hem niet kon vinden?

Opeens werd hij woedend. Met uitgestoken klauwen greep de woede naar zijn keel en benam hem de adem. Haastig stond Karl op, alsof hij wilde vluchten. Hij draaide zich om en liet de half opgerookte Juno vallen.

Hulda stond voor hem op de donkere straat.

'Wat doet u hier?'

Haar verbijsterde toon gaf hem weinig hoop. Karl vervloekte zichzelf dat hij niet vijf minuten eerder was verdwenen. Aan de andere kant had hij een onweerstaanbaar verlangen om haar aan te raken. Hij strekte zijn hand uit en pakte haar schouder, maar trok zijn hand meteen weer terug.

'U bent kletsnat.'

'Zou kunnen.'

'Zou kunnen? Wat is dat nou voor antwoord? Waarom loopt u in natte kleren door de stad?' Opnieuw maakte hij zich zorgen.

'Wat gaat u dat aan?' Ze keek hem uitdagend aan, haar ogen glansden in het licht van de gaslantaarn.

Opnieuw voelde Karl de gekmakende mengeling van woede en begeerte. Zonder na te denken en vooral om haar geen kans te geven verder te praten, pakte hij haar opnieuw, dit keer met beide handen, en trok haar naar zich toe. Even voelde hij een bepaalde weerstand, maar toen sloeg ze haar armen om zijn hals en kuste hem alsof hun laatste kus een paar dagen eerder een belofte was geweest, die ze nu inloste.

Eindelijk! Meer kon hij niet denken, eindelijk!

Hij hield haar vast en voelde dat haar jurk vochtig was, ook haar haar, maar het kon hem niet schelen, ook niet dat het water door zijn hemd op zijn huid kwam. Het enige wat telde was dat ze bij hem was, het was van levensbelang, leek het hem. Ze rook naar zomer, naar warme huid, ondanks haar vochtige kleren.

Ergens verderop in de straat klonk glasgerinkel en Hulda verstarde. Toen maakte ze zich van hem los. Met een onderzoekende blik op de ramen boven hen trok ze hem stilletjes door de voordeur het trappenhuis in.

'Geen kik,' fluisterde ze, ze legde een vinger op zijn lippen, en Karl gehoorzaamde. Opeens was het vanzelfsprekend dat zij de leiding nam.

Ze beduidde hem zijn schoenen uit te doen, en pas nu zag Karl dat zij op blote voeten liep. Hij sloop op zijn sokken achter haar aan door het donkere trappenhuis. Hulda deed geen licht aan. Bij één tree hief ze waarschuwend haar hand op en beduidde hem dat hij die moest overslaan, net als zij, vermoedelijk kraakten de planken daar bijzonder luid.

Helemaal boven aangekomen, haalde ze een sleutel uit haar decolleté, die aan een smal lint om haar hals hing. Ze draaide de deur van het slot en duwde Karl, die buiten adem was, de kamer in, toen schoof ze geruisloos de grendel dicht en stak de gaslamp op de lage commode aan.

Karl keek om zich heen. De kamer was sober, maar netjes. Door het schuine dak had de kamer iets van een gezellig hol, iets geborgens. Er stond een bed, een messing frame met een matras, met daarop een fraaie geborduurde deken. Tegen de muur stond een grote donkere kledingkast met een hoge spiegel in de deur. Karl zag dat zijn evenbeeld enigszins vervormd was, en onwillekeurig streek hij over de vouwen van zijn broek in een zinloze poging om ze glad te krijgen. Snel nam hij zijn hoed af en hing die aan een haak naast de deur.

Hulda zei: 'We moeten stil zijn. Mevrouw Wunderlich, mijn hospita, heeft scherpe oren. En herenbezoek na acht uur 's avonds staat voor haar gelijk aan de ondergang van de beschaving.'

'Ik begrijp het.'

Hulda ging bij de kast staan en pakte er een rok en een pullover uit. Ze greep een handdoek die naast de wastafel hing.

'Draait u zich om.'

Karl ging bij het raam staan en deed of hij zich voor het uitzicht over het nachtelijke Schöneberg interesseerde. Er sloop een zwarte kat over het dak van het huis ernaast. Hij hoorde hoe Hulda haar jurk uittrok en in de droge kleren schoot, en moest opeens slikken.

'Mag ik weer kijken?'

Hij vatte haar zachte lach op als toestemming en draaide zich om. Ze wreef haar korte zwarte haar droog met de handdoek en schudde het water uit haar linkeroor. Ze had kippenvel op haar blote benen. Hij wilde haar opnieuw aanraken, maar vermande zich en ging in plaats daarvan naar een kleine kookplaat tegen de andere muur, waar een koperen ketel stond. Hij vulde hem met water en draaide het gas open.

'Kijk eens aan,' zei Hulda geamuseerd. 'Een echte huisman.'

Hij keek nors naar haar en zag hoe ze met een behendige, bijna katachtige beweging op bed ging zitten, haar benen optrok en haar armen eromheen sloeg. Ondanks haar respectabele lengte zag ze er op dat moment uit als een kind, dacht hij.

'Waar staan de kopjes en het koffiepoeder?' Hij probeerde zelfverzekerd te klinken.

'Boven in de kast.'

Karl opende het klapdeurtje en vond wat hij zocht. Langzaam goot hij het kokende water over de koffie en bracht Hulda een kopje. Het andere nam hij zelf, en toen wist hij opeens niet meer wat hij nu moest doen. Onbeholpen klampte hij zich vast aan het oor van het kopje, dronk en verbrandde zijn tong, terwijl hij besluiteloos op haar neerkeek.

'Het is goed dat u hier bent.'

Hulda's terloopse opmerking doorbrak de stilte. De woorden nestelden zich warm in Karls binnenste en er kwam een rust over hem die hem zelf verbaasde.

'Ja?'

'Ja. Want we moeten praten.'

Hij keek haar confuus aan.

'Ik weet wie Rita Schönbrunn heeft vermoord.'

Karl schrok, er belandden een paar druppels koffie op zijn hand en hij likte ze snel af. Dat had hij niet verwacht. Het was gebeurd met het serene gevoel. Ongelovig keek hij Hulda aan.

Ze klopte op het bed.

'Kom naast me zitten. Het maakt me nerveus als u daar staat als een achtergelaten pakje dat tikt als een bom.'

Ze had het niet treffender kunnen omschrijven, dacht Karl, met een zweem van bewondering. Die Hulda doorzag gewoon alles.

Hij zette zijn kopje op de vensterbank, toen was hij met twee stappen bij haar en ging naast haar zitten. Veiligheidshalve schoof hij een stukje van haar af.

Hulda dronk nog een paar slokken en zette haar kopje toen op de vloer. Hij werd ongeduldig.

'Nou? Wat weet u?'

'Ik was vandaag nog een keer op de Köthener Brücke. Daar ontmoette ik een jongeman, bijna nog een kind.'

'Eddi Schilling.'

Hulda staarde hem aan. 'Hoe weet u dat?'

'Luister eens, ik ben rechercheur.'

Ze giechelde. 'Het is alleen ongewoon voor me om u in déze zaak nuttig onderzoek te zien doen. Tot dusver had ik de indruk dat uw onderzoek zich voortsleept en uiteindelijk op niets uitloopt.'

Karl wilde haar van repliek dienen, maar haalde toen alleen zijn schouders op. 'Ik heb vandaag Eddi's zus verhoord. Ze liet doorschemeren dat haar broer gewelddadig was. En nu ben ik benieuwd of u een connectie tussen hem en de dode hebt gevonden.'

'Dat kun je wel zeggen,' zei Hulda. Haar handen gingen nerveus over haar rok en kneedden de stof. Ze vertelde wat ze wist: over Dalldorf, het lazaret, de gewelddadige dood van Eddi's vader en zijn bekentenis.

Karl luisterde en knikte af en toe. Het kwam overeen met wat hij altijd al had gedacht. Tegelijk probeerde hij de informatie niet binnen te laten komen. Dat kon altijd nog. Later. Hij nam Hulda bewonderend op. Ze had het allemaal ontdekt zonder Rita's dagboek te kennen.

'Rita Schönbrunn moet hebben gewerkt in een van die militaire ziekenhuizen waar na de oorlog getraumatiseerde frontsoldaten zijn gestrand,' zei hij. Dat hij precies wist welk ziekenhuis dat was, omdat hij het in haar dagboek had gelezen, hield hij voor zich. 'Niemand weet hoeveel van hen zijn omgekomen of voor altijd getekend zijn door die behandelingen. Voor een deel leven ze onder ons, maar het is niet aan ze te zien wat er met ze is gebeurd.'

Toen dacht hij na.

'Eddi Schilling lijkt zwaar gestoord te zijn. Heeft hij u bedreigd?'

Hulda aarzelde heel even en schudde toen haar hoofd. Hij zag dat haar linkeroog iets verder naar haar ooghoek gleed, alsof het op de vlucht was voor de waarheid.

'En waarom lag u in het water?' Hij bleef aandringen.

'Een ongeluk,' zei ze met een gesloten gezicht.

Hij begreep dat hij niets meer uit haar zou krijgen, hoewel hij zou zweren dat ze loog. Hij stond op.

'Ik moet hem vinden en meteen arresteren. '

Hulda pakte zijn arm en hield hem vast. 'Wacht. Nog heel even.'

Ze trok hem weer op het bed en hij gaf toe, hoewel hij wist dat het in strijd was met zijn dienstplicht. Ze keek hem indringend aan. Haar gezicht was in de schaduw, maar een paar centimeter van het zijne vandaan, zodat hij haar adem op zijn wang voelde. Even sloot hij zijn ogen en genoot van haar nabijheid.

'Mag ik u iets vragen?'

'Ja?' Hij keek haar aan en voelde de warmte die van haar uitging.

'Waarom denkt u dat Rita uw moeder is?'

Hij ging rechtop zitten en haalde zijn hand op de hem typerende manier door zijn haar. 'Ik ben ter wereld gekomen in een instelling die erin gespecialiseerd was om ongehuwde moeders te laten bevallen en hun kinderen onopvallend te laten verdwijnen. Ik heb de naam van de inrichting gehoord toen ik jaren geleden wilde weten waar ik geboren was: het Huis der Barmhartigheid.' Hij snoof, maar zelfs in zijn eigen oren klonk het meer als een snik.

Hulda zweeg, maar hij voelde haar warme hand op zijn arm.

'Ze hebben me van mijn moeder afgenomen en me naar het weeshuis gebracht. Maar toen...'

Karl stokte. Nu kwam het gedeelte waar hij bewijsmateriaal had verduisterd. Waarom had hij het notitieboekje niet gewoon aan Fabricius gegeven en alleen het briefje van het Huis der Barmhartigheid met de cruciale datum gehouden? Waar kwam die angst vandaan dat iemand, een van zijn collega's, iets over zijn verleden zou horen? Waar kwam die schaamte vandaan voor iets waaraan hij niet schuldig was?

Hulda keek hem vol verwachting aan.

'Toen vond ik een kwitantie,' vervolgde hij, 'het bewijs dat Rita Schönbrunn in hetzelfde huis op mijn verjaardag een kind ter wereld had gebracht. Uitgerekend de vrouw wier dood ik moest ophelderen, ontpopte zich als mijn biologische moeder. Maar ik wil niets meer met haar te maken hebben, begrijpt u? Deze hele zaak benauwt me, ik slaap slecht en denk er voortdurend aan dat ze mij in de steek gelaten heeft. Een volwassen man die om zijn verloren jeugd huilt, het is gewoon zielig.'

Hij zweeg en haalde diep adem. Toen sprak hij de woorden uit die de waarheid bevatten die hij niet eens aan zichzelf had willen toegeven: 'Soms ben ik blij dat ze is vermoord. Eindelijk heeft iemand haar bestraft.'

Hij voelde Hulda's handen op zijn gezicht. Zacht trok ze zijn hoofd naar zich toe. Karl liet het toe, leunde met zijn voorhoofd tegen het hare, voelde haar wimpers, die over zijn wangen streken. Toen fluisterde ze iets wat hij niet begreep.

'Wat zeg je?'

'Ze was het niet.'

Karl verstijfde. 'Ik... begrijp het niet.'

'Karl...' Hulda nam zijn gezicht stevig in haar handen en keek hem in de ogen. 'Rita Schönbrunn kan jouw moeder niet geweest zijn.'

Zij tutoyeerde hem opeens ook, maar hij merkte het nauwelijks. 'Hoe weet je dat?'

'De moeder van een patiënt van mij, ze heet Gertrud Siegel, wist iets over Rita. Ze wist dat Rita als jong meisje in die inrichting was beland waarover je het hebt, het Huis der Barmhartigheid.'

'Ja, precies!' riep Karl en hij trok zijn hoofd weg.

Hulda legde haar vinger op haar lippen. 'Je maakt het hele huis wakker,' zei ze geërgerd. 'Als mevrouw Wunderlich me hier betrapt, kan ik mijn koffers wel pakken.'

'Neem me niet kwalijk.' Karl beet op zijn lip. 'Maar ik begrijp niet wat je bedoelt. In Rita's notitieboekje zat een briefje, een rekening van die instelling. Daar stond mijn geboortedatum op.' In zijn opwinding had hij zich verraden. Maar dat kon hem niet schelen.

'Dat kan wel zijn,' zei Hulda zacht. Ze leek hem iets te willen vragen, maar sloot haar mond weer, alsof ze van gedachten was veranderd. Ze zei verder ook niets over het notitieboekje, hoewel ze moest weten dat hij had gelogen toen Lilo hem ernaar had gevraagd. In plaats daarvan pakte ze zijn hand en kneep erin.

'Het kind dat Rita kreeg, werd dood geboren.'

Het duurde even tot de informatie tot Karl doordrong.

'Weet je het zeker?'

'Gertrud wist het zeker. Rita had een zwangerschapsvergiftiging, een zeer ernstige ziekte, toen nog meer dan tegenwoordig. Zij overleefde het, maar het kind stierf in het lichaam van de moeder, het kwam levenloos ter wereld.' Hulda streelde nu zijn hand. 'Jij moet op dezelfde dag geboren zijn, dat was toeval. Maar Rita was niet jouw moeder.'

Karl keek door het raam. Toeval. Achter het glas lag de ondoordringbare nacht, de hemel was bedekt met donkergrijze wolken die het licht van de sterren buitensloten.

'Een dood kind,' zei hij. Er was geen twijfel mogelijk, Rita Schönbrunn had niets met hem te maken. Haar dood was geen gerechte straf, in elk geval niet voor hetgeen zijn onbekende moeder hem had aangedaan.

Had hij dat maar eerder onderzocht, dacht hij, en opeens kwam hij zichzelf dom voor. Sinds hij het briefje had gevonden, was zijn fantasie met hem op de loop gegaan. Zoals bij een kind dat na een nachtmerrie niet zeker wist of de beelden die het net had gezien misschien toch echt waren geweest. En dat terwijl het hem geen moeite zou hebben gekost om de namen van de moeders in de oude archieven te vinden. Maar zijn angst voor wat hij dacht te weten, had hem verlamd. En nu ging die zogenaamde zekerheid die hem de afgelopen weken had gekweld in rook op. Wat restte was een leegte, die hem bijna meer pijn deed dan de valse waarheid daarvoor.

En toch was hij Hulda immens dankbaar. Zij had het voor hem

ontdekt. Zij had hem geprobeerd te bellen om hem van de last van de verdenking te verlossen, en het hem nu verteld.

Lange tijd zaten ze daar in stilte. Hulda hield nog steeds zijn hand vast, met haar zachte, warme greep. Hij zag dat haar ogen dichtvielen en een tederheid, die hij nooit eerder had gevoeld, kwam over hem. Hij liet zich, zonder haar hand los te laten, terugzakken op het bed en trok haar met zich mee. Ze draaide zich naar hem om, hun neuzen raakten elkaar bijna. Zo lagen ze daar, naar elkaar toegekeerd, met opgetrokken knieën, en ademden in een zacht ritme, als de wind die door de zeilen van een schip streek.

Karl boog zich naar haar toe en kuste haar zacht, haar mond smaakte naar koffie en vermoeidheid. Toen dutte ze in, haar oogleden zonken over haar mooie ogen met de scheve blik, en ze dreef weg. Van hem vandaan. Hij voelde een zweem van teleurstelling, hij had haar graag nog langer bij zich gehad, naar haar stem geluisterd, haar misschien nog aangeraakt... Maar haar aanblik was zo vredig, de kamer was behaaglijk, en hij merkte dat ook hij moe was.

Heel even plaagde hem zijn slechte geweten, omdat hij Eddi's arrestatie naar de volgende dag verschoof. Maar dat hij Hulda hier zou achterlaten en in zijn eentje door de nacht zou lopen, was ondenkbaar.

Alles in hem was warm en zwaar, en de zekerheid dat hij op de goede plek was aangekomen, was verleidelijk. Vannacht telden alleen Hulda en hij.

Karl trok de deken waarop hij lag, onder zich vandaan, legde hem over de slapende Hulda en zichzelf en sloot zijn ogen.

Buiten was de nachtegaal opgehouden met zingen, dat was zijn laatste gedachte. Toen ontfermde de slaap zich over hem en voerde hem mee op zijn vleugels.

Toen Karl wakker werd, kroop het grijze ochtendlicht door het dakraam van de zolderkamer. Naast hem was het bed leeg. Hulda stond met haar rug naar hem toe bij de wastafel en waste energiek de koffiekopjes af. Zacht tinkelde het porselein tegen de wasbak. Haar haar was netjes gekamd, alsof het nooit warrig om haar gezicht had gehangen zoals gisteren nog, toen ze samen in slaap waren gevallen.

'Goedemorgen,' zei hij en hij kwam overeind. Zijn hemd was nog erger verfomfaaid dan gisteren, en voor zijn broek gold hetzelfde. Gapend ging hij met zijn hand door zijn haar. Toen zocht hij zijn bril, die onder het slapen moest zijn afgevallen, en vond hem terug op de vloerplanken naast het bed. Hij voelde een hevige aandrang en vroeg schaapachtig: 'Waar is de wc?'

'Halverwege de trap,' zei Hulda en ze knikte in de richting van de deur, zonder op te kijken van de afwas. 'Maar laat mevrouw Wunderlich u in hemelsnaam niet betrappen.'

Karl hoorde meteen het formele 'u', dat er weer bij haar was ingeslopen. Hij voelde een doffe steek in zijn borst.

'Uw hospita lijkt een echte verschrikking te zijn.'

'U moest eens weten...' Hulda liet de ketel vollopen en zette hem op het kookstel. Meteen verspreidde zich een penetrante gaslucht.

Karl kwam overeind en streek de deken op het bed glad. Toen schoof hij de grendel van de deur, sloop de zeven treden van de trap af en deed zijn behoefte op het toilet.

Verdomme, dacht hij, waarom was het toch zo moeizaam met deze vrouw? Gisteravond had hij de indruk gehad dat er een bepaalde band tussen hen was ontstaan, maar vanochtend leek er tussen hen een kilte te hangen als een natte washand.

Toen hij de kamer weer binnenkwam, had Hulda het raam opengedaan. De jurk die ze gisternacht had gedragen, toen ze als een verzopen kat de Winterfeldtstrasse in was geslopen, hing over een lijn en waaide zacht heen en weer in de wind. Het schoot Karl te binnen dat hij nog steeds niet precies wist wat haar was overkomen, maar toen hij naar haar gesloten gezicht keek, begreep hij dat ze het hem ook niet zou vertellen.

Onbeholpen kwam hij bij haar staan en omhelsde haar. Ze liet het toe, maar beantwoordde zijn omhelzing niet. Toch drukte ze hem een kus op zijn wang en keek hem met haar rechteroog recht aan, terwijl het linker opnieuw afdwaalde.

'Wat gaat u nu doen?' vroeg ze.

'Ik bel mijn assistent en dan gaan we naar de oude meubelfabriek.'

'Hebt u een pistool?'

Hij knikte. 'Natuurlijk.'

'Nog één ding,' zei ze zo zakelijk alsof zij de inspecteur was en hij haar assistent, wat hem opnieuw ergerde. 'Eddi noemde me gisteren de naam van de arts die zijn vader destijds onbedoeld heeft gedood. Ik weet niet of dat belangrijk is.'

Karl spitste zijn oren. 'Misschien wel,' zei hij en hij slikte zijn ergernis in. 'Bedoelt u Hubert Friedberg?'

'Dr. Friedberg, precies. Denkt u...?'

'We zullen zien. Ik zal contact opnemen met die man.'

'Goed.' Daarmee leek de zaak voor haar afgedaan. 'Ik moet zo naar een zwangere vrouw. En het zou beter zijn als u het huis uit bent voordat de andere bewoners wakker worden.'

Hij wist dat ze gelijk had, maar toch had hij het gevoel dat hij eruit werd gegooid. Opeens verlangde hij hevig naar een sigaret en zocht in zijn tas naar het pakje. Hij had het bij zich. Karl pakte zijn hoed en zette die op. Hij aarzelde nog even, maar er gebeurde niets, dus draaide hij zich om en deed opnieuw de deur open.

'Goedendag,' zei hij, terwijl hij naar buiten sloop en zelf hoorde hoe stijfjes het klonk.

'Karl?'

Hij draaide zich nog een keer om. 'Ja?'

'Wees voorzichtig.'

Hulda glimlachte nauwelijks merkbaar. Toen viel de deur achter hem dicht, en Karl liep zachtjes naar beneden, terwijl hij zich afvroeg wie van hen eigenlijk de grootste zonderling was.

33

Woensdag, 14 juni 1922

Dr. Hubert Friedberg zat in zijn praktijk in de hoogleraarskamer achter zijn eigen bureau, dat hij speciaal had laten maken toen hij zich een jaar eerder als psychiater had gevestigd. Elke keer als hij terugdacht aan de kleine bureaus in het lazaret, waar hij en zijn collega's zich in gammele stoeltjes hadden moeten wringen om hun rapporten te schrijven, feliciteerde hij zichzelf met zijn beslissing. Hij had de saaie routine van de kliniek achter zich gelaten en gunde zichzelf nu de luxe om een select groepje privépatiënten te behandelen. De meesten van hen leden aan angsten en waanvoorstellingen en lieten zich door hem onder hypnose brengen om de reden van hun stoornis op het spoor te komen.

Hij deed hun graag dat plezier en liet dan een vorstelijke cheque voor zich uitschrijven. Het onderzoek, dat zijn collega's zo bezighield en waar velen van hen zich aan wijdden, interesseerde dr. Friedberg niet. Zijn therapieën hadden succes, en als het niet zo was, des te beter: dan kwamen de patiënten steeds weer terug. Diep in zijn hart verachtte hij die zwakkelingen, hun huilerige gedoe en de hysterie waaraan ze zich overgaven als een jong meisje aan haar echtgenoot in de huwelijksnacht: met veel tranen, valse en echte, met angst en beven, en uiteindelijk een zucht van wellust.

Het was schrikbarend, vond hij, hoe het psychotische gedrag zich had verspreid en een heel land had aangetast als een besmettelijke ziekte. Iedereen die iets voorstelde, leek hem, was tegenwoordig hysterisch. Zelfs de soldaten, ooit de ruggengraat van het rijk, bleef de volksziekte niet bespaard. Steeds vaker vond dr. Friedberg dat er een zuiverend vuur nodig was om de zwakke plekken in het volksmateriaal weg te branden en orde te scheppen. In elk geval was hij erin geslaagd om daar een kleine bijdrage aan te leveren toen hij in het lazaret had gewerkt. Daar hadden ze menig geval met geweld genezen. Of het probleem op een andere manier opgelost, met natuurlijke selectie.

Walgend liet hij de krant zakken waarin hij had gelezen terwijl hij zijn koffie dronk. Louter links-radicale onzin, slap geleuter over democratie en verraders. Bovendien allerlei misdaden, die in de verruwde stad floreerden, omdat tucht en orde niet in ere werden gehouden sinds het linkse tuig regeerde.

In de ontvangstruimte rinkelde de telefoon. Hij hoorde Minna, de stenotypiste, opnemen. Toen werd er aan de deur geklopt.

'Meneer de doctor?' Minna stak haar hoofd om de deur en liet, nadat hij genadig had geknikt, haar voluptueuze lichaam volgen. Waarderend bekeek dr. Friedberg het imposante beeld. Haar haar was blond geverfd, maar de bolle, blauwe ogen waren echt en ze was fors genoeg naar zijn smaak.

'Wat is er?'

'Een gesprek op het telefoontoestel voor u.'

Dokter Friedberg bromde onwillig. Hij stond uiterst sceptisch tegenover die nieuwe techniek. Natuurlijk, een moderne praktijk moest een aansluiting hebben, maar als het even kon gaf hij er de voorkeur aan om van aangezicht tot aangezicht met de mensen te praten. Minna moest de telefoon opnemen en de berichten op haar stenoblok noteren, had hij haar dat niet vaak genoeg gezegd?

'Wie is het dan?' vroeg hij ongeduldig.

'Een of andere... politieman,' zei Minna. 'Een inspecteur, West of Oost of zoiets heet hij.'

'Een politieman?' De zaak beviel hem steeds minder. Dat was bijna net zo erg als iemand van het journaille. Hij maakte een afwerend gebaar. 'Hij moet morgen bellen. Ik heb buitendienst.'

'Zoals u wilt,' zei Minna en ze glimlachte samenzweerderig. 'En er is nog iets, meneer de doctor.'

'Wat dan?'

'Buiten wachten nog twee patiënten.'

'O ja? Hebben ze een afspraak?'

Minna schudde verontschuldigend haar hoofd. 'Ze zeggen dat ze u over een dringende kwestie moeten spreken. Een jongeman en een meisje. Broer en zus. Ze gaan ietwat merkwaardig gekleed,' voegde ze eraan toe.

'In hoeverre?'

'Wel,' Minna draaide eromheen, 'het lijkt alsof ze geleende kleren dragen die hun niet zo goed passen. Maar zonder meer elegant!'

Dokter Friedberg dacht kort na. Zijn laatste patiënt van vandaag had afgezegd, en zijn honorarium zou in de dagopbrengst node worden gemist.

Dus waarom niet? dacht hij. Als ze met z'n tweeën waren, kon hij ook twee rekeningen schrijven, en het uur dat het duurde voordat hij de praktijk zou sluiten, zou nuttig worden besteed.

'Laat ze maar binnen,' zei hij en hij nam haar derrière grondig op toen ze kamer weer uit liep. 'En Mina...' Ze keek nog een keer om. 'Je kunt naar huis gaan. Ik sluit dan wel af.'

'Dank u, meneer de doctor.'

De deur ging weer dicht, en dr. Friedberg hoorde stemmen op de gang. Hij vouwde de krant op en zette zijn halflege koffiekopje op het papier, zodat het zou blijven liggen. Er vormde zich een bruine rand. Pas nu sprong hem een krantenkop in het oog, die hij daarvoor niet had gezien. 'Het moordpaar van het Landwehrkanal', stond er en daaronder: 'Moordlustig duo nog steeds op de vlucht. Grote voorzichtigheid is geboden. Niet eigenmachtig aanhouden!'

Ontstemd schudde dr. Friedberg het hoofd en klakte met zijn tong. Wat die hansworsten van de recherche met het belastinggeld deden, was hem een raadsel. Goed dat hij zijn waardevolle tijd niet met een van hen aan de telefoon had verspild!

Hij fatsoeneerde zijn witte jas, klemde zijn monocle in zijn oog en opende zwierig de deur.

Zijn laatste patiënten van de dag, dacht hij, toen hij de jongeman en zijn gezellin naar binnen liet. Zij was tenger en roodblond, hij lang en had witte krullen, en inderdaad, de jurk van de jonge vrouw sleepte een beetje over de grond, de kraag van de jongeman was ietwat versleten. Schouderophalend wees hij naar de bezoekersstoelen. Nu al verlangde hij naar zijn vrije avond, die hij bij een thé dansant en een blijspel in een van de riante vermaaksgelegenheden in Friedrichstadt wenste door te brengen.

34

Zaterdag, 24 juni 1922

Even dacht Hulda dat het sneeuwde. Natuurlijk wist ze dat dat in juni onmogelijk was, maar de kleine witte bloemblaadjes die over de Winterfeldtplatz door de lucht dwarrelden, leken bedrieglijk op sneeuwvlokken, zweefden in grote cirkels naar de aarde in dezelfde bedachtzame dans. De meidoornstruiken die rond het kerkplein groeiden, stonden in bloei, en de wind streelde ze en trok de bloemen uit hun verankering in de takken en bladeren en liet ze rondwervelen. Ze vermengden zich met de bloesem van de rode kastanje en verspreidden hun geur door de straten van Schöneberg.

Hulda keek om zich heen. Het marktplein stond vol mensen, de kraampjes en wagens stonden dicht op elkaar. Hier werden zure augurken direct uit het vat geschept en verkocht om ter plaatse te consumeren, hier lagen aardappels opgetast als kleine bergketens. De handelaren prezen hun waar aan en zwaaiden met hun armen om steeds weer nieuwe klanten aan te trekken. De prijzen waren verder opgeklommen op hun ladder naar het niets, waar de lucht steeds ijler werd. Niettemin kochten de Berlijners, zolang ze nog een paar mark op zak hadden, op zaterdag hun lekkernijen. Maar Hulda zag ook dat er meer haveloze bedelaars en straatkinderen langs de kant stonden dan ooit, die er bekaaid van afkwamen. Haar ogen zochten onwillekeurig naar het roodblonde haar van Lena en de lange gestalte van haar broer, maar van Eddi en zijn zus was geen spoor. Hulda haalde opgelucht adem.

De afgelopen twee weken had ze keer op keer gedacht dat Eddi opeens voor haar stond. Elke keer stokte haar adem, en de paniek die ze op de brug had gevoeld overviel haar en deed haar opnieuw sidderen. Maar het was steeds verbeelding geweest.

Ze dacht aan het telefoongesprek dat ze een paar dagen eerder met Karl had gevoerd. Ze had hem weer op het hoofdbureau gebeld en hem dit keer aan de lijn gekregen. Het was nog opwindender geweest om zijn stem aan de andere kant van de lijn te horen dan de eerste keer. Ze merkte dat hij verlegen was en wist zelf ook niets te zeggen, maar informeerde alleen of hij Eddi en Lena misschien had gearresteerd. Karl zweeg zo lang dat Hulda begreep dat er iets was misgegaan.

'Ze zijn verdwenen,' zei hij spijtig. 'Allebei van de aardbodem verdwenen.'

'En niemand heeft ze gezien?'

'Nee. Geen spoor. Ze zijn in rook opgegaan.'

Daarna zei opnieuw geen van hen iets. Ze zwegen nog een tijdje, en Hulda wachtte nog een tijdje, met de hoorn pijnlijk tegen haar oor gedrukt, op de verlossende zin. Maar toen moest Karl het gesprek beëindigen, omdat zijn assistent hem riep. Ze hing op en schudde haar hoofd, toen de telefoon opeens begon te rinkelen. Aarzelend nam ze op.

'Karl North hier. Juffrouw Hulda?'

'Ja?'

'Ik was iets vergeten. Zullen we zondag samen naar de Wannsee gaan?'

De opluchting die Hulda in haar borst voelde, vond ze bijna pijnlijk. Zo onverschillig als ze kon zei ze: 'Ja, graag.'

Nadat ze weer had opgehangen, dacht Hulda dat ze zich allebei gedroegen als oude pubers, die op hun rug al de last van de jaren droegen. Was dat onbestemde verlangen naar de ander genoeg om iets tussen hen te laten ontstaan? Daar zouden ze achter moeten komen.

Aan de andere kant van het plein zag Hulda nu de kinderwagen van Konrad staan. Lilo kletste met Bert en had het kind in de zon gezet.

Hulda liep naar hen toe.

'Lilo, hoe gaat het ermee?'

'Wat leuk om je te zien, Hulda. Wat vind je van mijn schat?'

Lilo straalde. Ze had haar levenslust weer terug, dat kon Hulda zien. Meteen boog ze zich over de kinderwagen. De kleine Konrad zag er ook goed uit. Hij was flink aangekomen, had ronde wangetjes en hij kirde als een duifje, omdat de zonnestralen zijn kin kietelden.

Ze vond het erg leuk om Konrad te zien. Maar heimelijk moest Hulda toegeven dat haar belangstelling voor de baby was verflauwd. Zo ging het altijd. Ze voelde dat haar rol in zijn leven was uitgespeeld, de rest van de weg zou hij zonder haar moeten afleggen. Een vroedvrouw moest zich terugtrekken als de geboorte en het kraambed achter de rug waren, moest de kinderen in de wereld loslaten en had niet veel meer wat ze hun nog kon meegeven. Dat was nu de verantwoordelijkheid van de ouders.

'Hij is beeldschoon,' beaamde ze en ze verheugde zich over de trots op Lilo's jonge gezicht. Intussen voelde ze Berts peinzende blik op zich rusten. De oude heer peilde haar gedachten. Ze keek hem vriendelijk aan.

'En, Bert? Hoe gaan de zaken?'

'Niet slecht, beste Hulda.'

Hij leek er nog iets aan te willen toevoegen, maar Lilo onderbrak hem. 'Wat vreselijk, dat verhaal over de vrouw van de melkboer, hè?' zei ze tegen Hulda en de vrolijkheid verdween uit haar gezicht.

'Ja, het is heel droevig,' zei Hulda.

Al een paar dagen naar haar laatste bezoek aan de Herrmanns was Hedwig in het ziekenhuis overleden. Maar de artsen hadden het kind kunnen redden, een klein meisje. Tot dan toe had Hulda het vermeden om het gezin te bezoeken, ze wilde hun tijd geven om te rouwen. En zichzelf ook. Maar morgen, nam ze zich voor, zou ze bij hen langsgaan.

'De schoonmoeder neemt het over,' zei Lilo en ze knikte bewonderend. 'Ze is bij Gustav Herrmann ingetrokken en helpt hem met de baby en de twee arme meisjes. Een geluk bij een ongeluk noem ik dat. En stel je voor...' Opeens glansden Lilo's ogen. 'Ze hebben de kleine Rita genoemd. Gertrud Siegel kende Rita nog van vroeger, wist je dat? Mooi is dat. Bijna zoals in de film, als iemand sterft, maar iedereen herinnert zich haar en huilt tranen met tuiten.'

Ja, het was echt ontroerend, dacht Hulda, en ze knikte.

'En wat zegt u hiervan?' vroeg Lilo en ze hield haar een opengeslagen krant onder de neus.

In gedachten was Hulda nog bij de Herrmanns, en ze nam de letters voor haar ogen niet meteen waar. Toen las ze de kop: 'Bloedige moord. Het is de politie een raadsel wie de beroemde arts de keel doorsneed'.

'Wat vreselijk,' zei ze en intussen dacht ze vooral aan de druk die op Karl en zijn collega's rustte.

'Hoezo?' Lilo keek haar niet-begrijpend aan, pakte haar de krant weer af en las met geluidloos bewegende lippen. 'Ach nee, dat niet.' Ze draaide de krant om en stak hem opnieuw naar Hulda uit. 'Hier!'

De letters dansten weer voor Hulda's ogen. Maar toen vormden ze één geheel, en staken Hulda als een naald in haar ribben.

Opnieuw keek ze uit haar ooghoeken naar Bert, die rustig leek te wachten tot het onweer zou losbarsten. Maar dat plezier deed ze hem niet. Ze dwong zich nog een keer te lezen wat er stond:

'De echtelieden Johannes en Wilhelmine Winter brengen ter kennis dat hun zoon Felix Theodor Winter in augustus 1922 met juffrouw Helene Maria Stolz, dochter van Maximilian en Dorothee Stolz, geboren Meyer, in de echt zal treden. De beste wensen en Gods zegen voor hun verbintenis.'

Lilo had zich over Konrad gebogen, die in zijn wagen lag te kraaien.

Hulda haalde diep adem en keek naar boven. De hemel boven de Winterfeldtplatz was diepblauw als de zijden jurk van een dame die bij de kaasstal naast hen een half pond appenzeller kocht. De roodwitte markies van Café Winter wapperde in de zachte wind als een vlag. Er slofte een oude man in lompen langs haar heen en spoog in een grote boog het sap van zijn pruimtabak voor haar voeten.

Voorbij, dacht Hulda. Had ze het hardop gezegd?

Berts gezicht stond ernstig, maar in zijn ogen schitterde een spottend lichtje.

'Voorbij! Een ijdel woord. Waarom voorbij? Voorbij en niets maakt geen verschil voor mij.'

Hij droeg de regels zo gloedvol voor dat Hulda moest glimlachen, hoewel er een traan in haar ooghoek hing, die ze meteen wegveegde. Ze kende die woorden, ze had die zelf ook op school uit het hoofd moeten leren.

Ze stemde in: 'Waartoe is 't eeuwig scheppen goed als 't schepsel weer in 't niet verdwijnen moet?'

Bert glimlachte instemmend, en samen declameerden ze de laatste zinnen: 'Dan is 't voorbij. Wat men daar dan uit leest? Hetzelfde alsof het nimmer was geweest.'

Lilo ging weer rechtop staan, ze had Konrad uit de wagen getild en liet hem het zonnige plein en de duiven zien, die hij met de gelijkmoedigheid van een weldoorvoede baby bezag. Verbaasd keek ze van Hulda naar Bert en weer terug.

'Mefistofeles,' zei Bert, alsof dat alles verklaarde. 'Onze juffrouw Hulda repareert haar gebroken hart met de grote Duitse dichter.'

Lilo wees naar Café Winter. 'In elk geval zijn ze een prachtig paar, vind ik,' zei ze. 'Ik heb de juffrouw gisteren gezien, ze ziet eruit als een engel. En de jongeheer Winter was zo vrolijk!'

Pas toen leek ze het te begrijpen. Geschrokken sloeg ze haar hand voor haar mond, terwijl Konrad kraaiend over haar schouder hing en kwijlde. 'Neem me niet kwalijk, Hulda. Ik wist niet dat jij en meneer Winter junior...' Ze stokte en liep rood aan.

Hulda wuifde haar woorden weg. 'Allang weer vergeten.' De leugen vloog op als een vogel en verdween boven het plein. Maar de herinnering aan Karls gezicht verzoette het bittere gevoel als een lepel suiker een medicijn. Vastbesloten vouwde Hulda de krant met de huwelijksaankondiging op en stak hem uit naar Lilo, die hem aan Bert doorgaf, omdat ze het nieuwsblad blijkbaar alleen had geleend.

Met een mismoedig gezicht pakte hij hem aan en legde hem netjes weer op de stapel. 'Ik heb hier geen bibliotheek, dames,' zei hij streng, maar ondanks de vermaning zag Hulda een kleine glimlach op zijn gezicht.

Ze haalde een mark uit de zak van haar rok en stak die naar hem uit. 'Ik wil niet dat u denkt dat ik een klaploper ben,' zei ze en ze kietelde Konrads kin. Zijn blauwe ogen keken vlak langs haar heen, alsof hij haar gezicht nog niet compleet kon waarnemen. Maar Hulda wist dat hij zich vanaf dit moment razendsnel zou ontwikkelen en algauw voor het eerst zou glimlachen.

Berts bedankte haar met een kleine buiging. 'Misschien het moment voor een muzikaal oppeppertje, juffrouw Hulda?' Hij zette zijn koffergrammofoon op het smalle latafeltje van zijn kiosk en legde er een zwarte schellakplaat op. Het was nog een van de oude apparaten, hij moest flink zwengelen, maar toen produceerde het een frisse melodie. Koperblazers, violen, slagwerk. Toen de zoetgevooisde stem van de zanger. 'Kus me, en vergeet me morgen,' klonk het uit de hoorn, en Hulda moest onvrijwillig lachen.

Ze dreigde de krantenverkoper speels met haar vinger, maar die glimlachte alleen en knipte met zijn vingers naar een van de jonge mannen die ernaast bij Grünmeier potplanten hadden aangesleept. De jongen keek op, grijnsde en pakte Hulda's handen voordat ze kon protesteren. Hij vatte haar bij haar taille en draaide een paar rondjes met haar over het marktplein, zodat de duiven opvlogen en de klanten om hen heen applaudisseerden.

'Kus me, en vergeet me morgen! Want morgen komt een ander, wie jouw hart toebehoort,' schalde het over het plaveisel.

Ietwat buiten adem liep Hulda terug naar de kiosk, de jongeman boog en ging snel weer aan het werk toen hij mevrouw Grünmeiers gezicht zag.

Hulda zette haar kapje recht en blies lucht naar haar neus. Lilo was langzaam verder gelopen met de kinderwagen, zodat Konrad in slaap kon vallen.

'Waar hebt u die plaat eigenlijk vandaan, meneer Bert?' vroeg Hulda.

'Uit het Scheunenviertel natuurlijk.' Hij ging met zijn hand over zijn snor. 'Schallplattenverlag Lewin, de beste winkel van de stad voor alle soorten muziek: verkoopt ook boeken en toga's voor rabbijnen, voor wie er juist een nodig heeft. Bovendien hebben ze het beste scheerpoeder, als je de oude Lewin mag geloven. Maar dat raad ik af.'

'Alles in één winkel?'

'U bent nog nooit in het Scheunenviertel geweest, hè, juffrouw Hulda? In de Grenadierstrasse?'

Ze schudde haar hoofd.

'Een fantastische heksenketel,' vervolgde Bert. 'Galicische Joden, exotische winkels, kunstenaars, booswichten, bokskampioenen, café chantants en mooie meisjes, allemaal opeengepakt in één enkele straat. In vergelijking daarmee leven we hier in een klooster.'

'Onze wijk een klooster?' Hulda moest lachen. 'Dan wil ik daar beslist een keer naartoe, meneer Bert, hoewel ik eigenlijk genoeg heb van booswichten, moord en doodslag.'

Bert wilde nog iets zeggen, maar werd onderbroken door luid geroep.

'Extra editie, extra editie,' klonk de schorre stem van een krantenjongen over het plein.

'Wat heeft die melkmuil hier te zoeken?' zei Bert en hij fronste zijn voorhoofd. Hij tilde de naald van de grammofoonplaat en de muziek verstomde.

Hulda wist dat Bert niet graag had dat er in zijn wijk onder zijn duiven werd geschoten. Maar bij bijzondere gebeurtenissen, waarvan het verslag niet tot de avondkrant kon wachten, werden extra edities gedrukt en op openbare plaatsen verdeeld om de bevolking op de hoogte te houden.

Waarschijnlijk sportnieuws, dacht Hulda en ze bedacht dat ze een nieuw badpak nodig zou hebben als ze met Karl naar de Wannsee zou gaan. Haar oude was versleten en liet niet genoeg van haar benen vrij. En ook nieuwe schoenen, schoot haar te binnen. Wrevelig bekeek ze haar oude winterschoenen, die ze droeg sinds haar andere paar in het kanaal was verdwenen. Maar toen zag ze dat er steeds meer mensen naar de krantenjongen kwamen lopen en de editie uit elkaars handen rukten. Er klonk een gezoem en gemurmel op het plein alsof er een zwerm bijen was opgeschrikt. Een vrouw bij het augurkenstalletje slaakte een kreet, een ander sloeg haar handen voor haar gezicht en huilde.

'Wel heb ik ooit,' mompelde Bert en hij liep zijn kiosk uit naar de jongen toe.

Hulda zag dat hij lijkbleek werd toen hij de kop in de extra editie van de *B. Z. am Mittag* bestudeerde. Gebogen slofte hij naar haar terug.

'Wat is er gebeurd?' vroeg Hulda. Haar hart klopte zo opgewonden dat het leek of er een vogel in haar borst gevangenzat die tegen de muren van zijn kooi fladderde.

'Rathenau,' zei Bert alleen, hij duwde haar het krantje in de hand en zakte neer op de klapstoel in zijn kiosk. Hij duwde zijn vingers tegen zijn slapen en haalde moeilijk adem.

Hulda keek naar de drukinkt. 'Minister Rathenau doodgeschoten', schreeuwden de koeienletters van de voorpagina haar tegemoet. 'Aanslag met revolver in de Koenigsallee – door zes kogels doorboord – daders ontkomen – tumult in de Rijksdag'.

'Ik wist het,' zei Bert, die weer op adem was gekomen. 'Al weken, nee, maanden, verkeert de minister in levensgevaar. En nu rijdt hij vanochtend met zijn auto naar zijn werk en wordt ineens door een paar rechtse honden doorzeefd. Wat is dat voor land, waarin mensen ongestraft onwelgevallige tegenstanders vermoorden alsof ze een vliegenmepper gebruiken?'

'En wat nu?' vroeg Hulda.

'De mensen zullen de straat op gaan,' zei Bert somber. 'Rathenau, dat was de vleesgeworden democratie, en die is vanochtend vroeg in de Koenigsallee verraderlijk vermoord. Dat wordt burgeroorlog.'

Hulda zweeg. Ze keek over het plein. De mensen hadden groepjes gevormd, namen elkaar in de armen en troostten elkaar. Een paar mannen gebaarden opgewonden en zwaaiden met hun vuisten, alsof ze de onbekende moordenaars, die allang een goed heenkomen hadden gezocht, nog konden treffen.

En nog steeds regende het bloesem, nog steeds droeg de warme wind de rode en witte blaadjes over de Winterfeldtplatz, zodat ze in het haar van de meisjes en aan de tafelkleedjes van Café Winter bleven hangen en hun zoete geur verspreidden. De muziek van de orgeldraaier bruiste door de lucht, alsof hij de gruwelijke sprookjes uit de extra editie wilde overstemmen.

Nu wordt alles anders, dacht Hulda, en toch weer niet. Want op de Winterfeldtplatz in Schöneberg bleef alles hetzelfde, ook al viel de wereld eromheen in duigen.

Epiloog

Zondag, 25 juni 1922

Het was, dacht Hulda terwijl ze over de Wannsee uitkeek, de eerste keer dat ze zich deze zomer vrij voelde. Genietend begroef ze haar blote tenen in het warme zand en liet haar hoofd op de handdoek zakken. Ze legde een arm over haar ogen, die ze half gesloten had. Door een smalle spleet keek ze onder de schaduw van haar arm omhoog naar de zon. Net als de afgelopen dagen verschool die zich voortdurend achter witgrijze wolken, die razendsnel over de stad trokken, alsof ze haast hadden om weg te komen. Een enkele keer liet hij zijn licht over de badgasten van het strand schijnen. En soms was dat fel en brak het zweet je uit.

Zo wispelturig en onvoorspelbaar het weer was, dacht Hulda, was de afgelopen weken ook het leven in de stad geweest, in het hele land. En ook zij had, ondanks haar gevoel van vrijheid, een onbestemd gevoel in haar buik, alsof ze onheil voelde naderen, iets wat niemand nog kon benoemen.

Maar hier bij de Wannsee deed het wisselvallige weer niets af aan de goede stemming van de Berlijners. Deze zondag waren ze met het hele gezin hiernaartoe getrokken, hadden geruite wollen dekens, picknickmanden en badmintonrackets meegenomen en installeerden zich op het strand voor de rest van de dag. Niet alle bewoners van Berlijn konden zich een zomervakantie in een van de badplaatsen aan de Oostzee permitteren, maar sinds het familiebad voor de poorten van de stad was geopend, had je tenminste af en toe de mogelijkheid om het grijze stadsleven te ontvluchten en een mooie tijd te hebben in het groen.

Hulda gluurde heimelijk opzij, waar Karl in zijn lichte korte broek en met een strohoed op zijn gezicht op het zand lag en leek te slapen. Op zijn borst lag de bril, een van de glazen was gebarsten, dat zag Hulda nu pas.

In een opwelling van tederheid strekte Hulda haar hand uit naar zijn licht gebruinde arm, maar ze trok haar vingers op het laatste moment terug. Ze wist niet zeker of ze hem zomaar mocht aanraken.

Ze hadden elkaar 's middags in de overvolle S-Bahn naar de Wannsee ontmoet. Hulda had nog steeds geen nieuwe fiets. Hun begroeting was merkwaardig stijf geweest, tussen de zwetende en dringende lichamen voelden ze zich ineens opgelaten. Bij station Nikolassee waren ze uitgestapt en samen met de andere badgasten, de gezinnen en de jonge verliefden die elkaars hand vasthielden, in de menigte naar het strand gelopen. Hulda had de indruk gehad dat ze tussen de andere mensen wandelden als vreemden die zich afvroegen wat hun rol in het stuk was, terwijl de anderen blijkbaar precies wisten waar ze hoorden. Soms hadden hun handen elkaar toevallig geraakt, en steeds was Hulda ineengekrompen, alsof de aanraking onfatsoenlijk was. Alsof iedereen hier kon zien dat Karl en Hulda eigenlijk niet bij elkaar hoorden.

Voor de ingang van het strandgedeelte stond een rij verkopers, die alle mogelijke lekkernijen aanboden. Een kok met een witte muts verkocht warme worstjes uit een blikken pan, een Indiër met een grote, gestreepte zonnehoed bood zure bommen in een emmer aan. Ook sigaretten en melk kon je er krijgen. Een eindje verderop wachtte een man in een T-shirt zonder mouwen met het opschrift 'Fotograaf' op klandizie. Hij had afdrukken van gelukkige, badende mensen, grote gezinnen in het water en jonge meisjes die in het zand gymnastiek deden, bij wijze van reclame voor zich opgesteld.

Toen Karl en Hulda langsliepen, zei hij met krakende stem: 'Het jonge geluk samen op een foto? Als herinnering, voor de lieve kleinkinderen?'

Hulda had haar lippen op elkaar geperst en een afwerend gebaar gemaakt. Het idee dat zij en Karl voor deze man in een verliefde houding zouden poseren, was belachelijk.

Maar waarom dacht ze nou eigenlijk dat ze niet bij elkaar hoorden, vroeg Hulda zich nu opnieuw af en ze ging zitten. Ze dacht toch elk onbewaakt ogenblik aan de inspecteur?

Ingespannen en met samengeknepen ogen keek ze naar het grijsblauwe water. Een groepje jonge mannen speelde waterpolo in gestreepte badpakken, met veel lawaai en uitgelaten gespetter. Het oeverzand verdween zacht glooiend onder water, het vlakke, grote strand was ideaal voor badgasten die niet konden zwemmen. Twee kleine ventjes speelden naakt in het zand en lieten schuimkoppen op een scheef zandkasteel druppelen. Hun heldere lach weerklonk over het meer.

Op de oever aan de overkant waren vaag de villa's van de industriëlen en succesvolle kunstenaars te zien, voornaam en uit de hoogte, alsof de rijke bewoners met hun privéstranden vol dedain op de lawaaiige meute in de 'Badkuip van Berlijn' neerkeken.

Op elk vrij plekje zaten en lagen mensen in het zand te zonnen. Om het fatsoen te dienen, waren er tenten beschikbaar die fungeerden als kleedhokjes, zodat er geen plekje bloot te veel aan de talloze ogen werd prijsgegeven. De 'Club van de Vrolijke Zonnebroeders', die de badgasten bewaakte, had de tenten neergezet, en binnenkort wilden ze vaste kleedcabines opstellen. Maar de laatste jaren was de mode veel ongedwongener geworden, de dames lieten zich inmiddels diep in het decolleté kijken, en ook de badpakken van de heren lieten meer huid vrij.

De geur van gehaktballen drong in Hulda's neus en ze merkte dat ze trek had. Niet ver van hun ligplaats had een gezin de picknick uitgepakt. De kleine jongen, wiens blonde haar met Nivea-crème opzij was gekamd, strekte verlangend zijn handjes naar een gehaktballetje uit, maar de moeder, een matrone met brede heupen in een bovenmaats badpak, gaf hem een tik op de vingers.

'Rustig aan. Vader eerst.'

Vader had een lange broek aan, één broekspijp was onder een beenstomp direct onder de knie samengeknoopt. Nu zag Hulda ook de houten krukken die naast hem in het zand lagen. En ze registreerde zijn trillende handen, toen hij het eten pakte.

'Nou, moeder, ik vind het lekker.'

Pas toen het gezinshoofd was begonnen te eten, verdeelde de moeder de andere gehaktballen onder de spruiten. Met zijn vrije hand trok de man zijn dochter plagerig aan haar vlecht.

Hulda wist niet waarom ze niet kon ophouden het nu eendrachtig kauwende en voldaan zwijgende gezin aan te staren. Er was iets aan het tafereel wat Hulda raakte. Ze haalde diep adem en wendde haar blik uiteindelijk af, alsof ze iets had gezien wat niet voor haar ogen bestemd was.

'Waar denkt u aan?' Karl was ook gaan zitten en had zijn hand naast haar in het zand gelegd, met de handpalm naar boven, alsof die ook een stille vraag stelde.

Even aarzelde Hulda, toen legde ze haar hand in de zijne, en hij omvatte de hare. Opeens vond ze het idioot dat ze elkaar nog steeds niet tutoyeerden.

'Laten we eindelijk ophouden met die ellendige vormelijkheid. Ik bedoel, goeie god, ik heb een badpak aan, geen baljurk, en ik houd je hand vast.'

'Altijd weer dat kribbige gedoe,' zei Karl, maar ze hoorde een geamuseerde ondertoon in zijn stem. 'Hulda Gold, wanneer ontdoe je je eindelijk eens van die harde bolster en laat je je ware kern zien?'

Ze snoof. 'Of het je bevalt of niet, Karl North, dat ís mijn ware kern. Deze liefelijke persoon naast je ben ik nu eenmaal, echt en in kleur.'

'Beeldschoon. En heel erg rood-wit gestreept,' zei hij, kijkend naar haar badpak.

Ze gaf hem een tikje, maar keek tevreden omlaag naar zichzelf en bekeek het hoogst elegante kledingstuk dat ze lichtzinnig bij Wertheim had aangeschaft. Het badpak had schandalig korte pijpjes, was bij de dijen schuin gesneden en zat overal veel strakker dan mevrouw Wunderlich zou hebben geaccepteerd.

'Ben jij ook een van die mensen die weer meer stof aan de badmode van de dames wensen, zodat er bij het gemengd baden geen onbetamelijke gedachten opkomen?' vroeg ze.

'Integendeel.' Hij hief zijn handen met gespeelde verbazing op, alsof hij zich overgaf. 'Wat mij betreft mogen deze broekspijpen best nog iets korter zijn, vooral als mijn vriendin met haar mooie benen ze draagt.'

Hulda lachte verlegen. 'Ben ik dat?'

'Wat?' vroeg hij geamuseerd en hij zette met veel omhaal zijn bril op.

'Je vriendin?' Hulda voelde hoe er iets achter haar middenrif fladderde, alsof er een zwerm bijen was verdwaald.

Het duurde even voor hij antwoordde: 'Als je me toestaat.' Karl hield haar met zijn blik vast en streelde haar hand.

'Ik weet het nog niet,' zei ze eerlijk. 'Er is zo veel gebeurd. Ik heb nog zo veel vragen, voornamelijk aan mezelf.'

'Dat klinkt niet goed,' zei Karl en opeens leek hij weer onzeker. De duistere stemming, die ze al van hem kende, sloop in zijn lichte ogen en deed ze eruitzien als het groene water van de Wannsee in de ochtend, wanneer de wolken over de gladde waterspiegel trokken.

'Wees niet bang,' zei ze en verbaasd voelde ze dat de onrust in haar maag verdween, alsof ze niet hem maar zichzelf had getroost.

'Je bent een wonderlijke vrouw, Hulda Gold.'

Karl zag er zo verward en neerslachtig uit dat ze moest lachen. Zacht legde ze haar handen op zijn wangen en gaf hem een kus.

Vanaf de deken naast hen wierp een oudere dame in een ouderwets badpak met een enorm hoofddeksel op haar grijzende haar hun een verontwaardigde blik toe. Hulda zag het vanuit haar ooghoeken en moest grijnzen.

'Lach je om mij?' vroeg Karl, die er opeens tamelijk gelukkig uitzag.

'Volstrekt niet, lieveling.' Hulda kuste hem nog eens, dit keer langer en zonder zich om het verontwaardigde gekuch van de buren te bekommeren.

Nee, dacht ze, terwijl ze haar gezicht in zijn warme nek verborg en zijn geur van zwemwater en pommade opsnoof, niemand kon weten hoe het met de inspecteur en de vroedvrouw verder zou gaan. Hoe ze zich staande zouden houden op de planken van het podium dat leven heet. Maar op zijn minst, dacht ze toen terwijl ze haar ogen sloot, zouden ze achter het gordijn vandaan moeten springen, hun angst overwinnen, hun plankenkoorts afschudden en beginnen te spelen. Om hun leven te spelen, want daarvoor was mens toch op deze planeet, of niet soms?

Nawoord

Het idee voor het verhaal van Hulda Gold, de vroedvrouw van de Winterfeldtplatz, kwam bij me op toen ik op een lentedag door mijn buurt in Schöneberg wandelde. In de straat waar ik werk, bloeiden de kersenbomen ongegeneerd roze, de lucht rook naar de zomer die zou komen en ademde rust en vrede.

En toch getuigden de oude huizen en hun binnenplaatsen ervan hoe het er hier honderd jaar eerder uitzag. Destijds was het niet chic om hier te wonen, voor de meeste mensen was het leven hard, vermoeiend en vol ontberingen. Op dezelfde dag zag ik op weg naar de U-Bahn mensen op stukken karton in het Kleistpark slapen. Ik wilde dat er iemand was die zich over hen zou ontfermen, vroeger en nu, iemand die op hen af stapte. En ik dacht dat ik een rode viltmuts om de hoek van het huis met de shishabar zag verdwijnen...

De jaren twintig die nu voor ons in een nieuwe eeuw aanbreken, verschillen niet zoveel van de jaren twintig van de twintigste eeuw. Ook nu nog gaapt er een kloof tussen arm en rijk in Schöneberg. Er zijn hippe cafés en mooie boetieks, naast buurtprojecten voor jongeren wie het lot niet gunstig gezind was, er zijn vrouwenhuizen, taalcursussen voor vluchtelingen, cabarettheatertjes en buurtcentra. Verschillende culturen, religies, talen en sociale achtergronden botsen hier, waardoor de roze kersenbomen er soms niet meer zo fraai uitzien. Veel mensen die tegenwoordig rond de Winterfeldtplatz wonen, waar het zogenaamde Sozialpalast staat, zijn arm, eenzaam of geïsoleerd. En dat was honderd jaar geleden niet anders.

Zo'n honderd jaar geleden werd de Weimarrepubliek uitgeroepen, de eerste poging tot democratie in Duitsland. Veel mensen vinden de weinige jaren tussen de twee wereldoorlogen achteraf een gemiste kans. Even had het erop geleken dat de mensen ondanks de verschrikkelijke hypotheek van de Eerste Wereldoorlog iets nieuws, iets unieks hadden gecreëerd: de deelname van het volk aan de politiek, sociale rechtvaardigheid, vrijheid van kunst en meningsuiting, bescherming van de zwakkeren.

Natuurlijk is dat alles niet compleet gerealiseerd, maar alleen de poging al was uitzonderlijk. Toch mondde de jonge, frisse, broze democratie uit in een dictatuur. Maar zijn wij tegenwoordig, honderd jaar later, werkelijk wijzer?

Sinds 1945 hebben de Europeanen veel geleerd, ze hebben de ideeën van Weimar verder uitgewerkt, zijn doorgegaan met hun dromen en hebben veel dingen gerealiseerd die men in 1919 niet voor mogelijk had gehouden. De geschiedenis, leert ons de geschiedkunde, herhaalt zich niet zo snel en onze problemen, onze maatschappelijke constellaties zijn tegenwoordig anders dan vroeger. Maar we zouden er niet al te zeer van overtuigd moeten zijn dat onze democratie tegenwoordig veel stabieler, veel onaantastbaarder is dan toen, al heb ik daar zelf altijd in geloofd.

We moeten waakzaam zijn, zouden zoals Hulda Gold en de krantenverkoper Bert met open ogen door onze buurt, onze stad, ons land moeten gaan. We zouden met de mensen moeten praten en naar elkaar moeten luisteren, een gevoel voor politiek ontwikkelen, wij allemaal, want politiek betekent niets anders dan zich voor de aangelegenheden van de stad interesseren, de polis.

De stad, dat zijn wij. En Hulda Gold is een van ons.

Dankwoord

Ik betuig mijn hartelijke dank aan de vele mensen die aan het ontstaan van deze roman hebben bijgedragen. Enkelen van hen wil ik hier graag noemen. In de allereerste plaats dank ik mijn inspirerende literair agent en vriendin Julia Eichhorn, die met haar rotsvaste geloof in deze tekst alles mogelijk heeft gemaakt. Dank ook aan Maria Hansen voor haar geweldige bemiddeling en Zoë Martin voor het meelezen. Ik bedank mijn vroegere redacteur Ursula Hahnenberg, die mij heeft aangemoedigd om te geloven in mijn schrijven en die me heel veel heeft geleerd. Heel hartelijk wil ik mijn moeder Dorothea bedanken, die altijd mijn eerste lezer is, en mijn man en mijn kinderen. Ten slotte geldt mijn hartelijke dank uitgeverij Rowohlt Verlag. De fondsredacteur van Rowohlt Polaris, Katharina Dornhöfer, dank ik voor haar enthousiasme, en mijn heel bijzondere dank gaat uit naar mijn redacteur Ditta Friedrich, met wie ik ongelooflijk plezierig heb samengewerkt.

Anne Stern
Berlijn, voorjaar 2020